TIEMPOS DIFÍCILES

TIEMPOS DIFÍCILES

MELINDA LEIGH

Traducción de Pilar de la Peña Minguell

amazon crossing

Título original: *Hour of Need*

Publicado originalmente por Montlake Romance, Estados Unidos, 2014

Edición en español publicada por:
AmazonCrossing, Amazon Media EU Sàrl
5 rue Plaetis, L-2338, Luxembourg
Enero, 2018

Impreso por: Véase la última página
Primera edición digital 2018

ISBN: 9781477820247

www.apub.com

SOBRE LA AUTORA

Melinda Leigh, autora reconocida por la lista de libros más vendidos del *Wall Street Journal*, es una banquera devoradora de libros que empezó a escribir como forma de preservar la cordura mientras cuidaba de sus hijos. Aquello le pareció mucho más divertido que el análisis de informes financieros, de modo que decidió convertirlo en su profesión. Debutó con *She Can Run*, nominada al premio a la Primera Mejor Novela por International Thriller Writers. También ha sido finalista del premio Rita® y ha obtenido tres nominaciones al premio Daphne du Maurier, dos galardones Silver Falchion, y dos Golden Leaf. Melinda practica el kárate y da clases de defensa personal a mujeres. Vive en una desordenada casa junto con su marido, dos adolescentes, un par de perros y dos gatos, sin duda los amos del hogar. Ni siquiera ella misma se explica la naturaleza oscura y perturbadora de su imaginación. Para más información, véase su página web: melindaleigh.com.

A Charlie, mi mejor amigo —y muchísimo más— en los últimos veinte años

Capítulo 1

La celebración de esa noche le parecía tan falsa como su propia confianza. Los aniversarios eran todo un acontecimiento, y aquel en especial. Hacía poco más de un año, a Lee ni se le había ocurrido que Kate y él llegaran a celebrar sus diez años juntos. Habría tenido que estar más contento, pero lo atormentaba el fantasma de la traición.

Tendría que habérselo contado a ella.

De hecho, tendría que haber comentado con ella la situación antes de comprometerse a nada. El resultado la afectaba tanto como a él, pero esa no era la primera decisión que tomaba solo.

El fuerte viento de marzo azotó la fachada estucada de La Cusina. Cuando bajaban los escalones del restaurante italiano, Lee guio a su esposa para evitar que resbalara en una placa de hielo de la acera. Sus tacones de aguja eran sexis, pero la obligaban a mantener un precario equilibrio en las partes resbaladizas del suelo. Aunque probablemente no hubiera de qué preocuparse: Kate, que había sido una figura nacional del patinaje artístico, luego convertida en entrenadora, estaba tanto tiempo sobre hielo como sobre tierra firme. Pasaron por el banco y la panadería, ambos cerrados.

—A lo mejor el año que viene podríamos celebrar nuestro aniversario con algo más que una cena. ¿No te encantaría hacer un crucero? «*Aruba, Jamaica, oh I want to take ya…*» —canturreó el principio de *Kokomo*, de los Beach Boys.

—Me conformo con salir a cenar. —Kate se arrimó más a él para refugiarse del viento. La primavera nunca se adelantaba al norte del estado de Nueva York—. ¿Cuántas veces hemos salido a cenar desde que nació Faith? Ah, sí… ¡Ninguna! Si Carson nos hubiera dado tanto la lata, sería hijo único.

Su pequeño de seis años había sido siempre un niño muy tranquilo.

—Faith se ha propuesto someternos por agotamiento, para que le demos todo lo que pida.

La criatura de cuatro meses era un mar de lágrimas en cuanto se ponía el sol, pero ambos sabían que la bebé no era el único motivo por el que ya no salían de noche.

—La privación del sueño es un método demostrado de tortura psicológica —dijo Kate, bromeando, aunque su risa sonó forzada, como si la celebración de esa noche fuese un mero formalismo.

A Lee se le revolvió el pollo marsala en el estómago. Su mujer había estado callada toda la noche. ¿Le preocupaba solo la bebé o era infeliz por alguna otra razón? Él había hecho demasiadas horas extra en las últimas semanas. Apenas se habían visto. La paranoia le encogió el corazón. No quería perder a su esposa. Las noches que había dormido en la habitación de invitados hacía dieciocho meses habían sido las más solitarias de su vida. Se había sentido aislado. Kate no solo era su pareja, era su mejor amiga.

Doblaron la esquina y enfilaron la perpendicular en la que él había aparcado el automóvil. Unos viejos árboles punteaban la calzada tranquila, con las ramas colgando sobre la acera. En un luminoso día de verano, aquel frondoso toldo resultaba pintoresco, pero, en una noche gélida y oscura, las sombras que el viento iba alterando resultaban desagradables. Lee tropezó con una baldosa que las raíces poco profundas de uno de los árboles habían levantado de la acera. Kate lo agarró del brazo y lo sostuvo hasta que recuperó el equilibrio. Típico: aun con sus tacones de ocho centímetros, su atlética mujer era su apoyo.

—Menos mal que tenemos a Julia.

Kate se llevó la mano al bolsillo, sacó el móvil y echó un vistazo a la pantalla. En la otra mano enguantada, crujió la caja de poliestireno donde llevaba la lasaña sobrante de la cena.

—¿Alguna llamada?

—No, pero más vale que lleguemos pronto a casa. La pobre chica debe de estar a punto de echarse a llorar después de aguantar los berridos de Faith durante dos horas —dijo Kate, guardándose el móvil en el bolsillo.

Su vecina adolescente había sido su salvación en los últimos meses, transcurridos en una nebulosa de noches en vela.

—Lo sé —contestó Lee con un suspiro.

Su gran noche de juerga había terminado. Volvían a la ensordecedora realidad del llanto incontrolado de una bebé con cólicos, pero lo aceptaría con resignación. Su matrimonio había pasado por una fase turbulenta. La habían superado y, si lo hacían socio, todo iría bien. Aquel «si» era la clave. Su futuro entero dependía de si lo hacían socio y la decisión que había tomado esa semana le pesaba como una losa sobre los hombros. ¿Había dejado que la ambición le arruinase el matrimonio?

Debía hablarle a Kate del caso que había aceptado. No había podido rechazar a los Hamilton. No había sido capaz de mirar a esos padres a los ojos y decirles que no y menos al presentir que la situación era más complicada de lo que parecía. Después de investigar un par de días, estaba aún más inquieto. Pero la controversia no tenía por qué traducirse en popularidad. En las ciudades pequeñas sí que existía la mala prensa. El juicio podía repercutir en sus posibilidades

3

de ascenso y no sería él el único en situarse en la línea de fuego. Todo Scarlet Falls tenía una opinión acalorada al respecto. Dado que la investigación se centraba en la pista de patinaje donde entrenaba Kate, con toda seguridad se vería afectada por las consecuencias.

Estudió de reojo su perfil, su expresión, indescifrable en la oscuridad. ¿Lo apoyaría? Sin la presencia estabilizadora de Kate, temía fracasar.

Lo bueno era que la victoria prácticamente le garantizaría el puesto como socio. A Frank Menendez, el nuevo miembro del bufete, no lo espantaba presionar para conseguir su ascenso. Lee necesitaba sacar ventaja a su implacable competidor. Se la jugaba con ese caso, pero, por lo que había descubierto, era muy probable que lo ganara. Solo debía mantener la fe y esforzarse, y todo saldría bien.

No se lo iba a contar a Kate esa noche. Ya estaba estresada. Confiaba en que la tensión se debiera solo a la bebé y que no fuese una repetición de su conflicto marital. Fuera lo que fuese, no tenía intención de estropear su aniversario. Iba a dejar que su mujer disfrutara todo lo posible antes de abrumar a su familia con más preocupaciones.

—Se harán mayores y nos dejarán antes de que nos demos cuenta —le dijo Kate, dándole una palmadita en el brazo—. Me cuesta creer que Carson tenga ya seis años.

—Si sobrevivimos a las llantinas.

Entre otras cosas.

—Amén. Dios, qué frío hace. —Kate se subió la cremallera del abrigo hasta debajo del mentón—. Deberíamos mudarnos a algún sitio más cálido. Estamos en marzo. Me agota esto que llaman invierno.

Un chasquido desvió la atención de Lee.

—A mí también —dijo, distraído.

Aguzó el oído para ver si detectaba algún otro ruido extraño. Soplaba el viento. Las ramas desnudas de los árboles se agitaban con estrépito por encima de ellos.

Kate agachó la cabeza para protegerse de una ráfaga fuerte y apretó el paso. Lee la agarró del brazo y la detuvo en seco.

—¿Qué pasa? —preguntó ella, volviéndose ceñuda hacia él.

—No lo sé.

Exploró la calle oscura. Media docena de vehículos se encontraban aparcados junto al bordillo cubierto de nieve. El restaurante estaba justo en el límite de la zona comercial de aquella localidad tranquila y aburrida. Los otros negocios de esa calle perpendicular habían cerrado hacía horas. Una manzana más allá arrancaba la zona residencial. El aire puro olía un poco a ajo, a humo de leña y a nieve.

No había motivo alguno para la inquietud que se gestaba en sus entrañas.

—Noto algo raro.

—La farola está apagada —dijo ella, levantando la cabeza.

—Será eso.

Reanudaron el paseo. Ella resbaló y él la agarró de la cintura para que no cayera.

Un hombre salió de detrás de un camión y enfiló la calle en dirección a ellos. Su atuendo era normal: botas de trabajo, vaqueros y cazadora de cuero negra. Hasta la gorra de béisbol que le ocultaba la cara era corriente. Pero su actitud inquietó a Lee. Había cierta determinación en sus hombros, una resolución poco natural en la cadencia de su paso y, aunque no los miraba fijamente, Lee se sentía observado.

Empujó a Kate a su espalda y giró bruscamente. Cruzarían y continuarían por la otra acera. Tenían el monovolumen a solo cinco o seis metros de distancia. Sacó las llaves con la intención de encerrar a su mujer en el vehículo y enfrentarse luego a aquel tipo si era necesario.

Pero el hombre los abordó y les cortó el paso. Alzó la mano. Lee centró su atención en la pistola semiautomática, con el cañón prolongado por un silenciador. Los apuntó a los dos. De cerca, la boca del arma le pareció tan grande como una tapa de alcantarilla.

—Cartera, llaves, bolso… —los instó, doblando los dedos enguantados en señal de urgencia.

Lee se sacó la cartera y las llaves de los bolsillos. Echó la mano hacia atrás, tomó el bolso de Kate y se lo entregó todo al individuo, que bajó el arma para meterse el bolso debajo del brazo y guardarse los objetos pequeños. Lee inspiró hondo. Era un fastidio que a uno lo atracaran, pero, dentro de lo malo, habían tenido suerte.

El tipo subió de nuevo el arma. Lee se quedó de piedra. La luz de la luna centelleó en el metal cuando la boca de la pistola soltó un fogonazo. La bala le atravesó el cráneo con una intensa punzada de dolor. Luego su cerebro se desconectó de su cuerpo. Las rodillas se le doblaron y cayó de bruces sobre la acera helada. De sus ojos brotó un líquido que le nubló la visión. Pero no sintió nada. Absolutamente nada. Ni siquiera el dolor de la herida. Ni la sangre caliente que le manaba de los ojos. El hielo en el que reposaba su mejilla tendría que haber estado frío. Los gritos de Kate sonaban muy lejanos, aunque sabía que estaba a apenas medio metro de él.

El hombre armado le dijo algo a Kate, pero el pitido que Lee tenía en los oídos le impidió distinguirlo. Aguzó el oído.

—Deje de gritar y conteste —le dijo el tipo.

Pero Kate no podía parar. En todo caso, gritaba más fuerte, cada vez más histérica, sacudida por el llanto después. Lee intentó levantar la cabeza para ver qué ocurría, pero los músculos no le respondían.

Sus ojos se clavaron en un par de botas de trabajo de color canela, con las punteras salpicadas de sangre. Desplazó la vista. Kate se hincó de rodillas a su lado. La caja de la lasaña se estampó en el suelo. La comida se derramó, la salsa de tomate tiñó de rojo la nieve medio derretida del bordillo. «No, Kate. Corre», quiso decirle, pero las palabras no salieron de su boca. Paralizado, no podía reaccionar, no podía proteger a su esposa.

Clac chist. El segundo disparo sonó como una pistola de clavos. Lee solo pudo mover los párpados. Por el rabillo del ojo, vio a su mujer desplomarse sobre sus piernas como una marioneta a la que hubieran cortado los hilos. La pena le encogió el corazón.

«Kate, te quiero.»

¿Qué había hecho?

Ellie extendió la masilla de relleno por la pared de cartón yeso. Su salón empezaba a tomar forma. Las obras de la planta superior ya estaban terminadas. Pronto habría que abordar la cocina más fea de la historia. Lo estaba deseando. Solo que entonces vendería la casa y volvería a mudarse. De eso se trataba, aunque aquel era el primer vecindario que le daría pena abandonar.

—¿Te apetece un té? —le preguntó Nana desde lejos.

—No, gracias. —Ellie estiró el cuello contracturado—. ¿Qué hora es?

—Casi las once.

Se alarmó de pronto.

—Julia no ha vuelto aún.

Su hija de quince años cuidaba a los niños de los vecinos de al lado, los Barrett. Lee Barrett era, además, uno de los abogados de la empresa en la que ella trabajaba como administrativa.

—¿A qué hora te han dicho que volverían? —preguntó su abuela desde el umbral de la puerta.

—Antes de las diez.

—Solo se han retrasado una hora. Quizá hubiera mucha gente en el restaurante o hayan pinchado al volver —razonó la anciana, aunque con cierta preocupación—. Se estarán divirtiendo. Es su aniversario.

Ellie tiró la pala a la lona protectora y cogió el móvil del escalón más alto de la escalera de mano.

—Si fueran a retrasarse, habrían llamado. —Le envió un mensaje de texto a su hija y esperó tres minutos. No hubo respuesta—. Voy a echar un vistazo.

Se lavó las manos y sacó del cajón la llave de sus vecinos. Se puso la cazadora y salió por la puerta. Un viento frío y húmedo le azotó el rostro mientras cruzaba a toda prisa los jardines de ambas viviendas. Confiando en que la perra no ladrara, entró en la casa con su llave. La golden retriever de los Barrett, AnnaBelle, salió corriendo a recibirla. Oyó unos pasos. Julia, vestida con unas mallas de yoga y una sudadera, salió al vestíbulo con la pequeña de cuatro meses en brazos apoyada en su hombro.

—Pensaba que eran los Barrett.

—¿No habían dicho que llegarían a casa hacia las diez? —preguntó Ellie, colgando la cazadora del pilar de la barandilla mientras acariciaba a la perra.

—Sí —contestó su hija, meciéndose al tiempo que le daba palmaditas en la espalda a la bebé—. Iba a llamarte, pero Faith está algo inquieta. No quería que despertase a Carson.

—Tenía que haberme acercado antes. No me he dado cuenta de lo tarde que era. —Ellie bajó la voz, por no molestar al pequeño de seis años que dormía en la planta de arriba—. ¿Ha llamado la señora Barrett?

—No. Le he mandado dos mensajes. Al señor Barrett también. —La bebé se alborotó y Julia volvió a la cocina—. Estoy empezando a preocuparme.

Ellie llamó a Kate, luego a Lee. Saltó el contestador en ambos casos.

—Ven, déjamela un rato.

—Gracias. En cuanto se hace de noche, no hay nada que la consuele.

Julia le pasó a la niña.

—Seguro que no tardan en volver.

Tomó en brazos a la bebé y dio una vuelta por el vestíbulo. Siguió paseando, cada vez más angustiada. Lee y Kate nunca se retrasaban. Era la primera vez que dejaban a la pequeña en casa para salir por la noche. Ellie había supuesto que volverían temprano.

A medianoche, Julia se quedó dormida en el sofá y Ellie agarró el teléfono. Dos horas era tiempo suficiente. Había que llamar a la policía. A lo mejor sus vecinos habían tenido un accidente.

Las orejas de AnnaBelle se enderezaron y la perra corrió a la entrada de la casa. Ellie la siguió y la agarró por el collar para que no ladrara. Se asomó por la ventana. Había un coche patrulla aparcado a la puerta de la casa. Un policía se acercó.

A Ellie le dio un vuelco el corazón al abrir la puerta mientras retenía a la perra con el pie. «Por favor, que estén bien.»

—¿Es este el domicilio de los Barrett?

Tragó saliva, tenía la garganta seca.

—Sí.

—¿Puedo pasar? —Ellie se apartó para dejar entrar al policía. La perra se soltó y acercó el hocico a la mano del agente. Él le rascó la cabeza, distraído—. ¿Quién es usted, señora?

—Me llamo Ellie Ross. Vivo al lado. —Echó un vistazo a la planta de arriba y, llevándose el dedo a los labios en señal de silencio, le hizo una seña al agente para que entrara en la cocina. A su espalda, sonaron con fuerza los pasos del policía en el suelo de madera. Lo miró a la cara, bajo la intensa luz de los fluorescentes, y vio su rostro sombrío. Traía malas noticias. El rostro del joven agente desbordaba compasión. Ellie se mentalizó—. Cuénteme.

Lo soltó en voz baja.

—Lo siento. Lee y Kate Barrett han muerto hace unas horas.

—¿Cómo? ¿En un accidente de carretera?

—No, señora. Los han matado a tiros, al parecer durante un atraco.

Perpleja, Ellie se acercó una silla; las piernas le flojeaban por la noticia. En cuanto se sentó, Faith empezó a llorar.

Julia se incorporó. Sus ojos soñolientos se empañaron en cuanto miró a Ellie.

—¿Mamá?

Ellie se levantó, envolvió a su hija con el brazo que le quedaba libre y le contó lo sucedido.

Julia, llorosa, tomó en brazos a la bebé.

—¿Llamo a Nana?

Su madre asintió con la cabeza. Estaba conmocionada. Le costaba creer que hubieran muerto. Lee, aquel hombre tan serio y tranquilo, para el que comerse una yema de huevo líquida era una temeridad. Y Kate, que conseguía hacer reír a Ellie sin decir una sola palabra. Hacía apenas unas noches, se había plantado en su casa con una botella de vino y ganas de mantener una conversación de adultos. La había ayudado a tapar los agujeros de la pared; luego Ellie había tenido que repetirlo todo, porque se habían bebido la botella entera, pero había merecido la pena. Consideraba amigos a muy pocas personas, pero Kate era especial.

Cerró los ojos y apoyó la mejilla en el nuca de la niña. La cabeza se le llenó de cosas que Kate y Lee jamás vivirían con sus hijos: las primeras citas, las graduaciones, las bodas, los nietos… Las imágenes la sobrepasaron. Volvió a abrir los ojos, justo cuando Nana entraba en la casa. No podía desmoronarse; los niños necesitaban que estuviese operativa.

Le pasó la bebé a su abuela, y después hizo todo lo posible por responder a las preguntas del policía sobre los Barrett.

—La familia de Kate vive lejos. Lee tiene un hermano que sí vive cerca, una hermana que viaja bastante y otro hermano destinado en Afganistán. —Le dio los nombres al agente—. Lo siento, no sé sus teléfonos. Si quiere, puedo buscarlos en el despacho de Lee. Hace tiempo que no viene por aquí ninguno de ellos.

—Ya nos encargamos nosotros, señora —le contestó el policía—. Los servicios sociales procurarán localizar al pariente más próximo.

Llegaron más policías a la casa. El ruido despertó a Carson, que bajó las escaleras llorando. Ellie lo meció en su regazo. No quería contarle lo que había pasado. Era preferible que alguien de su familia le diera la noticia.

Una hora después, una mujer de mediana edad irrumpió en la casa. Ocupó la silla que había enfrente de la de Ellie, en la cocina.

—¿Señorita Ross? Soy Dee Willis, de servicios sociales. No he podido localizar a ninguna de las personas de la lista que nos ha dado. Tenemos que hablar de los niños.

Ellie abrazó con fuerza a Carson.

—Pueden quedarse conmigo.

—Lo siento, pero la ley no lo permite —le dijo la trabajadora social—. Puede rellenar un impreso que la convierta en madre de acogida temporal. Llevará solo unos días.

Pero, para Carson, unos días serían una eternidad. Las lágrimas silenciosas del pequeño le empaparon la blusa a Ellie, que se sintió muy impotente.

—Julia, por favor, quédate con Carson.

Ellie depositó al niño en el regazo de su hija y entró en el salón para tener algo más de intimidad. Luego sacó el teléfono y llamó a su jefe. Trabajar para un abogado tenía algunas ventajas. Pero Roger no contestaba al teléfono. Qué fastidio. Le dejó un mensaje y volvió a la cocina. Le lanzó a Julia una indirecta con la mirada, señalando con la cabeza hacia la puerta. Su hija sacó al niño de la cocina.

Hasta que no oyó crujir los peldaños de la escalera no se dirigió a la trabajadora social.

—Los niños nos conocen. ¿No podría hacer una excepción?

—No, lo siento. —La calma e impasividad de la señora Willis irritó a Ellie—. En cuanto se investiguen los antecedentes, puede pedírselo al juez, pero esta noche tengo que llevármelos.

La mujer debía de ver situaciones como esa a todas horas, pero ¿cómo podía llevarse a dos niños pequeños de su casa con tanta sangre fría? La rabia sobrepasó el dolor que Ellie sentía. El pecho se le inundó de pena e impotencia hasta que le dolieron las costillas.

Dios, era viernes. Dudaba mucho de que hicieran nada durante el fin de semana.

La trabajadora social empezó a recoger las cosas de la bebé.

—Convendría que ayudase a Carson a hacer la maleta, le facilitaría las cosas.

Ellie no quería facilitarle las cosas. Quería llevarse a los niños en un descuido y esconderlos en su casa. Miró alrededor y contó tres policías uniformados y otro trajeado que parecía al mando. Se había presentado, pero a Ellie ya se le había olvidado su nombre. Inspector McNosequé.

No podía hacer nada.

Subió a la habitación de Carson. El niño estaba sentado en la cama, con Julia, y lloró mientras Ellie le preparaba una mochila con ropa suficiente para una semana. Luego se arrodilló en el suelo delante de él y le tomó las manitas.

—Aguanta, ¿vale? Voy a hacer todo lo posible para llevarte a mi casa.

El pequeño sorbió y se limpió la nariz con el dorso de la mano.

—Esa señora dice que mamá y papá han muerto.

A Ellie se le partió el corazón. ¿Sabría el pobre niño lo que eso significaba? Se sentó a su lado y lo abrazó con fuerza.

—Lo sé. Lo siento.

Sintió aún más tener que sacarlo a la calle y meterlo dentro del automóvil de la trabajadora social. Cuando los vio alejarse, la tristeza le anudó la garganta.

Capítulo 2

Marzo amanecía frío en el Hindú Kush. Al alba, una luz gélida y gris asomaba por encima de las montañas, en el horizonte. En la parte de atrás de un todoterreno blindado, también conocido como M-ATV, por su nombre en inglés, Grant se metió las manos debajo de las axilas y exploró la cresta que corría paralela a la carretera. El convoy de abastecimiento lo llevaba de vuelta a la base de operaciones, cerca de la frontera paquistaní, donde estaba destacado. El vehículo de Grant se encontraba hacia la mitad de la columna. Un pelotón de infantería escoltaba la hilera de camiones de suministro. Como respaldo adicional, una unidad del ANA, el Ejército Nacional Afgano, cerraba la marcha.

El constante balanceo y traqueteo del vehículo podría haberlo adormilado si él hubiese querido, pero a los talibanes les gustaba atacar cuando aún era de noche. En Afganistán, un soldado no podía bajar la guardia. El ataque podía venir de cualquier parte: un civil con mochila, un explosivo casero detonado desde el margen de la carretera o un traidor en la niebla. Las opciones eran interminables. Grant barrió la cresta con la mirada mientras el convoy entraba en el cauce de otro río. El valle era el enésimo punto de emboscada perfecto del recorrido.

No había tomado parte en ningún combate directo desde que lo habían ascendido a comandante justo antes de dirigirse a su último destino. En sus dos últimos viajes, había participado en numerosas patrullas y escaramuzas. Por alguna razón extraña, echaba de menos la camaradería que proporcionaba el tomar parte de todas las misiones; la rutina de patrullar a diario las colinas y los cauces de los ríos; la fraternidad que generaba el combate. La diplomacia y el papeleo que requería su nuevo puesto como oficial de operaciones lo aislaban de los hombres. Se esforzaba por relacionarse con ellos, pero a veces tenía la sensación de que no hacía otra cosa que asistir a reuniones, como a la que había ido el día anterior en el puesto de mando del batallón. Hablar de las repercusiones políticas de las decisiones militares le daba jaqueca.

La cresta oriental ensombrecía el valle. Una estela de amarillo pálido se adivinaba sobre el horizonte irregular, perfilando el contorno del paisaje. A medio kilómetro de distancia, el paso se estrechaba. En cuestión de minutos, el convoy entró dando tumbos en el lecho seco de un riachuelo, de apenas veinte metros de ancho. A la derecha, una pendiente pronunciada conducía a un monte situado a unos diez metros por encima de la carretera. La cara escarpada de un acantilado comprometía la pared de la izquierda. La conversación se interrumpió bruscamente mientras todos los ojos examinaban las rocas de ambos lados en busca de indicios de actividad enemiga.

La carretera estalló delante del convoy de abastecimiento y sacudió el suelo sobre el que rodaban los camiones. A Grant se le aceleró el pulso. Los hombres entraron inmediatamente en acción. El pesado vehículo volvió a sacudirse cuando otro explosivo golpeó la tierra. Más misiles silbaron y estallaron delante de ellos. El paso era demasiado estrecho para dar la vuelta y, dado que el enemigo había planificado aquella emboscada, seguramente los estarían esperando por si encontraban un modo de recular.

No tenían escapatoria.

Grant exploró los alrededores. Necesitaban hombres en las alturas y solo había un modo de lograr ventaja: tendrían que arrebatársela al enemigo.

Bajó del camión y corrió dos vehículos más adelante para reunirse con el teniente al mando del pelotón. Se refugiaron detrás de la puerta blindada del vehículo del teniente Wise. El pelirrojo permanentemente quemado por el sol se limpió una capa de polvo afgano de la frente pecosa. A pesar de tener unos veinticuatro años, los ojos azules que estudiaron la cresta eran veteranos.

Otro misil corrió paralelo a la formación rocosa y estalló a su lado. El suelo se sacudió y la tierra salió disparada por los aires. Un trozo de metralla pasó rozándole la cabeza a Grant y le arañó la cara. El fuego de las ametralladoras cosió el vehículo. Las balas acribillaron el suelo a sus pies. Un tirón en la pernera del pantalón le indicó que no le habían alcanzado por muy poco. Escudriñó la cresta oriental. Los destellos de las bocas de las armas refulgían en la penumbra. A la vez que los soldados que lo rodeaban, Grant levantó su M-4 y contraatacó.

Tembló una vez más el suelo bajo sus botas con el estallido de nuevos misiles. Un líquido caliente le corrió por el ojo, nublándole la visión. Se limpió el corte de la frente, apuntó y volvió a disparar.

Quizá echara de menos la camaradería de formar parte de un pelotón de combate, pero no que le dispararan misiles por la espalda.

Las emboscadas como esa eran más corrientes de lo que habrían deseado, así que el Primer Pelotón estaba preparado. El teniente Wise llamaba por radio a la base para pedir refuerzo aéreo. Se había enviado un Apache, que llegaría aproximadamente en quince minutos. El sargento del pelotón bramaba órdenes a los soldados.

—Teniente, hay que tomar esa cresta —dijo Grant, señalando encima de ellos.

Una bala le rasgó la manga.

—Sí, señor. Ya estoy en ello.

Wise y su sargento tenían la situación bajo control. Grant se retiró. No iba a ser uno de esos oficiales capullos que interrumpían el flujo de operaciones perfecto de un pelotón. Él no era más que un pasajero de aquel convoy.

Los soldados respondieron al ataque de los misiles con pesadas ametralladoras y lanzaron granadas por encima de la cresta. Wise ordenó a un escuadrón que se colara por un hueco entre las rocas. Los efectivos del ANA guardaban la retaguardia del convoy.

Sirviéndose del vehículo como escudo, Grant se agazapó junto al resto de los hombres y cubrió con sus disparos a los soldados que subían por la colina.

Los talibanes sabían que iban hacia allí. Los insurgentes tenían ojos en todas partes. El ejército estadounidense luchaba en una tierra en la que no podía confiar en nadie. Ni en los intérpretes locales que trabajaban para ellos. Ni en los habitantes de los pueblos a los que abastecían de comida y medicinas. Ni siquiera en los soldados afganos que luchaban a su lado. En nadie.

Dos docenas de soldados talibanes armados con AK-47 descendieron en avalancha por la cresta. Los cuchillos de veinte centímetros que llevaban colgando de la cintura le recordaron a Grant que decapitar a unos cuantos americanos en Al-Yazira sería para los talibanes el remate perfecto de la jornada. El enemigo tenía la ventaja de encontrarse en zona elevada, pero a Grant se le alegró el alma al ver aparecer a sus hombres cuesta arriba directamente en la línea de fuego. El enemigo se replegó, trepando por la cordillera con los hombres de Grant a la zaga.

La emboscada tendría que haber terminado, haberse disuelto sin una sola baja estadounidense.

Sonaron disparos a su espalda. Grant se volvió bruscamente. A su lado, cayó Wise, con una herida sangrante en el muslo. Las balas pasaron silbándole junto a la cabeza. ¿De dónde demonios venían esos disparos? ¿De detrás de ellos?

Exploró la zona en busca de los agresores. Cinco soldados afganos habían roto filas y habían empezado a disparar contra los efectivos estadounidenses a los que supuestamente respaldaban. Wise estaba tirado en el suelo, gritándole a la radio. Las armas de los traidores llameaban. Cayeron dos soldados afganos. Casi todo el pelotón estaba por delante de Grant y el teniente estaba centrado en no desangrarse.

Grant levantó su M-4. Estalló el caos en el ANA. ¿Quién estaba con quién?

Un soldado afgano apuntó a Wise, sin duda con la intención de evitar que se comunicara con los suyos. Gritando a los soldados del otro lado del vehículo, Grant niveló el arma y disparó al indudable traidor. Su rostro explotó en medio de una nebulosa roja. No tenía sentido disparar al centro de masa del cuerpo cuando sabía de sobra que el enemigo llevaba chalecos antibalas proporcionados por el gobierno estadounidense. Cuatro hombres escaparon de las filas afganas y apuntaron al vehículo que estaba delante de Grant, donde el tirador de la torreta disparaba ráfagas de ametralladora a la cresta.

El sargento bramaba órdenes. Grant hincó una rodilla en el suelo y disparó a los renegados. Los soldados del vehículo que iba delante se volvieron y remataron la faena. Los traidores cayeron abatidos por el fuego incesante de las ametralladoras.

¿Serían esos los únicos? ¿Habría más espías talibanes entre los suyos? ¿Cómo demonios iban a saberlo?

Las explosiones y el fuego de artillería fueron descendiendo. El sanitario de la unidad detuvo la hemorragia de la pierna de Wise y se dirigió a Grant.

—¿Comandante? —dijo el joven cabo señalándole el rostro—. Deje que le vea eso, señor.

Apenas consciente de que le goteaba sangre del ojo, Grant dejó que el sanitario le desinfectase la herida y le pusiera una tira de sutura adhesiva en el corte de la sien. A Wise lo subieron al vehículo. Seguía hablando por radio.

Se pidió que regresara al pelotón que había subido la cresta. Un fuerte estrépito señaló la llegada de refuerzos aéreos. El Apache sobrevoló la formación montañosa y arrasó con todo aquello que quedase al otro lado.

Grant examinó el pelotón. El teniente Wise parecía ser el único herido de gravedad, pero, a pesar de la victoria, habían sufrido daños. Los talibanes se habían infiltrado en el ANA. ¿Cómo iban a volver a considerarlos aliados los soldados estadounidenses?

Cuando cesó el bombardeo, Wise envió un pelotón al otro lado de la cresta para comprobar si había supervivientes, pero no encontraron ninguno. El convoy reanudó la marcha y llegó a la base unas horas después. Grant no respiró tranquilo hasta que los camiones pasaron las puertas y se encontraron al otro lado de la concertina barbada. Aunque últimamente ni siquiera en el interior del recinto estaban a salvo, por la determinación de los talibanes de infiltrarse en el ANA a la menor oportunidad.

Su uniforme de combate estaba hecho pedazos, de los disparos, y manchado de sangre y de polvo afgano, pero Grant fue directamente al centro de mando a informar al teniente coronel Tucker.

Tucker estaba en su despacho. Sus ojos, bajo una densa mata de pelo canoso, se clavaron en Grant.

—Siéntese, comandante. —Pero Grant estaba demasiado nervioso para sentarse. Se debatía entre el agotamiento y la tensión. Cerró la puerta y paseó inquieto por la polvorienta estancia mientras relataba los detalles de la emboscada—. Comandante —lo interrumpió Tucker levantando la mano—. Ya me informará el teniente Wise. —Grant se detuvo. Pasaba algo. Hacía diez meses que era el segundo de Tucker. El coronel lo escudriñaba y su castigada piel se fruncía alrededor de sus ojos—. Siéntate, Grant—. Receloso, Grant se dejó caer despacio en una silla. Cuando Tucker lo llamaba por su nombre, lo que iba a decirle era personal—. ¿Es grave? —le preguntó, mirándole la herida de la frente.

—No, señor. Solo un rasguño.

Descendió el flujo de adrenalina y Grant notó en sus extremidades hasta el último gramo de fatiga de las dos noches sin dormir.

Tucker abrió el cajón de su escritorio. Sacó de su escondite dos vasos de whisky. Le pasó uno a Grant y esperó a que este se recostara en el asiento para empezar a hablar.

—He recibido una llamada de Estados Unidos.

Grant se agarrotó, se preparó para lo peor. ¿Habría sucumbido finalmente su padre a sus achaques físicos y psíquicos? El coronel retirado había aguantado mucho más de lo que nadie habría previsto. Grant había estado esperando a que le comunicaran su muerte desde que lo habían destinado a Afganistán hacia diez meses.

—¿Qué ha ocurrido? ¿Mi padre?

—No. Lo siento, Grant. No es tu padre. —Tucker lo miró con tristeza y sus palabras fueron lo último que Grant había esperado oír—. Tu hermano y su esposa han muerto.

A Grant aún le pitaban los oídos del combate. No habría oído bien. Solo tenía un hermano casado. Solía pasar parte de su permiso con la familia de Lee. Su hermano era la piedra angular de la familia. No había nada lo más mínimamente peligroso en su existencia.

—¿Cómo ha dicho, señor?

—Tu hermano Lee y su mujer, Kate, murieron anoche.

El alcohol y el dolor le adormecieron la garganta. Era imposible.

—¿Cómo? ¿En un accidente?

Tucker negó con la cabeza. La compasión le suavizó la voz.

—Parece ser que los atracaron.

En cuanto superó la conmoción inicial, lo primero que pensó fue en los niños. Carson y Faith se habían quedado solos. Huérfanos.

Miró fijamente al suelo.

—Tengo que volver a casa.

—Haz el petate. Ya se está tramitando tu permiso de emergencia. El sargento Stevens se encargará de tu transporte. —Tucker regresó a su escritorio—. Lamento tu pérdida.

—Gracias, señor.

Grant se levantó e intentó sostenerse en pie, pese a que le temblaban las piernas. Se enfrentaba a la muerte a diario, pero la de su tranquilo hermano abogado era distinta. No estaba preparado para un golpe así. Habían vuelto a tenderle una emboscada.

Fue a ver al sargento Stevens. Le había hecho un hueco en un helicóptero de transporte de tropas. Disponía de apenas unas horas para prepararse. En piloto automático, hizo el petate, se dio una ducha y se puso un uniforme de combate limpio. Hasta que no estuvo en el Chinook, contemplando la nube de polvo que levantaban los rotores en tándem, no fue del todo consciente de lo que había sucedido. La pena le perforó el alma como una bala.

Lee y Kate habían muerto.

Capítulo 3

Lunes por la noche

Grant se limpió la fina capa de sudor de la cara. La temperatura de su casa de Scarlet Falls, en Nueva York, era similar al frío helador que había dejado atrás, pero apreciaba tanto la humedad del aire como la ausencia de polvo, aquella arenilla fina que lo impregnaba todo, hasta los pulmones, en Afganistán.

Tomó una fuerte bocanada de aquel aire que olía a pino y subió detrás del inspector Brody McNamara los escalones de hormigón que conducían a la puerta lateral del edificio municipal. Por fuera, la construcción de estilo colonial armonizaba con la imagen de localidad pequeña y pintoresca, de tablillas azules y contraventanas color arcilla. Por dentro, era como cualquier otro edificio de oficinas. Pero, como el inspector había accedido a reunirse con Grant a las diez de la noche, no iba a quejarse del desacierto de la decoración.

La comisaría compartía aquel bloque de dos plantas con la administración del municipio. Nada más pasar la puerta, un poste informativo dirigía a las visitas a la planta superior para el pago de impuestos, la zonificación o la atención personalizada de cualquier asunto municipal. La policía ocupaba toda la planta baja.

Siguió al inspector por un vestíbulo de azulejos grises. Pasaron por delante del ascensor y de un mostrador de recepción; luego enfilaron un pasillo corto que conducía a un espacio abierto a oscuras. McNamara pulsó el interruptor de la pared. Los fluorescentes del techo iluminaron un puñado de cubículos y una fila de archivadores metálicos. Una serie de puertas cerradas remataban la pared del fondo.

—Lo siento, somos un equipo pequeño. El personal de noche es mínimo, solo la patrulla y el vigilante.

El inspector bordeó los cubículos y abrió la puerta del centro. McNamara tendría treinta y seis o treinta y siete años, uno o dos más que Grant, y el cutis rubicundo y curtido por el viento propio de un esquiador. Unos vaqueros y una chaqueta azul marino con un escudo de la policía local en la manga cubrían su cuerpo larguirucho. Lo condujo a un despacho estrecho pero limpio y ordenado. Dos sillas de plástico para invitados presidían un viejo escritorio metálico. McNamara rodeó la mesa y se dejó caer en su silla.

Grant, inquieto, permaneció de pie.

—Le agradezco que me reciba a estas horas.

Había llamado al policía desde la interestatal 87 antes de llegar a la ciudad.

—Encantado de ayudarlo, comandante. Lamento su pérdida.

A Grant se le cerró la garganta. Le habían disparado una vez y unos artefactos caseros habían estado a punto de hacerlo pedazos en dos ocasiones. Llevaba metralla suficiente bajo la piel como para disparar un detector de metales. Luchaba por mantener a salvo a personas como Lee y Kate. ¿Cómo era posible que su hermano pequeño, a salvo en Estados Unidos, hubiera muerto?

De pronto agotado, se sentó despacio en una de las sillas de respaldo rígido.

—¿Dónde están los niños?

El policía echó una mano a su espalda. Encima de un aparador, había una mininevera. Sacó una botella de agua y se la ofreció a Grant.

—Como le he dicho por teléfono, no pudimos localizar a ningún familiar la noche en que su hermano y su cuñada fueron asesinados. Los servicios sociales los han trasladado a un hogar de acogida.

La hermana de Grant, Hannah, estaba en Yakarta por trabajo, pero el pequeño de los Barrett, Mac, vivía por la zona. Dado el turbulento pasado de Mac, la ausencia de respuesta a los mensajes de Grant resultaba preocupante.

Aceptó la botella. Le ardían los ojos. Los cerró con fuerza y se frotó la frente.

—¿Le apetece un café, comandante? —le preguntó el inspector.

—No, gracias. —Destapó la botella y bebió, obligándose a tragar el agua fría. Había pasado las últimas setenta y dos horas viajando desde Afganistán hasta el estado de Nueva York. Las escalas en Kabul, en la ciudad de Kuwait y en Alemania habían demorado su regreso. Su vida había sido normal, al menos todo lo normal que podía ser en una base de operaciones de avanzada. De pronto todo era distinto. Sus prioridades, su vida entera, habían estallado como una bomba al borde del camino—. Solo quiero ir a por mis sobrinos.

—Lo comprendo, pero me temo que no hay nada que yo pueda hacer hasta mañana. —El policía se pasó el pelo por la cabeza rapada—. Mire, sé que quiere verlos, pero es muy probable que los críos estén durmiendo ya. No quiero sacarlos de la cama en plena noche. Se asustarían.

Que era precisamente lo que había pasado el viernes por la noche, cuando habían asesinado a sus padres. El policía tenía razón. Reproducir la escena no les iba a favorecer, pero Grant no quería imaginar a Carson y a Faith pasando otra noche en una casa extraña, con extraños, después de haber perdido todo su mundo. Claro que, como lo habían enviado a Afganistán antes de que la pequeña naciera, también él era un extraño para ella y hacía diez meses que no veía a Carson. ¿Se acordaría de él?

—¿Está seguro?

—Lo siento —dijo el inspector, dejando las gafas de leer en la mesa—. Hay muchas normas y papeleo que hacer. Las llamadas en plena noche son solo para las situaciones críticas. ¿Dónde puedo localizarlo?

Lo último que quería hacer era quedarse solo en la casa de su hermano, rodeado de recuerdos felices que ya no lo serían, la casa en la que había pasado dos semanas con Lee, con Kate, embarazada, y con Carson el pasado mes de mayo. Prefería alojarse en una habitación de hotel, en un entorno impersonal que no le recordara que su hermano estaba muerto, pero seguramente los niños estarían más a gusto en su propio hogar. Debía asegurarse de que la casa estaba lista para ellos.

—Me quedaré en la vivienda de mi hermano. —Le dio al policía el teléfono de la casa—. Ya tiene mi móvil. —El inspector cogió un bolígrafo y anotó la información—. ¿Lo sabe mi padre? —preguntó Grant.

—No —dijo McNamara, negando con la cabeza—. Como nos pidió, hemos dejado que sea usted quien le dé la noticia.

Se le entrecortó la respiración. La idea de comunicarle al coronel la muerte de Lee le hizo tomar consciencia de lo crítico de la situación.

—Gracias. Su salud es frágil. Pasaré por la residencia mañana.

Lee era dos años más joven que Grant. De niños, habían estado tan unidos como podían estarlo dos chavales de personalidades diametralmente opuestas. Para Grant, todo era blanco o negro, mientras que su hermano percibía todos los matices de color. ¿Sabía ya su padre lo distintos que iban a ser cuando les había puesto los nombres de dos generales rivales de la Guerra de Secesión? El plástico de la botella de agua crujió bajo la excesiva presión de sus dedos. Aflojó la mano.

—Me pondré en contacto con los servicios sociales a primera hora de la mañana —prometió McNamara—. Lo llamaré en cuanto sepa algo.

A Grant no lo agradaba la situación, pero, después de trece años en el ejército, sabía bien lo que eran las normas y los procedimientos, y cuándo oponerse a ellos.

—¿Hay que identificar los cadáveres? —preguntó con dolor.

—No. No será necesario. El forense ha utilizado el historial odontológico. —El inspector negó con la cabeza y entornó los ojos—. Sé que quiere verlos, pero pregúntese si es esa la imagen que quiere conservar o prefiere recordar a su hermano y su cuñada como los vio la última vez.

Aquella afirmación fue como un golpe seco en el pecho. ¿Estarían Lee y Kate identificables? Recordó al insurgente al que había disparado en la emboscada y sobrepuso el rostro destrozado del traidor al de su hermano. Le temblaron las yemas de los dedos. Apenas había digerido la emboscada cuando había recibido el mazazo de la noticia de la muerte de Lee. Cada vez que cerraba los ojos, veía el fuego de su M-4 y el rostro del insurgente haciéndose pedazos. Sabía que no había tenido elección. No era la primera vez que mataba en combate. Cobrarse una vida, aun en una guerra, dejaba huella, pero nada de lo que había vivido hasta entonces era comparable a aquella situación. Todo estaba del revés. Si uno de los Barrett debía morir, tendría que haber sido él.

La rabia le irritó el vientre, y agradeció su calor constante. Era preferible indignarse a que lo indignaran a uno, como solía decir su primer sargento.

—¿Qué se sabe de los asesinatos?

McNamara se recostó en el asiento y estudió el rostro de Grant un instante.

—¿Seguro que quiere que se lo cuente ahora?

—Sí, solo dispongo de treinta días. —Pasaba el tiempo. Su permiso había empezado en el momento en que se había apeado del transporte militar en Texas esa mañana. Además, nunca iba a estar «seguro de querer» que se lo contara—. Cuando hablamos por teléfono, me dijo que había sido un atraco.

—El atraco es una de nuestras conjeturas. —El inspector se inclinó hacia delante y plantó los codos en el borde del escritorio—. Un vecino llamó a la policía para informar de los gritos de una mujer. Se envió una patrulla. Encontraron a Lee y Kate en una calle perpendicular, a la vuelta de la esquina del restaurante italiano del pueblo. Según el personal del establecimiento, su hermano y su mujer habían terminado de comer apenas diez minutos antes de que se recibiera la llamada. Parece ser que iban paseando hacia el automóvil cuando alguien los interceptó. Ambos murieron de un solo tiro en la cabeza. La cartera y las llaves de su hermano han desaparecido, al igual que el bolso de Kate. Y les robaron el automóvil.

El policía titubeó.

—Pero eso no es todo, ¿verdad? —preguntó Grant. El lenguaje corporal de McNamara revelaba descontento—. ¿Qué más?

El inspector soltó el bolígrafo sobre el vade. Apretó los labios.

—Su cuñada aún llevaba el anillo de compromiso.

Grant entendió lo que quería decir.

—Un atracador experimentado habría buscado las joyas típicas.

—Quizá. Kate llevaba guantes, así que no voy a dar nada por supuesto de momento. Aún estamos investigando. —Se frotó la barbilla—. ¿Quién podría beneficiarse de su muerte? No he encontrado ningún testamento en la casa, ¿sabe si lo habían hecho?

—Imagino que lo haría él mismo. Era abogado. Su trabajo consistía en atarlo todo bien atado.

Grant sabía que la policía había tenido que registrar la casa en busca de pistas. Habían asesinado a su hermano. A los muertos ya no les preocupaba su intimidad, pero la idea de que McNamara o cualquier otro hurgara entre las pertenencias de Lee y Kate y descubriese secretos íntimos de la pareja, desató su furia. No era justo lo que había ocurrido.

—La casa es grande y antigua. Se nos podría haber escapado algo. Si encuentra la llave de alguna caja fuerte o un testamento, háganoslo saber. —McNamara cruzó los dedos—. Les robaron el móvil a los dos, pero hemos conseguido que la compañía telefónica nos proporcione el listado de llamadas, la agenda y el calendario. Aún estamos revisando la información, pero puede que le hagamos algunas preguntas sobre abreviaturas o anotaciones. La empresa de su hermano no se ha mostrado muy dispuesta a proporcionarnos acceso al ordenador de trabajo de su hermano, ni a su despacho. He pedido una orden de registro, pero la rechazan, alegando que se trata de una violación de la confidencialidad entre abogado y cliente.

—Por supuesto. —Grant bebió más agua; el líquido frío se le instaló en el estómago y lo enfrió de dentro afuera—. Lo llamaré si descubro algo.

—¿Se le ocurre otro móvil para la agresión? —preguntó McNamara—. ¿Tenía enemigos su hermano?

Grant negó con la cabeza.

—Mi hermano era un abogado de un barrio residencial y un hombre de familia. No se me ocurre nadie que pudiera querer hacerle daño.

—Pero usted lleva diez meses en el extranjero —dijo el inspector, mirándolo a los ojos.

—Cierto. —Grant se desprendió del sentimiento de culpa. El combate le había enseñado a compartimentar, a dejar al margen el dolor hasta haber completado la misión, pero eso era más fácil decirlo que hacerlo cuando el muerto era su hermano—. Me cuesta creer que alguien matase a Lee y a Kate para robarles el monovolumen y la cartera. No tiene sentido. ¿Por qué matarlos? ¿Por qué arriesgarse a una condena por asesinato?

McNamara suspiró.

—No tengo ni idea. Puede que él se resistiera.

Pero los ojos del policía no parecían satisfechos con su propio argumento. Grant percibía el descontento que emanaba el inspector.

—Eso es impropio de Lee. Jamás habría puesto en peligro la vida de Kate.

Grant enroscó el tapón de la botella con tanta fuerza que lo rajó.

—Los delincuentes son escoria. A algunos les pone matar a sus semejantes. Las drogas incitan a la gente a actuar de forma disparatada y un drogadicto haría cualquier cosa por conseguir dinero para comprar más drogas.

Grant se inclinó hacia delante, apoyó los codos en los muslos y sostuvo la botella de agua entre las piernas. Sus ojos quedaron a la altura de los ojos pardos de McNamara.

—Los drogadictos son torpes. El asesinato de Lee parece… eficiente.

—Puede.

—¿Dispone de alguna prueba? —preguntó Grant. Hacía tres días que los habían matado—. ¿El arma homicida? ¿Huellas? ¿Vídeo de vigilancia? ¿Algo? ¿Oyó alguien los disparos?

—Por desgracia, no había cámaras de vigilancia en esa zona. Es un callejón tranquilo —contestó el inspector, negando con la cabeza—. Nadie ha usado sus tarjetas de crédito y no conseguimos localizar los móviles, lo que significa que les han sacado las baterías o los han destruido. El GPS del automóvil no transmite, seguramente lo han desactivado. Procuraré mantenerlo tan informado como me sea posible. —El policía se levantó, dando por concluida la conversación—. Cuando elija una funeraria, llame a la oficina del forense. Lo avisarán cuando hayan terminado con su hermano y su cuñada.

Lo que implicaba que el forense aún no había terminado las autopsias, otra cosa en la que a Grant no le apetecía pensar en ese momento. Iba a tener que organizar el funeral de su hermano, y eso ya era bastante difícil sin visualizar constantemente las agresiones sufridas por Lee y Kate. Pero ¿cuántas figuraciones mentales podía suprimir? Su cerebro no paraba de procesar imágenes violentas. Apoyó las palmas de las manos sudorosas en los vaqueros. Le costaba respirar, cada inhalación le resultaba dolorosa.

McNamara lo escudriñó, visiblemente preocupado.

—¿Hay alguien que pueda ayudarlo con todo esto, comandante?

—Mi hermana llegará mañana...

Pero, hasta entonces, Grant estaba solo. Kate nunca hablaba de su familia y Lee le había dicho en más de una ocasión que sus padres y ella estaban distanciados. ¿Cómo iba a ponerse en contacto con ellos? ¿Debía intentarlo siquiera?

—Tenga presente también que los asesinos seguramente tienen llave de la casa de su hermano y conocen la dirección.

—Sí. Cambiar la cerradura es mi máxima prioridad.

Jack le estrechó la mano al policía. Necesitaba salir de allí. El termostato corporal no le funcionaba y empezaba a sentirse febril con la chaqueta puesta.

McNamara lo acompañó al aparcamiento. El aire húmedo de la noche le cubrió la piel.

Se acomodó al volante del automóvil de alquiler. Arrancó el motor y miró el teléfono. Ni Hannah ni Mac le habían devuelto la llamada. Grant había estado jugando al gato y al ratón con su hermana, que iba camino de Nueva York desde Yakarta, pero ¿dónde demonios estaba Mac?

Enfiló la calle principal y se dirigió a la casa de Lee. Su ciudad natal, Scarlet Falls, era una pequeña población situada en una zona residencial de la parte norte del estado de Nueva York, aproximadamente a una hora en dirección norte de la capital del estado, Albany.

Con los Apalaches al oeste y el valle del Hudson al este, la localidad era pintoresca, pero la economía había ido a trompicones desde que Grant era niño. La ciudad no era próspera, pero tampoco estaba en bancarrota.

En una palabra, era como la media.

Sin embargo, en aquella zona corriente de la América de barrios residenciales de las afueras, habían asesinado brutalmente a Lee y a Kate. ¿Habría sido un atraco o algo aún más siniestro?

A diez minutos del centro, Grant entró en el barrio de Lee. En su mayoría, las residencias eran viviendas grandes y antiguas ubicadas en solares inmensos. Nada de casitas en serie. No, año y medio antes, su hermano había vendido su primera casa para mudarse a una dirección más prestigiosa. Debía de haberle ido bien en la empresa. Por la misma época, había adquirido un BMW.

Giró a la derecha. A la escasa luz de las distantes farolas, el vecindario parecía desierto. Cuando había estado allí en mayo, el valle estaba en todo su esplendor. Habían recortado los setos, que rebosaban de flores. Los niños montaban en bici y jugaban al *hockey* en la calle. Las mamás empujaban los carritos hacia el parque infantil de la esquina. Ahora, las cálidas temperaturas habían embarrado el paisaje, deshelando de día lo que volvía a helarse de noche. La luz de la luna brillaba en la capa de fango helado. Grant no había pasado mucho tiempo allí desde el instituto. La triste panorámica era más deprimente que las imágenes de su recuerdo. De adolescente, ansiaba salir del pueblo, como si fuera a estancarse por quedarse allí.

La antigua casa victoriana de Lee y Kate se levantaba detrás de un jardín alargado y estrecho. La construcción baja de estilo cabo Cod de la derecha estaba a oscuras, pero aún había luz en el edificio colonial de dos plantas de la izquierda. En aquel tramo, había pocas farolas y estaban muy distanciadas. Giró hacia el buzón de correo y aparcó al comienzo del camino de entrada. La enorme casa estaba en penumbra, casi resultaba inhóspita. Los árboles se elevaban imponentes por encima del tejado e impedían el paso de la luz de la luna. Los faros del automóvil de Grant abrieron un claro en la oscuridad e iluminaron el porche de entrada.

Bajó del vehículo y alzó la mirada a la casa, de pronto consciente de que no tenía llave. ¿Cómo iba a entrar? Suspirando, bordeó penosamente el edificio, comprobando todas las puertas y ventanas de la primera planta por si alguna se había quedado abierta. No hubo suerte. Quizá tuviera que irse a un hotel después de todo, con lo que tendría que volver a la interestatal, aunque, en aquellos momentos, pese al húmedo frío dormir en el automóvil tampoco le parecía mala idea. El asiento delantero del sedán desde luego no sería el peor sitio en el que había pasado la noche. Al menos en Scarlet Falls no había ejércitos enemigos que quisieran matarlo. Volvió al vehículo de alquiler. Su camioneta, aparcada en el almacén de la base de Texas, llevaba una caja de herramientas y una linterna en el maletero, pero aquel sedán, no.

Abrió el maletero y tiró de la barra de hierro del hueco de la rueda de repuesto. Podía romper una ventana, pero luego tendría que cambiarla. No debía de ser esa su mejor opción. Volvió la vista hacia la casa de al lado y recordó a la preciosa vecina morena de Lee. Se habían visto un par de veces durante su última visita. Ni siquiera después de diez meses en el extranjero un hombre podía olvidar a una mujer como Ellie Ross.

—¿Necesita ayuda?

Llevándose instintivamente la mano al arma que solía llevar en el costado, Grant se volvió hacia la voz de mujer que le hablaba. Tocó la chaqueta vacía.

Una mujer mayor y menuda se encontraba en el camino de entrada. La oscuridad ocultaba sus rasgos, pero a Grant no le costó ver la escopeta que sostenía. Se quedó paralizado: al ver un arma, se le disparó la adrenalina. Recordó de pronto la emboscada y la figura vestida de camuflaje apuntándole con el arma.

¿Cómo había conseguido colarse a su espalda? ¿Tan distraído estaba?

—Suelte la barra de hierro —le dijo ella—. Y no se mueva.

—Tranquila —contestó él, luego dejó la barra en el maletero y levantó las manos mientras ella lo apuntaba con la escopeta del calibre doce al centro del pecho.

Capítulo 4

—¡Nana! —Ellie escrutó la penumbra. A la entrada de la casa de sus vecinos, tras la escopeta que blandía su abuela, había un hombre que le resultaba familiar. Pero sus ojos aún no se habían adaptado a la oscuridad y él se encontraba a la sombra del maletero abierto—. No puedes ir encañonando a la gente.

—Andaba rondando la casa a oscuras. Me ha parecido que iba a entrar por la fuerza. —La anciana dio un pisotón con su deportiva blanca en la acera. Un ladrido histérico emanó de su casa—. Hay que andarse con cien ojos. Demasiados delitos por aquí últimamente.

—Ha aparcado en la entrada de la casa, Nana. Eso no es precisamente un delito. —Ellie retiró suavemente el arma a su abuela, apuntando el cañón hacia el suelo—. Esos ladridos van a despertar a Julia. ¿Te importaría entrar en casa y decirle a la perra que se calle? —Luego ella intentaría convencer al hombre de que no llamara a la policía, o al psiquiátrico, para que se llevaran a la anciana.

Nana le lanzó una mirada asesina, pero obedeció, y se dirigió a la casa.

El desconocido cerró el maletero y se volvió hacia ella. Ellie reconoció al hermano de Lee.

—¿Grant?

Con su metro noventa y cinco, su espalda ancha y sus fuertes pectorales, Grant llenaba la cazadora de cuero marrón.

—Hola, Ellie.

—Lamento tu pérdida —le dijo ella, de pronto inundada por la tristeza.

—Gracias —contestó él, aclarándose la garganta.

—Perdona lo de mi abuela —añadió ella—. Está harta de periodistas y fotógrafos. Además, ha habido otras personas que rondaban el edificio en la oscuridad buscando un modo de colarse dentro. Hemos llamado a la policía unas cuantas veces. Dicen que en cuanto los nombres de las víctimas aparecen en los medios, es normal que la casa se convierta en blanco de los delincuentes. ¿Puedo hacer algo por ti?

—No tengo llave. Confiaba en encontrar alguna puerta o ventana abierta, pero no ha habido suerte.

—Yo tengo una copia. Ven conmigo y te la doy.

—Estaba a punto de llamar a tu puerta. —Parecía agradecido—. No sé por qué no he empezado por ahí.

—Imagino que tendrás muchas cosas en la cabeza.

Pasada la crisis, Ellie empezó a temblar como una hoja. No le había dado tiempo de agarrar una chaqueta cuando había visto a Nana, armada, asaltando al pobre hombre. Ahora, su camiseta manchada de masilla y sus vaqueros no casaban bien con el frío de la noche.

Cruzaron la extensión de césped cubierta de nieve de ambos jardines y subieron con brío los escalones de la casa de Ellie. La luz del porche iluminó el rostro de Grant. Tenía el pelo claro y los ojos azules, como Lee, pero ahí terminaba el parecido. Lee, alto y delgado, tenía cierto aire a lo Gregory Peck en el personaje de Atticus Finch. De modesto erudito. Grant, más corpulento y musculoso, tenía una presencia física dominante, una presencia que ella notaba hasta en el último centímetro de su piel desnuda. Aunque no hubiera sabido que era soldado, lo habría adivinado por la dureza de su cuerpo, por su pose y por el recelo de su mirada. Pese al dolor que se dibujaba en su rostro, la dejó paralizada un instante. Los diez meses que había pasado en el desierto habían afilado sus rasgos escandinavos y le habían dado un aspecto más crudo. Ya era atractivo, pero su masculinidad se había multiplicado por diez. Su cuerpo era más fibroso, estaba más tenso, más predispuesto a la acción.

La sorprendió mirándolo. Una levísima sonrisa asomó a sus labios y ella se ruborizó.

Ellie apartó la cara de la luz y abrió la puerta de su casa. AnnaBelle salió al porche dando brincos. A pesar de los fuertes ladridos, la golden retriever era todo contoneo y gimoteo por el recién llegado.

—¡Qué preciosidad! —dijo Grant, y se agachó a acariciarle la cabeza.

—Es de Carson —lo informó ella.

Grant se detuvo en seco. La desolación se apoderó de su rostro y la tristeza lo envejeció años en cuestión de segundos.

—No sabía que tuvieran un perro.

—No hace mucho que la tienen. Lee la recogió del refugio este verano. AnnaBelle y Carson son inseparables. —Entró en la casa y se quitó las botas—. Ven, AnnaBelle —dijo, volviéndose y dándose una palmada en el muslo—. ¿Van a volver los niños a su casa? —preguntó, con los ojos llenos de lágrimas—. Los servicios sociales no me han dejado quedármelos y mi solicitud de acogida de emergencia ha pasado el fin de semana en un limbo burocrático. La comprobación de antecedentes lleva tiempo, dicen. —La perra le rodeó las piernas y la hizo tambalearse. Recuperando el equilibrio, quitó de en medio a la cariñosísima retriever—. Pero me han dejado quedarme a la perra.

—Los niños estarán en casa a primera hora de la mañana. —Se limpió los pies en el felpudo—. No han querido traerlos esta noche. Normas.

—Sí. Ya me he familiarizado con las «normas» de los servicios sociales durante el fin de semana —dijo Ellie, tragándose su amargura.

La perra y el hombre la siguieron al interior de la casa. Mientras avanzaba por el vestíbulo, abrió la escopeta, sacó los cartuchos y la guardó en un estuche, bajo llave, en el ropero.

—¿Aún sigues en Afganistán?

—Sí, estoy de permiso de emergencia.

Pasaron por delante del salón destripado.

—¿Cómo va la reforma? —preguntó él, señalando al otro lado de la arcada, donde los materiales y las herramientas ocupaban el espacio en el que debería haber estado la mesa del comedor.

—Despacio. —Entró en la cocina. Los armarios eran de un amarillo fosforito y el deteriorado papel pintado lucía unos girasoles del tamaño de una cabeza humana. Las desgastadas baldosas de vinilo solían ser negras. El efecto general era nauseabundo—. Estoy deseando empezar con esta habitación. Es como si te atacara un enjambre de abejorros. La cocina será lo siguiente que desmontemos. Habrá que tirar las paredes. Se pondrá todo hecho un asco.

—La última vez que hablamos estabas reformando el baño del dormitorio principal.

Se acordaba. Eso satisfizo a Ellie. Se habían visto en pocas pero memorables ocasiones. Kate había intentado emparejarlos descaradamente. Había invitado a Ellie a más barbacoas en las dos semanas de mayo que Grant había estado allí que durante todo el verano siguiente.

—¿Te apetece sentarte? —le dijo, señalando la mesa—. ¿Te preparo un café?

—No —contestó Grant. La estrechez de aquella estancia pequeña magnificaba su tamaño. Era un hombre robusto. Debía de invertir un tiempo considerable en entrenarse en Oriente Medio. Tenía músculos sobre los músculos. Tampoco es que ella se estuviera fijando. Mucho—. Querría acostarme cuanto antes. Ha sido un largo viaje.

—Me imagino que sí. Te busco la llave. —Abrió el cajón y hurgó entre abridores de botellas, bolígrafos y cachivaches varios—. Sé que anda por aquí. La usé hace nada.

Se oyó el arrastrar de unas zapatillas por el vestíbulo y entonces entró Nana; su insaciable curiosidad la llevaba a su invitado como las moscas iban a la miel. Echó un vistazo a Grant a la luz intensa de la cocina, le hizo una pasada rápida de pies a cabeza. Bajo su suave mata de pelo teñido de castaño, la mirada de la anciana pasó de la sospecha al interés en un segundo.

«Ajá.»

—Nana, te presento al comandante Grant Barrett —le dijo Ellie, señalándolo—. El hermano de Lee. Tú estabas en Florida la primavera pasada cuando él vino de visita.

La mirada de la anciana se suavizó. Se acercó y le tomó ambas manos, con los ojos llenos de lágrimas.

—Cuánto lo siento, comandante. Su hermano era un hombre estupendo.

Él apretó los labios; la nuez le subió y le bajó al tragar.

—Gracias. Llámeme Grant, por favor.

—Grant necesita la llave de la casa. —Entonces la vio en el colgador de la pared. AnnaBelle la siguió en el pequeño trayecto de ida y vuelta—. ¿Hay algo más que podamos hacer por ti?

—Esta noche, no —contestó él, tomando la llave que le ofrecía—. Quizá mañana me surjan algunas dudas, sobre todo cuando vengan los niños. Gracias por ocuparte de la perra y vigilar la casa.

—Era lo mínimo que podía hacer.

Ellie entró en la despensa y se cargó un saco de veinte kilos de comida para perros en la cadera.

Grant se acercó corriendo.

—Deja que lo lleve yo —le dijo, y se lo metió bajo el brazo como si no pesara más que un paquete de harina.

Ella procuró no mirar las protuberancias que se dibujaban debajo de su suéter. Procuró. No era el momento más oportuno para admirar los atributos del comandante. Aunque sabía que eran dignos de admiración. Le vino a la cabeza un recuerdo de Grant

37

jugando con Carson en el jardín en el mes de mayo. El niño había atacado a su tío con la manguera. Había llevado grabada en la memoria durante los últimos diez meses la imagen de Grant quitándose la camiseta empapada, escurriéndola y persiguiendo a su risueño sobrino por todo el jardín. Y se reproducía constantemente como un vídeo de YouTube, por lo general en los momentos más inoportunos. Como aquel.

Le puso una correa enrollada encima del saco de pienso.

—No suele ir atada. Si la llamas, acude.

—¿Mamá?

Se volvieron todos hacia el umbral de la puerta. Su hija, Julia, se encontraba plantada bajo el arco.

—¿Te acuerdas del comandante Barrett?

Julia asintió con la cabeza.

—Lo siento mucho. —Sorbió. Una lágrima rodó de uno de sus ojos hinchados y la joven profirió un largo y entrecortado suspiro. La muerte de los Barrett le había afectado mucho. Además de cuidar de Carson y Faith, Kate había sido su entrenadora de patinaje artístico. Ellie se acercó a su hija y le pasó un brazo por los hombros. Sus sensuales pensamientos sobre el comandante sexi se evaporaron y los reemplazó una nueva oleada de tristeza. Si las cosas fueran distintas, si él no fuera un ambicioso militar en constante movimiento por el mundo, si ella no estuviera tan atada por las traiciones de su pasado, si su actual encuentro no se hubiese visto enfangado por el dolor, quizá podría haber habido algo entre ellos.

Pero eran demasiados «si», todos imposibles de cambiar.

Grant hizo ademán de salir, como si estuviese deseando marcharse.

—Es tarde. Más vale que me vaya. Gracias otra vez.

Llamó a la perra, que acudió a él enseguida, siempre entusiasmada de conocer a un nuevo humano. Ellie los acompañó al porche de entrada. AnnaBelle siguió a Grant por el césped hasta el escalón de la casa de al lado. Ellie cerró la puerta y echó el cerrojo.

—Buenas noches —dijo Julia, que subió a su cuarto frotándose los bíceps.

Nana se quedó plantada en la cocina, con un puño apoyado en la cadera, el ceño fruncido, muy pensativa.

—Ese hombre va a necesitar ayuda.

Ellie cruzó los brazos.

—Si Grant necesita ayuda, ya la pedirá. Hasta entonces, nosotras vamos a seguir a lo nuestro.

La anciana la ignoró y paseó inquieta por la cocina.

—Un hombre muy atractivo. Atlético. Bien parecido. Siempre me han gustado los hombres de uniforme.

—No iba uniformado.

—Tengo buena imaginación.

Menos mal que Nana no había estado en casa el año anterior. Si hubiera visto a Grant sin camiseta…

—Ah, no —espetó Ellie, amenazando a su abuela con el dedo—. No empieces.

—¿Que no empiece el qué? —dijo la mujer, levantando un hombro, toda inocencia—. Solo he hecho una observación.

—Pues no la hagas —replicó Ellie—. Está de permiso. No ha venido a quedarse.

—Ajá.

Nana sacó una bandeja de hornear del armarito.

—No me va el rollo ocasional.

—No te va el rollo y punto —dijo la anciana con un bufido.

—¡Nana! —protestó Ellie.

—Mira —le dijo su abuela, levantando el dedo índice—, cometiste un error cuando eras joven. Y la única que aún te lo está haciendo pagar eres tú. Puedo contar las citas que has tenido en los últimos años con los dedos de estas manos viejas y nudosas. Tienes que pasar página y seguir adelante con tu vida.

—Ya tuve una relación con un hombre que nunca estaba en casa. No voy a tener otra. —Ellie prefería hacer reformas en la casa a salir con hombres—. Exageras. He salido con bastantes más. Solo que hace un tiempo de eso. Porque he estado ocupada.

—No muchos más.

Nana sacó la caja de recetas del fondo del cajón. Repasó las filas de tarjetas manuscritas y manchadas de mantequilla.

—¿Qué haces?

—Me he desvelado —contestó la mujer a la vez que sacaba la harina de la despensa—. Voy a hornear algo.

—Son más de las once.

—Cuando Carson vuelva a casa querrá comer algo que le sea familiar. —Qué típico de su abuela convertir el insomnio en una comida agradable para un niño triste—. Además, los hombres del tamaño de Grant necesitan sustento.

Cuando Ellie se había plantado en la puerta de su abuela, con dieciséis años, embarazada, después de que el padre de la criatura se fugara a la Costa Oeste y los suyos la amenazaran con echarla de casa si no aceptaba sus condiciones, Nana la había acogido sin un solo reproche. «A lo hecho, pecho —le había dicho—. Centrémonos en el futuro.» Al día siguiente, habían elegido los colores y diseños y habían empezado a pintar el cuarto de invitados.

La anciana hizo una pausa, bandeja en ristre, estudiando el reflejo de las dos en el cristal oscuro de la ventana de la cocina.

—No puedo dormir. No paro de pensar en Lee, en Kate y en esos pobres niños.

No hizo falta que terminara de explicarse. Tampoco Ellie podía quitarse de la cabeza a sus amigos. Se le hizo un nudo en la garganta y los ojos se le llenaron de lágrimas por derramar.

—Grant recuperará a los niños mañana —dijo, abrazando a su abuela de lado, con un solo brazo.

—Gracias a Dios.

—Sí.

Guardaron silencio un minuto, pensando cada una en sus cosas. Nana seguramente en Grant.

Pero Ellie no estaba dispuesta a dejarse llevar otra vez. Estaba bien así. Sola, pero bien.

—Me voy a la cama.

Pasó por el salón para asegurarse de que el frasco de masilla estaba bien cerrado. Ya en el dormitorio, miró por la ventana. Se veía luz en la casa de al lado. ¿Cómo se las apañaría Grant con los niños? Carson era un niño fácil de tratar, pero la pena lo volvería difícil, incluso a él. Luego estaba Faith. ¿Cómo sobrellevaría un soldado soltero las horas de llanto sin fin? Kate solía decir que la bebé tenía los pulmones de un atleta olímpico.

Pobre Kate.

Ellie había conocido primero a Lee, que la había convencido para que comprase aquella casa para empezar una nueva vida, pero se había hecho amiga de Kate en cuanto habían empezado a ser vecinas. Tenían mucho en común. Las dos se habían distanciado de sus padres. Kate sabía lo que era no poder llamar a su madre en las fiestas. Ahora tampoco Faith y Carson tendrían una madre a la que llamar.

Con la respiración entrecortada, entró en el baño del dormitorio, la primera habitación que había reformado nada más comprar la casa. Los azulejos de porcelana color crema habían reemplazado a la decoración en rosa y negro de los años cincuenta. Abrió la ducha, se desnudó y entró en ella. El agua aún salía fría. Se deslizó por los azulejos de la pared y dejó manar las lágrimas, mientras imaginaba a Carson llorando en el asiento de atrás del automóvil de la trabajadora social, a la bebé berreando, a la perra gimiendo y retorciéndose contra el collar. Aún sentía el mordisco del aire de la noche en el rostro humedecido por las lágrimas, tan frío y real como el agua de la ducha que corría por su piel en esos momentos.

¿Cuánto duraría el permiso de Grant y qué haría con los niños cuando tuviera que volver al ejército? Y lo que era aún más importante: ¿qué harían los niños sin él? Lee tenía dos hermanos más, pero ¿dónde estaban? Kate llevaba diez años sin ver a sus padres y, por lo que contaba, los niños estaban mejor sin ellos. Sintió una punzada de dolor en el pecho al pensar en los pobres huérfanos.

El agua empezó a salir caliente y la carne de gallina fue desapareciendo. Ellie se levantó del suelo y se lavó la cara. Los hijos de Lee y Kate no eran responsabilidad suya. Ni la perra a la que ya echaba de menos. La trabajadora social se lo había dejado muy claro. Como le había dicho a Nana, se proponía ocuparse de sus cosas salvo que Grant le pidiera ayuda. Él ya tenía una familia. No necesitaba que una vecina chismosa se metiera en una situación ya complicada. Sin embargo, con ese comandante tan sexi y dos niños a los que adoraba en la casa de al lado, le iba a costar mantener las distancias.

Grant abrió la puerta de la casa de su hermano. Le silbó a la perra, que olisqueaba un círculo del césped cubierto de nieve.

—Ven, bonita.

Tres mujeres llorosas era más de lo que podía soportar. Su compasión colectiva amenazaba con poner en peligro su escaso control de la situación. Pero el largo pelo oscuro de Ellie, sus abundantes pecas y sus enormes ojos pardos podían tentar a un hombre a aceptar algo de consuelo.

Procuró no pensar en su guapa vecina. En menos de un mes volvería a Afganistán. Ellie, una mujer sana e íntegra, no era carne de amoríos pasajeros.

Grant estaba demasiado centrado en su carrera militar para hacer hueco en su vida a una relación seria. Llegar a general exigía una dedicación del cien por cien. Había visto a demasiados compañeros echar de menos a sus familias y también había mandado a casa a demasiados padres en ataúdes envueltos en banderas. En su propia juventud, había sido testigo ocular de los sacrificios realizados por una familia militar. Grant solo salía con mujeres oficiales que no estaban interesadas en la vida doméstica. Sin embargo, Ellie ya había invadido su imaginación en más de una noche fría y solitaria en el desierto.

AnnaBelle olisqueó un seto en el lecho de flores de delante del porche; luego entró trotando por la puerta principal. Nada más entrar en el vestíbulo, Grant soltó las llaves en la mesita y se sentó en la silla que había al lado para quitarse las botas mojadas. El edificio victoriano, con más de un siglo de antigüedad, tenía una estructura clásica, con la escalera en el centro, y en ella abundaban las estancias pequeñas y los pasillos estrechos. Todo era oscuro, desde los arañados suelos de pino hasta las pesadas molduras de los marcos de las ventanas y las puertas. La casa no era bonita. ¿Por qué le habría gustado tanto a Lee? Había hablado de hacer obras, de tirar paredes y abrir ventanas para que entrase más luz en aquel lúgubre espacio, pero no parecía que se hubieran hecho mejoras desde que Grant los había visitado el año anterior, salvo el tapiado del montaplatos no operativo del cuarto de la vajilla. Sonrió al recordar la excitación infantil, e inusual, de Lee al mudarse a aquella casa. Había querido arreglar el antiguo sistema de poleas y palancas, pero a Kate le había dado pánico que Carson se cayera por el agujero. Como de costumbre, se había impuesto el pragmatismo de Kate.

La perra lo siguió a la cocina. Grant llenó de agua un cuenco y lo dejó en el suelo. La ventana mirador situada detrás de la mesa daba al bosque nevado de la espalda de la vivienda. La primavera pasada Lee y Kate habían organizado numerosas barbacoas en aquel patio, todas destinadas a emparejarlo con Ellie sin ningún disimulo. La recordó allí de pie, con su vestido estival, los bonitos hombros al descubierto, enseñando un trozo de pierna bronceada y con una amplia sonrisa que lo invitaba a conocerla mejor. Mucho mejor. Había necesitado mucha determinación para mantener las distancias. A solo unas semanas de partir rumbo a su destino no era el mejor momento para empezar una relación. Como si alguna vez hubiese tenido tiempo para su vida personal.

Se dejó caer en el sofá de la salita contigua. Tomó el mando a distancia y encendió el televisor. Fue pasando los canales hasta que se topó con un partido de *hockey*, aunque apenas miraba la pantalla. La muerte de Lee y Kate parecía tan absurda y tan surrealista. Al día siguiente llegarían los niños. ¿Cómo se las iba a apañar con una bebé a la que no conocía y un niño lloroso de seis años al que hacía diez meses que no veía?

Capítulo 5

Donnie se agazapó tras el volante, en el asiento de su furgoneta, y observó cómo el hombre corpulento y el perro entraban en la casa de los Barrett, al final de la calle. Bajó los prismáticos. ¿Quién era ese? Joder.

Solo le faltaba eso. Se quitó bruscamente el gorro de punto y se rascó con brío la cabeza rapada. No iba a tener suerte con aquel trabajo. Ya había intentado colarse en la casa tres noches y las tres lo habían visto. Esa zorra de la casa de al lado no hacía más que llamar a la policía. Iba a tener que darle una buena lección. Con mano dura le iba a enseñar a ser sumisa. Podía violar su cuerpo de muchas formas distintas.

Una imagen se coló en su fantasía al recordar les lecciones que le habían dado a él. Aún podía sentir el hormigón bajo las palmas de las manos y las rodillas, así como los golpes que le daban en la cara y en el cuerpo hasta que suplicaba que pararan. La humillación no solo de verse obligado a someterse a la más horrenda de las violaciones físicas sino de haber tenido que suplicarla para que concluyese su tortura le había destrozado el alma. Le había salido sangre por los ojos y por la boca. Ahora estaba tan trastornado que su sabor y su olor metálicos le producían una erección instantánea.

Cuando terminara ese trabajo, liberaría sus frustraciones. Centró su atención en la casa que estaba vigilando. Todo estaba yendo al revés. El asesinato debía ser la parte difícil, y, la recuperación, la fácil. Sin embargo, las muertes habían sido sencillas, sencillísimas, casi gozosas.

Había corrido tanta sangre por la acera helada que se había visto obligado a exorcizar algunos demonios con su nueva novia. Menos mal que a ella le gustaba sufrir tanto como a él hacerle daño.

Se mordisqueó un padrastro que le supo a grasa de hamburguesa. Cuanto más tiempo estuviera allí sentado, más probable sería que lo pillaran. Aunque, según las noticias, la policía no tenía nada. Fingían estar enfrascados en una «investigación en curso», pero él sabía que eso significaba que no tenían nada de nada. Sus huellas y su ADN estaban en el sistema. Si hubiera dejado algún rastro personal en el escenario del crimen, la foto de su ficha policial ya habría salido en los telediarios. No se afeitaba de la cabeza a los pies por ir a la moda.

No podían incriminarlo por los asesinatos, pero su cliente no le pagaría hasta que hubiese completado el encargo. No iba a estar allí sentado eternamente. La vecina terminaría viéndolo. Anotó la matrícula del sedán aparcado en la entrada de la casa. Seguramente era alquilado, pero iba a comprobarlo. Luego intentaría hackear el sitio web de la compañía de alquiler para conseguir el nombre del enorme malnacido que lo estaba retrasando.

Debía haberse limitado a los delitos informáticos. Con esos no tenía que estar haciendo guardia en la gélida furgoneta mientras se le helaban los cataplines. Pero, después de pasar un año y medio en prisión, la violencia lo llamaba. La rabia crecía en su interior, le aumentaba tanto la presión interna que había empezado a picarle y tensársele la piel. El asesinato de los Barrett había aliviado esa tensión. Hacer daño al prójimo era una necesidad, así que tampoco estaba de más que le pagaran por hacerlo.

Volvió a calzarse el gorro de punto y se sopló aire caliente en las manos. Su aliento formó una nube de vaho delante de su cara. Maldito mes de marzo, aún hacía un frío de narices. Pero arrancar el motor de la furgoneta no era una opción. No había nada peor que una vigilancia en invierno. Aunque no le quedaba otra. Tenía que entrar en la casa. Y pronto. Ya se había pulido el anticipo y su cliente estaba muy cabreado.

La casa de los Barrett se quedaría vacía en algún momento.

Si no, tendría que pensar en otro modo de conseguir lo que necesitaba. Se volvió hacia la casa de la zorra de la vecina y se preguntó cuánto sabría.

¿Qué le costaría lograr que se lo contase todo?

Capítulo 6

La segunda taza de café de Ellie ya se estaba enfriando en la mesa cuando el inspector McNamara salió del despacho del jefe de ella. El policía había estado en la casa de Lee y Kate la noche del viernes. Después de que se fueran los niños, le había hecho preguntas sobre los Barrett. McNamara la saludó cortésmente con la cabeza al salir por la puerta principal de vidrio esmerilado. Tragó saliva para aliviar la pena que le anudaba la garganta. A la hora del almuerzo, había llamado a Nana para saber si los niños ya estaban en casa. Se preguntó cómo lo llevaría Grant. Pese a lo doloroso de la situación, el comandante parecía… fuerte, no solo por su impresionante físico.

No hacía ni dos minutos que había salido el policía cuando estallaron los gritos desde el interior del despacho cerrado de su jefe.

—¿Qué demonios estás haciendo? Me estás arruinando la empresa —chilló Roger Peyton padre—. Nada así sucedió mientras yo ocupaba ese sillón. ¿Voy a tener que hacerme cargo yo de todo?

Se oyeron murmullos cuando Roger Peyton hijo intentó tranquilizar a su padre, que se aferraba al grueso de las acciones de la sociedad con las manos codiciosas del avaro Scrooge. Siguieron otros cinco minutos de gritos y murmullos alternos hasta que, por fin, volvió a abrirse la puerta y salió brioso un octogenario extraordinariamente ágil. El bastón que empuñaba parecía más un arma en potencia que una necesidad. Ellie miró fijamente la pantalla de su ordenador. Peyton la relacionaba con su hijo. Cuando se enfadaba con Roger, su irritación siempre se extendía a ella.

Volvió su rostro huesudo y agresivo hacia Ellie.

—Buenos días, señorita Ross.

El gris intenso de sus ojos siempre la sorprendía. Casi esperaba que de pronto refulgieran de rojo.

—Buenos días, señor Peyton.

Ellie siguió tecleando. Parecer ocupada era la mejor forma de evitar cualquier discusión con el viejo cascarrabias. Nada de este mundo complacía a aquel hombre salvo hostigar a sus empleados y obtener pingües beneficios. Cuando por fin se marchó, el edificio entero suspiró de alivio.

Sonó su intercomunicador.

—Necesito verte en mi despacho, Ellie.

Agarró el bloc de espiral y cruzó la moqueta azul oscuro en dirección al exquisito despacho de su jefe.

Roger estaba en el minibar, sirviéndose un trago generoso de Glenfiddich.

Estirándose bien la falda, Ellie se sentó en el borde de un sillón orejero de piel roja situado frente al antiquísimo escritorio de caoba de Roger. Posó el bolígrafo en la libreta y esperó. A su derecha, el mirador daba a la calle principal, First Street. Unas cortinas de terciopelo azul enmarcaban la vista y caían, generosas, sobre el suelo.

—Como siga bebiendo a las nueve de la mañana, le va a sobrevivir.

Roger soltó un bufido.

—Me va a sobrevivir haga lo que haga. Sospecho que negoció un contrato sin fisuras en la encrucijada.

A sus cincuenta y siete años, Roger Peyton hijo, uno de los tres socios de Peyton, Peyton y Griffin, estaba esperando a que su padre falleciera. Mientras su padre siguiera vivo, Roger debía someter todas las decisiones importantes al criterio del anciano, que vivía

anclado en las tradiciones de los años cincuenta. No había abogadas en el bufete, ni asistentes masculinos. La firma era lo bastante
pequeña como para pasar por alto sin represalias la ley de igualdad.
Los hombres vestían traje de chaqueta y corbata. Las mujeres, falda,
pantis y zapatos de tacón clásicos. La vestimenta informal era para
la chusma, no para alguien que quisiera trabajar en aquella firma
tan prestigiosa. A Peyton padre le gustaba pasarse a hacer visitas
sorpresa. Ahora que la artritis le impedía jugar al golf, la detección
de faltas y los chillidos eran, al parecer, su entretenimiento favorito.

La mitad de los empleados de la empresa descorcharía una botella de champán cuando el viejo estirara la pata por fin.

Ellie había tenido suficientes trabajos basura como para estar
dispuesta a hacer concesiones. Si con un trabajo aburrido tenía un
buen sueldo y seguro médico, sería tan anticuada como la que más,
aunque el puesto de cuando en cuando le exigiera sacrificar una
pequeñísima parte de su alma.

—¿Has terminado de recoger los objetos personales de Lee?

Volviendo a acomodarse en su asiento, delante del escritorio,
Roger se ajustó el traje de chaqueta cruzada y se recolocó los gemelos franceses. Le dio un buen sorbo al *whisky* y la miró fijamente un
minuto, como si intentara tomar una decisión.

—Sí —contestó ella—. Sus cosas están listas para que las recoja
la familia. He empezado a organizar sus clientes también. Esta tarde
repartiré sus archivos en papel entre los demás abogados conforme
a la lista que usted me proporcionó.

—¿Qué haría yo sin ti? —Roger estudió el líquido ambarino
de su vaso—. Estamos metidos en un buen lío, Ellie. No es que mi
padre estuviese despotricando y maldiciendo por algún problema
imaginario porque disfruta con esa clase de cosas.

Ellie se irguió.

—¿Has visto el archivo del caso?

—No.

Hacía un mes, la ciudad se había visto sacudida por un terrible caso de acoso escolar y el correspondiente suicidio de Lindsay Hamilton, de diecisiete años. Las dos supuestas cabecillas de la campaña destinada a atormentar a Lindsay eran miembros del exclusivo Club de Patinaje Artístico del Valle, un competitivo equipo de patinaje en el que Lindsay había entrado nada más mudarse de California a Nueva York. Las acosadoras se encontraban, además, entre las alumnas más destacadas de los primeros cursos del instituto, participaban en el consejo estudiantil y eran dos de las mayores estrellas del municipio. Sus familias tenían profundas raíces en Scarlet Falls. Los padres de Lindsay aseguraban que el acoso había llevado a su hija a quitarse la vida. Las acusadas y sus padres negaron tales acusaciones. No hubo testigos. Se enviaron mensajes de amenaza desde teléfonos de prepago imposibles de rastrear y el contenido del móvil de Lindsay se había borrado por completo como consecuencia de un virus. La policía había archivado el caso por falta de pruebas, pero los Hamilton estaban decididos a llevar el caso a los tribunales civiles. Hacía una semana, Lee había accedido a representarlos.

El caso Hamilton era el único que no se había reasignado. En algún momento, alguno de los socios principales tendría que llamar a los Hamilton, pero, de momento, Roger estaba jugando a «ojos que no ven, corazón que no siente». Ignorar las cosas con la esperanza de que desaparecieran era su estrategia profesional favorita.

—Creo que Lee se llevó ese archivo a casa. Lo necesito, Ellie. Lo necesito de verdad. Necesito que entres en su casa y lo busques. —Roger apuró el whisky. Luego se levantó y se sirvió otro; después se llevó la botella al escritorio—. ¿Te dijo Lee que había aceptado el caso Hamilton?

—Sí, yo estaba al tanto. Lee se reunió con los Hamilton el día en que lo… mataron.

No podía decir «asesinaron». La idea de que hubieran matado a Lee y a Kate aún le parecía disparatada y surrealista. Le dolía decirlo en voz alta. Miró a su jefe y decidió no mencionar la reunión anterior de Lee con los Hamilton, unos días antes de su muerte.

—¿Le has hablado del caso a alguien?

Una rabia cruda se materializó en los ojos grises de Roger y Ellie supo enseguida qué había fastidiado tanto a su jefe. Lee había aceptado el caso sin contar con la aprobación de Roger. Se alentaba a los socios a que encontraran clientes nuevos, pero se sobrentendía que los temas delicados debían contar con el consentimiento previo de los socios mayoritarios. Lee, por temor a una negativa, había preferido que lo perdonaran *a posteriori* en lugar de que lo autorizaran *a priori*. Se había reunido con los Hamilton en el domicilio de estos en lugar de llevarlos a la oficina; visto con perspectiva, otro indicio de que no quería saber lo que opinaba Roger de su decisión. Ahora Roger estaba pagando las consecuencias. El caso Hamilton era controvertido. Al conservador señor Peyton padre no le gustaba la controversia. «Peyton, Peyton y Griffin se levantó sobre la base de una sólida práctica jurídica, no gracias a ningún circo mediático.»

—No —contestó ella—. Debería usted saber que yo jamás cometería una indiscreción.

Aunque no le parecía bien, había guardado silencio cuando Roger le había sido infiel a su mujer.

Roger se frotó la cara con la mano.

—Pero alguien de aquí lo sabía y ha filtrado la información a la policía.

Eso explicaría la visita del inspector.

Agitó el vaso mientras su cerebro seguía elucubrando tras aquellos ojos grises.

—Ahora que Lee ya no está, tú eres prácticamente la única persona de aquí en la que puedo confiar.

Como Peyton padre seguía controlando el negocio, las lealtades de los empleados estaban divididas.

—¿No habrán sido los Hamilton? —insinuó ella.

—Es una posibilidad. Han sido francos. —Frunció los labios—. Habrá que poner en marcha una estrategia de control de daños. Redactaré unas declaraciones para los medios. En cuanto llame el primer periodista, házmelo saber.

—Muy bien.

Ellie se puso en pie.

—Por desgracia, aún hay más —dijo él.

Ella se quedó de piedra.

—Falta dinero —dijo Roger volcando la botella en el vaso.

—Tiene una reunión con un cliente a las once.

Ellie alargó la mano hacia el escritorio y le arrebató la botella. Luego se acercó al minibar, dejó allí la botella de *whisky* y le sirvió un café de la máquina.

Roger aceptó el café y suspiró.

—Nuestro contable ha llamado a mi padre. En las últimas semanas se han hecho efectivos varios cheques falsos.

—¿Cuánto? —preguntó Ellie, dejándose caer de nuevo en el sillón.

—Aún no lo sé. No tanto como para arruinarnos. No te preocupes. —Pero Ellie no podía evitarlo—. Estás conmigo en esto, ¿verdad, Ellie? —le dijo Roger, toqueteando el asa de la taza.

—Por supuesto.

¿Qué otra cosa podía hacer? No iba a negarse. Maldita sea. No quería verse envuelta en las disputas familiares de los Peyton. Tampoco abundaba el empleo en Scarlet Falls. Entre la pensión de Nana y su sueldo, pagaban las facturas. Con la reforma y la venta de una casa cada equis años, habían ido ahorrando algo. Cuando vendiera la casa en la que vivían ahora, tendría dinero suficiente para pagar la universidad de su hija, siempre que Julia quisiera

53

quedarse en la universidad de aquel estado. Quizá su vida no fuera emocionante, pero Ellie prefería la tranquilidad y la seguridad a la emoción. La última vez que había sido impulsiva había terminado embarazada y sola.

—El contable está intentando rastrear el dinero, pero tengo que encontrarlo yo primero. —Roger la miró con desesperación—. Debo proteger la empresa.

Ellie procuraba mostrarse compasiva, pero Roger se lo ponía difícil. Era majo, pero débil, y había demostrado su falta de lealtad dejando a su tierna esposa de treinta años por una carísima mujer florero. Era su estilo de vida lo que quería proteger, no a sus empleados.

—Necesito que me ayudes, Ellie.

Precisamente lo que ella no quería hacer. Aunque, siendo realista, el viejo cascarrabias ya la había puesto definitivamente en el equipo de Roger, con lo que, si Roger se iba, se iría ella también.

—Veré qué puedo averiguar.

A Roger se le iluminaron los ojos.

Ellie volvió a su mesa. Su mirada se posó en el informe de gastos que había estado elaborando, pero su pensamiento se había quedado estancado en los problemas de la firma. Lee había aceptado el caso a sabiendas de que su decisión no sería bien vista por el abogado veterano de la firma. Si la policía se negaba a llevar el caso a los tribunales, ¿qué le hizo pensar que podía ganar? ¿Tendrían algo que ver con su muerte el caso Hamilton y el dinero desaparecido?

Un estruendo despertó bruscamente a Grant y la visión se le quedó grabada en la memoria: el rostro de Lee estallando en una nebulosa de color rojo. Jadeando, barrió con la mirada la habitación. Un ladrido sordo lo hizo asomarse por el borde del colchón. AnnaBelle lo saludó con el rabo. El colchón se hundió cuando la ágil perra se subió de un salto y se plantó encima de él en la cama de matrimonio.

—Ya me podías haber despertado un par de minutos antes.

La perra se tumbó y apoyó la cabeza en su pecho.

Él le acarició el lomo de pelo dorado y sedoso.

—Supongo que necesitas salir.

AnnaBelle agitó la cola con mayor entusiasmo, bajó de un salto y dio brincos en el suelo de madera. Grant descolgó las piernas por el borde. Las seis de la mañana. Aún faltaban horas para la supuesta visita del inspector. Le costaba conciliar el sueño: en cuanto se quedaba dormido, su cabeza reproducía una y otra vez el disparo mortal de la emboscada. Debía recomponerse antes de que llegasen los niños.

Se puso unos pantalones cortos y una camiseta; luego sacó las zapatillas de correr del bolso de viaje. Una carrera le aclararía las ideas y serviría para cansar un poco a la joven perra.

—Vamos.

Le enganchó la correa al collar. Una vez fuera, AnnaBelle hizo pis en el césped antes de que enfilaran la calle. Grant mantuvo un ritmo suave porque ignoraba en qué forma física se encontraba el animal, pero la retriever lo seguía sin ningún problema. Cuarenta minutos más tarde, volvieron a la casa. Grant se dio una ducha, se vistió y llamó a un cerrajero.

Le vibró el móvil con un mensaje de su hermana: «Llego a casa mañana por la tarde». La segunda vibración fue de uno del inspector McNamara que lo avisaba de que los niños llegarían en un par de horas. Nada de Mac. Grant se paseó nervioso. Ocho kilómetros no eran suficientes para quemar toda la tensión.

Disponía de dos horas, tiempo de sobra para ir a ver a su padre. Sin excusas.

—Sé buena —le dijo a la perra, tendida en el suelo y profundamente dormida.

Ocho kilómetros de carretera rural llevaron a Grant hasta el aparcamiento de la residencia. Tras pasar las puertas automáticas de cristal, se desabrochó la cazadora y se detuvo en el mostrador de recepción, en el vestíbulo.

Una mujer de pelo gris vestida con una bata fucsia alzó la vista del portátil.

—¿En qué puedo ayudarlo?

—Vengo a ver a Alexander Barrett —dijo.

—El coronel está en la habitación cincuenta y dos. —Sonriente, anotó el número en un pase de cartón y se lo entregó. Señaló por encima del hombro de Grant—. Al fondo del pasillo, a la izquierda.

Grant siguió sus indicaciones. Pasó por delante de una cafetería en la que los residentes no encamados estaban desayunando. Los que iban en silla de ruedas se sentaban a la mesa en ellas; los que llevaban andador lo estacionaban junto a sus sillas. El olor a sirope y a beicon se mezclaba con el del desinfectante. Pese al empeño en que el ambiente fuese alegre, no podía disimularse la naturaleza de la institución. La mirada fija de la mayoría de los residentes le había partido el alma cuando habían trasladado allí a su padre hacía dos años.

Giró hacia la habitación de su padre. Se había deteriorado mucho desde la primavera. Los brazos se le habían atrofiado y la piel se le había vuelto cetrina. El coronel tenía los ojos cerrados y el pecho se le inflaba con respiraciones dificultosas. El tubito del oxígeno que le salía de las fosas nasales le pasaba por detrás de las orejas. En la muñeca tenía pinchada una vía que desembocaba en tres bolsas colgadas de un poste móvil. En 1991, el bombardeo de un convoy durante la operación Tormenta del Desierto había paralizado al coronel de la cintura para abajo, pero el resuelto soldado no había permitido que la herida le impidiera seguir adelante. Había hecho tantas cosas normales y corrientes como había podido, como tunear un todoterreno para poder llevarse a sus hijos de excursión al bosque. Había vivido en su casa adaptada hasta que la demencia le había robado las fuerzas y la dignidad que le quedaban, la ofensa definitiva para un hombre que había luchado tanto como el coronel.

Grant se detuvo a leer las etiquetas de la medicación: el mejunje habitual, antibióticos y esteroides. El pelo blanco del coronel estaba limpio y peinado y las sábanas parecían recién puestas. En la bandeja de la cama se encontraba abierta una biografía del general Braxton Bragg. Alguien había estado leyéndole. Su hermana Hannah y él invertían una considerable cantidad de dinero al mes en mejorar la atención del coronel y asegurarse de que recibía excelentes cuidados médicos. Era lo único que él podía hacer desde la otra punta del planeta. Hannah y él corrían con todos los gastos mientras Lee se ocupaba de los detalles del día a día.

—Hola, papá —dijo, acercándose una silla a la cama y acariciándole el antebrazo a su padre.

Los ojos empañados del coronel, en su día de un azul intenso y penetrante, se posaron distraídos en Grant.

—¿Quién eres?

—Soy Grant. Tu hijo. He vuelto a casa de permiso.

—Grant. ¿El general Grant? —inquirió, frunciendo el rostro, confundido.

Solo el coronel sería capaz de recordar a la figura histórica cuyo nombre había puesto a su primogénito.

—Aún no, papá, pero todo llegará —le prometió él.

—Yo no tengo hijos. —La agitación elevó el tono de su padre—. ¿Quién eres? ¿Has venido a robarme?

—No, señor. —Grant se levantó. El dolor del pecho se hizo más agudo—. Ya me marchaba.

Cuando su padre sufría un ataque de paranoia, a las enfermeras les costaba horas calmarlo. Era preferible que se fuera y volviese otro día. Además, no tenía sentido contarle lo de Lee si ni siquiera recordaba su existencia. Quizá la pérdida de memoria del coronel fuese una bendición ese día. La muerte de su hijo lo habría destrozado de haber estado entero.

Encontró a la enfermera de su padre en el puesto que había a la vuelta de la esquina y le contó lo ocurrido. Ella le prometió echar un vistazo. Grant subió de nuevo al automóvil de alquiler y miró la hora en el salpicadero. Gracias a la brevedad de su visita, aún le quedaba tiempo para hacer otra parada, en el bufete de Peyton, Peyton y Griffin. Lo que fuera con tal de no tener que volver a la casa vacía de Lee.

Su hermano trabajaba en un prestigioso bufete de abogados instalado en una mansión de tres plantas de First Street. Kilómetros de adornos blancos resaltaban las tablillas de color amarillo pálido. Grant estacionó el vehículo en el aparcamiento de la parte posterior y siguió el camino de baldosas que bordeaba el edificio hasta la entrada principal. Pasó al elegante vestíbulo convertido en recibidor. En el centro, tras un antiquísimo escritorio, se encontraba sentada la guapa vecina de Lee, Ellie. Ni rastro de los vaqueros rotos, el polvillo blanco ni las manchas de pintura. No es que la Ellie obrero de la construcción no fuese sexi, pero aquella versión femenina le recordaba demasiado a la de la primavera pasada, a la Ellie del vestido estival.

—Grant —dijo ella, levantándose y tendiéndole la mano.

Una blusa de color azul claro y una falda gris de tubo envolvían su cuerpo hasta encima de la rodilla. Por debajo del dobladillo, sus piernas bien torneadas terminaban en unos zapatos clásicos de tacón. Llevaba el pelo recogido en una especie de moño a la altura de la nuca. Apenas iba maquillada. El resultado era un aspecto saludable, natural y recatado.

Grant ignoró la satisfacción que le inundó el pecho. Pero, Dios, esa sonrisa. Iluminó todo lo que su estancia en la residencia había vuelto sombrío.

—Hola, Ellie —contestó él, estrechándole la mano. Notó su piel suave y tersa en la palma áspera de su mano.

—¿Qué puedo hacer por ti?

La imagen erótica que se le vino a la cabeza resultó tan inesperada como inadecuada. Tendría que haberle dado vergüenza, pero... ¡madre mía!

Maldito vestido estival.

Le soltó la mano.

—Pues venía a hablar con el jefe de Lee. No consigo localizarlo por teléfono.

—Deja que vea si puede hacerte un hueco.

Ellie volvió a su mesa y cogió el teléfono.

Grant se apartó un poco. Se acercó despacio al otro extremo del vestíbulo y echó un vistazo a los retratos de los socios fundadores que colgaban de la pared. ¿Era imprescindible ser viejo e infeliz para formar parte de la cúpula directiva de un bufete? ¿Quién iba a querer mirar a un puñado de viejos cascarrabias si podía mirar a Ellie?

—Te recibirá ahora.

Ellie cruzó el vestíbulo; la moqueta azul silenciaba sus tacones. Abrió la puerta y se hizo a un lado.

—Comandante Barrett, pase —lo instó Roger Peyton, saliendo de detrás de su escritorio para estrecharle la mano.

—Señor Peyton.

Grant percibió el aliento a *whisky*.

—Roger, por favor. El señor Peyton es mi padre. ¿Le apetece un café?

—No, gracias. Solo he venido a recoger las cosas de Lee. Tengo que volver. Debo resolver muchas cosas. Supongo que lo comprenderá.

—Por supuesto —contestó Roger—. Por favor, acepte mis condolencias. ¡Qué tragedia! Echaremos mucho de menos a su hermano en el bufete.

La punzada de dolor hizo inspirar hondo a Grant. Por más que la gente le ofreciese su compasión, no lograba digerir la muerte de Lee.

Roger pareció detectar su turbación.

—Si puedo serle de alguna ayuda, legal o de otro tipo, por favor, no dude en llamarme.

—Se lo agradezco.

Grant se acercó de lado a la salida.

—No quiero parecer grosero, pero tengo que estar de vuelta en la casa en breve.

Roger lo acompañó a la puerta. Con una sonrisa forzada de despreocupación.

—Parece ser que su hermano se llevó a casa cierta información sobre un cliente. Si encuentra algún documento propiedad del bufete, ¿le importaría devolvérnoslo? La confidencialidad es un asunto muy serio.

El hombre apretó los labios y su mirada se oscureció.

—Revisaré el despacho de mi hermano en los próximos días. Si encuentro algo que pertenezca al bufete, será usted el primero en saberlo.

—Gracias.

La angustia que hervía bajo la mirada fija, inducida por el alcohol, de los ojos de Roger parecía provocada por algo más que una cuestión de confidencialidad.

Al salir del despacho de Roger, Grant tomó nota mental de investigar al jefe de su difunto hermano. ¿Tendría algo que ver aquello que fuera que iba mal en el bufete con la muerte de Lee?

Capítulo 7

Ellie notó la mirada de Grant clavada en su espalda mientras lo conducía al despacho de Lee, al final del pasillo.

Pulsó el interruptor de la luz. Los fluorescentes del techo parpadearon, luego se encendieron. Encima de un escritorio vacío había dos cajas de papel de fotocopiadora.

El comandante exploró la estancia. Sus ojos se posaron en las cajas.

—Estuvo aquí siete años, ¿esto es todo lo que hay?

—No tenía muchos objetos personales en la oficina. Fotografías, más que nada.

Ellie se hizo a un lado; siempre lo tenía demasiado cerca. O quizá su presencia la intimidara demasiado.

El comandante destapó una de las cajas, sacó la placa de su hermano y acarició con el dedo el nombre, Lee Barrett, grabado en el bronce.

—¿A tu hermano y a ti os pusieron esos nombres por los generales Lee y Grant? —preguntó ella.

—Sí. —Suspiró, se le desinfló el pecho.— Tuvimos suerte. Mi hermano pequeño, McClellan, se llevó la peor parte. Lo apodábamos Mac por compasión. Mi padre era un entusiasta de la Guerra de Secesión.

Grant levantó la vista de la placa para estudiar el rostro de Ellie. Ella se ruborizó al sentirse observada, pero no apartó la mirada. El descaro del comandante le resultaba a la vez refrescante y desconcertante.

—Perdona… —sobresaltó a Ellie una voz de hombre.

Se volvió. El otro asociado, Frank Menendez, se encontraba en el umbral de la puerta. Por la caja que llevaba en brazos, quedó tristemente claro que se mudaba al despacho de Lee.

Ellie recobró la compostura. Condenado Frank. El sillón de Lee casi estaba caliente todavía.

Frank, al que habían conseguido captar de un bufete de abogados de Albany, llevaba en la empresa menos de un año. Había sido rival de Lee en la lucha por el ascenso. Al nuevo asociado lo había contratado Roger Peyton padre, con lo que jugaba en el equipo contrario. Ellie procuraba no tenérselo en cuenta. El cisma familiar afectaba a la mayoría de los empleados de la empresa. Era casi imposible que a uno no lo reclamaran de uno u otro bando.

Se situó entre ambos y los presentó.

—Comandante Grant Barrett, Frank Menendez.

Frank dejó la caja en el aparador de detrás del escritorio.

—Siento mucho su pérdida.

Grant le estrechó la mano. La tristeza de su mirada le indicó que había deducido que el otro se mudaba al despacho de su hermano.

Incomodado por el súbito silencio, Frank cambió de postura.

—Luego te los llevo, Ellie —dijo, señalando con la cabeza la pila de archivos que había encima del aparador.

—Muy bien —contestó ella, de pronto recelosa. Frank no solía ser servicial. ¿Qué se proponía?

—Tengo que marcharme —terció Grant, y agarró las cajas.

—Te acompaño —dijo ella y, sin más, lo acompañó al vestíbulo. Empujó la puerta principal y salió al porche para sujetársela a él—. Lamento lo de Frank.

—No hay nada que lamentar. —La mirada estoica que le dirigió le empañó los ojos a ella—. Gracias por todo.

«Maldita sea.»

—Adiós —dijo ella, temblando. El viento frío le calaba la blusa fina.

—No pretendía hacerte llorar —le dijo él.

—Es por el viento —contestó ella, parpadeando para deshacerse de las lágrimas.

Él se acercó un poco. Ellie percibió un olor suave a loción de afeitado, un aroma selvático que le recordó los cálidos días de primavera. Llevaba la cazadora de cuero abierta. El cuello de pico de la camiseta dejaba al descubierto su cuello grueso y viril. ¿Qué se sentiría al acariciar ese cuerpo tan musculoso?

—Me gustaría hablar contigo luego. Tengo preguntas —dijo él, mirando hacia el vestíbulo a través de la puerta, y ella supo que sus preguntas tenían que ver con los archivos desaparecidos y con Frank Menendez, y que no podría contestarle.

Grant Barrett y esa fortaleza de soldado con la que hacía frente a su dolor despertaban emociones en ella: respeto, empatía y un inexplicable deseo de apoyar la cabeza en su pecho mientras él la envolvía con esos brazos robustos. ¿Cómo sería poder compartir con alguien los pesares de la vida? Claro que nada de eso justificaría el que hablase con él de los asuntos privados de la empresa. Estaba obligada por contrato a respetar la confidencialidad de la relación con los clientes. Ella necesitaba el empleo y él estaba allí solo temporalmente. No tenía futuro con un hombre que la dejaría. Ya había pasado por ese trance.

Sin embargo, ninguna de esas razones le impidió farfullar:

—Muy bien.

Era una buena ocasión para comprobar si el archivo del caso Hamilton estaba en el despacho de Lee, justo lo que Roger le había pedido. «Ja.» Como si esa fuera la razón por la que había accedido.

Se reprendió por su propia ridiculez. Pero, mientras ella estuviera en casa de Lee, babeando por su hermano, tendría los ojos bien abiertos por si veía el condenado archivo. Los niños ya estarían en casa para entonces y necesitaba ver cómo lo llevaban, sobre todo Carson. Aún recordaba la absoluta desesperación de su mirada. Por muy decidida que estuviese a que su relación con Grant fuera meramente platónica y vecinal, haría lo que hiciera falta por ayudar a los niños a adaptarse.

Por la puerta de cristal del bufete, Grant vio alejarse a Ellie. ¿Por qué le había pedido que volvieran a verse? ¿Era solo para hablar del bufete y de su hermano? ¿O se trataba de un deseo de naturaleza más personal? Si era así, tendría que apaciguar su libido. No tenía ni tiempo ni energía para anhelos inoportunos, ya fueran personales o de otro tipo.

¿Qué demonios le pasaba? ¿Iba pensando en una mujer bonita mientras cargaba con los efectos personales de su hermano muerto? Pero no podía controlarse. ¿Cuándo había sido la última vez que había salido con una chica? En el ejército, solo podía confraternizar con otros oficiales y el número de oficiales femeninos era limitado en la apartada base; otra cosa habría sido que estuviera destacado en Kabul o incluso en Kandahar, donde las instalaciones militares estadounidenses eran mayores. En esos momentos, su trayectoria profesional era solitaria, pero no sería siempre así. Volvería a salir con chicas cuando lo destinaran de nuevo a Texas.

Mientras abandonaba el centro en el automóvil de alquiler, entretuvo su pensamiento distraído meditando la petición de Roger. El socio del bufete estaba comprensiblemente preocupado por la desaparición de información confidencial de un cliente, pero su instinto le decía que Peyton ocultaba algo. Lógicamente, Grant prefería zambullirse en un misterio a aceptar sin más que Lee y Kate habían muerto.

Volvió a la casa con el pecho encogido de pena. AnnaBelle lo recibió en el vestíbulo, apretando la cabeza contra sus piernas. Grant se acuclilló y le acarició el cuello. Era evidente que también la perra echaba de menos a su familia.

—Pronto vendrán los niños.

Apenas había colgado la cazadora cuando el ladrido de la golden lo alertó de que se acercaba un vehículo. Dejó entrar al cerrajero y, mientras el hombre cambiaba el bombín, Grant entró en el despacho de Lee y guardó en una caja todos los archivos de casos que pudo encontrar. Ya tenía bastantes cosas en la cabeza. No necesitaba una conspiración imaginaria.

Acababa de despedir al cerrajero cuando oyó el crujido de unos neumáticos en la gravilla. La perra se levantó de un salto de su camita y fue corriendo al vestíbulo. Nervioso, Grant salió al porche. Obligó a entrar en casa a la perra llorosa, empujándola con la rodilla, y cerró la puerta mosquitera. Una mujer de mediana edad con pantalones y abrigo bajó del sedán color canela. Abrió la puerta de atrás. Salió Carson; su cuerpecito menudo parecía aún más pequeño con el grueso anorak. No lo vio mucho más grande que la primavera anterior.

El comandante se acercó al automóvil.

—Hola, Carson. ¿Te acuerdas de mí?

«¡Clac! Zas.» Se oyó un fuerte estrépito.

Por instinto, estuvo a punto de abalanzarse sobre su sobrino, para protegerlo con su cuerpo, pero se detuvo al ver pasar a la golden como una bala, lo que le recordó que estaba en Scarlet Falls, no en Afganistán. La trabajadora social lo miró espantada. A él se le aceleró el corazón.

—No pasa nada —dijo, sin saber muy bien a quién pretendía tranquilizar, si a la trabajadora social, a Carson o a sí mismo.

El niño se hincó de rodillas y abrazó con fuerza a AnnaBelle. Grant volvió la vista hacia la casa. La puerta mosquitera colgaba de una sola bisagra. «Nota mental: la puerta mosquitera no basta para retener a la perra.»

Carson soltó a la retriever. La perra lloriqueó y el niño volvió al automóvil a por una mochila roja. AnnaBelle la agarró de las correas, dio media vuelta y galopó hacia la puerta de entrada con la mochila colgando de la boca.

—Madre mía —masculló Grant. Volvió a hincar una rodilla en el suelo—. ¿Te acuerdas de mí, Carson? Soy el tío...

El niño se arrojó a los brazos del comandante. Él atrapó su cuerpecito. Carson se aferró a su cuello con más fuerza de la que Grant esperaba. Temblaba como una hoja. Enterró la carita en la sudadera de su tío y se quedó así, como si fuera a perderlo en cualquier momento. Al comandante le ardieron los ojos y trató de contener las lágrimas. De pronto se llenó de rabia. Aquello no tendría que haber sucedido. Carson no tendría que haberse quedado sin padres.

—Me alegra ver que lo recuerda, comandante. —La mujer le tendió una mano. Con la otra, sostenía la sillita de seguridad del automóvil, a la que iba sujeta la pequeña. Un rostro diminuto asomaba por debajo de una gruesa mantita rosa—. Soy Dee Willis, de los servicios sociales.

Sosteniendo a Carson con un solo brazo, Grant le estrechó la mano. El niño se agarraba a él con tanta fuerza que podría haberlo soltado y no se habría caído. Pero eso no lo haría jamás.

Agarró la sillita y la responsabilidad de cuidar de aquellas dos criaturas le pesó más que los dos pequeños juntos.

—Espere, que voy a por el resto de sus cosas —dijo la trabajadora social antes de volver al automóvil.

Grant entró en la casa, con Carson aún pegado a él como una lapa. AnnaBelle soltó la mochila y empezó a dar brincos y a gimotear alrededor de las piernas del comandante mientras este se dirigía a la cocina. Dejó la sillita de la bebé en el suelo, al lado de la mesa de la cocina. La perra la olisqueó feliz y se levantó sobre las patas traseras para saltar sobre Grant. El comandante se acuclilló y dejó que la perra le diese un buen lametón a Carson. El niño se soltó un poco y acarició con una mano la cabeza de la golden.

La señora Willis dejó en el suelo una maleta pequeña y una bolsa grande con asas encima de la mesa de la cocina. Miraba ceñuda a la perra.

—En la bolsa hay leche en polvo y pañales para unos cuantos días, pero la niña está algo llorosa.

—¿Llorosa?

—Sí, que llora mucho por las noches.

—Ah.

Grant anotó todo lo relativo a la alimentación de la bebé en la libreta que había junto al teléfono.

La mujer lo miró con recelo.

—Yo no dejaría que la perra se acerque tanto a la niña. ¿Ha cuidado alguna vez de un bebé, comandante? Porque la familia de acogida me ha comunicado que esta niña es difícil, aun para una persona experimentada.

—Sí.

Lo cierto era que solo había hecho de canguro de Carson unas cuantas veces al año mientras estaba de visita, pero no hacía falta que la trabajadora social lo supiera. La miró fijamente.

—¿Sabe cambiar un pañal?

—Sí.

Ella frunció el ceño, recelosa de su seguridad.

—Si es demasiado para usted, los niños siempre pueden volver a una casa de acogida —le dijo, y él decidió que aquella mujer no le caía muy bien.

Carson se agarró más fuerte y su brazo huesudo se le clavó de tal forma en la garganta que creyó que lo iba a ahogar. No era el momento para hablar de eso, delante del pobre niño aterrado. El pequeño necesitaba la misma confianza en la capacidad de Grant que las tropas a las que había conducido a territorio enemigo.

—Señora, he despejado edificios con un calor de cincuenta y cinco grados vestido con un traje blindado de treinta kilos de peso. Faith es una bebé, no un artefacto explosivo casero. Nos las apañaremos, se lo aseguro. —No le preocupaba dar de comer a los niños ni cambiarle los pañales a la bebé. Eso eran tareas y las tareas se aprendían. En cambio, lo aterraban los aspectos emocionales y psicológicos del cuidado de dos huérfanos—. Mi hermana llegará mañana y espero tener noticias de mi otro hermano en cualquier momento.

—Estupendo, entonces. —Dejó una tarjeta de visita en la mesa—. Llámeme si necesita algo. Habrá que buscar una solución definitiva a la situación de los niños.

—Gracias.

Acompañó a aquella bruja insensible a la puerta, con Carson colgado de su cuello como si se hubieran visto asaltados por una riada.

Luego volvió a la cocina y se sentó. Carson tenía las piernecitas enroscadas a su cintura. Pasaron unos minutos sentados en la cocina silenciosa. ¿Qué podía decirle al niño? Faith hizo un ruidito y rompió el silencio.

—¿Tienes hambre? —le preguntó a Carson—. Me parece que Faith sí. —El niño negó con la cabeza—. Creo que va siendo hora de que me entere de cómo se le da de comer a tu hermana.

Carson le dio un achuchón y se bajó de su regazo. Dios, qué pequeño era, todo brazos y piernas huesudos. Sus tristes ojos azules asomaban en su rostro pecoso bajo una mata de pelo rubio liso.

—¿Sabes darle de comer? —preguntó su sobrino, más esperanzado que dudoso.

—Aprenderé —faroleó Grant. Tan difícil no sería.

El niño asintió muy serio, se acercó a la bolsa de asas y sacó un biberón.

—Echas aquí los polvitos. Luego le añades agua y lo agitas.

—Está bien saberlo. Seguramente voy a necesitar tus consejos de vez en cuando. —Grant hurgó en la bolsa y sacó una lata de leche en polvo—. ¿Es esto?

Carson asintió con la cabeza. Grant leyó las instrucciones de la lata y preparó el biberón. Los ruiditos de la bebé se convirtieron en llanto. Un chillido agudo resonó en la cocina. El comandante dio un respingo y estuvo a punto de tirar el biberón, que cazó al vuelo antes de que se estampara contra el suelo. Faith empezó a berrear y Grant sintió una oleada de pánico. «La madre del...»

—¡Date prisa! —lo instó Carson, tapándose los oídos con las manos.

—Hola, Faith.

Grant se acuclilló delante de la sillita de seguridad de la bebé y soltó el arnés. La tomó en brazos, pero sus arrumacos se vieron entorpecidos por el cuerpo rígido y las piernecitas agitadas de la bebé. No había tenido en brazos a un bebé desde que Carson era un recién nacido. Había olvidado lo frágiles que parecían. Se sentó en una de las sillas de la cocina y recostó a la niña en la curva de su brazo. Faith se amorró con ímpetu al biberón, observándolo atentamente con sus grandes ojos mientras succionaba entre hipidos. Él agarró un clínex de la caja que había en la mesa y le limpió las lágrimas de la cara. Sintió un inmenso alivio al ver que se calmaba y vaciaba el biberón.

—¿Y nosotros, qué, Carson? —preguntó.

—Yo no tengo hambre.

El niño estaba sentado a su lado, con la cabeza apoyada en un brazo doblado, mirando. Al menos mientras lo ayudaba se había mostrado receptivo. Estaba ojeroso. Las pecas poblaban su piel clara. Parecía que llevase días sin dormir.

—Yo sí. ¿Qué podría comer?

—Gofres —contestó el niño.

Se bajó de la silla. Al pasar por delante de su hermana, le hizo una caricia en la cabeza.

—No he dormido mucho esta noche —dijo Grant—. No me vendría mal una siesta.

Carson sacó una caja de gofres del congelador. Acercó a la encimera el taburete escalón, miró a su tío y metió los gofres en el tostador. Cuando saltaron, los puso en un plato.

—Papá siempre se come cuatro y tú eres más grande que él.

«Se come.» Presente.

La punzada de angustia que sintió en el pecho se hizo tan grande que pensó que no iba a poder tragar nada. Carraspeó.

—Gracias, pero no creo que pueda con tantos. ¿Me ayudas?

Carson plantó un frasco de sirope en la mesa, luego volvió al armarito a por otro plato, tenedores y cuchillos.

—A mamá le gusta que ponga la mesa.

—Lo estás haciendo muy bien —dijo Grant, procurando que no se le notara la tristeza en la voz.

Era evidente que el niño quería hablar de sus padres, así que eso harían, aunque él prefiriera enterrar el dolor hasta que se formara una costra dura, como la piel gruesa que le cubría los trozos de metralla de la pierna. Su lista de cosas por hacer se reorganizó sola. Los asuntos inmobiliarios de Lee perdieron prioridad. «Llamar al colegio para solicitar la ayuda de un psicólogo infantil» pasó al primer puesto y «comprar libros sobre el duelo infantil» ocupó el segundo lugar. También tendría que leer un libro sobre bebés. Kate probablemente tuviera alguno, o una decena, por la casa.

Carson pasó un gofre al segundo plato y le echó sirope por encima hasta dejarlo flotando.

Faith se había terminado el biberón. Grant lo dejó en la mesa y se apoyó a la niña en un hombro. La pequeña soltó un eructo atronador que habría dejado boquiabierto a un pelotón de reclutas. Después la dejó de nuevo en la sillita de seguridad y ayudó a Carson a cortar el gofre. Comieron los dos del mismo. Como dos niños. De momento, todo bien.

Carson lanzó a su hermana una mirada sospechosa, pero siguió comiendo.

Grant cargó el lavaplatos. ¿Y qué más? Había pensado acostar a los niños para que durmieran la siesta y poder así echar un vistazo a los papeles de Lee y hacer unas llamadas. Necesitaba saber más cosas de la vida de su hermano. A lo mejor podía preguntarle a su vecina, Ellie Ross. Parecía amable e inteligente. Además de guapa. Claro que eso daba igual.

—¿Qué te apetece hacer? —le preguntó a Carson.

El chaval se encogió de hombros. Los niños necesitaban aire fresco, ¿no?

—¿Quieres salir a jugar con la perra?

Carson negó con la cabeza. Parecía que fuese a desmayarse allí sentado. Grant vio unos lápices de colores y una lámina metida debajo de un frutero, en el centro de la mesa. El frigorífico estaba forrado de coloridos dibujos primarios de personas palo, hierba y árboles.

—¿Me harías un dibujo?

—Vale —respondió el niño sin ganas, como si le costase un inmenso esfuerzo.

Genial: llevaba con ellos menos de una hora y ya tenía problemas de comunicación. A lo mejor había motivo para que la trabajadora social dudase de él. Un sonido crudo, como de líquido derramado, lo hizo volverse hacia la niña justo cuando esta se vomitaba encima unas diez veces lo que había comido y manchaba la sillita y el suelo.

El karma tenía un desagradable sentido del humor. Aquella bebé era un explosivo.

—Me parece que voy a tener que limpiarla.

—Más vale que vayas acostumbrándote —dijo Carson, resoplando—. Lo hace a todas horas —añadió el pequeño sin apartar la vista de su dibujo.

Grant sacó a la niña de la sillita, sosteniéndola a cierta distancia de su cuerpo. Encontró ropa limpia en el lavadero. Le limpió el vómito y la cambió de ropa y de pañal, algo que le llevó más tiempo que desmontar y limpiar su fusil de asalto. Claro que el M-4 no se retorcía ni intentaba zafarse de él. El baño tendría que esperar hasta que localizara la bañera de la bebé e investigase un poco. Faith balbucía y se agarraba los dedos de los pies mientras el mayor la vestía con un pelele con cremallera por delante. Le subió la cremallera y la niña volvió a vomitar. La leche regurgitada los salpicó a los dos.

Carson levantó la vista del dibujo y soltó un suspiro asqueado. La situación habría sido divertida si la perspectiva de que el comandante no pudiese cuidar de la niña no hubiese sido tan aterradora.

La afirmación de la trabajadora social resonó en su cabeza: «Esta niña es difícil».

Las palabras que hacía un rato le habían parecido malintencionadas de pronto le parecieron proféticas.

Con los zapatos de tacón en la bolsa de asas y calzada con botas de nieve, Ellie se abotonó el abrigo de lana, se puso los guantes y salió por la puerta trasera del bufete. Había trabajado una hora más de su jornada oficial, que terminaba a las cinco, para poder acabar un informe urgente, con lo que se le habían desmontado todos los planes de la tarde.

Rodeó aprisa el edificio en dirección al pequeño aparcamiento. Aún tenía que hacer una parada en la tienda de alimentación. El sol se había puesto tras los edificios hacía ya una hora y las sombras se expandían por el suelo helado. El viento soplaba con fuerza en el aparcamiento. Sus botas crujían sobre la nieve acumulada y medio helada. Se cerró el abrigo como pudo, juntando las solapas, y sacó las llaves del bolsillo. Su antiguo monovolumen se encontraba al fondo del aparcamiento, donde se exigía a los empleados que aparcaran sus vehículos. Las mejores plazas, las más próximas al edificio, se reservaban a los clientes.

Temblando, entró en la sombra de un roble gigante. Accionó el mando y las puertas del automóvil se abrieron con un soniquete. Se deslizó tras el volante, arrancó el motor y puso la calefacción a tope.

Algo se le clavó en las costillas. Ellie dio un respingo y el corazón le golpeó el pecho con fuerza.

—No te vuelvas —le susurró una voz masculina.

Sin mover la barbilla, hizo girar los ojos hacia abajo y a la derecha. Por encima de la consola central, una mano enguantada le apuntaba con un arma a la región lumbar. Cuando sus ojos se adaptaron a la oscuridad, vio una sombra por el rabillo del ojo. Había un hombre en el suelo oscuro de la parte de atrás del automóvil. El pánico le anudó el estómago.

—Mira al frente —la instó, empujándola con el cañón de la pistola.

Ella miró de inmediato hacia delante. Su respiración agitada empañó el parabrisas. No había nadie a la vista. El único vehículo que quedaba en el aparcamiento era el Mercedes de Roger, cuyo despacho estaba en el lado opuesto del edificio. Jamás la vería ni la oiría. Un seto separaba la zona de aparcamiento del bufete de la del odontólogo del edificio contiguo. Aunque daba igual porque no abrían los martes.

Sopesó nerviosa sus opciones. No podía escapar del automóvil antes de que él apretase el gatillo. Por cómo asomaba el arma entre los asientos, no iba a poder arrebatársela. Además, en un espacio tan reducido, era imposible esquivar una bala.

El tipo volvió a clavarle el cañón en la espalda. La boca del arma se le hincó en el riñón.

—Sal del aparcamiento y gira a la izquierda por First Street. Como grites o intentes llamar la atención de algún modo, disparo.

Aturdida, metió la marcha atrás y pisó el acelerador. El vehículo retrocedió bruscamente. Luego pisó el freno hasta el fondo y el vehículo se detuvo con violencia.

—¡Zorra inútil! —murmuró él.

Ellie inspiró hondo y rezó para que las extremidades temblorosas le obedecieran. Podía estrellar el monovolumen en cuanto saliera de aparcamiento. Era su única oportunidad.

—No aceleres. Si estrellas este cacharro, te disparé sin problema. Estoy completamente encajado aquí atrás. No me va a pasar nada.

Las esperanzas de Ellie se debilitaron. El airbag le estallaría en la cara y la inmovilizaría. Seguiría estando indefensa.

¿Qué quería? ¿Iba a matarla? Le dieron ganas de abrir la puerta y salir corriendo, arriesgarse antes de salir del aparcamiento, donde al menos tenía una posibilidad de huir. En cuanto se la llevara a otro sitio, podría hacerle lo que quisiera. Pero dudaba que le diera tiempo a bajar del monovolumen lo bastante rápido.

Giró a la izquierda hacia First Street. Bajo el abrigo, el sudor le empapaba la blusa de seda y notaba las botas de nieve aparatosas y raras en los pedales del vehículo. Avanzando a cuarenta kilómetros por hora, se detuvo en un cruce.

—¿A... a... adónde quiere que vaya? —preguntó ella tartamudeando.

—Gira a la izquierda —le respondió él en el mismo susurro ronco a la vez que le clavaba el arma en la espalda. Pasaron por delante de la escuela de primaria, vacía y oscura. Él se levantó un poco para mirar por la ventanilla—. Entra en el aparcamiento de la tienda de segunda mano.

Dos manzanas más adelante, Ellie giró a la altura de un rótulo luminoso. El mercadillo de St. Paul cerraba a las cuatro. Había estado allí muchas veces. Casi toda la ropa de bebé de Julia era de segunda mano. La gravilla y el hielo crujieron bajo las ruedas de su automóvil cuando pasó por delante del adosado reconvertido que alojaba el establecimiento. Por dentro, el edificio estaba oscuro. Una sola luz junto a la puerta trasera producía un resplandor amarillo en la acera. Podía matarla allí mismo y no habría nadie lo bastante cerca para oír el disparo. El aparcamiento estaba vacío, salvo por un automóvil aparcado al fondo del todo. Se veía luz por el parabrisas. ¿Habría alguien dentro?

Una nueva oleada de pánico hizo que le sudara la espalda. Percibió el olor de su propio miedo, magnificado por la gruesa lana del abrigo.

—Para —le ordenó él. —Ella frenó y esperó, aferrada al volante como a un salvavidas—. Aparca y levanta las manos.

Ellie siguió sus instrucciones. Estaba sola. A lo mejor él contaba con refuerzos. Se esforzó por controlar la respiración. Ponerse histérica no le serviría de nada. «¡Piensa!» Tenía que escapar, pero la conmoción le paralizaba el cerebro. La huida parecía imposible.

El tipo le tiró algo al regazo, por encima del asiento. Ella se estremeció.

—Échale un vistazo.

Ellie bajó la vista. Un sobre de veinte por veinticinco centímetros. Lo abrió y sacó dos fotografías. Levantó una y el pulso se le aceleró al reconocer en ella a Julia entrando en el jardín de su casa después de clase, con la mochila repleta colgada de un solo hombro. La segunda era de su abuela inclinándose para agarrar el periódico del suelo, a la puerta de su casa.

—Sé dónde vives. Sé a quién estimas. Harás exactamente lo que te diga si no quieres que tu hija y tu abuela lo pasen muy mal. ¿Entendido? —Ella asintió con la cabeza como si no tuviese músculos en el cuello—. Vas a buscar el archivo del caso Hamilton y me lo vas a dar.

Se quedó pasmada. ¿Todo aquello era por el caso Hamilton?

—No sé dónde está…

—Me importa una mierda. O lo encuentras o empiezo por una de las dos.

Alargó la mano, tomó las fotografías y el sobre y se los guardó en el interior de la cazadora, luego retiró el arma de la espalda de Ellie, abrió la puerta corredera del monovolumen y bajó del vehículo. Unos pantalones negros muy holgados ocultaban su cuerpo y una cazadora negra con capucha le ensombrecía los ojos. Con la bufanda, se tapaba la parte inferior de la cara. Vestido de otra manera, podría cruzárselo por la calle y no reconocerlo. Le había susurrado todo el rato. Ni siquiera podría identificar su voz. De hecho, como se llevaba las fotografías que le había enseñado, a Ellie no le quedaba prueba alguna de que aquello hubiera sucedido siquiera.

El encapuchado se inclinó hacia el interior del vehículo.

—No le hables a nadie de este encuentro. Si llamas a la policía, mataré a tu hija. No puedes esconderte de mí. Te estoy vigilando.

—¿Cómo me pongo en contacto con usted?

—No hace falta. Ya sabrás de mí. Si encuentras el archivo, me enteraré.

Cerró la puerta del monovolumen y caminó en dirección a los faros encendidos.

A Ellie le fallaron los reflejos. Se quedó allí sentada, inmóvil, unos segundos antes de reaccionar. Debía salir como un rayo del aparcamiento. Puso el vehículo en marcha y enfiló la carretera. Sin apartar la vista del retrovisor, giró varias veces hasta asegurarse de que nadie la seguía. Veinte minutos más tarde entraba en el camino de entrada de su casa. El supermercado tendría que esperar. Necesitaba ver a Julia y a Nana. Enseguida.

Bajó del monovolumen y exploró la calle. Las farolas, muy separadas, iluminaban la nieve. Solo en su manzana, había junto a la acera al menos una docena de vehículos. ¿Cómo iba a saber si había alguien sentado en uno de ellos, observándola? Escudriñó cada uno de los automóviles al pasar, pero los parabrisas a oscuras no revelaban nada. En la esquina, a unos cincuenta metros de distancia, distinguió la figura de alguien que paseaba a dos perros. Nada parecía fuera de lo normal. En la ventana de la casa de al lado había luz y el automóvil de alquiler de Grant estaba aparcado en la entrada de la casa de los Barrett. ¿Podría ayudarla él? En cierto modo, estaban juntos en eso. Si la extorsión a la que ella se estaba viendo sometida tenía algo que ver con uno de los casos de Lee, muy probablemente los asesinatos también. El comandante se centraría en encontrar al que había asesinado a su familia. Ellie quería mantener viva a la suya.

¿Los convertía eso en aliados o en adversarios?

Resistió el impulso. No podía fiarse de un hombre al que apenas conocía. Cuando emprendió la marcha, se sintió de pronto culpable. El encapuchado tenía que ser el asesino de Kate y Lee. No debía ayudarle a ocultar su crimen, pero la seguridad de su propia familia era lo primero. Haría lo que fuera por proteger a Nana y a su hija.

Lo que fuera.

Al pie de los escalones del porche, se detuvo y miró por encima del hombro. El viento soplaba racheado, depositando en la cabeza de Ellie nieve arrastrada del tejado. Tembló; su cuerpo pasó del calor nervioso al frío cuando le bajó el nivel de adrenalina. Posó la mirada detenidamente en todos los vehículos aparcados junto a la acera. ¿Habría alguien sentado en alguno de esos automóviles?

«Te estoy vigilando…»

Capítulo 8

Lindsay, noviembre

Cierro de golpe la puerta del automóvil. Mamá se despide y arranca. De pie en la franja de hormigón que hay delante del estadio de patinaje sobre hielo, estudio la fachada del inmenso edificio.

¿Por qué me odian?

Araño el cemento con la punta de mis Converse negras. No tengo prisa por entrar. Mamá ha ido al supermercado. Podría esconderme en la parte de atrás y esperar a que termine la hora de entrenamientos libres. Antes de que nos mudáramos aquí, estaba deseando ir a patinar. Ahora me da igual. Me dan ganas de dejar el equipo. Tampoco es que vaya a ser una estrella olímpica ni nada por el estilo. Solo patino porque me encanta.

La pista es el único sitio en el que siempre he podido olvidarme de mis problemas y ahora quieren privarme de eso. En el instituto hay cámaras en todos los pasillos y los profesores siempre están al tanto. Allí, las arpías solo pueden hacerme daño en mi amor propio. En la pista de patinaje es donde mis torturadoras dan rienda suelta a su imaginación.

Juego con el piercing *que llevo en el labio. Cuando termine de hacer la compra, mamá entrará en la pista a preguntarle cómo voy a Victor, el entrenador. Si no patino, empezará a hacer preguntas. Me pinchará hasta que reviente, luego me regañará por quejarme. No* dejará que nada estropee su nueva vida. Le encanta el estado de Nueva York. A papá y a mí, no tanto.

Nuestro nuevo hogar se encuentra situado en una parcela de casi media hectárea, en una pequeña zona residencial. La casa, grande, amarilla y blanca, tiene cuatro dormitorios, dos plantas y un porche que recorre toda la fachada principal del edificio. Detrás de la casa hay un prado y un bosque. Después de vivir en una caja de zapatos amueblada en San Francisco durante los últimos seis años, mis padres estaban deseando mudarse a semejante maravilla rural. Hay un camino en el bosque por el que puedo llegar al instituto, pero mis padres no me dejan ir andando. No lo ven seguro.

«La parte norte del estado de Nueva York tiene que ser muy verde. Vamos a ahorrar tanto dinero que podrás tener un caballo si quieres. Nevará en invierno.»

Me decían todo esto como si así fuese a apetecerme más dejar atrás a mis amigos y la ciudad que adoro.

Sigo sin creérmelo.

¿Qué iba a hacer yo con un caballo? Si ni siquiera hemos tenido nunca un gato. El apartamento ya era pequeño para nosotros tres. No había sitio ni para un hámster o una pecera, pero era mi hogar.

Llevamos aquí tres semanas. De momento, lo único bueno ha sido el tiempo. Para recordarme este único punto positivo, cierro los ojos y vuelvo la cara al sol de la tarde. Sus rayos me calientan las mejillas y me enrojecen el interior de los párpados. Por ahora, los primeros días de invierno han sido suaves. Al contrario que mis padres, yo no estoy deseando ver nevar ni helar. No tengo ni idea de por qué a ellos les parece tan alucinante. Tampoco es que yo nunca haya visto la nieve. En California, fuimos al lago Tahoe un par de veces a hacer snowboard. No se me dio bien. Pasé más tiempo tirada en la nieve que de pie en la tabla. Lo bueno es que, si se congela el lago que hay al final de la calle, podré patinar fuera. No tendré que venir a la pista.

Me saco el móvil del bolsillo. No tengo mensajes de Jose. Echo de menos California y a mis amigos; siento una especie de vacío, como de hambre, que no puedo aliviar con comida. Pero no pasa nada. Jose, mi mejor amigo, no mi novio, aún no ha vuelto de clase. Es la hora de comer en Cali. Me escribirá luego y quizá entonces ya no me sienta tan sola. Si el wifi aguanta, incluso podemos hablar por Skype esta noche.

Echo de menos ir con él a entrenar a la pista de hielo de Bay City todos los días después de clase. Jose es patinador artístico. Sabe lo que es el acoso escolar. Yo solo quiero volver a casa y alejarme de esta pesadilla de pueblo. Echo de menos bajar al muelle a escuchar los ladridos de los leones marinos. Lo echo de menos todo, desde las calles empinadas hasta el marisco. El sushi de aquí es un asco, igual que la gente de mi edad.

Por cierto, más vale que entre. Sale alguien. Una del equipo avanzado, con su madre. Habrá terminado su entrenamiento. A lo mejor Regan y Autumn, mis peores enemigas, ya se han ido también.

Sonriente, la madre me sujeta la puerta, con la boca abierta, como si pretendiera tragarse mis ganas de vivir. Estoy dramatizando mucho, pero eso es lo que siento, esa especie de sensación de desgracia inminente que me oprime el pecho.

Paso el vestíbulo y enfilo el pasillo hacia la pista. El entrenamiento libre ha empezado. Una docena de patinadores está calentando. El entrenador, Victor, los observa, apoyado en el murete de la pista. Me saluda con la cabeza cuando paso por su lado. Exploro la pista. Ni rastro de Regan ni de Autumn. Ah, espera. Sus padres se acercan a Victor. El entrenador está intentando ver a los patinadores. Yo solo llevo unas semanas viniendo, pero sé de lo que va todo esto. No es muy distinto en California. Regan y Autumn son las estrellas del equipo. Sus padres pagan al estadio un montón de dinero todos los meses. Tienen comprada la atención absoluta de Victor. Él se la concede en estos momentos. Capto un fragmento de su conversación, algo de que Victor tiene que arreglarlo. Que, si no llegan a los campeonatos nacionales este año, buscarán otro entrenador.

Me da lástima de él, se ha portado bien conmigo. Pero seamos realistas: lleva en el club siete años y ninguno de sus patinadores ha ganado nunca una competición importante. Sé que, en parte, es cuestión de suerte. Él no puede controlar quién entra en el club, pero los padres siempre encuentran una excusa cuando pierden sus queridísimas hijas. Además, corre un rumor por ahí sobre Victor y una de las patinadoras casadas y dicen que no es su primer desliz. Por lo visto, es un vicioso. Puaj. No me puedo imaginar a un tío de su edad haciéndolo. No sé si es cierto, pero un escándalo así no lo ayudará a conservar el puesto. Ya está a solo una temporada desastrosa del despido.

Cruzo la puerta que conduce a los vestuarios. Mientras recorro el estrecho pasillo y empujo la del vestuario de chicas, se me acumula el sudor en las axilas. Si Regan y Autumn no están en la pista, estarán ahí dentro. ¿Qué puedo hacer? Victor me ha visto. Como no salga enseguida a patinar, le dirá a mamá que estoy perdiendo el tiempo y tirando el dinero. Parece que se ha tomado un interés particular en mí.

Tampoco es gran cosa. No es el mejor entrenador del mundo. Aunque sus elogios me vienen bien.

Retumban las voces en las paredes de hormigón y en las filas de taquillas metálicas dispuestas en forma de U. Seis chicas se están cambiando en la primera de ellas. Ni rastro de Regan ni de Autumn de momento, pero sé que están aquí. Me acelero y se me revuelve el estómago. Paso por la segunda U y allí están, vestidas y guardando su equipo en bolsas de deporte. Cinco minutos más tarde y no habría coincidido con ellas.

Con sus bonitos reflejos en el pelo y su ropa moderna de centro comercial parecen más californianas que yo. Como de costumbre, la violencia y el odio de sus miradas me estremecen por dentro. El estrépito metálico se convierte en un ruido de fondo. Su hostilidad se hace palpable, una fuerza invisible que me oprime el cuerpo entero y me deja sin aire en los pulmones.

Me han odiado desde la primera vez que me vieron patinar. ¿Por qué? ¿Por mi ropa gótica? Comparada con mis amigos californianos, soy bastante discreta. Ni siquiera llevo tatuajes. El pelo negro, las botas de combate y un piercing *en el labio tampoco son tan inusuales. Hay muchos alumnos en el instituto que visten como yo. Pero, en la pista, lo que importa es el patinaje. En la pista, yo destaco tanto como un Frankenstein. Solo he conseguido entrar en el equipo de los novatos, así que ¿por qué están tan empeñadas en deshacerse de mí?*

Levanto la barbilla y me vuelvo hacia la tercera sección, donde tres chicas más pequeñas están cerrando las taquillas y recogiendo sus bolsas de deporte para marcharse. Cuando paso por delante de Regan y Autumn, tropiezo y caigo al suelo. Clavo la barbilla en el hormigón. La boca se me cierra de golpe y el choque de los dientes me produce una fuerte punzada de dolor en toda la cara y en la cabeza. Mi bolsa de deporte se desliza por el suelo y topa con los pies de una de las chicas que vienen hacia mí.

—*Eh, mira por dónde vas, friqui* —*dice, dándole una patada a la bolsa.*

Miro al suelo. Una punta de la bolsa de Regan asoma al pasillo. Se acerca a mí.

—*Madre mía, ¿te encuentras bien?* —*me dice con fingida preocupación, pues la perversa mueca de sus labios transmite el verdadero mensaje.*

—*Perfectamente* —*mascullo mientras me levanto. Me arde la barbilla donde me he raspado con el suelo.*

—*Lástima que seas tan torpe.*

Vuelve con Autumn y le susurra algo al oído. Autumn ríe a carcajadas.

Le lanzo una mirada asesina, luego pongo los ojos en blanco, pero mi falsa indiferencia no engaña a nadie. La humillación me calienta la piel y me revuelve el zumo de naranja en el estómago hasta producirme una asquerosa acidez. Me arde la cara. Soy muy blanca, así que sé, cuando llego a la sección vacía y me hago con una taquilla, sé que tengo las mejillas de un rojo encendido. El jaleo hace que otras chicas salgan de los huecos de sus taquillas. La mitad ríe con disimulo; la otra mitad mira hacia otro lado y hace como si no hubiera visto nada. Nadie quiere ser el próximo blanco de Regan y Autumn. No me extraña. Es un asco. ¿Por qué iban a defenderme? Ni siquiera me conocen.

Estoy a punto de echarme a llorar, pero no voy a hacerlo.

En su lugar, procuro hacerme pequeña, fundirme con las taquillas metálicas de color gris que me rodean mientras me pongo las mallas negras que llevo para entrenar.

Regan y Autumn se marchan, con las cabezas pegadas. Hablan de mí, puede que se estén riendo, puede que estén planeando algo horrible que hacerme más adelante. No sé. Percibo su animosidad en el aire aun después de que hayan salido del vestuario. Las otras chicas ni se atreven a mirarme. Pasa por delante de mí una, escuchando música en su iPod. El sonido se filtra por los auriculares. Me siento en el banco para atarme los cordones de los patines. En cuanto salga a la pista estaré bien. El vestuario es su sala de tortura preferida. En la pista, el entrenador es estricto.

Ni siquiera me apetece patinar ya. Sé que ese es su verdadero objetivo, así que lo han conseguido. Inspirando hondo, me pongo en pie y camino hasta la pista. Regan y Autumn están con sus padres y Victor. Me observan con excesivo interés mientras dejo los protectores de las cuchillas en el murete y empiezo a calentar. Los músculos se me relajan. Una sensación de libertad me recorre el cuerpo entero, como cada vez que me pongo los patines.

—Ve calentando. Quiero verte ensayar ese doble axel —me grita Victor cuando paso por delante de él patinando. Veo que Regan se inclina hacia delante y le dice algo a Autumn. Ríen—. Si quieres llegar a los campeonatos nacionales el año que viene, no pierdas el tiempo preocupándote por nadie más. Céntrate en tu rutina —me reprende, y su voz resuena por toda la pista.

Agradezco su apoyo, pero la reprimenda les dará un motivo más para odiarme.

Capítulo 9

La luz del sol brillaba en una nueva capa de nieve. Ellie giró hacia un callejón estrecho que corría paralelo al edificio de la empresa. Los neumáticos chirriaron sobre los tres centímetros de nieve que la quitanieves dejaba encima de la gravilla. Salió al aparcamiento de la parte posterior. Había vuelto a acumularse nieve en las ramas incipientes del viejo roble del fondo del cuadrado despejado por la quitanieves. Desde el cielo de azul intenso, el sol refulgía cegador sobre todo lo que tocaba.

De no haber estado preocupada por la seguridad de su familia, la escena le habría parecido preciosa.

Aparcó su monovolumen al fondo del aparcamiento. Quitó el seguro de las puertas y bajó del vehículo, con el corazón a mil. Cruzó el estacionamiento. En el escalón de la entrada trasera del edificio, se limpió la nieve de las botas y echó un último vistazo a su alrededor antes de meter la llave en la cerradura. Desactivó la alarma. Con paso vacilante, echó un vistazo a la sala de descanso-cocina. Vacía. Aguzó el oído, pero no oyó otra cosa que el murmullo del horno y el zumbido del aire caliente de los radiadores.

Todo parecía normal, salvo que la noche anterior un tipo había amenazado con matar a su hija.

Se cambió de calzado y se puso manos a la obra, empezando por el despacho de Frank.

Con dedos temblorosos, introdujo el lápiz de memoria en la ranura del ordenador de su compañero. La oficina estaba en silencio. A las siete de la mañana, no había llegado aún nadie más. Roger llegaría hacia las ocho; los demás, poco después. Quizá esa fuera su única oportunidad de echar un vistazo a los archivos del ordenador de Frank. Muchos de los abogados trabajaban hasta tarde, pero los madrugones eran menos corrientes. Si aparecía alguien, diría que estaba haciendo actualizaciones de *software*. Como no tenían especialista informático propio, Roger prefería que Ellie se ocupase de las tareas sencillas y rutinarias en lugar de contratar a un técnico. Ella ya estaba en nómina. Los empleados ya estaban acostumbrados a verla toqueteando sus equipos. Con suerte, Roger la apoyaría: él mismo le había pedido que curioseara. Claro que, en esos momentos, tampoco le preocupaba mucho el fraude que le había pedido que investigara.

Frank era la única persona de la empresa a la que se le ocurría que pudiera interesarle ocultar el archivo del caso Hamilton. Además, era el nuevo y había competido con Lee por el puesto de socio. Frank se beneficiaba directamente de la muerte de Lee, así que registraría primero su escritorio.

Con el tiempo justo, copió los archivos del ordenador de sobremesa de Frank al lápiz de memoria. La luz naranja parpadeó mientras la máquina trabajaba. Giró la silla para abrir el cajón del aparador que había a la espalda del escritorio y repasó los archivos. La sobresaltó el crujido de unas ruedas en la gravilla, fuera. Había llegado alguien. Miró el reloj de la pared. Apenas eran las siete y veinte. Nadie iba nunca tan pronto a la oficina. La luz naranja del lápiz de memoria parpadeó provocadora.

«¡Venga!»

Cerró el aparador. La luz naranja desapareció. Apagó el ordenador y fue corriendo a la cocina. Con manos temblorosas, echó el café molido en el filtro. El ruido de fuera debía de haber sido de alguien del edificio de al lado. Daba igual. Había conseguido lo que se proponía yendo temprano. Solo le restaba rezar para que Frank no supiera tanto de ordenadores como para darse cuenta de que había copiado sus documentos. Aunque contase con el apoyo de Roger, Frank se quejaría a Peyton padre. En sus enfrentamientos con este, Roger se acobardaba.

¿Se habría llevado Frank el archivo a casa? Se había mudado a ese despacho antes de que ella hubiera terminado de organizar los archivos de Lee. A lo mejor estaba registrando las oficinas del bufete en vano por tener Frank precisamente el archivo que ella necesitaba. El archivo que mantendría con vida a su familia. Peor aún, quizá estuviera en el BMW de Lee. Que se supiera, el automóvil aún no había aparecido, pero la idea de que la información que buscaba el tipo que la estaba extorsionando fuera imposible de localizar le produjo arcadas.

¿Qué haría si volvía el encapuchado y ella no había conseguido el archivo? ¿Y quién sería aquel hombre?

Podía descartar automáticamente a dos personas. Grant no cabría de ninguna manera en el asiento de atrás de su monovolumen. Descartó también a Roger. Estaba en su despacho la noche anterior mientras el encapuchado la esperaba a ella en su vehículo. Mmm. Pensándolo bien, ¿podría haber salido su jefe por la puerta principal y haber rodeado el edificio hasta el aparcamiento? Pero ¿por qué iba a amenazarla su jefe para que encontrase el archivo si ya se lo había pedido?

Le estallaba la cabeza con tanta pregunta sin respuesta. Rellenó el depósito de agua de la cafetera y la encendió.

Miró el reloj. Aún le daba tiempo a registrar los demás escritorios. Dejó la máquina goteando café y se instaló en la mesa de una de las asistentes. Mientras el ordenador copiaba los archivos a su lápiz de memoria, fue abriendo y registrando las mesas con sigilo.

Media hora después, Ellie no había encontrado nada ni remotamente relacionado con el caso Hamilton.

—¿Ellie? —La voz de Roger la sacó bruscamente de sus pensamientos.

Agarró el lápiz de memoria y se lo metió en el bolsillo de la chaqueta. Estirándose la falda, salió del cubículo de la asistente. Roger estaba de pie delante de la mesa de ella.

Sonriente, se acercó a su jefe.

—Buenos días.

—Has venido temprano. ¿Qué estabas haciendo?

—Actualizaciones de *software*.

—¿Tan pronto? —preguntó él, enarcando una ceja cómplice—. ¿Has encontrado algo interesante?

—No, lo siento.

—Vaya, mierda. —Ceñudo, se miró el reloj—. Tengo una cita a las nueve en punto. ¿Has hecho café?

—Sí, ahora lleno un termo.

Volvió corriendo a la cocina y vertió el café en un termo.

—Mentirosa —dijo Frank, sobresaltándola.

Ellie soltó la jarra del café. El líquido caliente le salpicó las piernas.

Frank retrocedió de un salto. La salpicadura no le manchó los pantalones por los pelos.

—¿Te encuentras bien?

—Sí.

Milagrosamente, la jarra no se rompió al caer al suelo de vinilo, pero el café le manchó los pantis y los zapatos. Las manchas de café hirviendo de las espinillas la instaron a actuar de inmediato. Se apartó, mojó un trozo de papel de cocina de agua fría y se lo pegó a la espinilla. Se limpió los zapatos, luego tiró unos trozos de papel de cocina al suelo.

—Deja que te ayude.

Frank se acuclilló a su lado y tiró unas servilletas sobre el estropicio.

—No pasa nada. Ya está —dijo ella, y tiró a la basura el papel empapado de café. Luego preparó otra cafetera.

Frank salió despacio de la cocina y, antes de cruzar la puerta, le lanzó una sonrisa de «te he pillado» por encima del hombro.

—Te he visto registrando la mesa de Sue. Pero no te preocupes, no se lo voy a decir. Tu secreto está a salvo conmigo.

Uf. Frank no era precisamente una de esas personas a las que confiaría un secreto. Mientras veía gotear el café, se llevó una mano a la sien dolorida. No le quedaba energía para preocuparse por Frank. Sus jueguecitos no podían competir con la extorsión, salvo que él fuera el encapuchado.

El sueño no tenía sentido. Grant no había sido testigo del asesinato de su hermano, así que ¿por qué seguía reproduciéndolo mentalmente?

Tenía los ojos forrados de papel de lija, al menos esa fue la sensación que tuvo cuando los abrió. Estaban secos y veía borroso. Se sentía abrumado y oía un tictac de fondo, como de bomba de relojería. Pestañeó. Su visión se aclaró y entonces enfocó una cabeza rubia con el pelo revuelto.

Carson estaba tumbado encima de su cuerpo. Los hombros de Grant colgaban del borde del sofá de la salita. A su lado, el balancín de la bebé chascaba cada vez que pasaba por el eje central de su arco.

Ah, sí. Reprodujo mentalmente aquella noche infernal. Había acostado a Carson y mecido a la niña por los pasillos hasta las dos de la madrugada, momento en que una pesadilla había despertado al niño, lloroso e hipando. La perra había aprovechado el alboroto para empezar a ladrar como una posesa. El balancín había sido su salvación. Según las instrucciones, la bebé no debía dormir en aquel artilugio, pero la situación era desesperada.

Grant cerró los ojos. Con otra hora de sueño se le pasaría el dolor de cabeza.

—Tío Grant. —Un dedo diminuto le levantó el párpado—. ¿Estás despierto?

El comandante abrió el otro ojo.

—Sí.

Carson le soltó el párpado a Grant y apoyó la barbilla en sus manitas, clavándole a su tío los codos huesudos en el centro del pecho. Sus ojos azules estaban a escasos centímetros de la cara del comandante. Al oír la voz del niño, AnnaBelle saltó de su camita en el rincón, trotó al sofá y metió el hocico húmedo entre los dos.

—Tiene que salir —dijo Carson, bajándose del cuerpo de su tío. Al hacerlo, le hincó una rodilla en la entrepierna.

—Ufff —protestó Grant.

Apartó la rodilla de su sobrino de sus partes íntimas y se incorporó despacio. Carson corrió a la puerta trasera y la abrió. La perra salió como una bala al patio.

—¿La dejas ahí fuera sola? —preguntó Grant, escudriñando por la ventana.

Las nubes de la noche anterior habían desaparecido. En un cielo luminoso y completamente azul, los rayos de sol se proyectaban oblicuos sobre diez centímetros de nieve fresca.

—Volverá enseguida. —Carson se acercó al frigorífico y sacó un brik individual de zumo, que le llevó a Grant—. ¿Me lo abres?

—Claro.

Grant metió la pajita por el agujero y se lo devolvió a su sobrino.

—Tienes que levantarle las lengüetas o lo tiraré todo por ahí.

—Entendido. Lengüetas levantadas —dijo, y se lo pasó de nuevo.

Carson succionó con fuerza la fina pajita.

—¿Hoy voy al cole?

Grant estudió los ojos agotados que lo miraban. En su lista de múltiples llamadas telefónicas estaba la escuela primaria de Carson.

—¿Tú quieres ir al cole hoy?

El niño negó con la cabeza.

—Entonces hoy te quedas en casa. —Echó un vistazo a la bebé. Aún dormía—. Volveremos a hablar de eso en unos días, ¿vale? —Carson asintió—. ¿Gofres?

El comandante se puso en pie y estiró la espalda. Se sentía como si hubiera estado de marcha militar toda la noche. Necesitaba un café. Ya. Entró en la cocina arrastrando los pies y encendió la cafetera.

Un torrente de luz solar entraba por la ventana de atrás. ¿Qué hora era? Miró con dificultad el reloj de la pared. Las diez.

Faith empezó a moverse y Grant se dispuso a prepararle el biberón. Ya había aprendido que una rabieta justo antes de comer aumentaba las posibilidades de que lo pusiera perdido de vómito después. Agotado, dio de desayunar a los niños. Mejor dicho, les dio el almuerzo. Bueno, o lo que fuera.

Bebió una buena dosis de café y recogió la cocina. Cuando quiso pensar en darse una ducha, ya era mediodía. Sonó el timbre. AnnaBelle salió disparada a la puerta principal.

—A lo mejor es tía Hannah.

Los ansiados refuerzos habían llegado, pensó Grant, frotándose los ojos irritados.

Carson no respondió. Con la niña en brazos, el comandante se dirigió a la puerta. Se asomó por la ventana del lateral de la puerta. Su hermana esperaba en el porche, con una mano apoyada en el asa de una maleta de ruedas y un maletín colgado del hombro. Abrió la puerta de par en par. AnnaBelle se abalanzó sobre la visita.

Hannah cruzó a toda prisa el umbral de la puerta y, con una mano en alto, detuvo a la golden.

—¡No!

La perra dejó de mover el rabo inmediatamente y se dejó caer al suelo.

—¿Desde cuándo no te gustan los perros? —preguntó Grant, inclinándose para besar a su hermana en la mejilla.

Desde los tacones de aguja hasta la arreglada melenita rubia, su hermana tenía todo el aspecto de abogada corporativa. Se detuvo en el vestíbulo para quitarse el abrigo largo negro.

—Desde que cambié los vaqueros viejos por ropa de adultos.

Se acercó al ropero y colgó el abrigo. Su figura alta y esbelta iba enfundada en un suéter blanco de cachemir y unos pantalones de color gris claro. En contraste con el maltrecho papel pintado verde, su atuendo de Saks se veía elegante y fuera de lugar.

Hannah se acercó. Sus tacones resonaron en el parqué arañado. Una sonrisita de curiosidad asomó a sus labios. Alargó la mano y le dio un tímido apretón al piececito de la bebé.

—Tú debes de ser Faith.

—¿No la habías visto antes?

—No. Antes de Yakarta, estuve en Berlín. Y antes en Praga. —Alzó la vista y miró a Grant. Se le empañaron los ojos—. ¿Cómo estás, Grant?

Al comandante le faltó el aire.

—No lo sé. Algo abrumado por todo esto, supongo. No esperaba ser el primero en llegar.

Ella asintió con la cabeza y sorbió.

—He venido en cuanto he podido escapar de las negociaciones.

—Espera. ¿No has venido directamente?

Hannah retrocedió un poco.

—Uno no abandona sin más un negocio de mil millones de dólares.

—Yo he abandonado una guerra, por el amor de Dios.

Grant apretó los dientes y paró. Discutir con Hannah por ser Hannah era inútil. A su hermana la habían hecho socia de un bufete muy poderoso por ser resuelta e implacable. Jamás se conformaría con algo menos que el dominio absoluto del mundo. Una vez más, el comandante se preguntó si su padre no habría elegido al hijo equivocado para instarlo a entrar en el ejército. El coronel quería un general en la familia. Hannah habría sido una excelente general. O una dictadora.

—Da igual. Ya estás aquí y eso es lo que importa. —Grant lo dejó correr. Como habían aprendido esa semana, la vida era demasiado corta—. ¿Por qué no vas a saludar a Carson antes de cambiarte?

La pena le inundó de nuevo los ojos y Hannah tuvo que esforzarse por reprimirla. No era una persona fría. Se sentía realizada, pero, al igual que el coronel, nunca había llevado bien la expresión de emociones, ni las suyas ni las de los demás.

—¿Dónde está?

—En la cocina —dijo Grant, acompañándola.

—Hola, Carson —lo saludó Hannah en voz baja desde el centro de la estancia.

Grant le dio un codazo para que se acercara más a su sobrino. Ella le dirigió una mirada de «no me presiones»; luego se sentó al lado del niño. Al comandante le pareció un acierto que se pusiera a la altura del chaval.

—¿Qué estás dibujando? —le preguntó, ladeando la cabeza para ver el dibujo.

Carson se encogió de hombros.

—Un hombre.

—Está llorando —observó ella—. ¿Eso es una casa?

El niño asintió con la cabeza.

—Es nuestra casa.

—¿Por qué llora el hombre?

Subió y bajo sus hombros huesudos.

—No sé.

—Me gusta el trébol —añadió, y se levantó—. Voy arriba, a cambiarme.

Iba arriba a llorar, se dijo Grant.

—Estoy en la habitación de invitados del final del pasillo. Ocupa tú la de al lado.

Lee había querido tener una casa grande para las reuniones familiares. La primera vez en años que Grant, Hannah y Mac coincidirían bajo el mismo techo, Lee ya no estaba.

Hannah pasó por su lado, rozándole, con los labios apretados, a punto de perder el control.

Él le dio una copia de la nueva llave de la casa.

—¿Estás bien?

Ella asintió con la cabeza, tomó la llave y dio media vuelta. Hannah no había sido siempre tan distante. Ninguno de ellos había digerido bien la muerte de su madre. Grant y Hannah habían huido de Scarlet Falls y de todas sus decepciones en cuanto habían podido. Mac se había quedado a vivir en el pueblo, pero se pasaba medio año viajando por todo el planeta. Solo Lee se había quedado allí de verdad.

Le dio media hora para que se recompusiera. Entretanto, inspeccionó el contenido de la bolsa de la bebé. Como en su propio petate, había, sobre todo, agua embotellada, ropa limpia y artículos de higiene personal. Repuso lo que parecía que necesitaba reposición y añadió un par de barritas de cereales para niños que encontró en la despensa por si Carson tenía hambre mientras estaban fuera.

—Eh, Carson, vamos a hacerle una visita al tío Mac.

Confiaba en que encontraran a su hermano pequeño en la cabaña. A Carson no le vendría mal echar una cabezadita en el automóvil. El pobre niño estaba agotado.

Al pie del escalón, llamó a su hermana. Se había puesto unos vaqueros y unas botas, pero aún llevaba el suéter de cachemir. Además, se había desmaquillado y tenía los ojos hinchados e irritados. Con ropa informal y sin maquillar, parecía diez años más joven y más la niña con la que se había criado que la abogada corporativa.

—Vamos a hacerle una visita a Mac.

—¿Aún no has tenido noticias suyas? —preguntó ella ceñuda.

—No.

—Seguro que está bien —dijo Hannah, aunque no parecía muy convencida—. ¿No creerás que se ha enterado de lo de Lee y Kate y…?

—No tengo motivos para pensar que Mac haya hecho ninguna locura —dijo Grant, negando con la cabeza—, pero me quedaré más tranquilo cuando demos con él.

—Yo también —coincidió su hermana—. Vamos, pues.

Mac no había recaído en los diez años que habían pasado desde que había salido del centro de desintoxicación, pero si se había enterado de los asesinatos…

—¿Prefieres llevar a la bebé o la caja de archivos? —le preguntó Grant, señalando con la cabeza hacia el despacho de Lee.

—Me llevo la caja —contestó Hannah.

No le sorprendió. Sacó a Carson por la puerta principal y abrió la de atrás del automóvil de alquiler.

Carson negó con la cabeza.

—Tengo que ir en una silla de seguridad.

Vaya. Claro, los dos niños necesitaban sillas de seguridad.

—¿Dónde la tienes?

—En el monovolumen de mamá.

El niño volvió trotando al interior de la casa y salió al poco con unas llaves. Rodearon la casa hasta el garaje independiente, situado en la parte posterior. El monovolumen plateado de Kate estaba equipado para llevar a los niños. Juguetes, botellas de agua, chucherías y unas redecillas donde guardarlo todo. Carson se subió a su silla y se abrochó el cinturón de seguridad. Grant ancló la sillita de Faith al asiento. Se inclinó sobre la moqueta. Se le llenó de migas la palma de la mano. Con la rodilla, aplastó un tetrabrik de zumo vacío.

Hannah salió de la casa con la perra, atada con la correa.

—Estaba lloriqueando. Me ha parecido que se podía venir también.

Grant abrió la puerta del maletero. Hannah metió en su interior la caja de los archivos. AnnaBelle saltó al interior del automóvil. Las caras internas de las ventanillas del monovolumen ya estaban manchadas de babas de perro. No era la primera vez que viajaba en él. Hannah ocupó su sitio.

El comandante arrancó el automóvil.

—¿Cuándo fue la última vez que hablaste con Mac?

Ella se encogió de hombros.

—Hace más de un mes que no hablo ni con Mac ni con Lee.

—Yo tampoco —dijo Grant—. ¿Siempre hemos sido así? Tengo el recuerdo de que estábamos más unidos de niños.

Hannah suspiró.

—Todo cambió cuando murió mamá.

—Cierto.

Grant salió marcha atrás por el camino de entrada de la casa.

Su madre había sido la columna vertebral de la familia. Había sabido manejarse con cuatro niños pequeños y un marido que casi nunca estaba en casa y que, cuando al fin volvió, se había quedado paralítico.

—Lee solía llamarme todos los domingos. —Hannah se quitó un mechón de pelo de los ojos—. Pero, en el último par de años, me da la impresión de que estaba agobiado y estresado con el trabajo. Hablábamos cada vez menos. Yo andaba de viaje por todo el mundo. Las diferencias horarias eran una lata. —Suspiró—. Ninguna de mis excusas va a cambiar la realidad de que ya no está con nosotros. Debí haberlo llamado más y ahora ya no puedo.

Nada alteraba la realidad ni infundía remordimiento de forma tan perdurable como la muerte.

Julia bajó del autobús y se colgó la mochila a la espalda. Pesaba tanto que las correas se le clavaban en los hombros. Se sacó el móvil del bolsillo. Vio tres mensajes de texto en la pantalla. Todas sus amigas estaban ya en casa. Ninguna tomaba el autobús. Todas iban y volvían del instituto en automóvil. Ella cumpliría dieciséis años en un par de meses y también se sacaría el carné de conducir, pero daba igual. Sus padres no podían comprar otro vehículo. Tampoco tenía ninguna amiga que viviera lo bastante cerca para llevarla en el suyo.

Ignoró los dos primeros mensajes y leyó el tercero, de Taylor, otra de las cosas que no había pasado el filtro de la corta lista de cosas aprobadas por su madre. Pero, en algún momento, una chica debía hacer lo que le tocaba hacer y Julia estaba harta de perderse siempre lo divertido. No bebía ni consumía drogas. Sacaba solo sobresalientes. En lugar de recompensarla, su madre prácticamente la tenía prisionera con un puñado de normas absurdas. No le permitía salir con chicos mayores. Taylor tenía dieciocho y era el único muchacho que le interesaba. Su diversión se limitaba a patinar e incluso eso sería un asco ahora que la señora Barrett, su entrenadora, ya no estaba. Se limpió una lágrima de la mejilla.

Notó un extraño cosquilleo en la nuca, como si alguien la observara. Miró alrededor, pero no vio a nadie. Fijó la vista al frente. Su casa estaba a dos manzanas de la parada del autobús. Le quedaba una.

Siguió con el mensaje de Taylor.

«¿Puedes salir esta noche?»

«Madre mía.» Quería salir con ella esa noche.

«No te muestres demasiado entusiasmada.» Contestó: «Quizá».

Sintió de nuevo aquella comezón en la nuca. Miró a su espalda. Había una furgoneta blanca con una escalera en la vaca estacionada junto a la acera, como a media manzana. Un hombre con un mono verde estaba apoyado en la parte de atrás. Un obrero. Le vibró el móvil. Abrió otro mensaje de texto.

Taylor: «¿Quizá?».

Julia: «Ya sabes, mi madre está loca».

Taylor: «Puedo ir a buscarte».

Julia titubeó, con los pulgares suspendidos sobre la pantalla. De pronto se sintió culpable, pero la excitación le hizo olvidarlo. Si su madre fuera razonable, ella no tendría que andar haciendo las cosas a escondidas. Tecleó «OK» y envió el mensaje.

Taylor: «¿A qué hora?».

Lo pensó. Su madre solía trabajar en la reforma de la casa hasta las siete. Tendría que ser tarde, cuando su madre ya estuviese profundamente dormida. Menos mal que AnnaBelle había vuelto ya a la casa de los Barrett. No habría podido escaparse sin que la oyera la golden, siempre alerta.

«A las doce», escribió.

Taylor: «OK».

Se le erizó el vello de los brazos. De pronto nerviosa, se subió un poco más la cremallera de la cazadora y miró alrededor. La furgoneta blanca estaba vacía. El hombre ya no estaba. Todo parecía normal. Su súbito ataque de nervios debía de ser por la decisión que acababa de tomar. Le daba igual. Nunca había desobedecido a su madre. Bueno, sí, pero no de aquel modo. Escaparse de casa comportaba un nivel de engaño muy distinto. Si la pillaban, lo pagaría caro. Pero esa noche iba a salir. Merecía la pena arriesgarse para ver a Taylor.

Capítulo 10

—Ya estamos llegando al desvío.

—Lo veo.

Grant aminoró la marcha y viró hacia el camino de tierra que conducía a la cabaña de Mac. El monovolumen fue avanzando a trompicones por los surcos helados.

—Espero que esto no los despierte —dijo Hannah, mirando a la parte posterior.

Los dos niños dormían, con la cabeza descolgada sobre el lateral de sus asientos. Grant aparcó en un claro, delante de la cabaña. El Jeep destartalado de Mac estaba aparcado a la puerta de la casa. Los guardabarros y el parabrisas estaban salpicados de barro.

—Espera aquí con los niños —le dijo a su hermana—. Voy a ver si está dentro.

Cerró la puerta con cuidado, se acercó al porche y llamó con los nudillos. No hubo respuesta. Haciéndose visera con la mano, miró por la ventana, pero no vio a nadie. Probó con otra ventana. Las llaves del Jeep estaban en la mesa de la cocina, junto a una mochila. Debía de estar dentro. ¿Por qué no abría? Sintió una angustia repentina. Aporreó la puerta de entrada con el puño.

—Un momento —oyó gritar a alguien desde dentro. Un minuto después, se abrió la puerta y Mac, despeinado, apareció en el umbral. Iba descalzo, vestido solo con unos vaqueros sin abrochar, con barba de un par de días y los ojos irritados. Se pasó la mano por la densa mata de pelo rubio—. ¿Grant?

—¿Dónde demonios has estado? —El comandante se coló a la fuerza en la cabaña—. Llevó días intentando localizarte.

—He llegado a casa como a las cuatro de la madrugada.

Observó el aspecto desaliñado de su hermano. «Por favor, por favor, que no se esté drogando otra vez.» Necesitaba la ayuda de su hermano.

—¿Dónde estabas?

—No estaba haciendo nada malo. Lo juro —dijo, levantando una mano—. He estado terminando mi estudio de una familia de nutrias en el río Scarlet. He estado acampado casi una semana. La batería del móvil se me fundió el viernes pasado. Aunque daba igual porque, de todas formas, no hay cobertura por allí.

Grant exhaló el aire que había estado reteniendo sin darse cuenta.

—No puedes hacerme esto, Mac.

—Tienes que tener un poco de fe, Grant —le replicó Mac—. Sé que la cagué a lo grande, pero eso fue hace mucho tiempo. —Pestañeó un par de veces, entonces pudo enfocar mejor—. Un momento, tú no volvías de Afganistán hasta dentro de dos meses. —El miedo asomó a sus ojos llorosos—. ¿Quién ha muerto, papá?

Grant negó con la cabeza y condujo a su hermano pequeño a una silla. El alivio que había sentido al comprobar que Mac estaba bien fue reemplazado por el pánico de tener que darle la noticia. Mac se dejó caer en la silla como un saco de patatas, con la mirada endurecida, preparado para lo peor.

—Lee y Kate —le dijo su hermano en voz baja.

Mac se quedó pasmado unos segundos, como si no entendiera las palabras. Miraba fijamente a Grant y la conmoción y el horror fueron apoderándose poco a poco de la expresión de su rostro.

—No.

El comandante cerró los ojos. La incredulidad de Mac le recordó su propia reacción cuando le habían dado la noticia hacía unos días. El dolor le estalló de nuevo en el pecho como el disparo de un *flash*. Se volvió hacia los pequeños fogones. Para que a su hermano le diera tiempo a digerir la noticia, se dispuso a preparar el café de rigor, aunque seguramente ninguno de ellos lo querría.

—¿Un accidente?

La deducción lógica de Mac le recordó también su primera suposición cuando había recibido la llamada en Afganistán.

La cafetera empezó a silbar junto cuando Grant se dejaba caer en una silla enfrente de Mac. No había forma de suavizar lo que estaba a punto de decirle.

—No. Los asesinaron. No sabemos por qué. Para robarles, tal vez. —Mac abrió la boca para hablar, pero no salió ningún sonido de ella—. Lo sé. —Grant se frotó los ojos con las yemas de los dedos—. También a mí me cuesta creerlo.

—No puede ser cierto. A Lee y a Kate, no… —Se le quebró la voz. La nuez le subió y le bajó rápido al tragar saliva. Grant se levantó, llenó un vaso de agua y lo dejó en la mesa, delante de su hermano. Mac miró el agua fijamente. La espalda se le agarrotó—. ¿Dónde están los niños?

—Se han quedado dormidos por el camino. Hannah está fuera con ellos. —Grant le resumió sus últimas veinticuatro horas—. Los servicios sociales me los trajeron ayer. Esta noche ha sido complicada. Faith berreaba. Carson lloraba. No hemos dormido.

—No me puedo creer que los hayan tenido tres días en una casa de acogida. ¿Cómo los ves? ¿Están bien?

—Ignoro lo que es normal para ellos. La niña no para de vomitar.

—Creo que eso es bastante normal siendo tan pequeña. ¿Y Carson?

—Callado. Agotado. Aterrado —dijo Grant—. Seguramente tú lo sabrás mejor que yo.

—¿Por qué dices eso?

—Lo ves más a menudo.

—La verdad es que no. No paso aquí mucho tiempo. He estado en Sudamérica casi todo el invierno. Se supone que vuelvo el mes que viene.

La cafetera pitó. Grant se levantó y sirvió dos tazas de café.

—¿En Sudamérica?

—Hay nutrias gigantes.

—¿Tienes que ir?

—Solo si quiero conservar el empleo, la beca y seguir con la investigación en la que he estado trabajando durante los últimos tres años —contestó Mac—. ¿Por qué?

—Por los niños. Alguien tendrá que criarlos.

Dejó las tazas en la mesa y se sentó.

Mac se frotó la cara con ambas manos, luego se aplastó el pelo.

—Sí, supongo que tenemos que ser o Hannah, tú o yo.

Se miraron.

—Exacto. Tú o yo —matizó Mac. Levantó un puño por encima del hombro—. ¿Lo echamos a suertes?

—¿No querrás que nos lo juguemos a piedra, papel y tijera? —bufó Grant—. No son el último trozo de tarta.

—No, no lo son. —Mac suspiró—. Lo siento. Vas a tener que darme un poco de tiempo para que digiera todo esto. Aún me cuesta creerlo…

—Lo sé.

—¿La policía está segura de que son ellos?

Grant deseó con todo su corazón poder decir que no, que la policía podía haberse equivocado al identificar a Lee y Kate, pero no podía hacerlo.

—Sí, están seguros.

Mac dio un puñetazo en la mesa.

—¿Cómo puede morir un abogado pijo en un atraco?

Donnie exploró la calle residencial. La mañana no era el mejor momento para entrar en una casa, pero estaba vacía. El grandullón que se alojaba en la vivienda de los Barrett se había llevado hasta al perro. Salió de la furgoneta blanca. Las ventanillas traseras estaban tintadas para impedir que los curiosos pudiesen fisgonear dentro. Por si alguien miraba, había colocado atrás unas cuantas herramientas y una caja metálica. La escalera que había sujetado a la vaca del vehículo reforzaba su tapadera y le había venido bien unas cuantas veces.

Bajó y agarró un portapapeles de clip. El mono verde, con el logo de Canalones y Revestimientos Robinson a la espalda, le proporcionaba la excusa perfecta para rodear el patio y estudiar el exterior de la casa.

Al llegar a la puerta trasera, miró alrededor. Nadie a la vista. Se sacó el llavero del bolsillo. Ninguna de las llaves entraba. Maldita sea. O los Barrett se habían dejado puesta una de las llaves o habían cambiado las cerraduras.

Volvió a la furgoneta. Abrió la puerta de atrás, se metió un cortavidrios en el bolsillo y agarró el odómetro. Haciendo rodar el aparato delante de él, midió su recorrido hasta la parte posterior de la casa. Un arbusto grande del parterre ocultaba la unidad de aire acondicionado. La mata, que crecía libremente, tapaba también la ventana del lavadero. Al abrigo de la frondosa planta, trepó a la caja de alimentación eléctrica y cortó el cristal de la ventana. Con solo girar la cerradura, pudo entrar. Se detuvo un minuto. Ningún pitido. Ni alarma. Ni sistema de seguridad. Genial. Levantó el bastidor y se coló por la ventana. Dentro, se recolocó el mono con un par de tirones secos.

Inició el registro en la planta de arriba. Pasó una hora. Luego pasaron dos. Cuando bajó a la primera planta, ya se sentía bastante frustrado. Tenía dos objetivos, dos, y no conseguía cumplir ninguno. Con el asesinato no había tenido ningún problema, pero la recuperación era jodida. Si jugara al béisbol, una media de bateo de quinientos le bastaría para que lo respetaran, pero, en su mundo, lo que no era un triunfo absoluto era un fracaso. El trato era todo o nada. No iban a pagarle la mitad por cumplir la mitad de sus objetivos y, si dejaba el encargo a medias, no recibiría muchas propuestas de trabajo en el futuro.

Otra hora más tarde, hurgaba en el último cajón de la cocina. Maldita sea. Tampoco estaba allí.

Posó los ojos en unos dibujos infantiles que había en el frigorífico. Se quedó de piedra. Tréboles azules. Un momento, era casi el día de San Patricio. Quizá el dibujo fuese solo una coincidencia. A lo mejor el crío era daltónico, o sencillamente raro. Se acercó un poco más y examinó otro dibujo de un hombre. Justo debajo del ojo del hombre dibujado había una lágrima hueca.

Menudo cabrón.

Se levantó la manga y examinó el trébol de tinta azul de la cara interna de su muñeca. Mirándose un instante en el espejo del tostador cromado, se vio la lágrima hueca que llevaba tatuada justo debajo del ojo derecho.

La lágrima había sido la marca de humillación dibujada en su rostro mientras cuatro presos lo sujetaban contra el hormigón. El trébol ario representaba su venganza. Lo habían ayudado a cargarse al matón que lo había violado y marcado. Al acabar con el jefe de la banda rival, había tenido que entrar en la Hermandad Aria. No le había quedado otro remedio: el «a rey muerto, rey puesto» significaba que ahora formaba parte de esa hermandad para siempre. No iba a volver a la cárcel ni de broma. Ya estaba harto de esas chorradas.

Debía de haberla fastidiado durante una de sus visitas a la casa. Ese niño lo había escudriñado bien. Ahora tenía un nuevo objetivo.

Debía eliminar al niño.

Se abrió la puerta de la cabaña y entró Hannah con Faith hecha un basilisco. Carson iba detrás, con carita de sueño, seguido de la perra, que hacía cabriolas.

—Me parece que tiene hambre —dijo Hannah, y le pasó la niña a Grant como si fuera una granada, claro que, teniendo en cuenta cómo proyectaba el vómito, la analogía era justa.

Mac acarició a AnnaBelle detrás de las orejas.

—¿Cómo está la perra más feliz del mundo?

Grant preparó el biberón y Faith se lo tomó con ansia.

—A lo mejor deberías tragar un poco más despacio —le dijo a la niña.

Ella pestañeó y lo ignoró.

Carson paseó sin rumbo por las apretadas dependencias de Mac. Se detuvo delante de una pecera que había en la mesa de centro.

—Tío Mac, tu pez ha muerto. Otra vez —dijo con una mirada acusadora.

—Ah, sí. —Mac se acercó a donde estaba el niño—. Quería habérselo llevado al vecino. Sabía que había algo que debía hacer antes de irme. —Le dio un abrazo a Carson—. ¿Cómo estás, colega?

—Estoy bien —contestó el niño con un hilo de voz, enroscando un brazo en el cuello de AnnaBelle.

Mac agarró la pecera y enfiló el pasillo que conducía a la parte posterior de la cabaña. Se oyó la cisterna de un retrete. Volvió a la estancia principal y se lavó las manos.

—¿Tienes hambre?

Carson negó con la cabeza y, cruzando la sala, se subió a la silla que había al lado de Grant. Luego se arrodilló y se asomó por encima del hombro de su tío para ver a la bebé.

—¿Ha terminado ya?

—Casi. ¿Te quieres ir a casa?

El niño asintió y apoyó la frente en el hombro de Grant.

—Vale. Ya hemos encontrado al tío Mac, que ha prometido no volver a apagar el móvil. Podemos irnos en cuanto tu hermana termine de tomarse el biberón.

—¿Va a vomitar?

—Esperemos que no.

Faith no regurgitó, algo que Grant consideró un progreso. Metió a los niños en el monovolumen; después se volvió hacia Mac, que los había seguido afuera.

—Hay que hacer planes.

Mac asintió con la cabeza.

—Necesito un poco de tiempo para recomponerme.

Grant abrió la puerta del vehículo.

—De acuerdo. Pero no tardes mucho. Y lo del móvil lo he dicho en serio. Llévalo siempre encima y cargado. Me hace falta tu ayuda, de verdad, Mac.

—Lo entiendo. —Con un poco de suerte, Mac se acordaría más del móvil que del pez. Para lo listo que era, a veces estaba en Babia—. Me pasaré por allí a primera hora de la mañana.

El comandante se metió en el vehículo.

—¿Alguna idea para la cena? —le preguntó a Hannah.

—Aún es muy pronto para cenar.

Meneó la cabeza y se volvió a mirar por la ventanilla del asiento del copiloto. Al igual que él, se había enterado de los asesinatos estando en la otra punta del mundo, sin tener cerca a algún miembro de la familia que le amortiguara el tremendo golpe, y no parecía llevar muy bien las muertes de Lee y Kate.

Por lo menos, seguro que no soñaba a todas horas con un rostro que estallaba en pedazos.

—Tenemos un pequeño caos de comidas hoy —dijo Grant, mirando por el retrovisor. El niño se había negado a comerse el sándwich de mantequilla de cacahuete y mermelada que le había preparado para almorzar—. Carson, ¿te apetece cenar algo en especial? ¿*Nuggets* de pollo?

Con tal de conseguir que comiera algo, era capaz de recurrir a la comida basura.

Carson negó con la cabeza. Su tío condujo los veinte minutos restantes en angustiado silencio. Al llegar a la casa, rodeó el edificio y metió el monovolumen en el garaje. Cuando abrió el maletero, vio la caja de archivos que había olvidado llevar al bufete.

Lo haría al día siguiente. Estaba demasiado cansado para hacerlo en ese momento.

Hannah abrió la puerta de atrás de la casa y entraron todos a la cocina. Grant encendió la luz. Dejó la sillita de seguridad en el suelo. Entre ladridos, AnnaBelle enfiló el pasillo a toda velocidad, y lanzó por los aires la alfombra con su alocada carrera.

Grant echó un vistazo a la estancia. Las torres de papeles que había dejado encima de la mesa estaban torcidas. Los cajones de la cocina, abiertos. Las cosas de la encimera estaban descolocadas. Agarró a la bebé y el collar de la perra, dio media vuelta y los sacó a todos por donde habían entrado. Oyó a AnnaBelle abalanzarse sobre la puerta principal.

—¿Qué ha pasado? —preguntó Hannah, resistiéndose.

—Ha entrado alguien en la casa —le susurró él al oído.

Capítulo 11

Grant los llevó a toda prisa al monovolumen. Volvió a meter a los niños y a la perra dentro y le dio las llaves a Hannah.

—Echa el seguro, baja la calle y llama a la policía.

—¿Adónde vas tú? —protestó ella.

—Voy a registrar la casa.

—Pero…

—No pasa nada —dijo, y cerró la puerta del vehículo.

En cuanto este se alejó, él se dirigió de nuevo a la puerta. La rabia y la determinación le hicieron apretar la zancada y esprintar por el sendero. Que Dios asistiera a cualquiera que se encontrase en la casa de su hermano.

Entró por la puerta que había dejado abierta. Aguzó el oído, pero la casa estaba en silencio. Se detuvo en la cocina y agarró un cuchillo de la tacoma de la encimera. La furia le hervía en las venas y le nublaba el pensamiento cuando enfiló decidido el pasillo. Asió el mango a la inversa y registró las habitaciones. El despacho y el comedor estaban despejados. Si había alguien en la casa, lo iba a encontrar.

Subió las escaleras. Entró con sigilo en los cuartos de los niños y miró en los armarios y debajo de las camas, luego cruzó el pasillo en dirección al dormitorio de Lee y Kate.

De pie en el centro de la estancia, esperó atentamente por si oía un crujido del suelo de madera que delatara al intruso. Por el rabillo del ojo, vio moverse una cortina. Se acercó con sigilo y apartó el tejido, con el cuchillo preparado para atacar. Pero el hueco estaba vacío. El aire del radiador del suelo le sopló en la cara y movió las cortinas.

Asiendo con fuerza el mango del cuchillo, dio media vuelta. La ropa colgaba de los cajones medio abiertos como si hubieran estallado. Unas braguitas de seda yacían en medio de la habitación. El intruso había registrado la ropa interior de Kate. Salió nuevamente al pasillo y se dirigió furibundo a los cuartos de invitados; luego subió al desván y miró allí también.

Lo recibió un espacio abierto, polvoriento y vacío.

Sintió una gran decepción. Que lo dejaran un minuto a solas con el asesino de su hermano. Era lo único que pedía. Lo único que necesitaba.

Con la respiración entrecortada, se detuvo a los pies de los escalones del desván. ¿Y qué le iba a hacer? En Irak y Afganistán, no le había quedado otro remedio. Había matado para proteger a otros soldados. Había matado por su país, pero matar por pura venganza sería distinto. Miró el cuchillo que llevaba en la mano. Si hubiera encontrado a alguien escondido detrás de esa cortina, ¿le habría cortado el cuello? ¿Sin asegurarse primero de que era el asesino de Lee y Kate? La respuesta fue un perturbador tal vez.

Lo cierto era que no sabía con certeza lo que habría hecho.

Se pasó la manga de la sudadera por la frente sudorosa. El subidón de adrenalina fue remitiendo y le dejó un temblor en las manos. Dobló y estiró los dedos. El bajón físico pasaría. La rabia, en cambio, hervía a fuego lento en sus entrañas. Inspiró y espiró despacio, deseando tranquilizarse. Debía templar su genio. Carson y Faith dependían de sus cuidados. No podía perder el control.

Bajó corriendo las escaleras y se asomó por la ventana del salón. Un vehículo de policía se detuvo a la entrada de la casa y de él salieron dos agentes. Un sedán azul oscuro aparcó detrás del coche patrulla blanco y negro. Del segundo automóvil bajó el inspector McNamara, que se dirigió a la vivienda.

Grant recibió al policía en el porche. El aire gélido le enfrió la piel sudada.

—Ya no hay nadie dentro, pero ha habido alguien.

—Vamos a echar un vistazo.

Los policías uniformados entraron en la casa.

Al ver el cuchillo que asía Grant, McNamara le tendió la mano.

—Tendría que haber esperado a que llegáramos.

«Sí.» Grant le entregó el cuchillo, por el mango.

—Soy experto en despejar edificios.

Su argumento no sonó convincente porque era lamentable. Había entrado en la casa con la esperanza de encontrar a alguien con quien desquitarse.

McNamara tomó el cuchillo.

—Apuesto a que sí, pero no lo hace solo, ¿verdad?

—No —reconoció Grant.

El monovolumen aparcó a la entrada. Se abrió la puerta corredera y Carson bajó de un brinco. Cruzó disparado el césped y se abalanzó sobre las piernas de Grant, abrazándolo tan fuerte que casi lo tira al suelo. El comandante le soltó las piernas de sus muslos y lo tomó en brazos.

—¿Qué pasa, colega?

AnnaBelle daba vueltas alrededor de ellos, ladrando.

Carson enterró la cabeza en el hombro de Grant.

—Tenía miedo de que te pasara algo.

«Mierda.» La había fastidiado. El pobre niño había perdido a sus padres y él lo había abandonado en una situación aterradora y se había puesto en peligro. Puede que Carson no entendiera del todo las circunstancias, pero seguramente percibía el miedo de Hannah y la agresividad de Grant. Mientras abrazaba al pequeño tembloroso, cayó en la cuenta de que las cosas nunca volverían a ser lo mismo. Ya no se trataba de él o de lo que él quisiera. Debía pensar primero en los niños en todas y cada una de sus decisiones.

Los policías uniformados salieron de la casa.

—No hay nadie dentro. Ha entrado por la ventana del lavadero, usando un cortavidrios.

—Buscad huellas digitales en los pomos de las puertas y en la ventana, y marcas de calzado debajo de esta última —ordenó a los agentes. Luego se volvió hacia Grant—: Tendrá que proporcionarnos una lista de todo lo que haya desaparecido.

—Eso va a ser complicado: no tengo precisamente un inventario.

Grant llevó a Carson dentro.

—El robo en los domicilios es bastante corriente cuando… —McNamara se interrumpió y miró al niño—. En situaciones como esta.

—Llamaré hoy a alguna empresa de seguridad para que instalen un sistema de alarma. —Explorando las habitaciones de camino a la cocina, Grant se recolocó a Carson en los brazos—. A simple vista, no me parece que haya desaparecido nada.

—A lo mejor lo han oído entrar y se han espantado.

McNamara metió el cuchillo de nuevo en la tacoma de la encimera.

—Es posible. No hemos sido muy sigilosos —coincidió el comandante.

Carson levantó la cabeza y lloriqueó.

—Mis dibujos no están.

Grant miró fijamente el frigorífico.

—Probablemente los hayan tirado al pasar. Luego corro el frigorífico y lo miramos, ¿vale?

El niño se encogió de hombros.

—Puedo volver a hacerlos —dijo, retorciéndose, y Grant lo dejó en el suelo.

El niño se arrodilló en la silla de la cocina y sacó sus láminas y sus lápices de colores.

—Ya aparecerán —le dijo Grant, y se volvió de nuevo hacia el inspector.

—Mandaré una patrulla por las noches —le comunicó McNamara—. Con un poco de suerte, esto ha sido solo alguien que ha visto la noticia en los medios y ha querido hacer un poco de dinero fácil. De todas formas, yo pediría que me instalaran una alarma de inmediato.

—Llamaré en cuanto terminemos. ¿Me recomienda alguna?

—Puedo darle unos cuantos nombres —contestó el inspector, volviéndose al oír ruido procedente de la puerta abierta.

Hannah entró en la cocina cargada con la bebé y la bolsa de pañales. Faith dormía. Hannah dejó la sillita de seguridad en el rincón más apartado. AnnaBelle le trajo a McNamara una pelota de tenis.

El policía le dio una palmadita en la cabeza.

—Supongo que no vale como perro guardián.

—AnnaBelle no es una amenaza para nadie, pero ladra —dijo Grant.

—Es mejor que nada, supongo. Voy a comprobar los daños.

McNamara entró en el lavadero.

La perra se iba con el policía. Grant la agarró del collar.

—Tú quédate aquí con nosotros.

Sosteniendo a la golden, miró por encima del hombro de Carson. Estaba dibujando a otro hombre lloroso. ¿Sería él? No había llorado delante del niño. A lo mejor solo quería decir que sabía que Grant estaba triste. ¿Debería haber llorado? Se frotó la cara. No tenía ni idea de lo que estaba haciendo. Con la sensación de que se le escapaba algo, le pasó la perra a su hermana y empezó a hacer una lista mental de todo lo que podía haber desaparecido.

Había algo raro en todo aquello. Algo que iba más allá de que a su hermano y Kate les hubieran quitado o robado el automóvil. Exploró la salita contigua. Había un lector de *e-books* en una estantería, al lado del televisor y el reproductor de DVD.

—Enseguida vuelvo —dijo, revolviéndole el pelo a Carson, y subió a su cuarto.

Su bolso de viaje estaba abierto: sí, era evidente que lo habían registrado. Sacó la *tablet*. En el dormitorio de matrimonio, además de los cajones abiertos, había unas camisas y unos pantalones tirados en el suelo del armario. Alguien había barrido la ropa de un lado a otro. Cruzó la alfombra de pared a pared hasta la cómoda. Abrió el joyero de Kate. No era muy aficionada a las joyas, pero Grant encontró allí los pendientes de perlas que habían sido de su madre. Lee se los había regalado a Kate las primeras Navidades después de casarse.

Confirmadas sus sospechas, Grant volvió abajo para hablar con el inspector. Aquello no había sido un robo. Habían registrado a fondo la casa, pero habían ignorado todos los objetos de valor. Faith ya estaba llorando en la cocina y se oía hablar a Hannah. Se dirigió al lavadero con la intención de hablar con los policías, pero Carson lo interceptó a los pies de la escalera. ¿Cómo iba a comentar con los agentes su descubrimiento y encargarse de Carson al mismo tiempo? Tomó en brazos al niño.

AnnaBelle ladró e hizo que Grant desviara su atención hacia la ventana del salón. Julia, la hija de Ellie, se dirigía a la entrada de su casa.

Abrió la puerta y la llamó.

—¡Julia!

Ella se detuvo y lo saludó.

—¿Te gustaría hacer de canguro una hora?

«Por favor, di que sí.»

—¡Claro! —Sonrió y aligeró el paso—. Dame cinco minutos para que deje mis cosas en casa.

En diez, la experta adolescente estaba en la cocina, sosteniendo a Faith con un brazo, y jugando a la oca con Carson con la mano que le quedaba libre. Los tres parecían contentos.

El inspector volvió a la cocina y Grant los llevó al despacho, donde Hannah se unió a ellos. Grant cerró la puerta. El espacio era reducido, pero al menos Carson no podía oír la conversación. El pobre ya estaba bastante asustado.

Todavía visiblemente afectada por el incidente, Hannah paseaba nerviosa de un lado a otro. Grant, que llevaba días sin dormir, ocupó el sillón del escritorio.

—No creo que esto haya sido un robo. Lo han revuelto todo, pero no se han llevado nada.

—Hay otras posibilidades. —McNamara miró a Hannah y le señaló la silla de estilo Windsor, que era lo bastante vieja para ser una antigüedad. Pintada de negro en su día, había ido perdiendo el acabado en el asiento y los brazos hasta convertirse en una pieza de refulgente madera noble—. Vamos a levantar la huella de una pisada que hay en el parterre y la compararemos con la que encontramos en el escenario del asesinato de su hermano.

—No, gracias —respondió Hannah a su propuesta de que tomara asiento, y siguió caminando pese a que no disponía de espacio para dar más de dos pasos en cada dirección—. ¿Tienen una huella de pisada?

McNamara se sentó con cuidado en la silla, como si no estuviera seguro de que fuese a soportar su peso. Crujió, pero la pieza aguantó.

—Encontramos una huella clara en la nieve donde asesinaron a su hermano y a su cuñada. Fue en una vía pública, así que puede que no fuera del asesino, pero, si coincide con la de debajo de la ventana, quedará claro que es una pista sólida.

Hannah se detuvo y miró al inspector.

—¿Tienen alguna otra prueba aparte de esa huella?

—Por desgracia, nada lo bastante concreto como para compartirlo ahora mismo —respondió McNamara, apoyando los codos en los reposabrazos y cruzando los dedos.

—¿En serio? —inquirió Hannah, ceñuda—. ¿No han avanzado nada en la investigación de lo sucedido a mi hermano y mi cuñada? Hace ya cinco días que los asesinaron.

—No puedo proporcionarles datos sin verificar, señora. Lo siento —dijo el inspector, en absoluto afectado por el tono insolente de Hannah, algo que Grant sabía que la enfurecería más que el que le gritaran.

—¿Y qué es lo que sí nos puede contar, inspector? —preguntó Hannah, golpeteando el suelo de madera con la punta del pie.

McNamara ni se inmutó.

—Tenemos una huella de pisada en la nieve tomada en el escenario del crimen. La compararemos con la del parterre. Con suerte, podremos averiguar el número y el tipo de bota que calza el autor de los hechos. No hemos encontrado huellas dactilares válidas ni aquí ni en el otro escenario. No contamos con testigos, pero hemos recuperado los casquillos de las balas, de forma que, si encontramos el arma homicida, balística sabrá si se trata de la empleada en el asesinato.

Hannah permaneció inmóvil, pero sus ojos se estremecieron. Grant procuró no imaginar la escena, pero sabía bien el aspecto que tenía de cerca un balazo en la cabeza.

—Grant me ha dicho que tienen copias de sus agendas e información de contacto de la compañía telefónica. ¿Han extraído alguna conclusión de todo eso?

Hannah apoyó un hombro en la pared, fingiéndose relajada.

McNamara se frotó un ojo.

—Lo he revisado todo y todo me ha parecido perfectamente lógico. No he encontrado nada fuera de lo normal. Pero me gustaría facilitarles una copia de esa información para que le echen un vistazo, por si se nos ha escapado algo. Quizá ustedes conozcan mejor la vida privada de su hermano y su cuñada. Una de las anotaciones podría tener cierta relevancia.

—¿Se ha utilizado alguna de sus tarjetas de crédito?

—No —respondió McNamara.

—¿Y todavía no han encontrado el automóvil? —preguntó ella.

—No.

El inspector parecía más tenso con cada pregunta.

—¿Tienen algún sospechoso?

Hannah atravesó al policía con la mirada gélida de sus ojos azules.

—La investigación aún está en curso, señorita Barrett. No puedo hacer conjeturas —contestó McNamara, procurando no reventar, algo que había empezado a resultarle complicado.

—Lo tomaré como un no —dijo ella—. ¿Cómo es posible que asesinen a un abogado de una pequeña población y a una entrenadora de patinaje sin que haya sospechosos?

McNamara apretó los labios.

—Yo no he dicho que no tengamos sospechosos. Lo que pasa es que no puedo decirle quiénes son. No quiero que se acuse públicamente a personas inocentes.

Grant observó cómo digería Hannah aquella afirmación. A su hermana le estaba costando superar la muerte de Lee. Como él, prefería canalizar sus emociones en forma de acción. La imposibilidad de contratacar le disparaba los nervios. Al final, terminaría explotando. La entendía perfectamente.

Interrumpió el pulso de miradas asesinas entre Hannah y el policía.

—¿Cuándo puede traernos la agenda y los datos de contacto, inspector?

—Les traeré la documentación hoy mismo —respondió McNamara, poniéndose en pie—. ¿Me avisarán si ven algo extraño?

—Por supuesto —contestó Grant.

Acompañó al policía a su vehículo.

—No acabo de entender qué necesidad tiene nadie de registrar la casa de mi hermano —dijo Grant.

El inspector meneó la cabeza.

—Registré la casa entera al día siguiente de los asesinatos. No vi nada de interés.

—Yo también lo he hecho.

Pero Grant iba a seguir buscando. El policía arrancó el automóvil y Grant volvió dentro. Alguien pensaba que Lee tenía algo que ocultar.

Capítulo 12

Ellie recorrió aprisa el camino que conducía al porche. Se sacudió los pies en el cemento y se quitó unos copos de nieve de la cabeza. Los nubarrones negros que parecían a punto de estallar en el horizonte se asemejaban a su estado de ánimo. Inspiró y espiró hondo. «Aguanta.» Las vidas de Nana y de Julia dependían de que ella supiese mantener la calma y encontrase aquel archivo. Corría el tiempo.

Abrió con llave la puerta de su casa y entró.

—¿Julia? ¿Nana?

La recibió el silencio. «Ay, no.»

Fue deprisa a la cocina. Una notita en la encimera llamó su atención. La agarró.

«Julia y yo estamos en casa de los vecinos.»

Casi se desmayó de alivio. Estaban bien. Sudorosa y pegajosa, se desabrochó el abrigo. Después de un largo día en el bufete, solía descargar sus frustraciones trabajando en la reforma de la casa. Pero esa noche, no. Subió al dormitorio y se puso unos vaqueros y un suéter. Agarró una cazadora al salir por la puerta. La nota de Nana le daba la excusa perfecta para hacer una visita a Grant y empezar a husmear. No le habían puesto una fecha límite, pero, si el tipo que la había asaltado la noche anterior volvía a ponerse en contacto con ella, quería tener en su poder el condenado archivo.

Una vez en el porche de entrada de la casa de los Barrett, llamó a la puerta con los nudillos, aunque AnnaBelle ya había anunciado su presencia con frenéticos ladridos.

¿Y si no encontraba el archivo? Las posibles represalias hicieron que se le encogiera el estómago. Siempre que aquel tipo cumpliera su parte del trato. Con los encapuchados que amenazaban con la muerte nunca había garantías.

Abrió la puerta Grant, con Faith apoyada en uno de sus enormes hombros. Impidiendo el paso a la perra con una rodilla, se apartó.

—Pasa, por favor, Ellie. Me alegra que hayas venido. Quiero hacerte unas preguntas.

—Hola, Grant. Hola, Faith —dijo Ellie, acariciándole el hombro a la bebé.

Pasó al caldeado vestíbulo y saludó a la perra quejumbrosa.

—Voy a ver si puedo endosarle a la niña a alguien para que podamos hablar.

La condujo a la cocina.

—Hola, mamá.

Julia estaba sentada a la mesa de la cocina, con Carson, y el tablero de la oca extendido delante de ellos.

El niño se metió un tenedor de macarrones con queso en la boca.

—Hola, señorita Ross —masculló con la boca llena.

Cogió una carta, la miró y movió su ficha.

—Hola, Carson.

Ellie se acercó a él y le dio un largo abrazo. Sin dejar de comer, Carson le devolvió el gesto con un solo brazo.

Nana estaba junto a la encimera, cortando trozos de bizcocho. Ver a su hija y a su abuela a salvo alivió el pánico que le correteaba por el pecho.

Grant se le acercó al oído. Su aliento le inundó la mejilla. Resistió la tentación de inclinarse más hacia él.

—Tu abuela nos ha traído macarrones con queso gratinados al horno. Es lo primero que come Carson en todo el día. No sabes cómo se lo agradezco.

—Cuando Julia cuidaba de Carson por las tardes, a Nana le gustaba estar con ellos también. Se aburre cuando se queda sola en casa.

—Yo no veía a Carson desde mayo. Me viene bien cualquier ayuda. ¿Tienes hambre? —Grant se pasó a Faith al otro hombro—. Ha hecho macarrones para un regimiento.

Grant le rozó el brazo con el suyo, duro como una piedra. Tuvo que resistir la tentación de arrimarse a su cuerpo firme para ver si absorbía algo de su fortaleza. Debía comportarse con normalidad.

—Solo sabe hacer toneladas.

Ellie observó cómo el pequeño deslizaba la ficha de plástico del juego por el colorido tablero. Lo veía callado, pero casi normal. Quizá se recuperara.

Miró de nuevo a Grant. Era uno de esos hombres que se hacen cargo de todo, dispuesto a abordar los problemas domésticos con la misma determinación con que probablemente abordaba su carrera militar. Era evidente que le preocupaban los hijos de su hermano. Pero ¿qué ocurriría cuando volviera a Afganistán? Dudaba mucho de que un oficial del ejército, curtido por la batalla, se sintiera realizado jugando a las casitas durante los siguientes dieciocho años.

¿Y si le contaba que la habían amenazado con matar a su familia? Recordaba que Kate le había hablado de lo preocupado que Lee estaba por su hermano, de las condiciones en las que luchaba, de sus heridas de combate. Lee le había enseñado la condecoración del Corazón Púrpura de Grant. Si alguien podía enfrentarse al tipo que la había amenazado, ese era el comandante. Pero ¿la ayudaría? ¿Le guardaría el secreto o insistiría en llamar a la policía? El encapuchado le había dejado claro que no debía implicar a la ley. Por desgracia, no conocía a Grant lo suficiente como para confiar en él, no podía arriesgarse. No teniendo pruebas de la identidad de aquel hombre, tendría que hacerle frente ella sola.

Se obligó a dibujar una sonrisa con los músculos agarrotados de su cara.

—Pero no pasa nada. Si lo dejáramos, Carson comería macarrones con queso a todas horas.

—He estado sonsacándoles información a tu abuela y a tu hija durante la última hora y tomando notas. Deja que vaya a buscar a mi hermana para que se encargue de Faith. ¿Tienes unos minutos ahora? —le preguntó Grant con una mirada fija que rayaba en el recelo.

Debía mejorar su capacidad de disimulo. No sería fácil engañar a Grant.

—Claro —contestó Ellie, procurando parecer despreocupada cuando, en realidad, estaba deseando registrar la casa entera en busca del archivo.

Grant se volvió hacia la anciana y levantó la voz.

—¿Señora Ross, ha visto a mi hermana?

—Ya te he dicho que me llames Nana como todo el mundo. —La mujer deslizó la hoja ancha del cuchillo por debajo de un trozo de bizcocho y lo levantó para ponerlo en un plato. Luego señaló la puerta trasera con el cuchillo—. Hannah está fuera, hablando por teléfono.

Grant se acercó a la ventana. A través del cristal, Ellie pudo ver a una mujer delgada y rubia que paseaba nerviosa por el patio, sin abrigo, agarrándose con fuerza la cintura como si se estuviera helando de frío. El comandante golpeó el vidrio con los nudillos y señaló a la bebé. Hannah negó con la cabeza y apuntó hacia el teléfono.

—Ya me encargo yo de la pequeña Faith —dijo Nana.

—¿Está segura? —Grant titubeó—. Si deja de moverse, empieza a berrear.

—No será el primer bebé con cólicos al que he paseado.

Nana se echó un paño de cocina limpió por el hombro.

Grant le pasó a Faith. La anciana la tomó con la naturalidad que da la experiencia.

—Vosotros dos id a hablar un rato.

Ellie siguió a Grant al despacho. Él cerró la puerta. El cuartito estaba pensado para aprovechar al máximo el reducido espacio. El escritorio y la vitrina estaban pegados a la pared del fondo. A la derecha de la puerta, había un aparador con una impresora y una pila de libros y publicaciones de Derecho. Grant señaló una silla escolar de madera que había junto al escritorio. Ellie se sentó al borde de la silla, buscando con la mirada los archivos. No estaba allí. O al menos no a plena vista. Tenía que mirar dentro del aparador y en los cajones del escritorio.

El comandante hizo girar el sillón hacia ella y se sentó en él.

—Si Nana se entromete mucho, por favor, dímelo —le dijo.

—No, qué va. —Grant se revolvió en el asiento. El sillón crujió—. Acepto toda la ayuda que me ofrezcan. Me encanta que Carson haya vuelto a comer. Entre tu abuela y Julia me han hecho una lista de sus comidas favoritas y me han pasado las recetas para prepararlas.

Se inclinó hacia delante y apoyó los antebrazos en los muslos. La estrechez del espacio lo acercó lo suficiente a ella como para que percibiera el aroma boscoso de su loción de afeitado. La piel del contorno de los ojos se le fruncía hasta marcarle ya patas de gallo, aunque Ellie calculaba que tendría a lo sumo treinta y tantos años. Supuso que la guerra y las responsabilidades envejecían a un hombre. Recordó la foto de él que adornaba la repisa de la chimenea del salón. Iba de uniforme, con el fusil en la mano, y miraba con los ojos entornados por el intenso sol desértico de Oriente Medio. Aun así, unas cuantas arrugas no lo hacían menos atractivo. De hecho, las arrugas daban a su rostro un aspecto más viril, que le producía un diminuto escalofrío en el vientre, como un disparo de alerta.

La atracción que sentía por él era lógica y natural. Un hombre la había amenazado con matar a su familia y Grant parecía un protector fuerte y capaz. Biología aparte, no se iba a enredar con él. Necesitaba el archivo y esa era toda la relación que iban a tener.

Ellie se recostó en el asiento. La charla de cortesía le sobraba. Solo podía pensar en el archivo del caso Hamilton y en lo que ocurriría si no lo encontraba. Se esforzó por conversar.

—¿Cómo estás?

Él esbozó una sonrisa.

—Aterrado ante la posibilidad de cagarla con los niños.

—Parece que no se te da del todo mal, teniendo en cuenta que solo llevas un día con ellos.

—No sé. —Frunció el ceño—. Tengo la sensación de que las cosas se van a complicar. Carson habla de Lee y de Kate como si aún estuvieran vivos.

—Lo siento. No sé lo que es normal.

—Yo tampoco. Mañana tengo una reunión con la psicóloga infantil del colegio. Confío en que pueda orientarme un poco.

La miró en silencio un minuto. Sus ojos revelaron una pena aguda y ella notó que se le hinchaba el pecho de empatía y respeto. Pocas personas podrían manejar tan bien la situación en que se había visto inmerso sin preparación previa. El dolor no lo hizo estremecerse, pero Ellie se apartó de su mirada penetrante y de la intimidad que se había colado fugazmente entre los dos.

—¿Y en qué puedo ayudarte? No soy buena cocinera. En casa, es Nana quien está al mando de la cocina.

—Quería hacerte unas preguntas sobre el bufete —dijo, sin dejar de mirarla.

—No puedo contarte nada confidencial.

Salvo, claro está, que significara echarle el guante al condenado archivo.

—Entendido. —El llanto de un bebé perforó las paredes. Grant se volvió a escuchar, pero el llanto cesó—. Tu jefe me ha pedido que busque unos archivos. He encontrado algunos documentos, pero no estoy seguro de si pertenecen a la empresa. ¿Podríais ser más concretos? ¿Qué archivo es el que preocupa a Roger?

No era del dominio público que Lee había accedido a representar a los Hamilton. Reconocerlo siquiera podría constituir una violación del acuerdo de confidencialidad. Además, sería más fácil hacerse con el archivo del caso Hamilton si era solo uno más entre un montón de clientes irrelevantes. Si Grant se enteraba de que ese archivo era importante, quizá no quisiera soltarlo.

—¿Por qué no me dejas echarle un vistazo a lo que has encontrado? —le ofreció Ellie—. Puedo encargarme yo de devolver a la empresa sus archivos y así te ahorras el viaje.

Grant ladeó la cabeza, más atento que antes.

—¿Por qué no me dices lo que estáis buscando?

—No puedo —contestó Ellie, negando con la cabeza.

Lee se había llevado el archivo a casa. Debía de estar allí, en algún sitio.

El comandante se arrimó a ella hasta que chocaron sus rodillas. De pronto, aquellas zonas de contacto le parecieron las únicas partes sensibles de su cuerpo. Le ardía la piel debajo de los vaqueros. Bajó la mirada. Los muslos de él eran tan gruesos como la cintura de ella. Tenía los codos apoyados en las piernas y las manos entrelazadas colgando entre las rodillas. Con el pulso acelerado, se debatió entre salir corriendo a toda velocidad o trepar a su regazo. La segunda posibilidad se expandió hasta que se vio con las piernas enroscadas a la cintura de él. Un anhelo sordo, casi desesperado, brotó en su vientre. No es que llevara precisamente un decenio sin salir con nadie. Había tenido un par de novietes. Hasta había habido sexo en alguna ocasión. Rara vez. Vale, con la frecuencia de un avistamiento oficial del hombre de las nieves. Nunca había tenido una relación adulta de larga duración. ¿Cómo sería tener a un hombre con el que poder contar? Grant era muy serio.

Había llegado el momento de controlar un poco su imaginación. El deseo podía manejarlo, pero esos anhelos más profundos eran peligrosísimos.

Lo miró a la cara. La intensidad de su mirada le recordó que, pese a lo tierno y cariñoso que era con los hijos de su hermano, también era un curtido oficial, un líder nato que había cumplido múltiples misiones en zonas de guerra. Sospechaba que la tenía bien calada. Sería muchísimo más fácil dejarse cuidar por él. Al carajo la mujer moderna e independiente. La biología era una puñeta.

—A mi hermano lo han asesinado —dijo él con rotundidad.

Ellie se deslizó un par de centímetros hacia atrás para evitar el contacto entre los dos.

—Lo sé. Pero no puedo violar la confidencialidad entre abogado y cliente. Lo siento. Lo único que puedo hacer es ofrecerme a devolver los archivos por ti.

—Te los entregaré en cuanto haya terminado con ellos.

Ella se irguió de pronto, se puso tiesa como una vara. El miedo la recorrió de arriba abajo. Se lo iba a poner difícil.

—Son propiedad de la empresa. Esos archivos son confidenciales. No tienes derecho a quedártelos.

—En principio, si encontrara algún archivo, como están en su casa, serían propiedad suya hasta que yo decidiera otra cosa.

—No puedes hacer eso. —Le corrió el sudor por la espalda—. Esos archivos llevan un sello que indica que son propiedad de Peyton, Peyton y Griffin.

—Supongo que no veré ese sello hasta que tenga tiempo de examinarlos detenidamente.

—Roger puede pedir una orden judicial.

Grant se encogió de hombros.

—Seguramente eso llevará tiempo y primero tendría que demostrar que yo tengo los archivos.

—Me acabas de decir que los tienes.

—Ah, ¿sí? —dijo él.

Ellie sintió que el pecho le ardía de rabia y de pánico.

—Esto no es un juego.

—No, no lo es —repuso él, más serio—. A mi hermano y a su mujer los han asesinado. Alguien ha entrado hoy en casa y la ha registrado entera. Me pregunto si no sería uno de esos casos el causante de las muertes de Lee y Kate. ¿Estaba trabajando en algún asunto delicado?

Alarmada, Ellie levantó una mano para interrumpirlo.

—Un momento, ¿cómo has dicho? ¿Que alguien ha entrado en la casa?

—Sí —contestó él, apretando los labios con fuerza.

—¿Ha estado aquí la policía?

Grant asintió con la cabeza.

—El inspector McNamara dice que no es inusual que haya un robo en los domicilios después de un asesinato.

—¡Qué espanto! Aunque no me sorprende. Cuando venía para aquí, pasé por delante de varios posibles ladrones. Claro que era de noche. Colarse en una casa a plena luz del día parece temerario.

«Y desesperado.»

—No creo que haya sido un ladrón. Han registrado la casa entera y no se han llevado nada. Ni mi *tablet*, ni las perlas de Kate, entre otras cosas.

—Entonces ¿por qué crees que han entrado en la casa? —preguntó con fingido desconcierto—. ¿Qué buscaban?

—No estoy seguro. —Se recostó en el asiento y se frotó la mandíbula. Seguía mirándola fijamente a la cara y el escepticismo enturbió el azul transparente de sus ojos, como si sospechara que mentía—. Pero me intriga ese archivo que tu jefe está tan empeñado en recuperar. ¿Hay algo en ese archivo que pudiera llevar a alguien a cometer un robo y un asesinato y ahora un allanamiento de morada?

—No he leído las notas de los casos de Lee, así que no podría ayudarte.

Al menos eso era cierto.

—Solo quiero los nombres de cualquier caso o cliente delicado —dijo él, bajando la mirada a las manos de ella.

Ellie se estaba toqueteando la uña del pulgar. Entrelazó los dedos y se llevó las manos al regazo.

—Ya te he dicho que no puedo darte esa información.

—Puedes confiar en mí, Ellie. No pretendo causar ningún problema. Te aseguro que manejo información confidencial a diario. En el ejército, tengo una autorización de seguridad de nivel alto.

—En ese caso, comprenderás que no pueda comentar ningún caso contigo. Tú no me confiarías un secreto de Estado solo porque te parezca fiable.

—No se puede comparar. —Endureció el gesto. No iba a cederle el archivo—. Muy bien. Si eso es lo que quieres, ya encontraré otro modo de averiguarlo.

Al igual que ella tendría que encontrar otro modo de registrar la casa. Aunque ya la habían registrado la policía y un intruso.

Se levantó. Al hacerlo, sus rodillas chocaron con las de él, pero no se cayó de espaldas, ni siquiera cuando el cuerpo muchísimo más grande de él se alzó sobre el suyo.

—No entiendo por qué me lo pones tan difícil —le dijo él.

Se acabó el hacerse la dura. No valía para espía.

—A lo mejor mi trabajo no te parece gran cosa, pero he tenido demasiados años de vacas flacas para arriesgarme a perder un sueldo fijo y un seguro médico. Tengo una hija y una abuela de las que cuidar. Te ayudaré encantada en cualquier cosa que no ponga en peligro mi puesto de trabajo.

Apretó los labios para evitar que le temblaran, pero los dos sabían que mentía. Daba igual. Su hija y su abuela eran demasiado vulnerables. La vida de sus seres queridos dependía de que ella hiciese exactamente lo que le habían pedido.

Grant la miró ceñudo. Su cara de rabia hizo que Ellie lamentara la disputa a nivel no solo profesional. Tal vez fuera para bien. Pero él le gustaba. Le gustaba de verdad. Era amable, valiente, serio. De no haber sido porque aquella situación empezaba a distanciarlos, se habría visto tentada de romper su norma de «nada de sexo esporádico». Solo de pensar en «sexo», con Grant tan cerca, le vinieron ciertas imágenes a la cabeza. Imágenes sensuales. Imágenes ardientes.

Imágenes que no tenían cabida en su vida, sobre todo en esos momentos de crisis.

Acalorada, se tiró del cuello de la sudadera. Nana tenía razón, como siempre. Llevaba célibe demasiado tiempo. A lo mejor, si encontraba ese archivo y nadie salía herido, Grant y ella podrían…

Dudaba mucho que él estuviese interesado en ella después de haberse portado como una bruja histérica.

—¿Le vas a decir a tu jefe que tengo los archivos de Lee? —le preguntó él.

Ni hablar. Si esos archivos estaban en alguna parte de la casa, quería que siguieran allí para poder robarlos.

—Si me pregunta, diré que no he visto ningún archivo de Lee en la casa. —Alzó la barbilla—. Y es la verdad, aunque detesto las verdades a medias. Confío en que, si encuentras alguno de los documentos del bufete, no me lo ocultes demasiado tiempo. ¿Te parece bien así?

—No me dejas mucha elección. —Él apretó los labios y ella estuvo a punto de ceder—. Conseguiré esa información.

—No lo dudo.

El llanto de la bebé atravesó la puerta del despacho.

—Más vale que siga con mi reforma —dijo Ellie, inclinándose hacia un lado y mirando fijamente la puerta que se escondía tras el enorme cuerpo de Grant. A lo mejor salía corriendo a atender a la bebé y ella dispondría de unos segundos a solas en el despacho de Lee.

El comandante abrió la puerta y se retiró para dejarla salir primero. Maldición.

—¿Haces tú sola todo el trabajo? —quiso saber él.

—Todo lo que puedo. Para algunas tareas hace falta más de una persona. Tengo un par de empresas de construcción pequeñas a las que recurro cuando me topo con algo que no puedo abordar sola.

Aunque esa noche nada le apetecería más que desquitarse con un mazo.

—Seguro que no hay muchas cosas que no puedas abordar tu sola —dijo él, esbozando una sonrisa de medio lado.

—Te sorprendería.

Ellie recordó de pronto la noche anterior, el arma pegada a los riñones y la amenaza de matar a su familia.

El llanto de la bebé lo hizo salir al pasillo. Ellie lo dejó pasar delante. De camino a la puerta, fue tomando nota de todos los sitios donde podían estar escondidos los archivos. La lista era larga. Aterradoramente larga. La antigua casa victoriana tenía montones de escondrijos. ¿Había cinco o seis dormitorios? ¿Cómo iba a poder registrar la casa entera?

—No dudes en llamar si necesitas una canguro —le ofreció ella, siguiéndolo.

—Eso ya me lo han dejado claro Julia y tu abuela —le contestó él por encima del hombro.

Sus anchas espaldas, delante de ella, tapaban por completo el estrecho pasillo y a Ellie le dieron ganas de llevarlo a rastras al despacho y contarle todo lo sucedido la noche anterior, pero no podía arriesgarse.

La estaban vigilando.

Capítulo 13

Julia esperaba metida en la cama, vestida. La casa llevaba en silencio una hora. Su madre ni siquiera había trabajado en la reforma las dos últimas noches. Parecía tan angustiada y agotada que Julia se sentía tremendamente culpable. Aún estaban todos tristes por lo que les había pasado a los Barrett.

Ahora que la señora Barrett ya no estaba, Julia ya no sabía si quería seguir formando parte del equipo de patinaje artístico. Era divertido, pero no confiaba mucho en sus aptitudes. Era una novata y le daba igual. El instituto le robaba tanto tiempo que no necesitaba otra actividad seria. Con la señora Barrett, las clases de patinaje y las competiciones esporádicas eran divertidas. Pero el club aún no había decidido qué entrenador iba a ocuparse de sus alumnos. Algunos de los preparadores daban muchísimo miedo.

La rabia reemplazó enseguida al sentimiento de culpa. Había pedido que la dejaran ir a un concierto el siguiente fin de semana, pero su madre se había negado. La banda tocaba auténtico *screamo* y, en el vídeo de su último concierto, se veía a los fans bastante descontrolados. Habían prendido fuego a la pista de pogo, pero nadie había salido gravemente herido. Sin embargo, su madre no quería ni oír hablar del asunto. Nunca cambiaría. Como le soltase otra vez el mismo sermón… «No es que no confíe en ti. No confío en los demás. No tienes más que quince años.» Había oído esas palabras tan a menudo que le resonaban en la cabeza. Pues esa noche iba a ser distinto. Julia iba a salir con Taylor. Se iba a divertir como todos sus amigos.

La muerte de los Barrett había sido algo completamente fortuito. Un suceso extraño y sin sentido que demostraba que no había que desperdiciar la vida. Julia no iba a quedarse metida en casa hasta que fuera a la universidad. ¿Quién sabía lo que podía ocurrir al día siguiente? Iba a vivir un poco.

Le vibró el móvil. Leyó el mensaje de texto de Taylor: «Te espero fuera».

Pero primero tenía que salir de casa sin despertar a su madre ni a su abuela. Nana estaba un poco sorda y su madre dormía profundamente, pero Julia no respiraría tranquila hasta que estuviese en el automóvil de Taylor, alejándose de la casa.

Más tarde, tendría que volver a entrar sin que la oyeran. No, no se iba a fastidiar la noche preocupándose por eso. Debía vivir el momento, como decía Taylor. Él llevaba años escapándose de su casa.

Julia apartó el edredón y bajó de la cama. Metió las almohadas debajo y las colocó de forma que se parecieran lo máximo posible a una persona. Retrocedió un poco para verlo con perspectiva y decidió subir un poco más el edredón. Con los brazos en jarras, examinó su obra de arte. Más que suficiente para una inspección somera a oscuras. Hora de marcharse. Estaba nerviosa y emocionada. Se presionó el vientre con una mano para ver si lograba tranquilizarse. Había esperado todo el año la ocasión de estar a solas con Taylor. Esa noche iba a suceder.

Con las botas y el bolso en la mano, enfiló el pasillo de puntillas. Bajó las escaleras saltándose el peldaño que crujía y agarró la cazadora del perchero del vestíbulo.

Giró el pestillo despacio para no hacer mucho ruido al abrir la puerta. Una vez fuera, la cerró de nuevo con idéntico cuidado.

Dejando a su espalda la casa oscura y en silencio, se puso la cazadora, se subió la cremallera hasta arriba y se calzó las botas.

¿Dónde estaba Taylor? Aún a medio metro de distancia de la puerta de su casa, exploró la calle y divisó su viejo Camry aparcado junto a la acera a mitad de manzana. En el parabrisas se reflejaba el oscuro cielo nocturno. Se acercó más. Pisó el último escalón de la entrada.

Crujió algo en la nieve medio congelada. Se le erizó el vello de la nuca. Qué absurdo. Solo ella se escaparía de casa para verse con un chico y luego se asustaría cuando apareciera. Encogida de frío, recorrió el camino de entrada a la casa en dirección a la sombra de un árbol. La sombrilla de ramas que le cubría la cabeza le impedía ver el cielo encapotado.

—Chist.

Julia se detuvo en seco y susurró a la oscuridad.

—¿Taylor?

Más le valía marcharse. Llevaba sentado al final de la calle donde estaba la casa de los Barrett toda la puñetera tarde, a la espera de una ocasión para colarse de nuevo. Pero esa noche no salía nadie. De hecho, parecía que había más gente dentro de lo habitual y el condenado perro había vuelto. Si quería volver a entrar en la casa, tendría que deshacerse del engorroso animal.

Le llamó la atención algo de movimiento en la puerta de la casa de la vecina. Bajó la mano.

Interesante. Menos mal que no se había ido.

Donnie se agachó por debajo del salpicadero del sedán robado y observó cómo la joven salía del porche. No podía arriesgarse a usar la furgoneta después de su desastrosa incursión en la vivienda del día anterior.

Aparcado a una manzana, no podía verle bien la cara. Agarró los prismáticos que tenía en el asiento del copiloto y miró por ellos. Seguía sin poder ver con absoluta claridad en la penumbra, pero parecía la chica que volvía a casa andando desde la parada del autobús después de clase el día en que él había entrado en la vivienda de los Barrett.

Ella no le había visto la cara a él. Cuando la había detectado, había procurado no sacar la cabeza de la furgoneta y ella iba completamente absorta mandando mensajitos por el móvil.

En el estrecho campo de visión de los prismáticos, la joven dio un paso más. Giraba la cabeza a ambos lados como si buscara a alguien en la calle.

¿Se había escapado de casa? Muy mal.

Era una buena pieza y a él le iban las chicas malas. Necesitaban un castigo. Si se acercaba un poco más, a lo mejor se la llevaba a dar un paseo. Solo de ida, por supuesto. No se lo había hecho con ninguna tan joven e inocente desde antes de ir a la cárcel.

El que a su actual novia le gustasen el dolor y la humillación que él le infligía le restaba un poco de emoción a sus sesiones. Al igual que su edad. La zorra tenía por lo menos treinta años. Pero aquella otra era mucho más joven y se sentiría aterrada. Imaginó sus gritos, reprimidos en la garganta por una mordaza de bola, y se tocó la entrepierna. Además, sería una excelente moneda de cambio. Apostaba a que su madre haría lo que fuese por él si le decía que tenía a su hija.

Se relamió. La morena enfiló la calle en dirección a él.

Sí.

Por fin le sonreía la suerte. Paciencia. Debía esperar a que se acercase más. Lo suficiente como para que pudiera agarrarla sin que se le escapara. Lo único que le faltaba era otro niño suelto que pudiera identificarlo. Asió la manilla de la puerta.

Casi.

«Ven aquí, nena. Tengo algo para ti.»

Grant completó otra vuelta a la planta baja, pasando por la cocina y la salita por enésima vez esa noche. Las piernecitas de Faith se agitaban incansables mientras él se la pasaba de un hombro a otro. La bebé levantó la cabeza y se quejó hasta que el comandante la meció y le frotó la espalda. Había intentado ponerla en el balancín antes, pero a ella no le había hecho ninguna gracia. A lo mejor probaba de nuevo en una hora. Hasta entonces, proseguiría con la ronda nocturna forzosa.

Lo bueno era que no podía tener pesadillas estando despierto.

Con un tintineo de sus placas de identificación, AnnaBelle se levantó y trotó hacia la ventana de la fachada principal. El pelo del lomo se le erizó e inhaló con fuerza para soltar un ladrido.

Grant la agarró por el collar. No quería, por nada del mundo, que Carson se sumara a la fiesta.

—Chist.

Siguió la mirada de la perra. Había una figura oscura bajo la sombra de un árbol, en el césped de delante de la casa. Sintió un arrebato de rabia. Subió corriendo a la habitación de Hannah. Llamó suavemente y abrió la puerta.

Su hermana levantó la cabeza.

—¿Qué pasa?

—Hay alguien delante de la casa. —Le tendió a la bebé—. Toma a Faith.

Hannah se sentó al borde de la cama.

Con los pantalones de pijama de franela y la sudadera de la Universidad de Siracusa, parecía una estudiante universitaria.

—Trae. ¿Quieres que llame a la policía?

—Aún no. —Grant se dirigió a la puerta—. Podría ser cualquiera.

Además, quienquiera que estuviese allí no iba a quedarse esperando a que la policía recorriese el camino de entrada de la casa. No quería que se escapara.

Hannah bajó al vestíbulo detrás de él, moviendo sin parar a la bebé mientras Grant se calzaba las botas. El comandante se detuvo delante de la puerta principal y se asomó por una de las ventanas verticales que la flanqueaban. La sombra seguía allí, inmóvil, esperando. Fue a la cocina y salió con sigilo por detrás. Concedió a sus ojos un minuto para que se ajustasen a la escasa luz, aunque el suelo nevado iluminaba el paisaje. La figura alta y delgada, escondida tras el tronco del árbol, parecía de un hombre, por la postura y por el tamaño. Su ropa oscura resaltaba muchísimo en medio de la nieve sucia. A lo lejos, otra figura, más menuda y esbelta, iba por la acera en la dirección opuesta.

—Chist —susurró la figura.

Desde luego no estaba paseando al perro ni haciendo ninguna otra cosa inocente.

Grant salió al jardín. La nieve acumulada crujió bajo sus pies. Acercarse al espía sin ser visto iba a ser imposible. Esprintó agachado. El tipo se volvió a mirarlo. Bajo el gorro negro de punto, atónito, abrió mucho los ojos. Muerto de miedo, le asestó un gancho. El comandante esquivó el puñetazo, le hizo un placaje y lo derribó. Cayó encima de él. Hincándole una rodilla por debajo del cuerpo, lo volvió boca abajo, le bloqueó un brazo a la espalda y lo empujó contra el suelo.

—¿Vas armado?

Le volvió los bolsillos del revés y encontró las llaves y la cartera. Ni armas, ni drogas.

—No, tío —jadeó el individuo—. ¿Qué coño pasa? ¿Quién eres?

—Las preguntas las hago yo —le dijo Grant, presionándole la espalda con la rodilla—. ¿Qué haces aquí en plena noche?

—Nada —gimoteó el tipo tirado en la nieve—. ¡Ay! Eso duele, tío.

—No me mientas —replicó Grant, y le subió un poco más el brazo.

—Vale, vale, para —contestó el otro, dolorido y nervioso—. He venido a por Julia. Se supone que íbamos a salir.

Mierda. Había interrumpido un encuentro amoroso de última hora.

—¿A medianoche?

El silencio respondió a su pregunta.

De pronto se había visto envuelto en una situación que resultaría incómoda con mayúsculas. Después de haberse negado a darle los archivos de Lee hacía un rato, solo le faltaba otro conflicto con Ellie.

—¿Cómo te llamas?

—Taylor.

Grant no necesitaba más explicaciones. Julia se iba a escapar de casa para reunirse con su chico. De pronto la vio plantada en la acera. La luz del porche iluminaba la nieve del jardín, resaltando el horror y la humillación de su rostro.

—Levántate —le dijo, ayudando al joven a ponerse en pie, pero con el brazo todavía a la espalda; luego lo hizo avanzar a la fuerza por la extensión de césped de Ellie.

—No hagas eso.

A la luz amarillenta, los ojos de la adolescente lo miraron suplicantes.

—Lo siento, Julia. —Lo soltó y llamó a la puerta con los nudillos—. No me queda más remedio.

—Me va a matar —dijo ella, escondiéndose en un rincón.

—Lo dudo —respondió Grant, pero tampoco a él le hacía gracia darle aquella noticia a una mujer que tenía una escopeta.

En menos de quince segundos, Ellie abrió la puerta. Tomó nota de la escena con un solo barrido de la mirada. Sus ojos pasaron de la preocupación a la indignación en un segundo. Retrocedió y señaló con la cabeza hacia el interior de la vivienda.

—Vamos dentro.

Sí. No había nada cálido ni tampoco confuso en Ellie esa noche.

Taylor titubeó. Por un momento, pareció que fuera a salir corriendo, pero Grant lo agarró por el cuello de la camisa.

—Ni se te ocurra.

Luego condujo a Taylor detrás de Ellie, a la cocina.

Con un pantalón de pijama y una camiseta enorme, Ellie se paseaba nerviosa por la cocina. Tenía los labios blancos, de apretarlos con rabia. Llevaba el pelo revuelto y estaba ojerosa, fruto de un estrés y un cansancio que parecían demasiado arraigados para deberse a la actividad de una sola noche. Aunque ansiaba saber qué la tenía en vela, primero debían resolver el desastre que tenían delante. Las calamidades, una a una.

Ellie se detuvo y miró a su hija.

—¿Te importaría explicarme qué hacías fuera con este chico a medianoche?

—Íbamos a salir —masculló Julia.

—Entonces ¿no te ha secuestrado de la cama? —preguntó su madre con sorna.

Julia negó con la cabeza.

Grant abrió la cartera de Taylor, que todavía llevaba en la mano. La luz intensa de la cocina destacó aún más la juventud del chico. El comandante agarró un bolígrafo y un tique de la compra que había en la mesa de la cocina y copió del carné de conducir de Taylor su nombre completo y su dirección.

—¿Te encargas tú? —le preguntó a Ellie.

Ellie echó un vistazo al carné del chico.

—Así que tú eres Taylor. Tienes más de dieciocho años. ¿Sabías que Julia aún no ha cumplido los dieciséis? Podría denunciarte.

—¡No puedes! —espetó Julia, con las mejillas sonrosadas—. Ha sido todo idea mía.

Al chico le sudaba la frente. Se metió las manos temblorosas en los bolsillos de delante.

—¿En serio crees que esto es un asunto policial?

Cuando vio la cara de madre angustiada con que lo miró Ellie, a Grant le dieron ganas de darse una patada. ¿Por qué se estaba implicando? El muchacho estaba aterrado y, en realidad, ¿qué había hecho? Si una chica guapa accedía a escaparse de casa, ningún adolescente normal se lo iba a pensar dos veces.

Con una mano en los riñones, Ellie exhaló con fuerza y se frotó una ceja.

—No. La verdad es que no.

Grant le devolvió el carné al chico. Miró de reojo a Julia, que se retiró al rincón más apartado de la cocina, se cruzó de brazos y miró furibunda al suelo, con cara de adolescente cabreada mezclada con «me he metido en un buen lío».

El comandante acompañó a Taylor a la puerta antes de que Ellie cambiase de opinión.

—Te voy a dar un consejo: no vuelvas a hacerlo, es una estupidez.

—Sí, señor. Gracias, señor.

—No hagas que me arrepienta —añadió Grant, dejándolo marchar.

—No, señor.

El chaval salió disparado por la puerta y fue medio corriendo hacia el vehículo aparcado a unas casas de distancia. Grant volvió a la cocina.

—No me puedo creer que te fueras a escapar de casa —dijo Ellie, atónita.

—Nunca me dejas hacer nada —replicó Julia con un resentimiento reconcentrado—. Ninguno de mis amigos va en autobús. A todos los lleva alguien en automóvil. Yo soy la única de mi curso a la que no le permiten salir con chicos.

—Puedes salir con chicos de tu edad. Taylor es demasiado mayor para ti. ¿Tienes idea de lo peligroso que es salir en plena noche sin que nadie sepa adónde vas ni a qué hora volverás a casa?

—preguntó Ellie con la voz rota—. Si te pasara algo, ni siquiera sabría por dónde empezar a buscarte.

—Taylor es el único chico que me gusta. Si te tomaras la molestia de conocerlo, yo no tendría que escaparme de casa por la noche —replicó Julia.

Presintiendo que la conversación no había hecho más que empezar, Grant carraspeó e intervino.

—Yo me voy a marchar.

—Gracias, Grant —le dijo Ellie.

—De nada. No hace falta que me acompañes.

Grant salió de la casa sintiéndose mayor y mezquino. Recordaba lo que era meterse en líos, aunque él no había hecho muchas locuras de adolescente, con su padre incapacitado. Pero aquella no era su primera medida disciplinaria. Como oficial, tenía a su mando a muchos reclutas jóvenes que no podían resistirse a la insensatez de cuando en cuando. Claro que ninguno de ellos era una chica de quince años que lo miraba con cara de «me has fastidiado la vida».

Pero Ellie tenía mucha razón. Julia debía comprender el riesgo que corría esa noche. Solo de imaginarla por ahí, sola, con un chico al que Ellie no conocía, yendo a quién sabe dónde se le retorcían las entrañas. Con todo lo que estaba ocurriendo en el vecindario, no le extrañaba que Ellie quisiera tener a su hija controlada. Además, después de haber estado cuidando a tiempo completo de Carson y Faith los últimos días, podía imaginar perfectamente el pánico inmenso que un padre o una madre sentían cuando un hijo suyo desaparecía y la desesperación que podía llegar a experimentar si no volvía a casa.

Mientras cruzaba el césped, caían del cielo encapotado copos finos. El calor lo envolvió al entrar en la casa. Las voces de Carson y Hannah y el llanto de Faith inundaban el vestíbulo. Estaban todos despiertos. Otra vez. Meneó la cabeza. Aquellos niños nunca dormían. Cayeron unos copos de su pelo al felpudo. Se quitó las botas mojadas sin ayudarse con las manos.

Caos. Caos total. La vida en Afganistán era menos demencial.

Se dirigió sin ánimo a la cocina. Iba a ser una noche larga.

Las responsabilidades familiares y el comportamiento de Julia le recordaron que pronto tendría que volver al ejército. ¿Cómo iba a tener la tranquilidad de que esos niños estaban bien cuando tuviera que volver a la zona de conflicto?

Capítulo 14

Aparto la bolsa marrón de papel donde llevo el almuerzo. No tengo hambre. El miedo es un gran inhibidor del apetito. Estoy cansada de esto.

Miro fijamente el cuaderno abierto, pero solo finjo que estoy haciendo los problemas de cálculo. Antes me encantaba ir a clase. En California, siempre sacaba sobresalientes. Ahora no puedo ni pensar.

A lo mejor tienen razón. Soy fea. No soy digna del aire que respiro. Me lo dicen todos los días, tanto que empiezo a pensar que debe ser cierto.

No tengo nadie con quien hablar. No he hecho ni un solo amigo desde que nos mudamos. Todo el mundo teme convertirse en el siguiente blanco. No me extraña. No merezco la pena.

Me vibra el móvil. No quiero mirarlo. En teoría, no debo usar el teléfono cuando estoy en clase, pero ¿qué me van a hacer? Que me expulsen, por favor. Aparece en la pantalla un número que no conozco. No debería contestar. Sé que son ellas. Pero no puedo evitarlo. Es casi como si buscara el castigo.

Miro la pantalla: «Deberías morir».

Se me empañan los ojos. Una lágrima me rueda por la mejilla. Me la limpio con el dorso de la mano. No debería llorar delante de ellas. Eso les encanta. Pero lo cierto es que me da igual.

Ya todo me da igual.

Ni siquiera almuerzan a esta hora, pero tienen secuaces que siguen sus órdenes. En este preciso instante, seguro que hay alguien que me está grabando mientras lloro.

Me vibra el móvil otra vez. El mensaje dice: «De un trago de lejía, por ejemplo».

Apago el móvil. Miraré los mensajes de Jose después. Ya no aguanto más.

No me apetece otra cosa que meterme en un agujero y morirme. Sería mucho más fácil complacerlas. Tengo todas las de perder. No puedo seguir así. No quiero seguir así.

Suena el timbre. Recojo mis cosas y me uno al torrente de cuerpos que se dirigen a la salida. Cerca de la puerta, tiro mi almuerzo a la basura. Una mano me empuja por la espalda y me precipito sobre el cubo de los desechos. Recupero el equilibrio en el último segundo, pero los libros se me caen dentro y se llenan de patatas fritas mordisqueadas y de kétchup.

Meto la mano en el cubo para rescatar mis libros de entre la basura. Las lágrimas me caen sin control por las mejillas. Ni siquiera me molesto en limpiármelas. Se me revuelve el estómago cuando quito un pegote de macarrones con queso del cuaderno. Al poco, una profesora viene a ayudarme. Demasiado tarde, como de costumbre.

Estoy a punto de marcharme. Vivo a solo un kilómetro y medio si atajo por el bosque. Mis padres piensan que no es seguro que una chica de mi edad vaya andando sola. Como si estuviera a salvo en alguna parte.

No pasa nada más en todo el día, pero no consigo concentrarme en clase. Estoy inquieta, esperando el siguiente ataque. Cuando vuelvo a casa, estoy hecha un asco. Paso de hacer los deberes. Necesito una distracción tonta y opto por la televisión. Meto un disco de CSI en el reproductor de DVD.

Al rato, esa misma noche, mi madre me pregunta que por qué estoy tan callada últimamente.

Así que al final le cuento lo de Regan y Autumn.

—Plántales cara —me dice.

Me parece que no lo entiende. Niego con la cabeza. No me salen las palabras. Tengo la garganta como llena de torundas de algodón.

—Llamaré al instituto —me dice.

—No —digo yo—. Eso solo lo empeoraría.

No me cabe la menor duda de que meter en un lío a Regan y Autumn es una pésima idea. Si ya son hostiles ahora que me torturan solo por diversión, no quiero ni imaginar qué sería de mí si me convierto en objeto de su venganza.

CAPÍTULO 15

—No me lo puedo creer.

En el diminuto despacho, Grant, sentado en la silla escolar, se encontraba pegado a Mac, instalado en la otomana que habían traído del salón, y a Hannah, que ocupaba el escritorio. Delante de ella, tenía los registros de cuentas de Lee y Kate, perfectamente organizados en sus carpetas sobre el vade. Hannah se volvió de lado para mirar a sus hermanos.

En una esquina del escritorio estaba la caja de archivos legales que Grant había sacado del automóvil. Lee se había ocupado de casos muy diversos. Los expedientes que guardaba en el despacho eran de asuntos aburridos, mundanos: estaba representando a un empresario local en un caso de conducción en estado de ebriedad, redactando las últimas voluntades de un matrimonio y preparando los estatutos de una sociedad compuesta por tres médicos. Grant había examinado los documentos página por página y no había encontrado ningún indicio de controversia.

—¡Lee estaba arruinado! —exclamó Hannah.

—¿Estás segura? —Grant se inclinó hacia la puerta del despacho, que había dejado entreabierta para oír a los niños, que, milagrosamente, dormían al mismo tiempo una siesta matinal. Ninguno de ellos había pegado ojo la noche anterior—. No parece posible.

Su hermana repasó una pila de documentos.

—He revisado dos veces todos los registros financieros. Lee y Kate estaban completamente arruinados. Hasta las cejas de deudas.

—¿Cómo ha podido pasar? —preguntó Mac, sacudiendo la cabeza para apartarse el pelo alborotado de la cara—. Sé que Kate no ganaba mucho, pero Lee era abogado.

—Lee era un buen abogado, pero tomó unas decisiones financieras espantosas —dijo Hannah al tiempo que levantaba un resumen de movimientos bancarios—. Su deuda con la Facultad de Derecho ascendía a seis cifras. Llevaba años posponiendo pagos y ni siquiera había amortizado una cantidad decente del capital principal. Sé que en los despachos de abogados se ha notado mucho la recesión económica, pero sus ingresos son bastante inferiores a lo que yo pensaba. Y tampoco parecía interesado en buscar otro empleo mejor pagado. —Pasó al siguiente documento—. Ni siquiera podían permitirse esta casa ni el BMW.

—¿Y cómo es que tú ganas tanto dinero? —le preguntó Mac.

—Yo hablo tres idiomas, trabajo ochenta horas a la semana para una empresa privada y estoy dispuesta a vivir en hoteles. Las empresas familiares de las ciudades pequeñas no pueden pagar buenos sueldos. —Hannah dejó el documento en el vade—. Además, yo nunca he pedido tanto dinero prestado como Lee. He estudiado con beca y alternado los estudios con trabajos temporales. Vamos, que no he tenido vida privada durante los últimos diez años.

Grant sabía muy bien lo que era no tener vida fuera del trabajo.

—¿Y por qué seguía pidiendo préstamos si ya estaba con el agua al cuello?

—Ya sabes cómo era Lee, siempre tan optimista. —Hannah se frotó el cuello—. Acuérdate de cuando éramos pequeños: Lee era siempre el que decía que todo se arreglaría.

—Entonces ¿qué pasará ahora con la casa? —preguntó Grant—. No me gustaría nada que alejasen a los niños de su entorno familiar.

—La deuda de Lee con la universidad queda cancelada automáticamente tras su muerte. En eso hemos tenido suerte. No es siempre así. De hecho, tanto Lee como Kate tenían buenos seguros de vida. Creo que bastarán para liquidar todas las deudas y aún quedará algo. Si no hubieran muerto, habrían perdido la casa en seis meses —concluyó Hannah, dejando el documento en la mesa.

—¿Tenían dinero en el banco?

A Grant le costaba creer que su hermano estuviera arruinado. ¿Qué demonios le había pasado?

—No —contestó su hermana, negando con la cabeza. Su pelo corto y liso se recolocó solo—. Se quedaron sin ahorros hace meses. Invirtieron hasta el último centavo en la entrada de esta casa —declaró, e hizo una pausa, inspirando hondo por la nariz.

—¿Qué pasa? —quiso saber Grant.

—A ver cómo os lo digo. Me siento culpable solo de pensarlo —dijo Hannah, con la mirada clavada en el escritorio—. En las últimas semanas, aparecen en la cuenta de Lee dos ingresos inexplicables de nueve mil quinientos dólares cada uno, el importe justo para no tener que declararlos al fisco.

La sorpresa los dejó mudos.

—Tiene que haber una explicación. —Grant se devanó los sesos—. ¿No podría ser que hubiera cerrado una cuenta en otro banco?

—Todavía lo estoy investigando. —La mirada de Hannah reflejaba la incredulidad de Grant—. Pero, de momento, el dinero parece salido de la nada.

—¿De dónde pudo sacar Lee casi veinte de los grandes? —preguntó Mac.

Se miraron unos a otros un momento.

—Sigue investigando. Tiene que haber una explicación lógica. —Grant, que se negaba a pensar en que su hermano hubiese cometido algún delito, se frotó la frente—. Pero, si con el seguro de vida se cubren las deudas pendientes, quien se encargue de los niños podría quedarse en la casa.

—Eso creo. Salvo que aparezcan más deudas o encontremos el testamento y en él se disponga otra cosa. —Hannah reunió los documentos de la mesa—. En ese caso, yo tengo algo de dinero ahorrado. Los niños no tendrán que marcharse de aquí si decidimos que se queden.

—Yo también tengo ahorros.

Salvo el dinero con el que había ido pagando la residencia de su padre, casi toda su paga se quedaba en su cuenta bancaria. Él no tenía una familia a la que mantener y apenas gastaba. Su cuenta de ahorro gozaba de buena salud. Si Lee le hubiera dicho que estaba arruinado, le habría echado una mano.

A lo mejor, si lo hubiera llamado más, se habría enterado de que su hermano tenía problemas económicos.

—¿Dónde guardarían sus documentos legales? —preguntó Grant, explorando la estancia. El pequeño tamaño del despacho limitaba mucho el número de posibles escondites, pero en el resto de la casa…

Hannah negó con la cabeza.

—He registrado el escritorio entero y los archivos informáticos. Si hicieron testamento, aquí no está.

—A lo mejor no lo hicieron —dijo Mac al tiempo que frotaba con el dedo una mancha de tinta que había en la otomana de color canela, al lado de su muslo—. No contaban con morir tan jóvenes.

—Cierto, pero Lee era muy previsor —repuso Hannah mientras guardaba con calma los documentos en una carpeta—. Aun estando endeudado, contrató un seguro de vida para su familia. El testamento tiene que estar en alguna parte. —Abrió una segunda carpeta y todos inspiraron hondo sin decir nada—. Ahora hay que organizar el entierro. He pensado que podríamos encargárselo a la funeraria Stoke, en First Street. Es la que nos preparó el de mamá

—añadió con la voz quebrada, e hizo una pausa para apretarse la boca con los nudillos.

La pena le encogió el pecho a Grant.

Mac empujó la otomana hacia delante y abrazó a su hermana.

—¿Por qué no me dejas que me ocupe yo del entierro? Bajaré hoy y hablaré con el director de la funeraria y nos reunimos otra vez esta noche. De ese modo, cuando... —Se interrumpió, como si le costara pronunciar las palabras—: ... cuando el forense termine su trabajo, podremos iniciar los trámites.

—¿Estás seguro? —le preguntó Grant.

Él estaba acostumbrado a encargarse de las decisiones difíciles. Claro que también estaba habituado a que obedecieran sus órdenes y eso solo se aplicaba en el ejército. Para su familia no era un oficial de rango superior. El único que le hacía caso era Carson. Faith le berreaba a la cara ocho horas por noche. El *modus operandi* de Mac, de toda la vida, era decir que sí a todo y luego hacer lo que le daba la gana, a Hannah le encantaban las discusiones interminables y Grant no quería ni pensar en la que había tenido con Ellie, la vecina. Ella sí que no acataba sus órdenes.

—Sí. —Mac exhaló con fuerza, después asintió con la cabeza—. Hannah ya tiene los asuntos legales y financieros bajo control. Tú te estás encargando de los niños. Dejadme que haga algo.

—Por mí está bien —accedió Grant—. ¿Hannah?

Hannah asintió con la cabeza.

—Gracias, Mac.

—Tenemos que ponernos de acuerdo para salir a hacer gestiones, de forma que siempre haya aquí alguien con los niños. Le he pedido a Julia, la vecina, que cuide de ellos un par de horas esta tarde, pero, teniendo en cuenta todo lo ocurrido, me sentiría más tranquilo si uno de nosotros se quedase en casa con ella.

—De acuerdo —dijo Hannah, ceñuda—. ¿Y qué hacemos con papá?

—No sé. A mí no me reconoció cuando fui a verlo —respondió Grant—. Me pareció absurdo contarle lo de Lee y Kate.

—¿Cómo crees que le sentará perderse el funeral? —inquirió Hannah, afectada.

¿Era la enfermedad de su padre una de las razones por las que su hermana apenas iba a Scarlet Falls? Había buscado su atención toda la vida. Siendo adolescente, era la que mejor puntería tenía de los cuatro, pero el coronel solo tenía ojos para sus hijos varones. Su menosprecio no era intencionado; no sabía qué hacer con una chica. Premeditado o no, Hannah era consciente de su falta de interés. Probablemente se habría alistado en el ejército después de la universidad si su padre no hubiera desaprobado tan abiertamente la entrada de mujeres en el ejército.

—Si no se acuerda de Grant, tampoco se acordará de los demás —dijo Mac.

Grant se volvió.

—¿Por qué dices eso?

—Tú siempre has sido su favorito —se explicó Mac con un gesto defensivo de la mano—. En los últimos años, antes de que sufriera demencia, no hablaba más que de tu ascenso a general. Lee nunca fue lo bastante emprendedor para el coronel, pero Hannah sí y el viejo no supo verlo —añadió, acariciándole el hombro a su hermana—. Perdona, hermana, pero ahí perdió sin duda una gran oportunidad. Tú eres la más dura de todos nosotros.

Hannah esbozó una sonrisa de medio lado. Grant sabía que por fuera su hermana era como una piedra, pero ¿por dentro? No tanto.

—¿Y tú qué, don Airelibre? —preguntó a Mac.

—Qué va —dijo Mac, con un gesto despectivo—. Cuando tuve edad para que se interesara por mí, ya te tenía a ti en la academia militar. Pasé inadvertido. ¿Te imaginas la cara que pondría si se enterara de que me paso la vida en una tienda de campaña estudiando a familias de nutrias? Por lo menos Lee y Hannah estudiaron

Derecho. Yo soy un biólogo que no consigue ni que le sobrevivan sus propios peces de colores.

—Eso sí que es triste —dijo Grant, riéndose; luego se puso serio.

—De todas formas, hay otra opción para Carson: un internado… —continuó Mac.

—No —lo interrumpió Grant—. Yo detestaba ese lugar.

—¿En serio? —preguntó Hannah, levantando la cabeza—. A mí me dio mucha envidia no poder ir.

—Sí —reconoció Grant—. Bueno, a lo mejor no odiaba el sitio tanto como estar lejos de todos vosotros. Tenía doce años. Y no había chicas.

—Pues nunca dijiste nada —le dijo Hannah, enderezando la pila de papeles ya recta de encima de la mesa.

—¿Cómo iba a hacerlo? —espetó Grant—. Con lo orgulloso que estaba papá. Le habría partido el corazón. Eso me recuerda lo siguiente que debemos hablar. —Hizo una pausa y pegó el oído a la puerta un segundo. No se oía nada procedente del piso de arriba. Bajó la voz—. ¿Qué vamos a hacer con los niños?

—¿De verdad estamos solo nosotros tres? —preguntó Mac—. ¿Kate no tenía familia?

—No que yo sepa…

—Sí que tiene. —Hannah alargó la mano hacia el último cajón del escritorio—. He encontrado una agenda antigua con la letra de Kate —dijo, sacando del cajón un librito y abriéndolo—. Hay una *M* de mamá con un número de teléfono al lado.

Mac se inclinó hacia delante.

—La agenda parece antigua.

—Probablemente lo sea. —Hannah fue pasando las páginas—. La he encontrado encajada detrás del cajón. ¿Queréis que llame a este número?

Los berridos de la bebé resonaron por todo el pasillo.

—El deber me llama —dijo Grant, poniéndose en pie—. Voto que sí. Quizá el número ni siquiera esté operativo, pero creo que los padres de Kate tienen derecho a saber que ha muerto.

Faith lloró más fuerte. Grant dio media vuelta y fue corriendo a la cocina. En la salita contigua, se había quedado encendido el televisor. Antes de que Hannah los reuniera, el comandante había estado viendo las noticias. Mientras preparaba el biberón, leyó el parte meteorológico en la marquesina de la parte inferior de la pantalla. Agitando el biberón, se dispuso a salir de la cocina.

—Permanezcan atentos a sus pantallas. En breve les informaremos de las declaraciones de los padres de Lindsay Hamilton sobre el asesinato de su abogado, Lee Barrett.

—¡Madre mía! —oyó decir a Mac a su espalda.

Se volvió. En el umbral de la puerta, Mac miraba fijamente a la pantalla. Arriba, Faith iba subiendo el volumen. La niña tenía buenos pulmones.

—¿Podrías grabarlo? —le dijo Grant señalando a la tele—. Y luego lo apagas. No quiero que lo oiga Carson si baja.

—Enseguida —contestó Mac, acercándose al descodificador de la televisión por cable.

Grant agarró el biberón que ya había preparado y subió a la habitación de Faith. ¿Sería el archivo del caso Hamilton el que el jefe de Lee andaba buscando? Tendría que averiguarlo luego. Si las declaraciones de la familia salían en los noticiarios del mediodía, ya debían de circular por todo Internet. Vería las noticias mientras Carson dormía o peinaría la Red hasta encontrarlas. Seguramente la cadena del informativo colgaría el enlace del vídeo en su página web.

Faith estaba tumbada boca abajo, con la cabecita y el pecho colgando del borde del colchón de la cunita.

—Supongo que ya sabes rodar. —La tomó en brazos y se instaló en la mecedora para darle el biberón. Luego agarró el libro que había encontrado en la mesilla de noche de Kate, *Qué se puede esperar el primer año*, y buscó la página donde lo había dejado—. A ver, Faith, ¿por dónde íbamos? «Cuando el bebé cumpla cuatro meses, dormiréis ya los dos toda la noche de un tirón.» ¿Tú has oído lo que dice aquí, Faith?

Lo interrumpieron unos pasos que se acercaban a la puerta. Hannah entró en el cuarto de la bebé.

—¿Quieres dárselo tú? —le preguntó Grant.

—Parece que está a gusto contigo —contestó ella, y se sentó en el borde de la caja de juguetes—. He llamado a ese número. Me ha respondido la madre de Kate. Ella y su marido viven a las afueras de Boston. Dice que lleva casi diez años sin hablar con su hija. No me ha dicho por qué. Vienen para acá.

—¿Qué impresión te ha producido la llamada?

—Gélida.

Viniendo de Hannah, la abogada corporativa que podía negociar contratos de miles de millones de dólares en tres idiomas sin despeinarse, eso era mucho.

—Si hace diez años que no ve a Kate, no conocerá a los niños. —Grant se llenó de remordimientos—. Espero que no hayamos abierto la caja de Pandora.

—Yo también —coincidió su hermana—. Mac se ha ido a la funeraria. ¿Te parece bien?

—Por supuesto. Yo ya tengo bastante lío. Quiero acercarme a la pista de patinaje en la que trabajaba Kate. No tardaré. Te dejo a cargo de los niños.

Hannah miró fijamente a la bebé e inspiró hondo.

—Siéntate. —Le pasó la niña a su hermana—. Cuando lleve la mitad, apóyatela en el hombro para que eche el eructito.

—Pero…

—Lo harás bien. Por el día es una niña feliz. —Se asomó fuera y echó un vistazo a la habitación del otro lado del pasillo. Carson se había destapado y estaba tumbado de lado, cruzado sobre el colchón de su cama—. El niño aún duerme. Estate atenta. Querrá comer algo cuando se despierte.

Una vez abajo, Grant se puso el abrigo y se calzó las botas. AnnaBelle lloriqueaba junto a la puerta de servicio.

—Vale, puedes salir conmigo.

La perra salió como un rayo a la nieve. Grant encontró una pala en el garaje. Abrió un camino desde este a la puerta de servicio. Pala en ristre, se dirigió a la entrada principal del edificio. Los ladridos lo impulsaron a mirar hacia la casa de Ellie.

—Buena chica.

Había una figura menuda tirada al pie de los escalones que conducían al porche. AnnaBelle se había arrimado a ella.

Grant cruzó el césped.

—¿Nana?

—Grant —exhaló aliviada. Vestida con vaqueros, un suéter y botas de piel de carnero, la abuela de Ellie temblaba tendida en un trozo de hielo. Se agarraba el pecho con una mano. Le castañeteaban los dientes—. Cuánto me alegro de verte.

—¿Qué ha pasado? —preguntó él, hincando una rodilla junto a ella.

—He salido a recoger un paquete del porche y he resbalado en los escalones. Me he torcido el tobillo y he aterrizado sobre la muñeca.

—¿Cuánto tiempo lleva aquí?

Le echó un vistazo.

—No sé. Media hora.

Con su edad y lo flaca que estaba, era demasiado tiempo.

—¿Solo se ha hecho daño en el tobillo y en la muñeca?

—Mi orgullo se ha llevado un buen golpe también —dijo ella, quejumbrosa—. No me he hecho daño en nada importante. He intentado volver a entrar en casa trepando por los escalones, pero no he conseguido subirlos.

Grant miró los tres peldaños de hormigón por los que había caído la anciana. Seguro que se había hecho cardenales que aún no se notaba.

—Déjeme que la lleve dentro y le echamos un vistazo a ese tobillo. ¿Preparada?

Levantó a la diminuta mujer del hormigón helado.

—¡Cielo santo! —exclamó ella, agarrada a su hombro mientras él la llevaba en brazos al interior de la casa.

AnnaBelle pasó dando brincos por su lado y por delante del salón destripado. Grant se dirigió al fondo, a la cocina, y dejó a Nana en una silla. Se sentó en la de enfrente y llevó una mano al talón de la bota.

—Es muy posible que esto le duela. —Le quitó la bota, pero la anciana ni rechistó; luego le sacó el calcetín de lana y el rostro macilento de la mujer se contrajo. Tenía el tobillo hinchado y de un púrpura intenso—. Más vale que la lleve a Urgencias.

—Igual podíamos ponerle hielo un rato a ver si baja la inflamación —dijo ella con voz temblona.

Él le miró el tobillo con cierto recelo.

—Me temo que podría haberse roto. —También le preocupaba la hipotermia—. Debería llamar a Ellie.

—No me gusta molestarla cuando está trabajando.

—Ella querrá saberlo.

—Ah, de acuerdo. ¿Me acercas el móvil? —le preguntó, señalando el extremo de la mesa, y él se lo acercó—. Espero que no se meta en un lío por mi culpa.

—Estoy convencido de que el jefe de Ellie podrá prescindir de ella por una emergencia. —Aprovechando que estaba allí, Grant agarró una manta del respaldo del sofá y se la echó por los hombros a la anciana. Estaba palideciendo. Era evidente que le dolía mucho más de lo que quería reconocer. No quería demorarlo más—. Dígale que se reúna con nosotros en el hospital.

Capítulo 16

Ellie terminó de revisar el lápiz de memoria. No había indicios de que nadie de la oficina, ni siquiera Frank, estuviese ocultando información sobre el caso Hamilton. ¿Dónde podía mirar a continuación? Grant no se había mostrado muy dispuesto a colaborar. Se llevó la mano a la frente para ver si podía calmar su dolor de cabeza. No había pegado ojo desde que Julia había intentado escaparse de casa la noche anterior. No había sido capaz de volver a cerrar los ojos.

Vibró el primer cajón de su escritorio. Lo abrió y miró el móvil por si era Nana o algo del instituto. Tenía una notificación de mensaje, de un número desconocido. Lo abrió, sin sacar el teléfono del cajón, para que no la vieran. No acostumbraba a incumplir la norma que prohibía las llamadas personales, pero aquella semana estaba siendo del todo excepcional. Apareció una fotografía en la pantalla.

Hizo un aspaviento.

Aunque la imagen no era nítida, Ellie reconoció su casa. Grant, Taylor y Julia en el jardín delantero; la imagen tenía mucho grano, pero podían identificarse las figuras en la oscuridad. Grant sujetaba a Taylor por el brazo. Debajo había un pie de foto: «¿Has encontrado el archivo?».

No pudo retener las lágrimas que le brotaron de los ojos. El encapuchado había estado en su casa la noche anterior, cuando Julia andaba por ahí fuera, vulnerable. De no haber sido por Grant, aquel tipo podría haberse llevado a su hija. Tecleó: «Necesito más tiempo» y pulsó el botón de envío.

¿Qué iba a hacer? ¿Le serviría de algo disponer de más tiempo? No tenía ni idea de dónde buscar.

Le vibró el móvil con la respuesta: «Se acaba el tiempo».

Miró angustiada el trabajo que se amontonaba en su mesa. Tenía que entrar en la casa de Lee. Aunque había sido algo ambiguo, estaba convencida de que tenía algunos archivos del bufete. El encapuchado no iba a esperar.

Recolocó los informes de gastos que tenía en el escritorio, pero no lograba concentrarse en el trabajo. Le vibró de nuevo el móvil en el cajón. Se alarmó. ¿Qué más quería aquel tipo?

El número de Nana apareció en la pantalla. El ritmo cardíaco ya acelerado de Ellie se disparó por completo. No. No podían haberle hecho nada a su abuela. Clavó el dedo sin éxito en el teclado tres veces antes de acertar con el botón de respuesta.

—¿Nana?

—No te asustes, que estoy bien.

El pánico le inundó las venas.

—¿Qué ha pasado?

—Nada de importancia —le dijo Nana con un hilo de voz—. He resbalado en los escalones de entrada. No quería llamarte, pero Grant me ha obligado a hacerlo.

—Déjeme hablar con ella —oyó que Grant le decía a Nana, de fondo, y luego notó que le pasaba el teléfono.

—¿Ellie?

—¿Qué ha pasado, Grant? —le preguntó.

—Se ha caído a la entrada de la casa y tiene el tobillo bastante hinchado. Y la muñeca —le contestó él con voz grave, preocupado.

—Estoy ahí en veinte minutos.

Ellie abrió el último cajón y sacó el bolso.

—Voy a llevarla a Urgencias —le dijo él—. ¿Nos vemos allí?

Si no quería que Nana esperara veinte minutos, se había hecho algo más que una simple torcedura de tobillo.

—De acuerdo.

Colgó. Con el bolso en la mano, llamó a la puerta del despacho de Roger.

—Sí —dijo él desde dentro.

Ellie abrió la puerta.

—Siento interrumpir.

En realidad, había olvidado por completo que Roger estaba reunido con el contable.

Roger la miró primero furioso, luego preocupado al verle la cara.

—¿Qué pasa?

—Mi abuela se ha caído. —Le tembló la voz al decirlo en alto—. No sé si se ha hecho algo grave, pero va camino de Urgencias. Tengo que marcharme.

—Por supuesto. ¿Estás en condiciones de conducir? —le preguntó.

—Sí, gracias —contestó ella, con una mano en el pomo de la puerta.

—Vete. Tómate el resto del día libre. Y mantenme al tanto de cómo evoluciona.

—Gracias.

Se dirigió a su automóvil y condujo hasta el hospital. Un trayecto de un cuarto de hora que se le hizo eterno. El miedo le anudaba el estómago. ¿Sería una advertencia? ¿Una muestra de lo que podía ocurrir si no hacía lo que le habían pedido?

Estacionó el automóvil en el aparcamiento del ala de Urgencias del hospital. Cuando echó el seguro y echó a correr por el asfalto, le temblaba ya el cuerpo entero. Resbaló en un pedazo de nieve derretida, perdió el equilibrio y cayó de espaldas. Sintió un dolor agudo recorrerle la pierna. Se masajeó la cadera. Había olvidado ponerse las botas. Los tacones no estaban pensados para caminar por la nieve ni por el hielo.

«Nana está bien.» Había hablado con su abuela, ¿por qué se estaba poniendo histérica? Porque podía haber sido mucho, muchísimo peor. Se levantó y se sacudió los cristalitos de hielo del abrigo de lana. Llevaba el bajo de la falda empapado y salpicado de porquería de la nieve vieja.

Se abrieron las puertas correderas de Urgencias. Se limpió los pies en un grueso felpudo negro. Esquivando un aviso amarillo de suelo mojado, se detuvo a echar un vistazo en la sala de espera. Una decena de personas, desparramadas en los asientos, rellenaban los formularios que llevaban en portafolios de clic. Distinguió a Grant al fondo de la sala.

Él se levantó al verla llegar. Estaba muy serio.

—Se la acaban de llevar.

—¿Por qué? Es más grave de lo que me ha dicho, ¿verdad?

Se quitó los guantes. El temor le encogió las tripas. Nana estaba muy bien para su edad. Se había mantenido activa en la iglesia y en la comunidad de vecinos desde su jubilación, pero no se podía negar que estaba envejeciendo.

—Inspira hondo y cálmate. Es fuerte —le dijo Grant con firmeza.

—Tiene ya setenta y cinco años, pero se niega a comportarse en consecuencia. —Ellie se desabrochó el abrigo—. Me había dicho que hoy se iba a quedar en casa.

—Solo ha salido a la puerta a recoger un paquete —le dijo Grant—. Ha caído un poco de nieve derretida del tejado y se ha congelado en el porche. Seguramente los canalones necesitan una limpieza.

Ellie se giró hacia el mostrador de recepción.

—Tendría que haberse quedado en casa.

La agarró por el brazo.

—Siéntate y relájate un momento —le dijo él en el tono rotundo de una orden.

La orden puso a Ellie aún más nerviosa de lo que ya estaba. Bajó la vista a la mano de él.

—¿Perdona...?

Grant aflojó la mano. Suspiró y se plantó delante de ella para impedirle el paso, luego la agarró del otro brazo, con suavidad esta vez.

—Si te ve así, se va a disgustar.

—Tienes razón. Perdona. —Se le empañaron los ojos. Los cerró, se los tapó con las manos e inspiró hondo—. Podría haberse hecho mucho daño.

—Pero no ha sido así. —De pronto, detectó la falda llena de barro—. ¿Te encuentras bien?

—Estupendamente —contestó ella, advirtiendo molesta el temblor de su propia voz.

Grant la llevó hasta una silla.

—Descansa un momento y recomponte. Al principio, me preocupaba la hipotermia. Llevaba a la intemperie un rato. Pero, al parecer, ha entrado en calor de camino al hospital.

Ellie bajó las manos y abrió los ojos. Él estaba acuclillado delante de ella. La preocupación oscurecía el azul de aquella mirada que la estudiaba.

—Lo siento —lloriqueó ella.

—No hace falta que te disculpes.

—Sí, sí hace falta. Has encontrado a Nana y la has traído al hospital. Debería darte las gracias por preocuparte por ella, no hacerte pasar un mal rato. —Exhaló, liberando en aquella espiración parte de la tensión que llevaba dentro. Él seguía concentrado en ella. Dios, era perfecto. Se tomaba con filosofía los berridos de un bebé lloroso. No lo espantaba que ella se comportase como una chiflada—. Si tú no hubieras estado allí —le dijo y, de nuevo angustiada, se llevó la mano a la frente.

Grant se la agarró y la retuvo. Su mano caliente envolvió los dedos helados de ella.

—Para ya. Estaba allí y punto.

Por un segundo, Ellie dejó de combatir sus propios sentimientos. Lo dejó que le agarrara la mano y aceptó la fortaleza que él le ofrecía. Grant tenía de sobra. El calor que desprendía su cuerpo era agradable, demasiado, y ella tuvo que recordarse que el comandante no estaría allí más que otras tres semanas. Luego se marcharía a Afganistán durante varios meses. Además, cuando volvía a Estados Unidos, estaba destacado en Texas. Por mucho que lo deseara, no podía permitirse confiar en él. Alguien la vigilaba. Alguien que podía seguir por allí mucho después de que Grant se marchara. En aquel instante, apoyarse en él era un alivio, pero de ahí no podía pasar.

—Gracias, ya estoy bien —le dijo, retirando de pronto la mano de la suya.

Grant se incorporó y se apartó para dejarle espacio.

—¿Quieres que me quede?

—No. Ya te hemos robado bastante tiempo. Seguramente nos tendrán por aquí un buen rato.

Se levantó.

Él la miró a los ojos.

—Si lo tienes claro… —Sacó el móvil—. Dime tu número. —Ellie le cantó del tirón los dígitos y él los tecleó en su teléfono. Un segundo después, le vibró el móvil en el bolsillo—. Ahora ya tienes el mío. Llámame si necesitas algo. En serio. Estaré cerca.

—Gracias otra vez.

Mientras lo veía alejarse, olvidó el resentimiento y fue en busca de Nana. La enfermera la llevó a un box de observación. Nana estaba recostada en una camilla estrecha. Con la ayuda de unas almohadas, tenía en alto el pie y la mano izquierdos. Sobre las heridas llevaba sendas bolsas de gel frío, y unas mantas le cubrían el resto del cuerpo. Aunque tenía la cara contraída de dolor, del resto parecía estar bien.

Ellie sintió un gran alivio. Estaba mareada y le flojeaban las piernas. Disimuló su reacción dejando el bolso en una silla plegable que había junto a la cama y quitándose el abrigo.

Se inclinó para besarle la mejilla a Nana.

—¿Cómo te encuentras?

—Bah, no es para tanto. Ya le he dicho a Grant que podía esperar a que volvieras del trabajo, pero ha insistido.

Menos mal.

—Bueno, me alegro.

—Espero que no hayas tenido problemas con tu jefe. Odio molestarte.

—Tengo permisos de salida por asuntos propios que casi nunca uso —le dijo Ellie.

Nana cambió de postura e hizo una mueca de dolor.

—De todas formas, tendrías que montar tu propio negocio. Diseñas unos baños y unas cocinas estupendos.

—Quizá algún día —contestó Ellie, porque sabía que era preferible decirle eso a contestarle directamente que no. A Nana le encantaba discutir, sobre todo de lo que Ellie debía o no hacer con el resto de sus días—. Primero tengo que pagarle a Julia la universidad.

El tiempo pasó lentamente mientras esperaban al médico y Nana iba señalándole más razones por las que debería retomar sus estudios. Al final, la doctora les dijo que lo de la muñeca era solo un esguince, pero lo del tobillo era una rotura. Le calzó una bota mitad metal mitad neopreno y le dio el alta a Nana con una receta de analgésicos y la recomendación de que no apoyara el pie durante una semana. Una hora más tarde, Ellie llevó a su abuela a casa.

—Anda, mira, allí está Grant —dijo Nana, señalando por el parabrisas—. Ha limpiado la nieve del porche y lo ha rociado de sal.

Mientras aparcaba a la entrada de su casa, Ellie miró hacia la casa de al lado. Grant estaba apoyado en la pala; Carson, tumbado en la nieve boca arriba, agitando los brazos y las piernas como si fuera a volar. Si anteriormente el hermano de Lee le había parecido guapo, la mirada de tropecientos vatios que le dirigió a su sobrino lo elevó a un nivel completamente nuevo de sensualidad.

¿Cómo iba a resistirse a él durante las próximas tres semanas? Y lo que era aún peor: ¿cómo iba a resistir la tentación de pedirle ayuda? Pero ¿cómo se la iba a pedir? Exploró la calle. Que no viera a nadie vigilándola no significaba que no estuviera.

Grant apoyó la pala en la pared del edificio y se dirigió al automóvil. AnnaBelle corrió hacia él y escupió una pelota de tenis a sus pies. Él la agarró y se la lanzó con fuerza al patio posterior de la casa sin dejar de avanzar. La perra dio media vuelta y salió disparada en su busca.

El comandante le abrió la puerta a Nana.

—Déjeme que la ayude.

Nana, que solía protestar siempre que alguien intentaba ayudarla, aceptó la mano que le ofrecía sin rechistar. Se giró y sacó los pies del automóvil. Grant la sacó medio en volandas del vehículo.

Ellie sacó las muletas del asiento de atrás y se las pasó.

—Le han dicho que no apoye el pie.

Grant miró ceñudo las muletas.

—Pues no sé cómo las va a usar con un esguince en la muñeca. ¿Qué le parece si la llevo en brazos otra vez?

«¿Otra vez?»

—Ah, de acuerdo —contestó Nana. «Madre... de... Dios.» Y sonrió como una boba.

—Carson, ven aquí un momento. —Grant levantó con suavidad a Nana del suelo—. Así es más fácil.

Nana se colgó de su cuello.

—Sí, desde luego.

La anciana se volvió a mirar a Ellie y le guiñó un ojo.

Gruñendo para sus adentros, Ellie los siguió al interior de la casa, cargada con las muletas. Grant dejó a Nana en el sofá de la salita.

—¿Necesita algo más?

—No, estoy estupendamente. Muchísimas gracias —le agradeció la anciana, sonriendo de oreja a oreja.

—Tengo que irme —dijo él, devolviéndole la sonrisa—. Llámeme si necesita algo. Tiene mi número, ¿verdad?

—Lo tengo —respondió Nana, asintiendo con la cabeza.

Sí, y él tenía el de Nana y el de Ellie.

—Tengo que irme corriendo, pero Hannah está en casa.

Dio media vuelta en dirección al vestíbulo.

Ellie lo acompañó a la puerta.

—Gracias otra vez. Por todo.

Carson esperaba en el porche, con la nariz pegada al cristal.

—Llámame si me necesitas. Solo voy a estar fuera una hora o así. —Se acercó un poco y bajó la voz. La miró muy serio—. Cuando encuentres un rato, tenemos que hablar.

Ella asintió.

—Muy bien. Me pasaré por tu casa cuando Julia vuelva de la mía.

Grant salió, agarró a Carson y se lo echó al hombro.

Ellie cerró la puerta oyendo al niño reírse.

—Menudo hombre.

Nana se quitó el abrigo y se lo dio a su nieta.

—Mmm —dijo Ellie, sin querer comprometerse—. Espera, que te traigo una bolsa de hielo.

—¿Y cuándo vas a hablar con él?

—¿Qué pasa, que tienes superpoderes auditivos o qué?

Llenó de hielo una bolsa de plástico con cierre de cremallera y se la puso en el pie a Nana.

—Cielo, cuando un hombre tan guapo habla, yo escucho.

Nana se recolocó un cojín detrás de la espalda.

—Y lo dejas que te lleve en brazos de aquí para allá.

—Sin dudarlo un segundo.

—Eres incorregible.

La risa súbita de Ellie se extinguió de pronto. El encaprichamiento de Nana con el vecino solía hacerle gracia, pero no podía olvidar su cruda situación.

Nana tomó una fuerte bocanada de aire.

—Siento hacerte salir otra vez, pero ¿te importaría ir a buscarme las pastillas? Esto me está empezando a doler de verdad.

—Claro. Tendría que habértelas recogido de camino a casa. ¿Quieres comer algo? —Miró la hora. Las dos y media—. Se nos ha pasado la hora del almuerzo.

—No tengo hambre.

—De acuerdo. ¿Te importa que te deje aquí sola?

—No pasa nada —le contestó, sosteniendo en alto el móvil—. De todas formas, Julia no tardará en llegar.

¿De qué querría hablarle Grant? Quizá había encontrado los archivos de Lee.

Salió al porche de entrada; la sal gorda le crujió bajo los zapatos. Había un paquete en el hormigón. Debía de ser lo que Nana había salido a recoger cuando se había caído. Metió el paquete en casa y lo dejó encima de la mesita del vestíbulo. Rasgó la cinta de embalaje con las tijeras. Un olor extraño y rancio salió por la abertura. Ellie levantó las solapas de cartón. Dentro, en una bolsa de plástico medio llena de hielo, había un corazón rojo y sanguinolento. Un cuchillo perforaba el órgano. Sujeta a una tabla debajo del espantoso paquete estaba la foto ampliada, con mucho grano, de Julia, Taylor y Grant que el encapuchado le había enviado antes. La cara de su hija estaba manchada de sangre. El texto en negrita, impreso desde un ordenador, rezaba: PARA QUE VEAS QUE VOY EN SERIO.

CAPÍTULO 17

Grant aparcó el monovolumen delante de la pista de patinaje, entre otro monovolumen y un SUV. Se le cayeron las llaves y tuvo que pescarlas de debajo del asiento del conductor. Puaj. Antes de conseguir rescatarlas, sacó un tetrabrik de zumo vacío, el envoltorio de una barrita de cereales y migas de sobra para alimentar a una bandada de palomas. Luego cruzó el aparcamiento, haciendo crujir las botas en el asfalto rociado de sal.

El interior era áspero; la decoración, casi toda de hormigón. El despacho principal estaba a la izquierda. Una mujer de mediana edad estaba sentada a un escritorio detrás de un mostrador que llegaba por la cintura y separaba la zona de espera del espacio de trabajo.

Grant apoyó ambas manos en la superficie de melanina.

—Soy el comandante Grant Barrett. He venido a por las cosas de Kate Barrett.

La mujer se metió las gafas de leer por el cuello de pico del suéter y se acercó al mostrador.

—Lo siento mucho, comandante. —Grant asintió con la cabeza. La gente lo hacía por respeto, pero sus constantes manifestaciones de condolencia le recordaban su pérdida decenas de veces al día—. ¿Podría enseñarme algún documento de identidad, por favor? —Grant sacó su carné militar. Ella lo estudió un momento y se lo devolvió—. El entrenador Victor debe de andar cerca de la pista —le dijo, señalando hacia una puerta abierta.

—Gracias.

Abandonó el despacho. Enfiló un pasillo y salió a un espacio abierto que parecía una caverna. Un murete rojo abollado, forrado con un protector de plexiglás, rodeaba la pista. Los padres se amontonaban en las gradas. Algunos inclinados sobre sus teléfonos móviles; otros concentradísimos en la pista ovalada que tenían delante, donde las figuras giraban sobre patines. Las cuchillas arañaban el hielo.

A la entrada de la pista, había dos hombres que señalaban y susurraban a los patinadores. Un grupo de chicos adolescentes con espinilleras y patines negros salió de golpe por una puerta en la que rezaba VESTUARIOS. Sonaron los palos de *hockey* cuando los chicos empezaron a golpearse unos a otros.

—Eh, mira por dónde vas, gilipollas —gritó uno.

—Que te den.

Dos chavales soltaron los palos, se quitaron con rabia los guantes y se abalanzaron el uno sobre el otro. Uno de ellos placó al otro. Cayeron los dos con un fuerte estrépito, casi derribando a una niña pequeña vestida con un traje de patinar en miniatura y diminutos patines blancos.

Uno de los hombres se lanzó hacia delante, enganchó a la pequeña por las axilas y la quitó de en medio. Grant agarró al chaval que estaba arriba por el cuello de la camisa y lo levantó de encima de su rival.

—¡Basta ya!

El otro se puso en pie enseguida. Se disponía a atacar, pero el hombre lo agarró del brazo. El chico tenía la cara encendida, el pelo revuelto y los ojos brillantes de rabia. Se zafó del hombre y le asestó un puñetazo a su contrincante. Grant, que aún retenía al primero de los adolescentes, se interpuso entre los dos y recibió el puñetazo de medio pelo en la mano.

Se inclinó y miró furibundo al adolescente rabioso. Sus caras estaban a apenas un par de centímetros de distancia.

—Eso no ha sido buena idea.

El muchacho abrió la boca para defenderse, pero Grant lo miró de tal forma que consiguió callarlo. El chico tragó saliva al detectar la gravedad de la mirada de Grant. El chaval retrocedió, pero el odio que brillaba en sus ojos no se apagó ni un ápice.

—Gracias. —Un hombre atlético vestido con parka negra y vaqueros señaló a los dos chicos—. Guardaos toda esa agresividad para el partido. Id los dos a esperar vuestro turno al banquillo. El entrenador Zack no tardará en llegar.

—Pero… —protestó uno.

—He dicho que os vayáis.

La voz del entrenador descendió una octava mientras se llevaba a los chicos. Malhumorados, los dos chavales agarraron sus espinilleras y sus palos y se dirigieron de mala gana a un banquillo rodeado por un panel alto de plexiglás.

Uno de los hombres le ofreció la mano.

—Soy Corey Swann y él es Josh Winslow —dijo, señalando a su compañero.

Grant se la estrechó.

—Comandante Grant Barrett. Gracias por la ayuda.

—El centro cuenta con un programa de *hockey* para jóvenes delincuentes —le explicó, bajando la voz—. Se trata de una iniciativa destinada a evitar que vayan a la cárcel y a canalizar su energía de forma positiva. Pero, en mi opinión, es un gran error: algunos de estos chicos son demasiado problemáticos.

Grant observó un instante a los chavales sentados en el cubículo delimitado por el panel de plexiglás. Mac había sido así, todo rabia y confusión. También había estado en un reformatorio, detenido por posesión de drogas después de que se metiera en una pandilla. Él ya no estaba. Su madre estaba enferma. Su padre era un desastre. Se preguntó si no empezaría a tener ya algo de demencia por aquel entonces y ninguno de ellos supo ver los síntomas. Lee había sido el que había hecho frente a los problemas de drogas y delincuencia de Mac, y la charla con su madre en su lecho de muerte lo había sacado completamente de allí. Un programa como ese le habría venido bien a su hermano.

—A saber a qué habrán tenido que enfrentarse esos chicos en su vida.

Corey lo miró con tristeza.

—Todos hemos sentido mucho lo de Kate. —Cuando le recordaron la muerte de Kate, Grant se desinfló—. Y gracias por la ayuda —añadió Corey—. Estos chicos pueden ser muy problemáticos.

—¿Está su hijo en el equipo?

—No. —Corey señaló con la cabeza hacia la pista. Una preciosa adolescente rubia ejecutó un bucle picado en el hielo. Corey sonrió orgulloso—. Esa es mi hija, Regan. Está en el equipo junior de patinaje artístico con la hija de Josh, la de negro. El equipo de hockey tiene asignada la siguiente franja de tiempo en pista.

—Se ve que tienen mucho talento —dijo Grant.

Pese a que su cuñada había sido patinadora, el comandante apenas sabía nada de patinaje artístico. Tendría que haber prestado atención. Tendría que haber conocido mejor a Kate.

Josh se irguió.

—Lo tienen. El equipo participó en los campeonatos regionales el otoño pasado. El año que viene lo hará en los nacionales, ¿no es así, Victor? Victor entrena a nuestras hijas —explicó Josh, señalando al entrenador de la parka negra que había llevado a los dos chiquillos conflictivos al banquillo y volvía ya hacia ellos.

Al llegar adonde estaban, Victor le tendió la mano. Era un palmo más bajo que Grant, de unos cincuenta años, con el cuerpo bien torneado y un pelo canoso tan corto y duro como la mirada de sus ojos negros.

—Victor Church.

—Comandante Grant Barrett.

—Impresionante, comandante —dijo Victor, y le dedicó una sonrisa que sus angulosos rasgos eslavos convirtieron en feroz—. ¿Juega usted al *hockey*?

—No he vuelto a jugar desde que era niño —respondió Grant, también sonriente.

—Lástima —replicó Victor, negando con la cabeza—. No nos vendría mal otro entrenador que sepa manejar a esos críos. —Hizo una pausa y la tristeza oscureció su mirada—. Supongo que ha venido a por las cosas de Kate…

—Sí.

Grant volvió a mirar a las chicas que daban vueltas sobre el hielo. La rubia, Regan, la hija de Corey, le recordaba a Kate. Tenía veinte años y aún competía cuando él la había conocido. Estaba de permiso y había ido con Lee a Los Ángeles a verla patinar en su única competición nacional. La recordó deslizándose por el hielo, con aquel atuendo azul y el pelo dorado que la hacían parecer una princesa. Había sabido enseguida que Lee se casaría con ella. No le quitaba los ojos de encima. Aún le costaba creer que hubiera muerto, que alguien le hubiera pegado un tiro en la cabeza. Una visión fugaz de la del rebelde estallando en una nebulosa roja le vino de pronto a la mente. Se le aceleró el pulso y la rabia le hirvió lentamente en el pecho. Pestañeó para deshacerse de aquella imagen y, respirando hondo, se volvió hacia el entrenador. No podía permitir que sus pesadillas lo asaltaran también durante el día.

—Mi más sentido pésame —le dijo Victor, apretando mucho los labios—. Vamos a mi despacho. —Luego se volvió hacia Corey y Josh—. Os quedáis los dos a la reunión, ¿verdad?

—Allí estaremos —contestó Corey; luego Josh y él volvieron a la pista.

Grant siguió a Victor por un pasillo. Dejaron atrás los vestuarios y entraron en un pequeño despacho polvoriento. Un hombre calvo y fornido que estudiaba un cuadrante en un portafolios de pinza alzó la mirada al verlos entrar.

—Comandante Barrett, le presento a Zack Stuart, el entrenador de *hockey* —dijo Victor, señalándolo; a continuación le hizo a Zack un breve resumen de la pelea.

Zack meneó la cabeza y se metió el portafolios debajo del brazo.

—Puede que la hora de entrenamiento intensivo en pista acabe con parte de esa hostilidad.

Grant rio.

—Yo suelo hacer correr a los reclutas largas distancias cargados con pesadas mochilas para evitar que se metan en líos.

—Con su permiso, voy a ver si consigo agotarlos —dijo Zack y, agarrando la cazadora del perchero, se marchó.

—¿Seguro que no quiere ser entrenador de *hockey*? —le preguntó Victor—. El nuestro no da abasto. Su ayudante dejó el puesto la semana pasada para jugar en un equipo de la liga no profesional.

—Paso, gracias —respondió Grant.

Victor se sentó al escritorio.

—Todo sentimos mucho lo de Kate.

—¿Trabajaba con ella?

—Sí. Se encargaba de entrenar a los principiantes para el nivel preliminar de competición. Yo me encargo de los patinadores de nivel avanzado —le explicó Church, cruzando los brazos sobre su fibroso pecho.

—¿También competía usted en patinaje artístico?

—Fui campeón nacional, pero de eso hace mucho tiempo.

Grant echó un vistazo a la media docena de trofeos dispuestos en unas baldas a la espalda de Victor.

—¿Lleva mucho tiempo entrenando aquí?

—Casi siete años. —Siguió la mirada de Grant y señaló un trofeo dorado—. Kate consiguió colocar a varios patinadores principiantes en las competiciones locales la temporada pasada. Estaba emocionada. Montar un buen equipo lleva tiempo. Este será mi año. Tengo los mejores patinadores de toda mi carrera como entrenador —dijo lleno de orgullo; luego se aclaró la garganta como si cayera de pronto en la cuenta de que Kate ya no estaba.

Grant lo comprendía. Él mismo tenía momentos de felicidad con Carson y Faith en los que se reía a carcajadas hasta que recordaba que debía estar triste porque Lee y Kate habían muerto. Todas las emociones positivas parecían inoportunas y egoístas.

Se hizo un breve e incómodo silencio.

Victor carraspeó y se volvió hacia uno de los estantes que tenía a su espalda. Agarró una caja de cartón medio vacía y la dejó en la mesa.

—Estas son las cosas de Kate.

Grant tomó la caja.

—¿Esto es todo?

—Eso es lo que había en su escritorio y en su taquilla —dijo Victor, encogiéndose de hombros—. Yo tampoco tengo mucho aquí. Entra y sale mucha gente de estas instalaciones a todas horas. Desaparecen cosas con frecuencia.

—Bueno, gracias.

Levantó la caja de la mesa. Como en el caso de Lee, teniendo en cuenta que había trabajado allí ocho años, sus efectos personales pesaban muy poco.

—Nadie la olvidará —espetó Victor como si pudiera leerle el pensamiento a Grant—. A sus alumnos les ha impactado mucho su muerte, sobre todo a las chicas a las que entrenaba.

—Gracias. —Se volvió hacia la puerta, pero una súbita asociación de ideas lo detuvo—. ¿Sabe algo del caso Hamilton? Las chicas patinan siempre aquí, ¿no es así?

170

Había visto el vídeo en las noticias. Los medios especulaban sobre la posible conexión del caso con la muerte de Lee y Kate. La vida pública de Lee no daba mucho juego y la prensa se había centrado en la historia de acoso escolar, más controvertida. Grant había invertido algún tiempo en investigar el caso en Internet.

—Claro. Todos estamos al tanto, pero no se nos permite hablar de ello. —La actitud cordial de Victor se desvaneció—. El proceso civil aún está abierto. Además, todo aquello fue una pesadilla.

—Siempre es un horror que muera un chiquillo —dijo Grant—. ¿Entrenaba usted a Lindsay?

Victor asintió con la cabeza. Bajó la mirada al escritorio.

—Solo puedo decir una cosa: era una niña estupenda.

—¿Entrena también a las dos acusadas?

—Sí, por eso no puedo decir nada —añadió con un suspiro lleno de remordimiento y con un toque de rabia tal vez. Grant esperó, presintiendo que iba a decir algo más. Victor levantó la vista y lo miró a los ojos—. Acaba de conocer a sus padres.

—¿En serio?

El sumario del caso de acoso ya se había hecho público, pero en él no se mencionaban los nombres de las niñas porque eran menores. Grant no entendía por qué le había sorprendido la noticia. El nombre de la pista de patinaje sí que aparecía. Sabía que las chicas implicadas patinaban allí. Sin embargo, Corey y Josh parecían demasiado normales para tener unas hijas que hubieran torturado a una compañera hasta conseguir que se quitara la vida. A lo mejor la policía no había encontrado pruebas porque no las había. Quizá se hubiera dado una importancia excesiva al caso.

Aunque, a juzgar por el asesinato y el allanamiento de morada, parecía improbable.

—Ya he hablado demasiado. —Victor rodeó el escritorio y lo acompañó al pasillo—. Buena suerte, comandante.

Grant le tendió la mano.

—Gracias por reunir las cosas de Kate para que pueda llevármelas.

Al salir del despacho, se dirigió a la sala principal. Pasó por delante de la pista. La hija de Corey había salido del hielo y hablaba con su padre. Más allá estaban Josh y su hija. Los vio a todos con otros ojos. De pronto las niñas le parecieron más mimadas y arrogantes que guapas, y no supo qué pensar de sus padres. El equipo de *hockey* invadió la pista e inició el calentamiento sobre el hielo, tapándole la vista. Inquieto, tanto por aquel cuarteto como por su propia reacción, dio media vuelta. Según la policía, el caso se había desestimado por falta de pruebas contundentes. No era quién para juzgar, pero ni siquiera inspirando hondo consiguió disipar la necesidad creciente de romper algo. Como aquellos jóvenes jugadores de *hockey*, necesitaba una carrera intensa para deshacerse de toda esa tensión.

Lo sobresaltó una mano en el hombro. Al volverse, levantó instintivamente una de las suyas.

—Ay —dijo una atractiva mujer morena de su edad al tiempo que se llevaba la mano al pecho.

Nervioso a la vez que aliviado, Grant esbozó una sonrisa y bajó el puño.

—Perdona. Me has asustado.

—No era mi intención. —Sonrió ella también—. Es que me resultas familiar. ¿Estudiaste en el instituto de Scarlet Falls?

—No. Lo siento. —El comandante siguió caminando rumbo a la salida, pero ella caminó a su lado. Los pasos de ambos resonaron en el hormigón. El sentimiento de culpa le hizo aminorar la marcha. Desairar a una mujer tan agradable sería una grosería. Suspiró—. Fui a la academia militar, pero mis tres hermanos sí estudiaron aquí. A lo mejor conoces a Hannah o a Mac.

—Podría ser. ¿Hannah es alta y rubia como tú?

—Sí.

Llegaron a la puerta principal.

La mujer bajó la barbilla y lo miró a través de las pestañas. ¿Estaba coqueteando con él?

—Me parece que se graduó un año después que yo. Dale recuerdos de Lisa Shayne.

—Se los daré.

Grant salió. El aire frío le azotó el rostro.

Primero la guapa Ellie Ross despertaba su interés, luego una atractiva mamá patinadora coqueteaba con él. Si no fuera a volver a Afganistán, tendría algunas opciones interesantes en Scarlet Falls. Pero iba a volver. Toda su carrera, su vida entera, se basaba en ser oficial del ejército. No sabía hacer nada más. Pensándolo bien, tampoco recordaba haber tomado conscientemente la decisión de alistarse en el ejército. Lo habían criado para que fuese soldado.

Claro que la vida civil en una zona residencial de las afueras de la ciudad no era tan mala, repleta de niños, padres, personas agradables que no se proponían hacerlo saltar por los aires. A lo mejor, si viviera de ese modo un año o así, no reaccionaría instintivamente con violencia al contacto físico de cualquier desconocido.

Había estado a punto de pegarle a aquella mujer.

La repentina consciencia de aquella realidad se le instaló en los pulmones, ahogándolo como el polvo afgano. No había forma de evitarlo. Después de aquella misión, necesitaba alejarse por un tiempo del combate.

Sosteniendo la caja con un solo brazo, sacó las llaves del bolsillo de la cazadora. Un vehículo aparcó en la plaza de al lado. Al volante iba Ellie Ross. Soltó la caja en el maletero del monovolumen y rodeó el coche hasta la puerta del conductor del de ella justo cuando Ellie bajaba del automóvil. Aún iba vestida de trabajo. Llevaba el abrigo desabrochado y la falda se le subía unos centímetros, con lo que Grant pudo verle una parte de muslo. Puede que la mamá patinadora que acababa de conocer estuviera bien, pero no hacía que se le expandiera el pecho como le ocurría siempre que tenía a Ellie cerca.

—Grant —dijo ella, levantándose del asiento y estirándose la falda con el ceño fruncido de sorpresa. Luego se inclinó hacia el interior de su camioneta y agarró una caja del asiento del copiloto—. ¿Qué haces tú aquí?

—He venido a recoger las cosas de Kate. ¿Y tú?

Evitaba el contacto visual y estaba pálida.

—Tendría que asistir a una reunión de padres, pero me parece que voy a dejar estos programas del festival de primavera y voy a salir corriendo. —Cerró la puerta de la camioneta y se colocó un largo mechón de pelo negro detrás de la oreja. Le temblaban las manos y la voz—. Ahora que Kate ya no será su entrenadora, no sé si Julia seguirá en el club.

La había notado nerviosa en el hospital, pero tendría que haberse calmado después de saber que su abuela estaba bien. Parecía más inquieta todavía.

—¿Te encuentras bien?

—Estupendamente. —Evitando aún su mirada, forzó una sonrisa y miró el reloj—. Tengo prisa. He ido a la farmacia a encargar las medicinas de Nana. Tengo que volver a recogerlas en veinte minutos. No quiero dejarla sola mucho tiempo.

—¿Cómo tiene el tobillo?

—Dolorido —contestó ella y, esquivándolo, se dirigió a la pista de patinaje.

—Llámame si necesitas algo.

—Gracias. —Ellie dio media vuelta—. Adiós, Grant.

—Adiós, Ellie.

Mientras volvía al monovolumen, la vio cruzar a toda prisa el aparcamiento y meterse en el edificio. No podía quitarse de encima la sensación de que Ellie Ross ocultaba algo.

Y estaba decidido a desvelar su secreto.

Capítulo 18

Ellie miró un momento por encima del hombro. Grant introducía su inmenso cuerpo en el monovolumen. Una vez más se había visto tentada de contárselo todo. Irradiaba competencia. Pero el mensaje de esa mañana y el paquete que había encontrado a la puerta de su casa dejaban bien claro que era cierto que el encapuchado la vigilaba. Exploró con la mirada el aparcamiento rociado de sal. Sintió un escalofrío en la nuca y se le revolvió el estómago. Aquel tipo podía estar en cualquier parte. Podía estar escudriñándola en ese instante a través del parabrisas de cualquier automóvil.

Una vez superado el pánico inicial, había caído en la cuenta de que el corazón que le había enviado era demasiado grande para ser humano. Aun así, era asqueroso. Había escondido la caja con su sangriento contenido en el arcón congelador del garaje hasta el día de recogida de basuras. Al ver aquel órgano sanguinolento pegado a la fotografía de su hija, le había quedado claro el mensaje: el encapuchado no se andaba con tonterías. Se tragó el miedo y entró en el edificio empujando la puerta; luego se dirigió a la sala de reuniones. Pese a que se encontraba lejos de la pista, el frío atravesaba los suelos de hormigón y le calaba las suelas de los zapatos. No había tenido tiempo de cambiarse desde que había salido del trabajo. Solía ir a la pista con botas gruesas y un recio suéter de lana. Pasó por delante de la pista; la temperatura descendía a cada paso.

Las voces la llevaron hasta la sala multiusos, alargada y estrecha. Dos docenas de adultos, mezcla de entrenadores y padres, llenaban el reducido espacio. Solo reconoció algunos rostros. Dos mesas rectangulares de melamina se habían dispuesto de extremo a extremo en forma de improvisada mesa de reuniones. A su alrededor, sillas de plástico.

Victor Church la saludó.

—Hola, Ellie.

—Hola. —Ellie dejó los programas en la mesa, luego miró el reloj colgado sobre el quicio de la puerta—. No me puedo quedar mucho. Lo siento. Mi abuela está enferma.

—No pasa nada. Si empezamos ya, serán solo unos minutos. —Victor se situó presidiendo la mesa y levantó una mano—. Hola a todos. Quiero agradeceros que hayáis venido a esta reunión de emergencia. Sé que muchos de vosotros trabajáis y tenéis que volver a vuestros puestos. Hay también unos cuantos padres voluntarios que no han podido asistir a este encuentro, así que os agradecería que les informarais de todo.

Ellie se colocó en un lateral de la sala y se apoyó en la pared. Todas las sillas que rodeaban la mesa estaban ocupadas.

—Como ya sabéis, la exhibición y el festival de primavera están programados para la semana que viene —prosiguió Victor—. La entrenadora Barrett era quien organizaba este evento y todos lamentamos su muerte, pero hemos pensado que el programa debe seguir su curso. No podemos recuperar el dinero que hemos adelantado a los proveedores. Si lo cancelamos, perderemos una suma importante.

Se oyó un murmullo. Los padres ya pagaban una cuota elevada por los instructores y el tiempo de pista. El patinaje artístico y el *hockey* eran deportes caros, sobre todo en los niveles de competición. El club de patinaje necesitaba la recaudación de los eventos de primavera y verano para subsistir durante la temporada de competiciones de otoño e invierno.

Ellie estudió los rostros de los que estaban sentados a la mesa. Reconoció la cara bronceada y el pelo con mechas rubias de Corey Swann. Su aspecto de surfista no encajaba en ningún grupo. La empresa informática de Corey sufragaba buena parte de los gastos del club. Josh Winslow estaba sentado al lado de Corey. Cada vez que Ellie veía a Corey, a Josh o a sus hijas se le revolvía el estómago. Iba por ahí como si no hubiera pasado nada. Tendrían que estar todos profundamente afectados por el suicidio de Lindsay.

Desde su sitio en la presidencia de la reunión, Victor comentaba el calendario del evento. Ellie tenía un oído puesto en su repaso del calendario festivo de la semana siguiente.

No podía culpar a los padres por apoyar a sus hijas. La postura de los Hamilton era fácil de entender, pero, si alguien acusara a Julia de torturar a otra alumna, Ellie también la defendería, sobre todo si apenas hubiese pruebas concluyentes y su hija se declarara inocente. No podía imaginar a Julia siendo intencionadamente cruel. Claro que tampoco habría imaginado jamás que fuera a escaparse de casa en plena noche. Aún le costaba creer que aquello hubiese ocurrido.

Quizá Corey Swann pensara lo mismo de su hija. La reciente correría de Julia le había enseñado a Ellie que para un progenitor solía ser difícil aceptar las mentiras o las malas decisiones de un hijo. Hasta los adolescentes sin antecedentes disciplinarios cometían errores.

Cuando recordaba el engaño de su hija, todavía sentía un escalofrío de miedo que le hacía preguntarse cómo podía saber una madre lo que había realmente en la cabeza de un adolescente.

Victor tomó un programa de la caja que había llevado Ellie.

—El calendario del evento está en el programa y añadiremos un minuto de silencio por Kate en la inauguración. No queremos conceder excesiva importancia a su muerte, pero los chicos han manifestado su deseo de hacerle algún tipo de homenaje.

Con un hilo de voz, enumeró los detalles de última hora que precisaban la atención de los presentes. Algunos padres levantaron la mano para ofrecerse voluntarios y el entrenador fue asignando tareas.

Ellie se apretó con los nudillos el lagrimal. Ojalá hubieran cancelado el evento. Era el proyecto de Kate. No le parecía bien que siguieran adelante sin ella, pero Victor tenía razón en lo del riesgo financiero. El club no podía permitirse semejantes pérdidas.

—¿Alguien más tiene alguna duda o inquietud? —preguntó Victor. Todos negaron con la cabeza—. Estupendo. Si os surge alguna durante esta semana o la siguiente, preguntadme por correo electrónico o llamadme por teléfono.

Se oyó un arrastrar de sillas en cuanto los asistentes empezaron a levantarse y dirigirse a la puerta. Ellie, que se acercó despacio adonde estaba Victor, fue saludando por el camino a los otros padres voluntarios.

Un codo le rozó las costillas. Se volvió y vio que era Corey Swann.

—Perdone —le dijo ella, abriéndose paso.

Él, que se alzaba como una torre a su lado, la miró con desprecio desde arriba.

—¿Usted trabaja en Peyton, Peyton y Griffith?

Ellie retrocedió un paso y recuperó su espacio personal.

—Sí.

—Entonces no me dirija la palabra —dijo, ceñudo, con el rostro bronceado repleto de arrugas.

No sabiendo qué otra cosa decir, ella le contestó:

—Muy bien.

Ella bajó la vista a la sudadera negra de Corey. El logo de la pechera rezaba: Computer Solutions, Inc. En sus ojos pardos vio un destello de rabia. El tipo se acercó más y bajó la voz.

—Su empresa está implicada en el juicio.

—Sin problema. —Ellie le puso una mano en el pecho y lo apartó con firmeza unos quince centímetros—. No he sido yo quien se ha tropezado con usted.

Él se retiró. El remordimiento borró de su cara la rabia.

—Tiene razón. He sido muy impertinente. Lo siento.

Ellie asintió con la cabeza.

—Eh, Corey. —Sonriendo educadamente a Ellie, Josh Winslow tiró del brazo de Corey—. Venga, vámonos de aquí.

Corey dejó que su amigo lo arrastrara hasta el pelotón que salía.

¿Cómo sabía Corey dónde trabajaba ella? En las noticias de la mañana habían identificado a Lee y habían mencionado el bufete, pero desde luego no habían hablado de ella. Supuso que se lo habría comentado algún otro de los padres. Julia había empezado a patinar cuando se habían convertido en vecinos de Lee y Kate. Algunos chicos llevaban toda la vida patinando en aquella pista y habían ido cambiando de equipo a medida que mejoraban sus aptitudes. Ellie no tenía tiempo ni ganas de adentrarse en aquella cadena de chismorreos. La incomodó pensar que posiblemente había sido el tema de unas cuantas murmuraciones.

Ya había sido objeto de desaprobación pública cuando había dejado el instituto por quedarse embarazada, pero ya no era aquella adolescente insegura. Lo sentía por Corey, pero eso no excusaba su comportamiento.

A lo mejor el acoso era un rasgo de familia.

Grant hizo pasar a Ellie. Ella se paró a rascar a la perra detrás de las orejas. Se había cambiado de ropa desde que la había visto en la pista de patinaje hacía un rato. Los vaqueros desgastados y el suéter se ajustaban a sus curvas del mismo modo que el traje de chaqueta que llevaba antes.

—¡Ellie! —Carson corrió a abrazarse a su cintura—. ¿Está Julia en casa?

Ellie se inclinó para devolverle el abrazo. AnnaBelle metió la cabeza entre los dos y Ellie se tambaleó.

Grant le ayudó a recobrar el equilibrio sujetándola de un hombro y, con la mano libre, agarró a la perra por el collar.

—AnnaBelle, nada de tumbar a las visitas.

—No pasa nada. —Ella apoyó una mano en el suelo para no caerse. Le revolvió a Carson los rizos rubios y le sonrió—. Estoy acostumbrada a su efusivo recibimiento. Sí, Julia está en casa. Está cuidando de Nana.

—¿Ya tiene bien el pie? —preguntó el niño.

—Me temo que eso llevará un tiempo. Aunque no le vendría mal que la animaran un poco. —Se levantó—. ¿Quieres pasar a saludar?

Carson asintió con rapidez y entusiasmo.

—Ve a calzarte y a ponerte una cazadora.

El niño corrió a la parte de atrás de la casa, derrapando por el pasillo con los calcetines.

Ellie miró de reojo a Grant.

—Perdona, tendría que haberte preguntado si te parecía bien. Viene tanto por mi casa que ni lo he pensado.

—No pasa nada. Seguro que no le viene mal un cambio de escenario —dijo Grant—. Siempre que no pienses que va a ser un estorbo.

Ellie negó con la cabeza.

—Nana ya está aburrida. Así la entretiene un rato.

Carson volvió corriendo, con la cazadora desabrochada y las botas de nieve en los pies equivocados. Ellie y Grant salieron al porche para verlo cruzar a toda velocidad ambos jardines hasta la puerta principal de la casa de al lado. Julia lo dejó entrar.

—¿Dónde está Faith? —preguntó Ellie.

—En la cocina, con mi hermana.

—Bien —dijo Ellie, aunque puso cara de escepticismo—. Cuando me has llamado, me has dicho que tenías algo para mí.

Grant se sorprendió deseando que lo tratase con la mitad de cariño que trataba a su sobrino.

—Vamos al despacho para poder hablar en privado.

Había decidido sincerarse con ella. Ninguno de los archivos que había encontrado era del delicado caso Hamilton. No tenía sentido que siguiera aferrándose a ellos. A lo mejor, si se los daba, empezaría a confiar en él.

Entraron en el despacho y él cerró la puerta. Ella se volvió y se apartó de él. Sus muslos toparon con el asiento de una silla antigua y se dejó caer en ella como agotada.

Grant volvió la silla del escritorio hacia ella y se sentó.

—Puedes llevarle esos archivos a tu jefe —le dijo, señalando la caja que había en el escritorio.

A Ellie se le iluminaron los ojos. Se levantó bruscamente. Tropezó con un pie en la pata de la silla y dio un traspiés hacia delante.

—¡Eh, tranquila!

Grant se levantó de un brinco y la agarró por los hombros justo antes de que se diera en la frente con el canto del escritorio.

Ella se incorporó con torpeza, colorada como un tomate.

—No hay prisa. Los archivos no se van a mover de aquí. — Satisfecho de que hubiera recobrado el equilibrio, Grant le soltó los brazos—. Ya he hecho un viaje a Urgencias hoy, no me apetece volver.

Ellie palideció.

—Lo siento. No acostumbro a ser tan torpe.

¿Qué demonios le pasaba? Entendía que hubiera estado alterada en el hospital, pero no había motivo para que aún estuviera trastornada. Su abuela estaba fenomenal.

181

Ella levantó la barbilla y se estiró el suéter. Sacó las carpetas de la caja y fue examinando las etiquetas. La decepción la hizo descolgar los hombros y, por un instante, Grant creyó que iba a echarse a llorar.

Entonces lo entendió. Supo exactamente lo que ella buscaba.

—No está ahí —le dijo él.

—¿Qué es lo que no está aquí? —preguntó ella con cautela.

—El archivo del caso Hamilton.

La mirada que Ellie le lanzó fue defensiva y desesperada. No negó que era eso lo que andaba buscando.

—¿Lo tienes tú?

—No —respondió él, negando con la cabeza.

Ellie soltó las carpetas dentro de la caja.

—¿Cómo te has enterado?

—He visto las noticias esta tarde. En una entrevista, los Hamilton decían que Lee era su abogado y que había encontrado nuevas pruebas sobre el caso de su hija justo antes de que lo asesinaran.

Grant había pasado horas leyendo en Internet todos los artículos sobre el suicidio que había podido encontrar.

—Yo no he visto las noticias esta tarde. Hemos estado horas en ese box de Urgencias. ¿Han dicho los Hamilton de qué tipo de pruebas se trata?

—Han dicho que no lo sabían.

Ellie se dejó caer en la silla. Aún estaba pálida, como ida.

—Cuéntame qué está pasando, Ellie.

—Nada —contestó ella y, llevándose las manos a la cara, se apretó la frente con las yemas de los dedos.

—Sé que algo no va bien. —Grant se acercó. Alargó el brazo y le tomó una mano con las suyas. Le envolvió con ellas los dedos fríos—. A lo mejor puedo ayudarte.

Lo miró a los ojos. Por un momento, el comandante vio en ellos confusión e impotencia. Luego ella se zafó de sus manos y apretó tanto el puño que los nudillos se le pusieron blancos.

—Devolveré estos archivos al bufete mañana.

—Ellie, dime qué pasa. Cuéntame lo que sabes del caso. —Alargó el brazo de nuevo para tomarle la mano—. Puedes confiar en mí.

Pero Ellie pegó el puño bruscamente a su cuerpo.

—No es una cuestión de confianza.

—Quiero ayudarte.

—Lo sé, pero no puedes —dijo ella con sequedad. Agarró la caja de los archivos, dio tres pasos hasta la puerta y la abrió—. Voy a llevarlos a la oficina ahora mismo. Le diré a Julia que lleve a Carson a casa.

—Gracias.

Pero Grant le hablaba al aire porque Ellie ya se había ido. Oyó cómo se abría y se cerraba la puerta principal.

Volvió a la cocina. Hannah agitaba un biberón mientras Faith berreaba apoyada en su cadera. Aunque todavía actuaba con prudencia, la soltura de su hermana con la bebé lo sorprendió.

—Tengo que ir al colegio de Carson. —El único momento en que el profesor, el director y el psicólogo estaban disponibles ese día era después de las clases—. El niño está en casa de Ellie. Julia lo traerá luego. ¿Te importa quedarte sola un rato? No tardaré mucho. El colegio está a poco más de un kilómetro de aquí.

—Nos apañamos bien. —Agarró un paño de cocina, pasó a la salita y se instaló en el sofá para darle el biberón a la niña—. ¿Me pasas el mando a distancia antes de irte? Quiero ver la información de la Bolsa.

—¿La información de la Bolsa?

Hannah se encogió de hombros.

—Algo tendré que hacer.

También Grant estaba cansado de esperar. La policía apenas había progresado en la investigación del asesinato. El futuro de los niños estaba por decidir. El entierro se había pospuesto hasta que el forense concluyera la autopsia. Solo llevaba unos días en Scarlet Falls, pero tenía la sensación de que había pasado mucho más tiempo.

De camino al colegio, Grant sopesó la actitud de Ellie y sus cambios de humor. Seguiría intentando sonsacarle. A Ellie Ross le pasaba algo grave. No hacía mucho que la conocía, pero la mujer con la que se había relacionado ese día parecía completamente distinta de la mujer sonriente a la que había conocido en la barbacoa y de la mujer equilibrada que había impedido que su abuela lo disparara el lunes por la noche. La Ellie actual estaba aterrada.

Algo había cambiado por completo su personalidad en los últimos días, y su instinto le decía que el giro de ciento ochenta grados que había dado estaba relacionado con el asesinato de Kate y Lee.

Capítulo 19

Donnie se deslizó por el asiento del conductor, se asomó por encima del salpicadero y vio cómo la sexi vecina adolescente y el niño entraban en la casa de los Barrett. Había estado investigando y había sabido que los Barrett no habían sobrevivido a los disparos del viernes por la noche. Se había informado bien sobre la familia. Había averiguado que el tipo grande que había salido de la casa hacía media hora era el comandante Grant Barrett, hermano de Lee. Era militar y, en consecuencia, la única persona a la que Donnie preferiría evitar. La rubia a la que había visto por la ventana seguramente era la hermana de Lee. Esa no le preocupaba. Una abogada no supondría mayor amenaza que la que le había supuesto su difunto hermano. Se lo había quitado de en medio de un balazo. Ni siquiera había opuesto resistencia.

Si quería hacerse con el niño, ese era el momento. Pero ¿cómo iba a entrar? Habían instalado un sistema de seguridad en la vivienda desde la última vez que se había colado en ella. Si no fuera por el condenado perro, podría pasar por unas cuentas puertas y ventanas sin que lo vieran.

Se frotó las manos heladas. Había aparcado el vehículo en una sombra. La ausencia de los rayos solares mantenía el vehículo frío. Tenía los dedos de los pies y el trasero entumecidos.

Se abrió la puerta principal. La adolescente sacó una sillita al escalón. El niño la siguió. ¿Podía tener Donnie más suerte?

No.

Era perfecto. Pero no le quedaría otro remedio que llevarse también a la adolescente. Su nuevo lema era nada de testigos. Un niño de seis años no sería difícil de atrapar, pero los dos a la vez resultaría más complicado. La idea de tener a aquella jovencita para él solo durante un par de horas le pareció casi tan importante como deshacerse del chaval.

Los niños eran muy escandalosos, de modo que debía hacerlo rápido. El vecindario estaba vacío en esos momentos, pero a las cuatro de la tarde aquella oportunidad única se esfumaría. Sabía por sus operaciones de vigilancia anteriores que los propietarios de las casas vecinas no tardarían en volver de sus trabajos.

Si se llevaba al niño, ¿pelearía la adolescente por él? No sabría qué hacer porque tendría a la bebé también. Quizá optara por proteger a la bebé y salir corriendo en busca de ayuda. Demasiadas variables.

Daba igual. Tendría que improvisar.

Se estiró el gorro de punto y las arrugas de los vaqueros. Lástima que no llevara consigo una corbata o una chaqueta para parecer más auténtico. ¿Se subía la capucha? Mejor no. En aquel barrio, nadie llevaba capucha. Bajó el parasol para comprobar en el espejito si el corrector de ojeras aún le tapaba el tatuaje de la lágrima. Era de los resistentes, pensado para cubrir cicatrices, según le había dicho la dependienta. La tinta azul se adivinaba debajo. Zorra mentirosa. Aunque sí era cierto que llamaba menos la atención. Con un poco de suerte, nadie lo vería hasta que estuviera cerca.

Se subió la cremallera de la cazadora hasta la barbilla, bajó de la furgoneta y se dirigió a los niños.

Julia hizo bajar su parte del balancín hasta topar con el suelo y levantar así a Carson. El gorro de punto rojo calado hasta las cejas le ensombrecía los ojos al pequeño y el frío le sonrojaba las mejillas. Se limpió los mocos con la mano enguantada, pero la sonrisa que le provocó aquel gesto, la primera que le había visto en toda la semana, mereció la pena.

¿Hacía ya una semana de la muerte de los Barrett? No. Solo habían pasado seis días, pero parecían más.

Echó un vistazo al cochecito de la bebé, situado junto al balancín. Envuelta en un montón de mantas, Faith dormía. Acababa de tomarse el biberón cuando Julia había llevado a Carson a casa y se había ofrecido a sacarlos un rato a los dos.

Aún salpicaban el parque infantil finos fragmentos de nieve. En las zonas donde esta se había derretido, la hierba estaba húmeda y blanda. El comandante Barrett no parecía el tipo de hombre al que pudiera importarle que el suelo se manchara de barro. Además, Carson necesitaba con urgencia un poco de aire fresco. Ella también. Estaba castigada sin salir por tiempo indefinido. Estar encerrados en casa los había deprimido a todos.

Después de su numerito con Taylor, aquello era lo máximo del mundo exterior que iba a poder ver en mucho tiempo. Su madre estaba enfadadísima. No enfadada de gritar sino de no hablar, que era mucho peor. Ahora estaba histérica también por el tobillo roto de Nana. Seguramente le fastidiaría que Nana le hubiera propuesto a Julia que llevara a los niños al parque.

Con un ladrido, AnnaBelle corrió hacia Julia. Escupió una pelota de tenis a su lado, luego retrocedió dando brincos, sin dejar de ladrar. Julia le lanzó la pelota lo más lejos que pudo y la perra salió disparada a buscarla.

—Ojalá yo pudiera lanzarla tan lejos —le dijo Carson, bajándose del balancín. Se acercó trotando al tobogán y empezó a subir las escaleras.

Julia volvió a echar un vistazo a la bebé. Se quitó un guante y metió la mano por debajo de la manta para asegurarse de que el cuerpo de Faith estaba calentito. Debajo de la manta de felpa, el aire estaba caldeado.

Un fuerte ladrido llamó su atención. AnnaBelle corría por el césped embarrado hacia ella. Se detuvo derrapando.

—¿Dónde está la pelota, AnnaBelle?

Pero la perra no la miraba a ella. Tenía las orejas empinadas en dirección a la calle. Había una furgoneta blanca aparcada junto a la acera. Había visto aquel vehículo antes, pero ¿dónde? Se le erizó el vello de la nuca.

Para mantener a los niños apartados de la calle, el parque infantil estaba separado de la acera por una cancha de baloncesto y un rectángulo de césped. El espacio que mediaba entre los niños y la furgoneta no parecía distancia suficiente.

Instintivamente, buscó a Carson con la mirada. Acababa de tirarse por el tobogán y se estaba levantando.

—Carson —lo llamó.

El niño fue corriendo, salpicándose los pantalones impermeables con el barro que salía disparado de sus botas de nieve. Con ojos chispeantes, se mordió el extremo del guante.

—¿Qué?

Julia agarró con una mano la manilla del cochecito. Se abrió la puerta de la furgoneta y bajó de ella un hombre. Le resultaba familiar, pero no lograba ubicarlo.

—Es él otra vez —dijo Carson, retrocediendo, con cara de aprensión.

—¿Lo has visto antes?

Carson asintió con la cabeza.

—Llamó a la puerta la noche en que mamá y papá se fueron, ¿te acuerdas?

El rostro del pequeño se oscureció; la felicidad de haber estado jugando en el barro se desvaneció al recordar su nueva realidad.

Pero el movimiento hizo que Julia volviera a mirar al hombre. Se dirigía a ellos. Intentó hacer memoria, pero no le vino nada a la cabeza salvo una extraña y desagradable sensación que la impulsaba a alejarse.

—Vámonos a casa —dijo, empujando el cochecito en la dirección opuesta.

—¡Eh! —gritó el hombre—. Tengo que hablar con vosotros.

Julia apretó el paso. El hombre también. Las ruedas del cochecito se atascaron en el barro. Ella se esforzó por desatascarlas. Carson intentó ayudar, agarrando la manilla con ambas manos enguantadas y empujando fuerte.

—Soy periodista. Solo quiero haceros unas preguntas —dijo, y apretó aún más el paso.

No iban a conseguir escapar si el cochecito se quedaba atascado en el barro. Julia se inclinó sobre el cochecito y sacó a la bebé.

—Corre, Carson. No creo que sea periodista.

Con solo mirar a Carson supo que tampoco él creía que aquel tipo fuese de la prensa. El niño salió disparado hacia su casa.

Apretando con fuerza a la bebé contra su pecho, Julia echó a correr. No había automóviles a la entrada de ninguna de las casas que los separaban de las suyas. Aún no había vuelto nadie del trabajo.

A su lado, las botas de Carson salpicaban barro. Las piernecitas del niño no cubrían mucha distancia y ella no podía ir más rápido con Faith en brazos. El hombre les estaba dando alcance. AnnaBelle corría entre ellos, ladrando. A Julia le ardían los pulmones. Resbaló en el barro y estuvo a punto de caer.

—Rápido —le gritó Carson, agarrándola de la manga y tirando de ella.

Julia se incorporó, pero había perdido un tiempo muy valioso. Aquel tipo estaba más cerca. Oyó su respiración entrecortada mientras esprintaba hacia ella.

Un gemido se le escapó de los labios. Pisó por fin la acera. A los pocos segundos, oyó que las botas de él arañaban el asfalto. ¡No! Lo tenía a apenas diez metros de distancia.

¿Qué podía hacer?

Les iba a dar alcance. No tenían escapatoria. A lo mejor, si ella lo retenía, Carson y Faith podrían escapar. No podía enfrentarse a él con la bebé en brazos y el niño no tenía ninguna posibilidad frente a un hombre adulto. AnnaBelle ladraba, pero Julia dudaba que la perra atacara.

—Carson. —Sin dejar de correr, le pasó la bebé al niño—. ¿Puedes llevarla tú?

El pequeño asintió con la cabeza y se detuvo para agarrar a su hermana; luego siguió corriendo penosamente hacia la casa, cargado con el pesado fardo.

—¡Busca ayuda!

Julia se interpuso entre el hombre y los niños. Plantando cara a su amenaza, fue retrocediendo de espaldas a la casa, rezando para que llegase ayuda antes de que aquel tipo pudiera hacerle daño. Le temblaba todo el cuerpo. El hombre se acercó corriendo. Ella se estremeció al verle la cara de rabia.

CAPÍTULO 20

Con la mente puesta en la documentación inmobiliaria, Hannah repasaba los informes financieros del escritorio de su hermano. Buscó un clip. Lee los tenía en un cuenco pequeño y deforme situado al borde del vade. En el interior, había una inscripción hecha con caligrafía destartalada y desigual: PARA PAPÁ DE CARSON. El recipiente apenas tenía forma, la que sin duda le habían dado las manos torpes de un niño, y estaba rajado, pero Lee lo exhibía con orgullo. Hannah contempló el despacho. ¿De dónde habría sacado su hermano el dinero? No se lo imaginaba implicado en nada turbio. A Lee, no. Pero ¿por qué habría endeudado a su familia para comprarse aquella monstruosidad de casa y tener en *leasing* un BMW? Nunca le habían preocupado ni el prestigio ni las apariencias. ¿Se habría dejado atrapar por la ambición que los tentaba también a Grant y a ella?

¿Cómo podía ser que hubiera muerto?

Se le escapó un sollozo; luego perdió el control. Se tapó la cara con las manos e intentó no llorar, pero fue inútil. Llevaba conteniéndose desde que le habían comunicado la muerte de su hermano. No aguantaba más.

Agarró un pañuelo de papel y se sonó la nariz. Por suerte, Grant no estaba en casa y Julia se había llevado a los niños al parque. No quería ser otra fuente de tristeza para Carson. La idea de jugar al aire libre lo había puesto de buen humor. Echó un vistazo al reloj del ordenador y supo que Grant no tardaría en volver. Se secó los ojos. Debía recomponerse. El niño necesitaba su ayuda, no a otra persona que llorara por él.

La mayoría de los días le costaba una barbaridad sonreír en vez de maldecir. Lo que le había pasado a Lee era muy injusto. Él era el bueno, amable y considerado. El único que había visitado a su padre en la residencia mientras el resto de los Barrett perseguía sus sueños por todo el planeta. Por lejos que ella se fuera, sabía que Lee estaba allí, que se ocupaba de todo. Él era la piedra angular de la familia. Ella sabía que podía volver en cualquier momento y que nada habría cambiado.

Pero todo eso había terminado. Lee estaba muerto.

La pena le oprimió el pecho y le entrecortó la respiración. Desde la muerte de su madre, había sido el miedo a esa emoción, a esa impotencia, a esa sensación de haberlo perdido todo lo que la había convertido en una solitaria. Cuanto menor fuera el número de personas a las que quería, menor sería la probabilidad de sentir de nuevo aquella arrolladora tristeza.

Un grito histérico la hizo mirar por la ventana. Se levantó de un brinco y cruzó la diminuta estancia. El pánico que le produjo lo que vio por el cristal le provocó un fuerte nudo en el estómago. Más allá de la entrada a la casa de Lee, Julia y Carson corrían hacia el edificio. Los perseguía un hombre que estaba a punto de darles alcance.

Hannah corrió hacia la puerta. Los calcetines la hicieron resbalar en el suelo de madera cuando cruzó el vestíbulo y abrió de golpe la puerta. En la calle que tenía delante, vio cómo Julia le entregaba la bebé a Carson. La joven se interpuso entre los niños y la amenaza. La perra se quedó al lado de Julia, ladrando. Hannah bajó de un salto los escalones.

«¡Ni hablar!» No se iba a llevar a esa chica.

Salió disparada, recorriendo a toda prisa el camino de entrada en dirección a los niños.

El hombre dio media vuelta y salió corriendo en sentido contrario. Hannah dejó atrás a los niños y lo persiguió, impulsada por la rabia. El barro le empapó los calcetines. Aceleró.

El tipo atravesó el parque en dirección a una furgoneta blanca. Hannah pisó el césped en el preciso instante en que el hombre subía de un salto al vehículo y arrancaba a toda velocidad, con el consiguiente rechinar de neumáticos en la calzada.

Ella se detuvo, se hizo sombra con la mano y trató de ver la matrícula, pero estaba cubierta de barro.

«Maldita sea.»

Tomó nota de la marca y el modelo del vehículo. Jadeante, volvió resoplando a la casa. Estaba en baja forma. Julia y los niños estaban en el porche de entrada de Ellie Ross. Delante de ellos, sentada en un escalón, se encontraba la bisabuela de Julia. Nana tenía extendida en el hormigón la pierna del pie lesionado, enfundado en la bota de neopreno. En su regazo, había una escopeta. Como llevaba el brazo izquierdo en cabestrillo, sostenía el arma con una sola mano, apoyando el cañón en la rodilla.

Hannah se detuvo en el pasillo que se curvaba hacia los escalones.

—¿Estáis todos bien?

A pesar de su cara de miedo, Julia asintió por encima de la cabeza de la bebé, apoyada en su hombro. Carson se levantó de un brinco del escalón y se abrazó con fuerza a la cintura de Hannah. Ella titubeó y mantuvo los brazos suspendidos sobre los hombros del niño un momento, pero luego lo abrazó algo incómoda. La clase de amor que Carson le ofrecía, intenso y sincero, la aterraba. ¿Podría ella corresponder a tanto afecto? ¿Y si lo estropeaba?

Grant aparcó a la entrada de la casa y bajó corriendo del monovolumen.

—¿Qué ha pasado?

—Julia nos ha llevado al parque y un hombre nos perseguía.

En cuestión de segundos, Carson dejó a Hannah por el recio abrazo de su tío.

Ella se sintió a la vez aliviada y decepcionada.

—Voy a llamar a la policía —dijo Hannah, dirigiéndose a la casa y alejándose así de Grant, de Carson y de la bebé pegada a Julia; de la responsabilidad y de la dependencia.

—Ya lo he hecho yo —dijo Nana.

—¿Ha llamado a Ellie? —preguntó Grant.

Nana negó con la cabeza.

—No. Ha ido a la oficina a dejar unos archivos y ya viene para casa. No quería molestarla mientras conduce. —Hannah echó un vistazo a la escopeta que la anciana tenía encima de las rodillas. Admiraba sus agallas, pero dudaba de que Nana pudiera dispararla siquiera en caso necesario—. Te aseguro que sé dispararla —le dijo Nana. Hannah se quedó pasmada—. Cielo, no me hace falta leerte el pensamiento para saber lo que estás pensando. —Le extendió una mano—. ¿Seríais tan amable de ayudarme a levantarme?

—Se supone que no debe apoyar ese pie —dijo Grant, dejando a Carson en el suelo.

—Era una emergencia —contestó Nana, encogiéndose de hombros, pero contrayendo la cara de dolor. Luego descargó el arma y se guardó los cartuchos en el bolsillo de la rebeca.

Grant la levantó del escalón y se volvió hacia la casa de su hermano.

—Será mejor que no nos separemos. Resultará más fácil cuando venga la policía. Julia, ¿podrías llevar tú las muletas de tu bisabuela?

Julia le pasó a Faith a Hannah. Esta se arrimó a la bebé a su cuerpo e intentó ignorar lo mucho que le gustaba su olor. Solo llevaba allí un par de días y ya se había encariñado con aquellos críos. Aunque era evidente que no estaba capacitada para cuidar de ningún niño: solo habían estado a su cargo una hora y ya les había fallado. Grant no podía ni ir a hacer un recado sin que ella los pusiera en peligro.

Con Faith pegada al pecho, condujo a Carson a su casa. Grant pasó a la salita contigua a la cocina y depositó a Nana en el sofá. Escondió la escopeta encima del frigorífico, fuera del alcance de Carson.

Hannah se sentó en una de las sillas de la cocina. Faith le balbució al oído. La bebé lloriqueaba diez horas seguidas todas las noches sin motivo alguno, pero la entusiasmaba que un desconocido la persiguiera por la calle.

Carson y Julia se sentaron también a la mesa. Grant se acuclilló delante de ellos.

—¿Estáis bien los dos?

Ambos asintieron.

Le quitó el abrigo y las botas a Carson y los dejó al lado de la puerta de servicio. Julia se desprendió también de las prendas de abrigo. Temblando, se sentó junto a Nana. Ella le pasó un brazo por los hombros.

—Sé de alguien que necesita un cambio de pañal —dijo Grant, llevándose a Faith de la cocina.

Hannah se miró los pies. Sus calcetines, originalmente grises, estaban negros y empapados. Sintió un hormigueo en los pies, casi entumecidos de frío. Llevaba los vaqueros salpicados de barro.

AnnaBelle anunció la llegada del policía ladrando y meneando la cola.

El inspector McNamara. La expresión de su rostro era indescifrable, como de costumbre. También la otra vez se había mantenido inmutable mientras ella prácticamente lo había interrogado. ¿Es que nada alteraba a aquel hombre? El policía barrió con la mirada la mesa donde estaban sentados los niños. ¿Era una chispa de rabia lo que detectaba en sus ojos? A lo mejor no era del todo insensible.

—¿Quién está sangrando? —preguntó McNamara señalando hacia el suelo manchado de barro del vestíbulo. Las huellas de pies descalzos estaban tintadas de rojo.

Hannah se miró los pies. Ella era la única que no llevaba zapatos.

—Pues debo de ser yo. —Se quitó los calcetines. En el talón, tenía una herida que goteaba sangre—. Debo de haber pisado algo cortante. No es grave. No creo que necesite puntos. Ni siquiera me duele.

—Todavía. —McNamara se acuclilló a su lado y le levantó el pie para inspeccionarlo. Tenía las manos inesperadamente callosas—. Hay que limpiarlo. Venga.

—Ya me lo limpio yo —replicó ella, y se levantó con brusquedad.

—¿La planta del pie? —repuso él y, aunque no puso los ojos en blanco, Hannah notó que estaba deseando hacerlo, lo que era un alivio. El policía se comportaba casi todo el tiempo como un robot. La agarró del codo.

Con su ayuda, fue dando saltitos hasta el aseo.

—Me parece que hay un kit de primeros auxilios debajo del lavabo.

—Lo tengo —dijo él; luego le limpió rápidamente la herida y se la tapó con una tirita—. ¿Así está bien?

—Estupendamente —contestó ella, aunque empezaba a latirle el pie—. Me alegro de que nadie más haya resultado herido.

McNamara se incorporó.

—Han tenido suerte. Podía haberles pasado algo a esos críos.

—No hace falta que me lo diga.

El policía la miró ceñudo.

—No sirve de nada que se fustigue. Nadie sabía que estaban en peligro.

Hannah ya nunca podría volver a cerrar los ojos sin ver a aquel tipo persiguiéndolos. Se le contrajeron los pulmones y notó una opresión en las costillas.

—De todas formas, tendría que haberlos acompañado al parque.

—Cuando aprenda a predecir el futuro, avíseme. Esa habilidad me facilitaría mucho el trabajo. —Ella, que no sabía cómo tomarse aquella afirmación, lo miró fijamente—. Era broma —añadió él, suspirando—. Mire, los niños están bien. Tómese un minuto para inspirar hondo y dar gracias por eso. A veces es necesario buscar un equilibrio entre la preocupación y el agradecimiento.

Hannah inspiró hondo. Descendió la opresión del pecho, pero el alivio fue mínimo.

—¿Por qué iba a querer nadie perseguir a los niños?

—No lo sé, y eso es lo más aterrador. —Se sacó una libretita y un bolígrafo del bolsillo—. Más vale que le tome declaración primero. ¿Qué aspecto tenía? Cuéntemelo todo.

Por unos segundos, Hannah se vio tentada de soltarle todos sus miedos e inseguridades, pero a él solo le interesaba el incidente, no se estaba ofreciendo como psicólogo gratuito. Además, ¿quién tenía tanto tiempo? Dio un repaso al cuerpo delgado y fibroso del policía. No. El inspector no se parecía a ninguno de los loqueros que ella había conocido.

—No he podido verlo bien. Ha salido corriendo en cuanto me ha visto.

Se calmó y le relató lo sucedido de forma lógica y cronológica, pero en su cabeza solo veía a aquel tipo persiguiendo a los niños.

—Una pregunta más —le dijo él, señalándola con el bolígrafo—. Hace un par de semanas, su hermano recibió dos ingresos importantes en su cuenta bancaria, de la cantidad justa para no tener que declararlos al fisco. ¿Sabía si se deshizo de algún bien o cerró alguna otra cuenta?

—No.

Pese a que no quería ni pensar que su hermano pudiese haber estado involucrado en algo ilegal, no podía explicar la súbita aparición de casi veinte mil dólares en su cuenta.

Grant le cambió el pañal a Faith mientras ella alternaba entre balbucir y meterse los dedos de los pies en la boca. El balbuceo de la bebé le encogía el pecho. La niña podía haber sufrido algún daño esa tarde; Carson y Julia también.

Le subió la cremallera del pelele que le tapaba también los piececitos. Como ya no podía chuparse los dedos de los pies, empezó a mordisquearse los puños. Por la comisura de los labios se le caía la baba. Grant le limpió la barbilla con su manga, aquello era una asquerosidad, pero le daba igual.

¿Por qué iba a querer nadie perseguir a los niños? ¿Qué buscaba ese tipo? ¿Habría asesinado él a Lee y a Kate?

Se inclinó hacia delante y acercó su frente a la de Faith. Ella lo agarró del pelo con las dos manos y soltó un alarido agudo de emoción. No podría soportarlo si algo les pasaba a aquellos niños. Ya les habían arrebatado a sus padres. Kate tendría que haber podido disfrutar de cada gritito de su niña. Carson tendría que haber podido contar con que su padre lo consolara después de una pesadilla.

Se le revolvió el estómago. La rabia le abrasaba el pecho.

Soltándole con cuidado los deditos de su pelo, la tomó en brazos y la estrechó contra su cuerpo. La niña, llena de vitalidad, se retorcía y le aporreaba el hombro con sus puñitos regordetes. Movía los pies como si corriera en el sitio.

La policía apenas avanzaba investigando los asesinatos dentro de los límites de la ley. Ya estaba harto. Las muertes de Lee y de Kate tenían que estar relacionadas con el acoso a Lindsay Hamilton y su posterior suicidio. Ellie sabía algo del caso y Grant debía conseguir que se lo contara. También debía averiguar de dónde había sacado Lee esos veinte mil dólares, aunque le doliera descubrir la verdad. Scarlet Falls estaba podrida de secretos y él iba a sacarlos todos a la luz.

Se hizo dos promesas: que nadie haría daño a esos niños y que él iba a encontrar al asesino de su hermano y se lo iba a hacer pagar.

Capítulo 21

Ellie giró el automóvil hacia su barrio. La adelantó un vehículo policial con las luces encendidas y el pulso se le desbocó. Pisó a fondo el acelerador. «¡No! ¡No puede ser!».

La policía no podía ir a su casa.

Sintió unas fuertes náuseas mientras recorría la calle en su automóvil. Había un vehículo policial estacionado junto a la acera, cerca del parque; otros dos aparcados en el camino de entrada de la casa de Lee y Kate. Se sintió primero aliviada, luego culpable. No debía alegrarse de que la policía hubiera tenido que ir a la casa de los vecinos y no a la suya. Le llamó la atención un agente que tomaba fotografías en el parque infantil.

¿Qué habría pasado?

Aparcó el automóvil en la entrada de su casa, bajó y cerró la puerta de golpe. Sin perder de vista la casa de los Barrett, se acercó corriendo a su porche y entró. La recibió un silencio absoluto.

—Nana —la llamó a gritos desde el vestíbulo. No hubo respuesta—. ¡Julia!

Fue corriendo a la cocina y a la salita contigua, pero en ninguna había nadie. Nana no estaba allí. Se había asegurado de dejar instalada a su abuela en el sofá antes de salir a llevar al bufete los archivos que Grant había encontrado. Subió corriendo a la planta superior y miró en los tres dormitorios por si acaso. Ni rastro de Nana. Ni rastro de Julia.

Salió a toda prisa de la casa y cruzó los dos jardines. En la puerta de la vivienda de los Barrett, un agente uniformado, de pie junto a su vehículo policial, hablaba por la radio. Al llegar al porche de entrada, tocó el timbre.

Le abrió la puerta otro agente.

—Soy Ellie Ross. Vivo en la casa de al lado. ¿Qué ha pasado?

—Adelante, señora —dijo, apartándose y haciéndole un gesto para que entrara en la vivienda.

Ellie pasó al vestíbulo, con el miedo presionándole el esternón. Levantó la cabeza y vio bajar a Grant con Faith en brazos.

—Ellie… —Se dirigió a ella—. Todos están bien.

—¿Qué ha pasado? —repitió ella—. ¿Nana y Julia están aquí?

—Sí, y están todos bien.

Sus palabras eran tranquilizadoras, pero sus ojos no expresaban nada.

Aun así, el alivio de saber que su familia estaba bien le produjo un mareo. Alargó el brazo para apoyarse en la pared.

—Huy, huy, huy… —Sujetando a la bebé con un solo brazo, Grant la agarró por el codo y la condujo al despacho de Lee—. Siéntate. Vuelvo enseguida. Mantén la cabeza agachada y respira despacio.

Sentada en el sillón del despacho, apoyó los codos en las rodillas y descansó la frente en las palmas de las manos. La habitación le daba vueltas. Se le nublaba la vista. Cerró los ojos y se concentró en inhalar y exhalar el aire. El aumento de oxígeno no ayudó.

«Están todos bien. Están todos bien. No vomites.»

El que no hubiese sido capaz de encontrar el archivo no había causado la muerte de su abuela ni de su hija.

Todavía.

Oyó que se cerraba la puerta del despacho. Notó una mano extendida entre sus omóplatos. Grant. El calor y el peso de su tacto la anclaron al presente.

Todos estaban bien.

—¿Cómo te encuentras? —le preguntó él.

Ellie levantó la cabeza y la movió afirmativamente. La habitación se ladeó, luego se estabilizó.

—¿Qué ha pasado? —volvió a preguntar ella, esta vez en un tono desprovisto de histeria.

—Julia se ha llevado a los niños al parque infantil que hay en esta misma calle, para que les diera un poco el aire.

—Le he pedido que se quedara con Nana.

—Ha sido Nana quien la ha mandado aquí. Tu abuela ha pensado que un poco de aire fresco los animaría a todos.

—Si quisiera animarla, no la habría castigado.

Ellie se tragó la rabia, pero apretó los puños con fuerza.

—Mientras los niños estaban en el parque, se les ha acercado un hombre. A Julia no le ha gustado su aspecto. Ha agarrado a los dos pequeños y ha venido a casa corriendo y gritando. Hannah ha salido detrás del tipo. Nadie ha resultado herido. Me he traído a Nana aquí por si acaso. No quería dejarla sola. —Hizo una pausa y buscó los ojos de ella, que se miraba fijamente los puños—. Están bien, Ellie. Tu hija ha reaccionado estupendamente. Se ha dejado guiar por su instinto y los ha puesto a todos a salvo.

Ellie levantó la barbilla. Lo miró a los ojos. Su instinto le pedía a gritos que confiara en él. Había cuidado de su familia mientras ella no estaba. Pero ¿podría confiar en que le guardara el secreto?

Abrumada por sus pensamientos, se agarró de nuevo la cabeza con las manos y se presionó las sienes como si intentase contener las terribles imágenes que se le pasaban por la mente.

—¡Ellie! —Notó que la zarandeaba. Abrió los ojos—. Cuéntame qué pasa.

Grant se acuclilló delante de ella. Sus ojos azules rebosaban preocupación.

Ella negó con la cabeza. ¿Cómo iba a confiar en él? Lo acababa de conocer. Era un oficial del ejército. Acataba órdenes y respetaba las normas. Se lo diría a la policía y su familia sufriría las consecuencias.

—Ellie, ¿qué demonios te pasa?

El miedo la sobrepasó y los ojos se le llenaron de lágrimas. Antes de que pudiera impedírselo, Grant la envolvió en un abrazo. No dijo nada, se limitó a estrecharla contra su pecho. Ella se resistió unos segundos, pero luego se rindió. Sus brazos fuertes le ofrecieron un gran consuelo. Enterró la cara en su camisa y dejó de intentar zafarse. La inundaron las lágrimas, en parte de alivio porque su familia estaba a salvo y en parte de pánico porque quizá la siguiente vez no lograran escapar.

La llantina se le pasó en unos segundos. Poco a poco empezó a ser consciente de que Grant le acariciaba la espalda. El tacto de sus manos era más que reconfortante.

Levantó la cabeza de su pecho.

—Lo siento. —Agarró un pañuelo de la caja que había en el escritorio y se secó las lágrimas—. No suelo ser tan penosa.

«Recomponte.»

—Cuéntamelo, Ellie.

—No puedo.

—¿Por qué no?

Incapaz de seguir escondiéndose, dejó que la impotencia y las palabras le brotaran de los labios.

—Porque, si te lo cuento, mi familia podría morir.

—¿Qué?

—Ya te he contado demasiado. —Se levantó; le temblaban las piernas—. Voy a por Julia y Nana y nos vamos.

—Julia y Nana están esperando para hablar con la policía. No pueden marcharse aún. Además, maldita sea, quiero saber de qué estás hablando. También Carson y Faith han corrido peligro esta tarde. Si sabes algo, tienes que contármelo. No permitiré que les pase nada.

Ellie se apretó la boca con el puño. Hiciera lo que hiciese, podían hacer daño a su familia. Estaba obedeciendo, pero el encapuchado había ido a por los niños de todas formas. Además, aunque le entregara el archivo, no tenía garantías de que fuera a dejarlas en paz. Tenía todas las de perder.

—Por favor, Ellie —le dijo Grant, poniéndole una mano en el brazo—. Puedo ayudarte.

—Tienes que prometerme que no se lo contarás a la policía.

—No sé si puedo hacer eso.

—Entonces no puedo contártelo —replicó ella, y se zafó de él. Grant la rodeó y se plantó delante de la puerta.

—De acuerdo. Te concedo veinticuatro horas.

—Cuarenta y ocho.

—Treinta y seis —contratacó él.

—Hecho. —Ellie se sintió tremendamente aliviada. Ya no estaba sola.

—Pero, ¿por qué no se lo contamos a McNamara? Parece competente.

—El tipo de la capucha me dijo que, si se lo contaba a alguien, mataría a mi familia. —Las palabras brotaron de su boca. Se lo contó todo, desde que la habían llevado a punta de pistola desde el aparcamiento del bufete hasta que se había encontrado el paquete con el corazón y la amenaza escrita en el porche de su casa—. Me ha dicho que me vigila.

—¿Tienes idea de quién es?

—No —contestó ella, envolviéndose el cuerpo con los brazos. Grant se frotó la nuca.

—Pero no lo entiendo. ¿Por qué habrá ido a por Carson y Julia? ¿Qué pueden tener ellos que ver con el caso Hamilton?

—Yo supongo que lo ha hecho para asustarme.

—¿Y sigues sin querer contárselo a la policía?

—Sí. Tampoco han avanzado mucho en la investigación del asesinato de Lee y Kate. La única descripción física que puedo proporcionarles es que se trata de un hombre de estatura media, seguramente no muy mayor. No es mucho. Si se lo cuento y no consiguen encontrarlo, ¿cuánto tiempo crees que podrán proteger a mi familia? Sus recursos son limitados. Tú te marcharás dentro de unas semanas. Y mi familia se quedará sola y será vulnerable.

Alguien llamó a la puerta del despacho con los nudillos y los dos enmudecieron. Grant abrió. Era el inspector McNamara quien esperaba en el pasillo.

—Ya tengo la declaración de Hannah. Voy a interrogar a los niños. Me gustaría llevármelos a la comisaría. La dibujante de la policía del condado está de camino para ver si puede hacer un retrato robot. Si conseguimos algún resultado, quisiera enseñarles fotografías de posibles sospechosos, ¿les parece bien?

Ellie contuvo el aliento. ¿La delataría Grant?

—Por supuesto. Lo acompañamos.

Grant, que la había agarrado por el codo a modo de respaldo silencioso, la condujo suavemente al pasillo y ambos siguieron al policía hasta la cocina.

El alivio hizo que le flojearan las piernas. Grant le había guardado el secreto, pero eso no le garantizaba que su familia fuese a estar a salvo.

Capítulo 22

Ya en la cocina, Grant se llevó a Hannah a un aparte. De fondo, se oía a la bebé ronronear en el parquecito, colocado al lado de Nana.

—Hay policías en casa, pero, cuando se vayan, activa la alarma.

—He llamado a Mac y le he dejado un mensaje —dijo ella, bajando la voz—. Él tiene la colección de armas de papá. Le he pedido que la traiga.

—¿No te ha contestado al teléfono? —preguntó, debatiéndose entre la irritación y la angustia. Condenado Mac. ¿Tanto le costaba llevar el móvil encima?

Hannah negó con la cabeza y bajó aún más la voz.

—Guarda la caja de las armas de fuego en el desván. Si no contesta, podríamos ir a su cabaña y hacernos con ellas nosotros mismos.

Grant asintió con la cabeza. A él le encantaría tener a mano su M-4, pero un fusil de asalto era difícil de esconder en la casa, por no hablar de la imposibilidad de metérselo por la cinturilla del pantalón.

—Ojalá hubiese llevado encima mi Glock esta tarde —dijo ella.

—No te culpes, Hannah —le dijo él, y le dio un breve abrazo—. Ninguno de nosotros se lo esperaba. Sigo sin comprenderlo, pero, de ahora en adelante, estaremos en guardia. No podemos arriesgarnos.

—De acuerdo.

—¿Te encargas tú de cuidar de Faith y de la abuela de Ellie?

—Por supuesto —respondió ella, apretando los labios, y su cara afilada y su atrevido corte de pelo acentuaron la fiereza de su expresión—. No volveré a fallaros.

—No has fallado a nadie, Hannah. Has salvado a esos niños. — La mirada de soslayo de ella rebosaba remordimiento—. Me habrías asustado hasta a mí.

Pero, con su intento de aliviar la preocupación de su hermana, Grant solo consiguió sacarle una sonrisa forzada de medio lado.

Condujo a Ellie, a Julia y a Carson al interior del monovolumen y miró a su sobrino por el retrovisor. Carson parecía llevarlo bastante bien, pero al pobre no le hacían falta más traumas. Su mirada era demasiado seria para un niño de seis años.

—¿Quieres hablar de lo que ha ocurrido, Carson?

El niño negó con la cabeza.

—No me dejan.

—El inspector McNamara nos ha pedido que no lo hablemos con nadie hasta que nos tomen declaración —le explicó Julia.

—¡Ya le he oído! —dijo Carson.

—Desde luego. Bien hecho, chaval.

Grant recolocó el espejo y estudió a Julia. El rostro de la adolescente revelaba más angustia que el de Carson. Ella comprendía mejor el peligro en que habían estado esa tarde. Pero ninguno de los dos se había derrumbado bajo la presión. Habían aguantado como soldados. Por lo que le había contado Hannah, Julia se había comportado como una heroína.

—Perfecto. Pues ya hablaremos luego.

Salió marcha atrás del camino de entrada a la casa y se dirigió a la ciudad. Al echar un vistazo a Ellie la vio mirando por la ventanilla del asiento del copiloto. Su revelación de hacía un momento lo había dejado conmocionado.

Imaginó a un tipo asaltándola pistola en mano y amenazándola con hacer daño a su familia y a ella buscando el archivo durante los dos días siguientes.

El secuestro del que Ellie había sido víctima era un motivo más para que Grant se desquitara. Aunque le había costado acceder a no revelar su situación a la policía, lo cierto era que no le importaría encontrar al asesino de su hermano antes que ellos. Además, ella tenía razón en cuanto a la falta de avances en el caso y respecto a que no podía proporcionar una descripción del tipo que la estaba extorsionando. Grant quería que el asesino recibiese su castigo antes de que él tuviera que volver a Afganistán. No le parecía justo obligarla a revelar su secreto y a poner en peligro la seguridad de su familia cuando muy posiblemente él tuviese que abandonarla sin que la amenaza hubiese desaparecido.

En los últimos días, se había encariñado con Ellie y con su familia. En un mundo perfecto, los acogería en su seno, junto con su familia. Pero nada era perfecto.

Aparcó en la comisaría y los acompañó dentro. Ellie y Julia se sentaron en la sala de espera. Carson fue recorriendo la estancia, tocándolo todo. Sus manitas fueron pasando por los respaldos de las sillas de plástico y los cantos de las mesas, como si necesitase establecer un contacto físico con su entorno para mantenerse entero. Grant se sentó y le propuso que se sentara en su regazo, pero el niño prefirió seguir moviéndose.

Mientras esperaban a que McNamara se organizase, Grant miró si tenía mensajes en el móvil. Mac no había respondido al suyo. Sentiría menos angustia cuando Faith, Nana y Hannah estuvieran solas si su hermana llevara encima su pistola. Con la de años que llevaba siendo abogada corporativa, sus aptitudes para la lucha cuerpo a cuerpo debían de estar algo anquilosadas, pero siempre había tenido una excelente puntería. Disparar era algo tan innato en ella como estudiar en Lee o la facilidad para orientarse en Mac. Estaba convencido de que su hermano pequeño podía desplazarse por Siberia con la única ayuda de un palo y un rollo de cinta americana. Ojalá fuese tan digno de confianza como excepcionalmente dotado para orientarse. Entretanto, al menos Hannah contaba con la escopeta de Nana.

—Carson puede pasar ya —dijo McNamara, indicando con la mano la puerta abierta.

Grant apoyó la mano en el hombro de su sobrino y lo condujo a una pequeña sala de reuniones. Cinco sillas rodeaban una mesa ovalada.

El inspector se detuvo en la puerta.

—Kailee es una de las dibujantes de retratos robot del condado —dijo, señalando a una mujer joven de pelo largo y rojo con gafas sentada a la mesa—. Ella va a trabajar con Carson mientras yo le tomo declaración a Julia. Luego nos cambiaremos.

—Buena idea.

Grant se instaló en una silla e intentó parecer distendido con la esperanza de contagiarle su actitud al niño.

—Hola, Carson, soy Kailee —le dijo ella, sonriente, con un bloc de dibujo y un lápiz encima de las piernas.

—Hola, Kailee —contestó Carson, y se refugió en el regazo de Grant.

El comandante lo abrazó con fuerza. Pasara lo que pasase, quería que el chaval se sintiese seguro mientras revivía el aterrador incidente.

McNamara se acuclilló delante de Carson.

—A Kailee se le da muy bien dibujar personas. ¿Crees que podrías contarle cómo era el hombre al que has visto esta tarde?

Carson se volvió para buscar la aprobación en la mirada de su tío.

—Adelante —le dijo Grant, estrechándolo aún más en sus brazos.

El niño se pegó aún más al pecho del comandante y asintió con la cabeza.

—Sí —dijo con un hilo de voz.

—Perfecto. Vuelvo enseguida.

El inspector cerró la puerta al salir.

—Háblame de la cara de ese hombre, Carson —le dijo Kailee.

—Siempre está llorando.

—Qué curioso —comentó ella, ladeando la cabeza—. ¿Cómo lo sabes?

—Tiene una lágrima en la cara —le explicó el niño, señalándose la mejilla, debajo de la cuenca del ojo—. Justo aquí. Es azul.

Kailee empezó a dibujar.

—¿Así?

Volvió la lámina hacia Carson. Había hecho el boceto de un rostro con la lágrima donde el niño le había indicado.

El pequeño cabeceó.

—¿Tiene algún otro dibujo en el cuerpo? —preguntó ella.

—Lleva un amuleto de la suerte en el brazo.

—¿Un amuleto de la suerte? —inquirió la joven policía con el lápiz suspendido sobre la lámina.

A Grant le vinieron de pronto a la cabeza los dibujos desaparecidos de Carson.

—¿Un trébol?

—Ajá —contestó el niño, sonriendo.

—Enséñame dónde lo lleva —lo instó Kailee.

Carson se señaló la cara interna de la muñeca.

—Aquí.

Grant se imaginó el parque y a Carson y a Julia perseguidos por la calle. Los tatuajes parecían pequeños. ¿Cómo había podido verlos tan bien?

—¿Cómo le has visto esos dibujos? ¿No habéis salido corriendo?

—Hoy sí —contestó el niño muy serio—, pero la última vez que lo vi, no.

Al comandante le dio un brinco el corazón.

—¿La última vez?

—Vino a nuestra casa.

—¿Cuándo? —quiso saber su tío.

A Carson se le saltaron las lágrimas. Se limpió la nariz con el dorso de la mano.

—Poco después de que papá y mamá se marcharan —contestó, sorbiendo los mocos, y su cuerpecito se sacudió con un solo sollozo hondo y sordo.

Grant abrazó aún más fuerte a su sobrino y miró a los ojos a la joven policía. El asesino había estado en la casa la noche en que había matado a Lee y a Kate. Si no había conseguido encontrarlos en el domicilio, ¿cómo había sabido adónde iban?

Y luego había ido a por Carson. La razón lógica de la persecución le produjo al comandante un súbito escalofrío. Su sobrino podía identificar al asesino.

—Cuéntame cómo es que viste a ese hombre de cerca, Carson —le dijo Kailee.

—Julia nos hace de canguro cuando mamá y papá van a algún sitio. Me trajo macarrones con queso. Nana los había preparado especialmente para mí porque sabe que me gustan. —Inspiró hondo—. Faith estaba llorando, como siempre. Yo estaba viendo la tele. No me dejan verla mucho, pero Julia me dijo que podía. —El niño apoyó la mejilla en el pecho de Grant—. AnnaBelle ladró y supe que había alguien fuera. Pero no abrí la puerta porque no había ningún adulto en casa.

El pequeño guardó silencio.

—Si no abriste la puerta, ¿cómo viste a ese hombre? —le preguntó Kailee.

Pero Grant lo supo antes de que el niño respondiera. Se imaginó la silla del vestíbulo y a su sobrino arrastrándola delante de la puerta y subiéndose a ella.

Carson se encogió de hombros, moviendo su huesudo hombro bruscamente arriba y abajo.

—Me asomé por la mirilla.

Kailee siguió haciéndole preguntas con cautela, dibujando mientras el niño hablaba. Una hora más tarde, el inspector McNamara interrogó a Carson mientras la dibujante trabajaba con Julia. El policía fue breve; se limitó a preguntarle al pequeño qué había pasado. Luego Ellie y Julia se reunieron con ellos en la sala de reuniones de pronto atestada. Julia se sentó en la silla que quedaba libre. Ellie se quedó de pie detrás de su hija. Con los datos que le habían proporcionado los dos críos, Kailee tenía un boceto preliminar del sospechoso.

Julia confirmó, además, que la perra había estado ladrando la noche en que habían asesinado a Lee y a Kate.

—Pero yo estaba ocupada con la niña. No vi a nadie en la puerta.

Kailee le entregó el boceto al inspector McNamara.

—¿Por qué no te llevas a los niños a comprar algo en la máquina expendedora de la sala de descanso? —le dijo a la joven policía.

Carson buscó de nuevo la aprobación de su tío.

—Podéis ir. Aquí estáis a salvo. —Grant sacó la cartera, extrajo unos billetes de un dólar y se los dio a Carson—. Comprad lo que queríais. Yo os espero aquí.

El niño tomó el dinero y siguió a Kailee y a Julia por el pasillo hasta una puerta abierta.

McNamara estudió el boceto.

—Esos tatuajes me huelen a prisión. El trébol es el símbolo de la Hermandad Aria. Introduciremos la descripción en la base de datos del FBI a ver si encontramos alguna coincidencia. Igual hay suerte. Además, haremos público el retrato robot en los medios de comunicación. Quizá alguien lo reconozca.

Grant cruzó los brazos sobre el pecho y miró un momento a Ellie.

—No quiero que se mencione ni a Julia ni a Carson en las noticias.

Ellie asintió con tristeza y se sentó despacio en la silla que su hija había dejado vacía.

—Conforme —dijo McNamara—. Pero el intento de secuestro infantil da mucho juego. Seguramente los medios querrán saber más. No hay forma de mantenerlos completamente al margen, pero no podrán mencionar ni a Julia ni a Carson porque son menores. Tiene suerte de que los periodistas no estén ya aquí. Como no podemos detenerlos, quizá podríamos servirnos de ellos.

—He visto en las noticias que mi hermano accedió a representar a los padres de Lindsay Hamilton en un juicio por lo civil. ¿Cree que eso podría tener algo que ver con todo esto? —preguntó Grant, señalando a los niños, que estaban en la sala de descanso.

El inspector se rascó la cabeza.

—No lo sabemos, la verdad.

—En la entrevista, los Hamilton aseguran que Lee había descubierto algo sobre el caso de su hija.

—No hay pruebas nuevas sobre ese caso —dijo McNamara—. Nunca hubo suficientes pruebas para acusar a nadie. El acoso escolar es una forma más de acoso. Acosar a una persona hasta conseguir que se suicide no es lo mismo que asesinarla. Los casos de acoso escolar tienen mucha difusión a nivel nacional, pero es complicadísimo someter a un menor a un proceso de enjuiciamiento criminal. A veces es más sencillo ganar un juicio por lo civil. Fíjese en los juicios de O. J. Simpson. Lo absolvieron de la acusación de asesinato, pero lo enviaron injustamente al corredor de la muerte.

—¿Y qué clase de pruebas podría haber necesitado Lee para ganar un juicio por lo civil?

—Es difícil saberlo —respondió esquivo el inspector—. No podemos preguntárselo a su hermano y no sabemos lo que tenía en mente. ¿Lo sabe usted?

Era evidente que la policía buscaba también el condenado archivo de Lee.

—No. —Pasándose la mano, frustrado, por el pelo, Grant echó un vistazo al pasillo vacío. A través de la puerta abierta de la sala de descanso, pudo ver al pequeño arrodillado en una silla de cafetería, delante de una mesa redonda. La policía le pasó una botella de agua abierta y un paquete de *pretzels*. Carson estaba ojeroso; parecía agotado. La inocencia y la vulnerabilidad del pequeño despertaron el instinto de protección de Grant—. Más vale que saque a Carson de aquí antes de que lo vean.

—Deme unos minutos. —McNamara agarró el retrato robot y la declaración y se los llevó a su despacho, situado más adelante, en el mismo pasillo—. Permítame comprobar si tengo todo lo que necesito de él.

—Me cuesta creer que todo esto esté pasando —dijo Ellie—. Sabes lo que esto significa, ¿verdad? Ese tipo anda detrás de los niños porque pueden identificarlo. Son los únicos testigos.

Ellie tenía razón y, aunque la policía estaba investigando el asalto a la vivienda de su hermano y el intento de secuestro de los niños, no sabían que ese hombre la había amenazado también a ella. Sintió la tentación de contárselo al inspector, pero había prometido no hacerlo. Además, ¿qué iba a hacer la policía? Ellos no tenían el archivo. No tenían ni idea de quién estaba detrás de todo aquello y contaban únicamente con la descripción del asaltante que les habían proporcionado los niños.

Su mejor baza era seguir buscando las notas de Lee y esperar a que los policías dieran con algún posible sospechoso a partir del retrato robot y de las declaraciones de los niños. A Grant solo le hacía falta un nombre para pasar al ataque.

Capítulo 23

En cuanto los niños y el policía desaparecieron, a Ellie se le desplomaron las piernas. Le costaba creer que aquello estuviera sucediendo. Había sobreprotegido a Julia desde el día de su nacimiento y, aun así, no había conseguido mantener a salvo a su hija.

Grant se sentó en la silla de al lado de la suya. Parecía tan cansado como Ellie. Envolvió con su mano la de ella. Pese a que no quería tener una relación con el comandante, llegados a aquel punto, era evidente que estaban juntos en todo aquello. Aunque probablemente se hubiera visto tentado de contárselo todo al inspector McNamara, Grant había cumplido su promesa. No le había hablado a la policía de lo suyo.

—¿Qué vamos a hacer? —le preguntó, mirando fijamente sus manos unidas.

—No lo sé —contestó él, rascándose la barbilla. No se había afeitado y le picaba. La barba de varios días le daba un aire distinto, peligroso.

—Gracias por apoyarme —dijo ella, bajando la voz. No sabía si la policía tenía dispositivos de escucha en la sala, pero no quería arriesgarse.

—Soy un hombre de palabra —respondió él, apretándole los dedos—. Pero puede que tengamos que replantearnos esa decisión más adelante.

Ella asintió con la cabeza. Si no habían encontrado el archivo en un día más, tendría que contárselo todo a la policía. No podía arriesgarse a que el encapuchado se presentara y la sorprendiera con las manos vacías. Quizá pudieran meter a los niños en algún programa de protección de testigos o algo por el estilo. Casi rio a carcajadas. Como si una población del tamaño de Scarlet Falls fuera a tener un programa de protección de testigos; además, dudaba que el encapuchado fuese un capo de la mafia digno de la atención del FBI. Aunque el suicidio de Lindsay hubiera salido en las noticias nacionales de la noche, había sido cosa de un día. El caso se había olvidado igual que tantas otras tragedias sucedidas durante el mes que había transcurrido desde su muerte. El caso Hamilton era un desastre local.

—Creo que Julia, Nana y tú deberíais mudaros temporalmente con nosotros —le dijo Grant, acariciándole el dorso de la mano con el pulgar—. He pedido que nos instalen un sistema de seguridad y Hannah y yo iremos armados. Mac también, si consigo convencerlo de que se aloje con nosotros unos días. Además, la perra ladra en cuanto alguien se acerca siquiera a la puerta.

Pese a lo mucho que Ellie valoraba su intimidad, Grant podía ofrecerle una protección que ella sola no podía conseguir.

—De acuerdo.

—Qué rápida —dijo él, visiblemente sorprendido por la rapidez con que había accedido.

—Cuantos más, menos peligro, ya sabes. —No iba a decirle que el simple hecho de estar con él le daba seguridad—. No sé cómo se lo tomará Julia.

—¿Y tu abuela? —preguntó él.

—Ah, a Nana no le va a importar mudarse aquí contigo.

No le iba a importar en absoluto, sospechaba Ellie.

—Perfecto. Ahora escribo a Hannah para decírselo —dijo, y agarró el móvil—. Hay dormitorios de sobra; lo que no sé es si tenemos sábanas y almohadas.

—Yo tengo muchas en casa. Luego ultimamos los detalles.

—O Hannah o yo os llevaremos a Julia y a ti a clase y al trabajo mañana.

—Yo voy a llamar para decir que estoy enferma. —Tenía montones de días de asuntos propios acumulados. Roger tendría que apañárselas sin ella hasta que todo aquel lío hubiera terminado—. El archivo no está en la oficina. He mirado en todas partes. Incluso he revisado los archivos del ordenador de Frank y no he visto nada relacionado con el caso. Había pensado pasar esta noche y mañana registrando la casa de tu hermano.

—Me parece buena idea —asintió él—. Y podrías contarme lo que sabes del caso.

—Luego te lo cuento todo —contestó ella.

—¿Todo sobre qué? —dijo McNamara, entrando en la sala.

Ellie exhaló. Grant le había hecho olvidar que estaba en la comisaría.

—Sobre el padre de mi hija —contestó Ellie.

La mentira le salió espontáneamente y, en cuanto las palabras salieron de sus labios, lamentó haberlas dicho. Ahora Grant le preguntaría por el padre de Julia, un tema que aún la avergonzaba quince años después. Nana tenía razón. Debía pasar página. Ya le había confiado su familia al comandante. Su pasado no tenía nada que ver.

El policía les miró las manos, enlazadas encima de la mesa. ¿La habría creído?

—Voy a apostar un coche patrulla en su calle durante la noche. No sé cuánto tiempo podré tenerlo ahí, pero, de momento, el comisario ha aprobado la medida para esta noche. Se lo plantearé de nuevo mañana. ¿Les han instalado la alarma? —le preguntó a Grant.

—Sí —contestó el comandante, asintiendo con la cabeza—. Es corriente, pero cubre todas las puertas y ventanas.

—Mejor que nada. —El inspector se paseó nervioso por la diminuta sala—. Hemos emitido una alerta a todas las unidades sobre ese individuo. Estamos sacando posibles sospechosos de nuestros archivos. Me pasaré en cuanto pueda para pedirles a los niños que vean algunas fichas policiales.

—Muy bien.

McNamara se volvió hacia Ellie.

—¿Tiene usted alarma en su casa?

—No —respondió ella.

Grant se levantó y la hizo levantarse a la vez que él.

—Ellie y su familia se van a alojar en nuestra casa. Las mantendremos a salvo —dijo con absoluta seguridad.

Ya dudaba ella por los dos. Se sentía más segura con él, pero aquello era temporal. ¿Qué iba a hacer ella si el problema no se había resuelto todavía cuando su permiso hubiera terminado?

—¿Qué saben del caso Hamilton? —preguntó el inspector.

Grant se encogió de hombros.

—Lo que he visto en televisión.

—Dicen que su hermano era su abogado —afirmó McNamara, estudiando el rostro del comandante.

—Lo sé —contestó Grant, sin revelar nada—. Pero eso tendrá que preguntárselo al bufete.

—¿Y usted, señorita Ross? Trabaja en el bufete.

El policía la miró y ella deseó poder estar tan tranquila y tan serena como Grant.

Ellie asintió con la cabeza.

—Pero yo he firmado una cláusula de confidencialidad. No puedo hablar de los asuntos de ningún cliente sin previo permiso de mis superiores o una citación judicial. Lo siento.

—Lo comprendo. —Pero, a juzgar por la tensión de sus hombros, al inspector no le había gustado nada—. Confío en tener una pronto —añadió, y estudió la reacción de ella.

En realidad, Ellie no sabía mucho sobre el caso que no hubiera salido ya en las noticias o se rumoreara en el instituto. Lee acababa de acceder a representarlos.

—La verdad es que Lee no compartía sus notas. Dudo que yo pueda proporcionarle información sobre el caso.

Salvo que todo el mundo andaba buscando ese archivo y que por lo menos una persona estaba dispuesta a hacer daño a su familia a cambio de obtenerlo.

—¿Ha habido algún avance en la investigación del asesinato de Lee? —preguntó Grant.

El inspector negó brevemente con la cabeza.

—Luego me paso a verlos con esas fichas policiales.

Para que Julia y Carson pudieran identificar al asesino.

Capítulo 24

El papel pintado del comedor estaba repleto de descoloridos colibrís al vuelo. Se hallaban suspendidos en las paredes como si fueran a descender en picado de pronto a llevarse una rodaja de *pepperoni*. Comer en aquella estancia espaciosa y formal era como estar atrapado en el horripilante clásico de Hitchcock *Los pájaros*, pero la mesa de la cocina no era lo bastante grande para todos.

Grant cerró la caja de la *pizza*. Carson y Hannah estaban sentados enfrente de él; Julia, Ellie y Nana, apretadas en el extremo opuesto de la mesa. En un rincón, Faith se agitaba en su sillita de seguridad. Mac no había contestado a los mensajes. Maldita sea. Cuando por fin diera con su hermano pequeño, le iba a enseñar a ser responsable. ¿Cómo demonios iba a cuidar Mac de aquellos niños si ni siquiera era capaz de tener el móvil cargado y a mano? Por lo menos le había pasado las armas a Hannah esa tarde antes de volver a desaparecer. Además, su hermano le había dejado a él un regalo especial: el mejor cuchillo táctico de su padre, un Ka-Bar que solía usar cuando era *ranger*.

Hannah había pedido su arma favorita, una Glock con la potencia de impacto de un elefante. Grant se había quedado la Beretta, que ya había utilizado estando de servicio. La alarma estaba activa. De momento, la vigilancia de AnnaBelle se centraba en la porción de *pizza* que colgaba de los dedos de Carson, pero Grant estaba convencido de que, más tarde, la perra estaría alerta. Un coche patrulla de la policía de Scarlet Falls se encontraba estacionado a la puerta de la casa. Esa noche estaban todo lo seguros que podían estar, pero a saber cómo serían las cosas al día siguiente.

Para la recogida de la mesa bastó con una carrera al cubo de basura que había junto a la puerta de servicio.

—¿Puedes pasear tú a Faith un rato? —le pidió Grant a su hermana—. Ellie y yo vamos a registrar la casa de arriba abajo.

—De acuerdo. —Hannah suspiró y sacó a la bebé de la sillita de seguridad—. ¿Sabes qué? Que he visto una bañera de bebé arriba. Voy a intentar lavar un poco a mi amiguita, aquí presente, porque ya empieza a oler fuerte. A lo mejor un baño la distrae.

—Uf, no va a parar de berrear —le advirtió su hermano.

Hannah le hizo un gesto de «qué más da».

—Va a llorar de todas formas, así que no tengo nada que perder.

Carson se levantó disparado de la silla y le tiró de la camiseta a Hannah.

—¿Me puedo dar un baño yo también?

—Por supuesto —contestó Hannah, sonriente.

—Yo te ayudo —terció Julia, apartando su silla—. Vamos, Nana. Vente al sofá.

—Gracias —dijo Hannah, y salió del comedor con la niña apoyada en la cadera.

Su hermana parecía haberse ablandado en el último par de días, como si hubiera perdido aquel barniz de mujer dura, de hielo, al quitarse el traje de chaqueta y ponerse los vaqueros.

Julia ayudó a Nana a salir cojeando de la habitación.

Grant vio a Carson marcharse contento con Julia, seguido de cerca por la perra.

—Debo reconocer que es agradable tener un poco de ayuda con los niños.

—¿Lo has pasado mal? —le preguntó Ellie.

—Carson es muy fácil. Espero no estar echándolo a perder para toda la vida.

—Parece que te ha tomado mucho cariño —dijo ella.

—Sí.

Y ese era en parte el problema. A Grant solo le quedaban tres semanas más de permiso. Mac había demostrado que no se le podían confiar los niños en absoluto. Hannah, en cambio, estaba casi hogareña esa noche… Casi. Aunque, con cada día que pasaba, se comportaba más como su hermana pequeña que como la célebre abogada corporativa que era.

—¿Por dónde quieres empezar? —preguntó Ellie mientras metía las sillas debajo de la mesa.

—Yo ya he registrado el despacho. —Grant se dirigió a las escaleras—. El dormitorio principal es el siguiente sitio donde es más probable que guardaran documentos importantes.

Se hizo a un lado y dejó que subiera ella primero, disfrutando de paso de la vista que le proporcionaba el contoneo de sus caderas.

—Coincido contigo.

Ellie se detuvo a la puerta del dormitorio de Lee y Kate. Grant había organizado la planta baja, pero aquella habitación aún estaba revuelta desde que ese tipo había entrado en la casa. La ropa estaba tirada por el suelo y colgaban cosas de los cajones abiertos de par en par.

Grant titubeó en el umbral.

—¿Te importaría guardar tú las cosas de Kate?

Registrar las cosas de su cuñada le parecía una invasión de su intimidad.

—En absoluto —contestó ella y, asintiendo con tristeza, sacó el primer cajón de la mesilla de Kate.

—Buscamos escondites que se puedan pasar por alto fácilmente. —Grant apartó la ropa del vestidor y palpó las paredes. Nada. En las cajas de zapatos del estante superior solo había zapatos. Las cajas de almacenaje albergaban ropa de otras temporadas. Salió del vestidor. Paseó por la habitación, levantando los cuadros de las paredes y mirando detrás. Inspeccionó el suelo en busca de alguna madera suelta—. ¿Sabes si tenían caja fuerte?

Ellie iluminó con la linterna detrás del cabecero de la cama.

—No —contestó con voz triste.

—¿Por qué no me cuentas lo que sabes del caso Hamilton mientras buscamos?

Había leído artículos sobre el caso, pero quería conocer el punto de vista de ella.

—Lindsay Hamilton era una estudiante de los últimos cursos en el instituto de Scarlet Falls. Vino de California y entró en el equipo de patinaje. A las pocas semanas de llegar, se convirtió en blanco de acoso escolar. El grupito que la acosaba estaba, por lo visto, capitaneado por dos chicas: Regan Swann y Autumn Winslow. Las dos son estrellas del equipo, las mejores de la clase y todo eso. Según los padres de Lindsay, esas chicas hostigaron a su hija hasta que se colgó de un árbol en un bosque que hay detrás de su casa.

—Si esas chicas eran culpables, ¿cómo es que no hay suficientes pruebas para inculparlas? —preguntó él—. ¿Seguro que no se trata de acusaciones sin fundamento?

—He sido testigo de demasiado acoso en general en la pista como para no dar crédito a las afirmaciones. El patinaje sobre hielo es un deporte tremendamente competitivo. No creerías algunas de las cosas que pasan allí. —Ellie se irguió y se limpió las manos en los vaqueros—. Sospecho que Regan y Autumn fueron más listas que la mayoría y no dejaron rastro. El padre de Regan es experto en informática. Si alguien sabe cómo borrar un rastro electrónico, ese es él. Pero Lee debió de descubrir algo que lo convenció de que podía ganar un juicio por lo civil. Era un poco bobo para ser abogado, pero jamás habría aceptado un caso si no hubiera pensado que tenía una oportunidad de ganarlo. Llevaba ya muchísimos asuntos.

No le sobraba tiempo precisamente y dudo que quisiera alimentar en vano las esperanzas de los Hamilton.

—No, yo siempre lo encontraba estresado cuando hablaba con él. —Cosa que no había hecho en mucho tiempo.

—Ah, casi se me olvida —dijo ella, enderezándose—. Ha desaparecido dinero en el bufete. El padre de Roger, el superjefazo de la empresa, le soltó un buen sermón hace unos días. Por lo visto, se han hecho efectivos una serie de cheques falsos en las últimas dos semanas.

—¿Cuánto dinero falta? —preguntó Grant con el estómago encogido.

—Unos veinte mil dólares.

—En la cuenta de Lee se hicieron unos ingresos algo inusuales.

—¿No pensarás…? —preguntó Ellie con un hilo de voz—. Lee, no. Él jamás robaría nada.

—No lo sé. Estoy empezando a pensar que no conocía a mi hermano tan bien como creía.

Vaciló antes de abrir el armario de Lee. Estaba decidido a separar sus sentimientos de su cometido, pero hurgar entre los calcetines de su hermano le producía un fuerte dolor en el pecho. Sacó una camiseta del último cajón. Sus dedos se aferraron al tejido mientras la extendía para ver la palabra ARMY, ejército, estampada en la pechera, en letras de color aceituna. Grant se la había regalado a su hermano hacía doce años, cuando había partido rumbo a su primera misión. Debajo de la camiseta, había una caja de nogal que le resultaba familiar. Levantó la tapa. Dentro estaba el corazón púrpura que a Grant le habían otorgado después de que le dispararan en Irak. Le había pedido a Lee que se lo guardase para que estuviera a buen recaudo. Debajo estaban las medallas de su padre.

Por mucho que Grant viajara, siempre había sabido que su hermano estaba allí, guardando el fuerte en casa, cuidando de su padre y proporcionándole a él una sensación de hogar aunque llevara más de diez años fuera de Scarlet Falls. Con una mano, se masajeó el nudo que se le había hecho en el pecho. «Maldita sea, Lee. ¿Qué pasó?»

Cerró la caja y, con ella, sus recuerdos de Lee.

—Aquí no está. —Necesitaba salir de aquella habitación—. Vamos a mirar en otra parte.

Ellie lo miró perpleja. Al mirarla, vio que ella tenía lágrimas en los ojos. Sin mediar palabra, Ellie cruzó la estancia, lo agarró de la mano y lo arrastró al pasillo. Del baño llegaba el sonido del chapoteo, de conversaciones sordas y del balbuceo de la bebé. Lo hizo pasar por la puerta del final del pasillo y subir las escaleras hasta el desván. Las motas de polvo bailaban a la luz de tres bombillas desnudas suspendidas de las vigas.

—Dudo mucho que Lee escondiera el archivo aquí arriba —dijo Grant.

—Chist.

Ellie le rodeó la cintura con los brazos y lo estrechó contra su cuerpo.

Sorprendido, él intentó zafarse, pero ella lo abrazó más fuerte. Ignorando las señales de alarma de su conciencia, le devolvió el abrazo. Apoyó la frente en su pelo y aceptó el consuelo que le ofrecía. Su corazón se agitó en una espiral incómoda y peligrosa. Le gustaba aquello. Demasiado. Eran esas cosas las que sus amigos casados echaban de menos cuando estaban en una misión: el contacto físico, las emociones compartidas. Por un segundo, pensó que a lo mejor merecía la pena echar de menos a alguien. Pero, no, eso sería egoísta. Aquello era cosa de dos. No sería justo para Ellie que empezase algo que él no podía terminar. Se trasladaba más o menos cada año. Además, si de verdad quería llegar a general, no necesitaba lazos sentimentales que lo llevaran a rechazar destinos con los que podría ascender en su carrera. Era mucho más sencillo evitar los vínculos sentimentales, así había sido hasta esa semana.

Pensaba que tenía una relación con su hermano, pero no era más que una ilusión. Apenas conocía a Lee. Grant había pasado casi toda su vida adulta solo y distante, evitando las relaciones personales y las complicaciones.

Sin embargo, maldita sea, no parecía capaz de despegarse de aquella mujer tan tierna que tenía entre los brazos.

Ella suspiró y su cuerpo se relajó. Se recolocó y se echó hacia atrás.

—Lo siento.

—¿El qué?

Sus tiernos ojos pardos rebosaban empatía.

—Que te haya pasado todo esto. No has tenido tiempo de llorar tu pérdida.

Lo recorrió un pequeño escalofrío, seguido de un súbito anhelo que no era capaz de explicar ni de negar, salvo pensando en que su alma era un cascarón vacío. Ancló sus labios en los de ella y dejó que su sabor llenase el vacío de su interior. En lugar de resistirse, ella lo agarró de la camisa y se dejó besar. Lo que había empezado con ternura e inocencia cambió. El deseo lo enardeció y se le amontonó en la entrepierna. Un gruñido voraz salió de la garganta de ella.

Él le llevó una mano a la nuca, le ladeó la cabeza y acomodó la boca de ella para iniciar una invasión mayor. Ella se colgó de su cuello. Él deslizó por su cuerpo la mano que le quedaba libre y se la plantó en los riñones. Empujó sus caderas hacia su cuerpo. Ahí. Justo ahí.

—Grant —dijo ella, apartando la boca dos centímetros de la de él.

—Mmm...

Nada le apetecía más que desnudar a Ellie y hacerle el amor. Y, pese a que sabía que eso no iba a suceder en esos momentos, de ninguna manera —no llevaba condón, había demasiados niños y otros familiares en la casa y estaban en plena búsqueda de una prueba

225

clave—, no estaba preparado para dejarla marchar. Abrazarla, besarla, pensar en hacerle el amor aliviaban su soledad. Ella le daba esperanza.

—No podemos… —dijo ella, retorciéndose.

—Lo sé —le susurró él en la mejilla—. Dame solo un minuto más. Por favor.

En realidad, necesitaba una hora… o diez. Dios, puestos a fantasear, bien podía anhelar un día entero con él, sin distracciones.

Pero eso no podía ser.

A regañadientes, le besó la sien y se apartó de su cuerpo.

—Gracias.

Ella esbozó una sonrisa triste.

—¿Estabas muy unida a Lee y a Kate? —le preguntó él, volviendo al asunto que los ocupaba.

—Trabajé con Lee muchos años, pero, cuando me mudé a la casa de al lado, me hice amiga de Kate. Teníamos mucho en común. También ellos eran nuevos en el barrio. Se mudaron a esta casa unos meses antes que yo a la mía.

—Yo no sé mucho de Kate —confesó Grant, suspirando—. Pasaba con ellos dos semanas de mi permiso todos los años, pero tengo la sensación de que no llegué a conocerla tan bien como debería haberlo hecho.

—Tú no puedes evitar que te enviaran a Afganistán.

Pero podía haberlos visitado más cuando no estaba fuera. Se había centrado tanto en su carrera militar que había descuidado a su familia.

—Kate era muy callada. —Ellie se apartó de él y se dirigió a una pequeña ventana octogonal—. Lee y ella estaban orgullosos de ti.

Él se metió los pulgares en los bolsillos delanteros de los vaqueros.

—Aun así, ojalá hubiera venido más por aquí.

Ella asintió, dando a entender que lo comprendía.

—Siento que no puedas cambiar eso, pero lo importante es que estés aquí y ahora con Carson y Faith.

Y eso era solo temporal.

—Supongo. No sé dónde más buscar —dijo, explorando el desván. Debajo del alero del tejado había una fila de cajas de almacenaje—. Vamos a mirar esas cajas, luego empezamos con los cuartos de invitados.

Las cajas estaban llenas de ropa que se le había quedado pequeña a Carson. ¿La habían estado guardando para un posible hermanito? Grant cerró la caja antes de que la tristeza se apoderara de él. No tenía sentido especular. Movió las cajas y levantó el aislamiento, pero no encontró ningún escondite secreto.

Bajaron a los cuartos de invitados e hicieron la misma comprobación de las tablillas del suelo y de los huecos que había detrás y debajo de los muebles pesados. No tuvieron más suerte en la planta superior.

Dos horas después, Ellie salía del lavadero.

—¿Has encontrado algo?

—Nada. —Grant recolocó el sofá.

Habían registrado exhaustivamente todos los armarios y armaritos de la casa. Solo les quedaba el edificio anexo del garaje y dudaba que el archivo estuviera debajo del cortacésped o en el banco de trabajo de Lee.

Ellie se quitó una telaraña del pelo.

—¿Y ahora qué?

—No sé. No se me ocurre nada más.

—¿Qué voy a hacer si no encuentro el archivo? —preguntó ella, mirando alrededor.

Grant se incorporó, cruzó la estancia y la agarró de los brazos.

—No estás sola.

—Se propone hacerle daño a mi familia.

Aquel susurro aterrado le partió el alma en dos a Grant.

—No se lo permitiré. —Pero ¿qué pasaría si él tenía que marcharse antes de que hubiese desaparecido la amenaza?—. Hay que averiguar como sea qué fue lo que descubrió Lee. Lindsay Hamilton patinaba en la misma pista que Julia. ¿Conoces a sus padres?

Ellie se dejó caer en el sofá.

—No, no los conozco. Lindsay era mayor. Además, Julia no patina en serio. Solo va a clase y a entrenar con el equipo una vez a la semana. A veces, Kate conseguía convencerla para que fuese a los entrenamientos libres, pero Julia lo odiaba. Los patinadores más avanzados son muy agresivos en el hielo.

—¿Agresivos?

Sentándose a su lado en el sillón, pensó en los combativos jugadores de *hockey*.

—Se comportan como si la pista fuera suya. Se interponían en su camino o ejecutaban giros lo bastante cerca como para incomodarla. —Ellie se frotó las manos, presionando la piel hasta enrojecerla—. A Julia le gusta patinar, pero es un entretenimiento, no una pasión. Desde luego no le gusta lo suficiente como para tolerar tanta presión.

—¿Conoces a los padres de Regan y Autumn?

—Sé quiénes son, pero solo he hablado con ellos un par de veces.

Grant alargó el brazo y envolvió las manos de Ellie con la suya para tranquilizarla. Quería ayudarla a arreglar las cosas. La frustración le borbotó en el pecho, junto al deseo de subirla a su regazo.

—Entonces, a lo mejor sí es cierto que esas chicas son acosadoras…

—Lo único que sé con certeza es que acaparan la pista. —Lo miró a los ojos, y el miedo que Grant vio en ellos lo puso rabioso—. Me siento tan impotente. ¿Qué puedo hacer?

—¿Tienes el teléfono de los Hamilton?

—Sí. Tuve que cambiar una de las citas de Lee con ellos. Deja que me conecte a mi cuenta de correo —dijo, zafándose de la mano de él.

Grant echó de menos el contacto de inmediato.

Entraron en el despacho. Ellie se sentó delante del portátil de Hannah, que estaba sobre el escritorio.

—Aquí está.

Asomado por encima de su hombro, Grant inhaló el aroma floral de su pelo y resistió la tentación de estrecharla en sus brazos.

—Llámalos, a ver si quieren quedar con nosotros.

—Vale. —Ellie marcó el número. Un minuto después, tapó el micro con la mano—. Buzón de voz. —Dejó un mensaje y colgó.

—¿Crees que nos devolverán la llamada?

Ella lo meditó un instante, luego asintió con la cabeza.

—Sí. Los Hamilton no parecen haber renunciado a resolver el caso de su hija. Supondrán que los llamo en nombre del bufete. Roger ha estado evitándolos desde la muerte de Lee.

—¿Por qué?

—No quiere saber nada del asunto. Además, sin las pruebas que supuestamente encontró Lee, el caso no prosperará.

Grant se frotó la barbilla. La barba de varios días crujió bajo sus dedos.

—¿Quién crees que tiene más que perder con este caso?

—Regan y Autumn. —Ellie se apartó el pelo de la cara—. El padre de Regan, Corey, es informático, lo que explica que a su hija se le ocurriera comprar y usar teléfonos desechables.

—Yo diría que eso podría averiguarlo cualquier chaval con una búsqueda en Google. Pero el contenido del móvil de Lindsay lo borró un virus. Eso ya me parece más técnico. ¿Crees que Corey ayudó a su hija a eliminar su rastro informático?

—Confío en que no —contestó Ellie, ceñuda—. Es un poco imbécil, pero ayudar a su hija a torturar a otra adolescente me parece demasiado. Aunque supongo que es posible.

—¿A qué se dedica Josh Winslow?

—Era presidente de un tribunal de menores. Pero dimitió. La cobertura que los medios hicieron del caso de acoso escolar fue brutal.

—Pensaba que los medios no están autorizados a divulgar los nombres de los menores.

Ellie suspiró.

—Esto es una zona residencial. Todo el mundo sabe quiénes son.

—Entonces, ¿todo el mundo creía a Lindsay?

—No, pero se especulaba que las niñas estaban recibiendo un trato especial porque Josh era funcionario.

—¿Y eso es bueno o malo? —preguntó él—. A su hija no la acusaron de nada. No sé si él debe darme lástima o no.

—Sé a qué te refieres. Yo pensaba que tenía a Julia controlada, pero, dado que se escapó de casa en plena noche, es evidente que me equivocaba. No sé qué pensar de Josh. Su mujer es cirujana, así que al menos no tendrán problemas económicos.

Ellie le había dado mucho que rumiar: información sobre el caso y un beso apasionado que lo había estremecido de los pies a la cabeza. Confiaba en que los Hamilton pudieran arrojar más luz en relación con el asunto. En cuanto al beso y a su alma necesitada, ahí estaba solo.

Sonó el timbre de la puerta. Estallaron los ladridos en el pasillo.

Grant se acercó a la ventana.

—Es la policía.

CAPÍTULO 25

AnnaBelle se puso como loca, ladrando y dando vueltas en círculo por el vestíbulo de la casa de los Barrett. Ellie siguió a Grant a la puerta. Él abrió.

—Pase, por favor.

El inspector McNamara se limpió los pies en el felpudo y entró. Hannah se unió a ellos. Acarició a la perra para calmarla.

—Tenemos unas fotografías que enseñar a los niños —dijo el inspector, sosteniendo en alto el sobre de veinte por veinticinco que llevaba en la mano. Luego se fijó en las armas que llevaban—. ¿Tienen permiso?

Hannah se cruzó de brazos y lo miró con fiereza.

—Sí. ¿Quiere verlo?

—Ahora no —respondió McNamara, negando, muy seco, con la cabeza. Era evidente que aquello no le parecía bien—. ¿Saben dispararlas?

—Sí —replicó ella, y frunció los labios. La irritación mutua podía palparse.

Grant carraspeó.

—¿En qué podemos ayudarlo, inspector?

McNamara agitó el sobre.

—Como ya he dicho, tengo algunas fotografías que me gustaría enseñarles a Julia y a Carson. ¿Aún están despiertos?

—Creo que sí. Voy a buscarlos —dijo Ellie, y subió corriendo las escaleras.

Oyó la voz de Julia, procedente del dormitorio de Carson. Se asomó dentro. Su hija y Carson estaban acurrucados en la cama, en pijama, relajados. Entre los dos, un ejemplar abierto del libro infantil *Henry and Mudge*. Julia leía una página e inclinaba el libro hacia Carson, que leía otra, más despacio, pero bien.

De pronto inundada por la tristeza, Ellie interrumpió la tranquila escena.

—¿Os importaría bajar un momentito? El inspector McNamara quiere que veáis unas fotografías.

La mirada de Carson pasó del relax al miedo en cuestión de segundos. Julia frunció el ceño y le apretó el hombro al niño. Luego lo agarró de la mano y lo sacó al pasillo.

Abajo, el policía y Grant estaban sentados a la mesa de la cocina. Mac, que por fin le había devuelto la llamada a su hermano y había accedido a pasar unos días con ellos, paseaba con Faith, alborotada, apoyada en el hombro. Al otro lado de la cocina estaba Hannah, apoyada en los armaritos, con una taza de café humeante en la mano. La hermana de Grant no se relajaba, ella estaba cafeinada a todas horas.

McNamara se frotó la cara con ambas manos. Sus ojeras eran prueba de las horas que debía de estar invirtiendo en el caso.

—¿Le apetece un café? —preguntó Hannah.

—Por favor —contestó el inspector.

Le sirvió una taza. El inspector rechazó la leche y el azúcar. Empezaba a beber cuando Julia y Carson entraron de mala gana en la cocina.

—Hola, niños. ¿Os apetece echarle un vistazo a estas fotos que he traído? —dijo a la vez que abría el sobre—. Vamos a hacerlo por separado, ¿de acuerdo? Julia, ¿podrías esperar en el pasillo?

La joven afirmó con la cabeza.

Carson le soltó la mano y subió corriendo al regazo de Grant, que lo subió con sus brazos y le apartó un mechón rubio de la cara. Ellie agarró de la mano a su hija y la sacó al pasillo. Hacía mucho tiempo que Julia no dejaba que su madre la agarrara de la mano, pero, esa noche, la niña cerró los dedos y se asió con fuerza.

—Ahora que me he recuperado del ataque de pánico, quiero que sepas que estoy muy orgullosa de cómo has manejado la situación hoy —le dijo Ellie.

—¿Lo bastante orgullosa como para levantarme el castigo?

La broma de su hija le hizo ver que estaba bien.

—Ni hablar —contestó, apretándole la mano.

—Había que intentarlo —dijo Julia, encogiéndose de brazos.

—Pero reconozco que igual no he sido justa contigo.

Oyeron un murmullo de papeles, luego el grito de Carson.

—¡Es él!

—Muy bien —dijo McNamara—. Julia, te toca.

Grant se levantó con Carson en brazos y salió de la cocina. Ellie y Julia ocuparon su lugar. El inspector extendió seis fotografías por la mesa. Todas eran de hombres blancos, de veintitantos años y aspecto rudo. Ninguno de ellos llevaba tatuajes.

Julia escudriñó las fotos. Miró a un lado y a otro, luego señaló la tercera fotografía.

—Me parece que es este.

—¿Te parece? —preguntó el policía.

La joven arrugó el gesto.

—Lo más cerca que estuvo de mí fueron unos diez metros y solo unos segundos antes de que saliera corriendo. Ni siquiera lo tuve lo bastante cerca como para ver los tatuajes de los que hablaba Carson. Además, estaba bastante asustada.

Ellie le pasó un brazo por los hombros. La enorgullecía a la vez que la aterraba pensar que su hija se había puesto en peligro por defender a unos niños.

McNamara pidió a Grant y a Carson que volvieran a entrar. El pequeño iba aún en brazos de su tío, con la cabecita rubia apoyada en su ancho hombro.

—¿Pueden irse ya los niños? —preguntó el comandante.

—Sí —contestó el policía—. Gracias a los dos.

Julia se llevó en brazos a Carson. A Ellie se le encogió el estómago. Seguro que ambos niños tendrían pesadillas esa noche. Al menos su hija y ella compartían habitación. Estaría ahí si Julia la necesitaba.

—¿Y bien? —preguntó Grant a la vez que se sentaba en una silla.

—Los dos críos han identificado a Donnie Ehrlich. Julia ha titubeado, pero Carson parecía convencido. Donnie vive por la zona. Tiene veintiún años. Ha cumplido dieciocho meses de condena por usurpación de identidad y tiene una denuncia previa por agresión de la que se libró con la prestación de servicios a la comunidad. Hace tres meses que salió de la cárcel.

—¿Usurpación de identidad y agresión? De ahí al asesinato y el secuestro hay un buen trecho —comentó Ellie—. ¿Tiene antecedentes de delincuencia juvenil?

—Eso es información confidencial —respondió McNamara, pero la expresión de su rostro hizo sospechar a Ellie que Donnie había tenido problemas desde niño.

—El hombre de la fotografía no lleva tatuajes —destacó Ellie.

El inspector recogió las fotos y las juntó con un golpecito en la mesa, luego volvió a meter en el sobre el montón perfectamente alineado.

—La lágrima y el trébol son tatuajes que se hizo en prisión. Estas fotografías son de su primer arresto. Vamos a detenerlo y a interrogarlo. Los llamaré por la mañana para decirles si lo hemos pillado.

—Gracias. —Grant acompañó al policía a la puerta. Cuando se hubo marchado, se llevó a Ellie al despacho y cerró la puerta. Después se sentó al borde de la mesa—. ¿Te ha resultado familiar el tipo de la foto? ¿Podría ser el hombre que te asaltó?

—No lo sé —contestó ella con un gesto de impotencia, plantada delante de él—. No le vi la cara, pero, por la constitución física, podría ser.

—¿Y la voz? —preguntó él rascándose la mandíbula sin afeitar—. ¿La reconocerías si lo oyeras hablar?

Ellie pensó en el día que la sorprendió en el automóvil.

—Lo dudo: susurraba todo el tiempo.

—¿Algún acento?

—No le noté ninguno. —Se llevó una mano a la cabeza, donde reproducía mentalmente la escena en un bucle sin fin—. ¿Y ahora qué?

—Vamos a intentar dormir algo —se carcajeó él, masajeándose la sien con el rostro fruncido de agotamiento—. Como si eso fuera posible con Faith por aquí.

—Esta noche hay cuatro adultos en la casa perfectamente capaces de pasear a la bebé. Voto por que te vayas a dormir. Tienes pinta de no haber pegado ojo desde que llegaste —le dijo ella, poniéndole una mano en el antebrazo.

Él no negó sus sospechas.

—Es una niña difícil, ¿estás segura de querer encargarte de ella? —le preguntó, ladeando la cabeza.

—Solo es una bebé —contestó ella, levantando un hombro.

—¿Julia fue una bebé difícil?

—La verdad es que no, pero yo no tenía más que dieciocho años. No sabía muy bien lo que estaba haciendo. Menos mal que Nana me echaba una mano, claro que ella tenía que madrugar para ir a trabajar. Por aquel entonces, aún daba clases.

—¿Qué fue del padre de Julia? Como lo has mencionado antes, me ha picado la curiosidad.

Ellie lamentó su desliz previo.

—Me quedé embarazada en el último año de instituto. Mi novio no estaba preparado para ser padre.

—¿Y los tuyos?

Aquel era un asunto que la incomodaba aún más que su embarazo adolescente. Pero ¿qué demonios? Estaba harta de fingir que sus desastrosos años de instituto no habían existido. A lo mejor Nana tenía razón: ya era hora de que se reconciliara con su pasado.

—Querían que la diera en adopción. Cuando me negué, me echaron de casa. Suerte que tenía a Nana.

No quería ni pensar en qué habría pasado si hubiese sido más joven y no hubiese tenido una abuela dispuesta a plantarle cara a su propio hijo. Su vida y la de su hija podrían haber sido mucho peores.

—¿Y el padre de Julia? ¿Vive?

—No tengo ni idea. No sé nada de él desde que la niña era una bebé.

—¿En serio? —dijo él como si no pudiera creerlo.

Ella se encogió de hombros.

—No quería saber nada de la niña. Estaba de acuerdo con mis padres en que la diéramos en adopción. Como me negué, se desentendió por completo. Fue a la Universidad de Carolina del Norte, lo más lejos que pudo de mí sin salir del país.

—Podrías haberlo denunciado para conseguir una pensión alimenticia.

Ellie negó furiosa con la cabeza.

—Yo no quería nada de él. Por lo que sé, ahora mismo podría estar muerto, en prisión o casado y con dos niños y medio. Ha pasado mucho tiempo. —Sintió que una súbita amargura le cerraba la garganta. Pensaba que había superado el cruel abandono de su pareja—. No era mi intención suplicarle nada.

—No me imagino sabiendo que tengo una hija y sin preocuparme por lo que ha sido de ella —le dijo él con tristeza. ¿Pensaba en que su hermano iba a perderse los mejores años de sus hijos?—. ¿Cómo se puede siquiera terminar con un tipo así?

—Yo era una adolescente muy rebelde —le explicó, mirándole el robusto antebrazo en el que ella tenía apoyada la mano—. Y él no.

Grant rio.

—Creía que esa forma de pensar era solo propia de chicos.

—Si fuese así, las chicas no se quedarían embarazadas en el instituto.

—Buen argumento.

De pronto a Ellie se le ocurrió que, aunque había alentado a Julia a que fuese una mujer culta e independiente, quizá había sido demasiado estricta con ella en otros aspectos. Sí, Taylor era mayor, pero ella no se había tomado la molestia de conocerlo antes de prohibirle a su hija que saliera con él. La niña tenía la cabeza muy bien amueblada. Esa tarde sin ir más lejos había demostrado inteligencia y valentía. Debía permitirle que tomase algunas decisiones por su cuenta. Dentro de lo razonable.

Se dejó caer en la silla.

—Kate tampoco tenía relación con sus padres —dijo Grant.

—Lo sé. Era una de las cosas que teníamos en común.

Grant se levantó del borde de la mesa, dio media vuelta y se dirigió a la puerta.

—Hannah ha llamado a sus padres. Llegarán a lo largo de esta semana.

Ellie levantó la cabeza.

—No sé si eso ha sido buena idea.

—Pero su hija ha muerto. ¿No crees que tienen derecho a saberlo?

Se interrumpió, con el rostro fruncido de indecisión.

—Puede —le concedió ella—. Pero Kate no tenía contacto con ellos. ¿Sabías que dejaron de hablarle cuando se casó con Lee?

Él se detuvo y se volvió de pronto.

—¿Qué? ¿Por qué?

—Tienen muchísimo dinero. Según contaba Kate, su madre era miembro de las Hijas de la Revolución Estadounidense. Para ellos, Lee era un cazafortunas —añadió Ellie, apartando la mirada.

—¡Qué absurdo! —exclamó él, apretando la mandíbula—. Mi padre era coronel del ejército. Dio la vida por su país. No se puede ser más digno que eso. Nosotros no teníamos mucho dinero, pero tampoco éramos indigentes.

—Yo pienso lo mismo que tú —dijo ella, levantando una mano para tranquilizarlo—. Y Kate también lo pensaba. Por eso no quiso saber nada más de ellos.

—¿Por qué tiene que haber tantos conflictos en el seno de las familias? —Grant se masajeó la frente como si le doliera—. Se me han quitado las ganas de invitar a nadie al entierro. Ya será lo bastante estresante sin todo ese drama.

—¿Qué tienes pensado?

—Aún no lo sé con seguridad. No podemos organizar nada hasta que el forense nos dé el visto bueno, pero, en teoría, Mac se está encargando de los preparativos. Yo ni siquiera sé cuántas personas van a venir.

Ellie hizo unos cálculos mentales rápidos.

—Entre los compañeros del bufete, los clientes de Lee y las familias del club de patinaje, serán como mínimo cien personas. Yo diría que más. Los dos eran muy populares en la localidad.

—Yo quería que fuese algo íntimo, por Carson.

—¿Lo vas a llevar?

—El psicólogo del colegio me ha dicho que tendría que decidirlo él, pero no pienso dejarlo en casa, menos aún después de que ese tipo intentara llevárselo. Si no quiere ir, me quedaré en casa con él. O a lo mejor no organizamos nada.

—La gente esperará que organicéis alguna ceremonia de algún tipo.

—Me da igual lo que espere la gente. —Grant reanudó su deambular inquieto, alimentado por la agitación—. Carson es lo único que me importa. Si él quiere asistir, lo más conveniente será una ceremonia privada e íntima.

Ellie lo miró ceñuda.

—Tienes razón, por supuesto.

—¿Pero?

Se oyó un llanto sordo al otro lado de la puerta.

—Ningún pero. Anda, vete a la cama. Ya me encargo yo de Faith unas horas. Si me canso, ya despertaré a alguien para que me releve. Antes me has dicho que no tenía que encargarme de todo yo sola. Pues tú tampoco. —Se acercó un par de pasos y, alargando el brazo, lo agarró de la mandíbula. El deseo repentino e irrefrenable de tocarlo la sorprendió, pero el empeño de él en cargar con las preocupaciones de todos le dio ganas de aliviar su carga—. Sé que no te vas a quedar en Scarlet Falls, pero, de momento, estamos en esto juntos.

—No deberíamos dejarnos llevar. Lo que pase entre nosotros no puede durar. Soy un militar de carrera, Ellie. Oficial de infantería. Me enviarán dondequiera que esté el ejército. La base de Afganistán la han bombardeado una decena de veces. Los francotiradores y los terroristas suicidas son una constante. Aunque ahora que soy comandante participo en menos combates, sigue sin haber garantía de que vuelva a casa vivo o de una pieza.

—En la vida nunca hay garantía de nada. Mira lo que les ha pasado a Lee y a Kate.

—Lo sé. Pero los dos sabemos que el que haya muerto Lee en lugar de yo no es lo lógico. —Se interrumpió y apartó la mirada unos segundos—. Hasta que mi padre quedó inválido, yo lo veía muy poco. No solo porque era militar: su ambición lo mantenía alejado de nosotros. Yo no quiero dejar de lado a nadie por estar demasiado centrado en mi carrera. —Se inclinó y le dio un beso suave en la boca, luego levantó la cabeza y la miró a los ojos—. Pero me cuesta resistirme.

También a ella. Su franqueza y su deseo de hacer lo correcto la conmovieron.

Ellie apoyó la mano en el centro del pecho de Grant. Bajo la palma de la mano notó el pulso regular de su corazón entre músculos duros como el acero.

—Tengo los ojos bien abiertos. No aspiro a que nuestra relación sea permanente.

—No quiero hacerte daño.

—Lo sé, y te lo agradezco.

Volvió a besarla, anclando sus labios a los de ella durante un triste suspiro.

—Buenas noches, Ellie.

—Buenas noches.

Lo vio alejarse. Aunque ya sabía que se iría en unas semanas, le iba a costar despedirse de él.

CAPÍTULO 26

Ellie terminó de meter los platos del desayuno en el lavavajillas y se bebió el tercer café. Después de haber pasado media noche paseando a la bebé, estaba atontada. De todas formas, tampoco habría pegado ojo. Con la conversación —y los besos— de Grant la noche anterior, le había dado un subidón de adrenalina que le había durado horas. La emoción extrema que un simple beso le había producido en el vientre era más propia de una adolescente. De hecho, no recordaba que ningún hombre la hubiera hecho sentir nunca así. Se imaginaba fácilmente compartiendo años de recuerdos con él, y lo cierto era que la decepcionaba un poco que esos años no fueran una posibilidad.

Grant estaba en el despacho, revisando documentos con Mac. Hannah estaba arriba con los niños. Nana roncaba en el sofá. Los analgésicos la agotaban.

Le vibró el móvil en el bolsillo. Miró la pantalla. El número le sonaba familiar. No era el encapuchado. Contestó la llamada.

—¿Diga?

—¿Qué te traes entre manos?

Entonces reconoció el número.

—¿Frank?

—Sí. ¿Qué coño está pasando, Ellie?

¿Por qué la llamaba Frank Menendez al móvil desde el suyo?

—No sé de qué me hablas.

—Sé que has hecho una copia de mi disco duro. —Bajó la voz—. Y te he visto registrando escritorios. —Vaya, Frank sabía más de informática de lo que ella pensaba—. ¿Y ahora te tomas un día libre? Tú jamás te tomas días libres —espetó, con la voz trufada de angustia.

—Mi abuela me necesita —le dijo ella.

Él hizo una pausa.

—¿Por qué no has venido a trabajar hoy?

—¿Sabes qué, Frank? Que no es asunto tuyo.

Ellie se preguntó por qué a Frank le molestaba tanto que se hubiera tomado un día de asuntos propios. Apenas la dejaba que lo ayudara.

—¿Sabías que ha desaparecido dinero de la empresa? —le susurró él.

—Sí.

Frank guardó silencio un instante, sin duda digiriendo el hecho de que ella supiera más que él.

—Más vale que no me toques las narices, Ellie.

Y colgó.

Pero ¿de qué iba!

Sentado al escritorio del despacho, Grant señaló la pantalla del portátil de Mac.

—¿Es ese?

Mac se acercó un poco más la vieja silla y se asomó por encima del brazo de su hermano.

—Eso dice el pie de foto.

Tras una búsqueda en Internet, habían dado con una foto de la ficha policial de Donnie Ehrlich anexa a un breve artículo del día de su detención, hacía unos años. El inspector McNamara no les había dejado una copia de la fotografía, por eso había buscado por su cuenta. A Donnie lo habían arrestado en múltiples ocasiones, aunque solo lo habían condenado una vez, mayor de edad.

—Solo es un par de años menor que tú. ¿Te suena su cara?

—No —contestó Mac—. Pero, cuando veo esos tatuajes carcelarios, me alegro de haber dejado la pandilla antes de terminar en prisión. Soy demasiado guapo para ir a la cárcel —añadió, apartándose el pelo de la cara con un gesto dramático.

—Tu temporada en el lado oscuro no es algo con lo que se deba bromear —le dijo Grant, clip en ristre—. Tampoco el centro de desintoxicación.

Mac pilló la indirecta. Su expresión se tornó sombría.

—Le debo mi transformación a Lee. Nunca se cansó de ayudarme. Apuesto a que fue él quien convenció a mamá de que me pidiera por última vez que enderezase mi vida.

—Sabía que lo harías si ella te lo pedía —dijo Grant en voz baja.

Qué típico de Lee, seguir insistiendo hasta encontrar un modo de hacer reaccionar a Mac. Aquella obstinada determinación era lo que hacía de él un buen abogado. ¿Habría sido también la causa de su muerte?

—Sí, en esa época, yo era un capullo integral, pero no lo bastante capullo como para negarle a mamá su último deseo antes de morir.

Grant escudriñó a su hermano. Mac tenía quince años cuando él había entrado en el ejército. Lee estaba en la facultad y se encargaba de su padre ya delicado. Cuando su madre enfermó, Mac se rebeló. Lee estaba en mil cosas a la vez. No es fácil atender tantos asuntos al mismo tiempo. A lo mejor si él hubiera estado por allí, Mac no se habría metido en líos.

Iba a volver a Afganistán cargado de remordimientos.

—¿Tienes idea de dónde podríamos encontrar a Donnie?

Mac se rascó la barbilla.

—Puedo preguntar. Conozco a un tío que igual podría ayudarnos —dijo, e hizo clic en IMPRIMIR. La impresora del aparador resopló, chirrió y escupió una copia de la foto.

—No estarás pensando en ir a ver a algún colega de tu antigua pandilla, ¿no?

—Es nuestra mejor opción —le contestó Mac, ceñudo.

—¿No es peligroso?

—¡Qué va! —le contestó el otro—. No me pasará nada.

—¿Cómo es que aún tienes contacto con alguien de tu antigua pandilla? —Grant no pudo evitar sonar un poco paternal—. No lo habrás estado viendo, ¿verdad?

—Me he topado con él un par de veces en estos años —le replicó Mac, indignado—. No pensarás que quiero volver a esa vida, ¿no?

—Confío en que no.

Mac rio.

—Grant, me gano la vida acampado entre nutrias. Nada que ver con trabajar para un traficante de drogas.

Grant hizo una mueca.

—Perdona, debería confiar en ti.

—No nos hemos visto mucho desde que te fuiste —dijo Mac, encogiéndose de hombros.

—Lo sé, y eso también lo siento.

—Has estado luchando en la guerra, así que te lo perdono.

Su hermano agarró la fotografía de la bandeja de expulsión de la impresora.

Pero a Grant le remordía la conciencia. Podía haber pasado más tiempo con su familia. No estaba obligado a aceptar todas las misiones y los traslados que le ofrecían. Había dejado que su afán por ascender en el rango militar predominara sobre las necesidades de los suyos. Había permitido que Lee se ocupara de la demencia de su padre y de la incursión de Mac en la delincuencia, dejándose ver dos semanas al año como si eso fuera la hostia, cuando quien era la hostia de verdad era Lee, que lidiaba a diario con todo tipo de marrones sin rechistar. Aunque, al parecer, también Lee había sido presa de la debilidad de los Barrett: la ambición ciega.

Mac le puso una mano en el hombro.

—En serio, Grant, todo salió bien. Si tú no hubieras entrado en el ejército, papá nos habría presionado a Lee o a mí para que lo hiciéramos y, seamos realistas, ninguno de los dos teníamos madera de militares. Lee era demasiado sensible y yo demasiado vago. Nos hiciste un favor viviendo el sueño del viejo para que no tuviéramos que hacerlo nosotros.

Su hermano tenía razón. Lee jamás habría disparado a un hombre en la cara, ni siquiera para proteger a un compañero. No era un defecto, solo un hecho. Lee siempre había creído en la bondad innata de las personas. Ningún hombre seguía siendo el mismo después de haber ido a la guerra. Grant tendría pesadillas el resto de su vida, pero a Lee el combate lo habría destrozado.

Mac dobló la fotografía por la mitad.

—Bueno, basta ya de ñoñerías. Tengo que irme. Me resultará más fácil encontrar a Freddie a primera hora del día.

—Voy contigo.

—No sé si eso es buena idea. —Mac miró a Grant de pies a cabeza—. No encajas con esa gente. Son chusma.

—Tranquilo, yo también he tratado con chusma.

—Sí, supongo que sí —dijo Mac, encogiéndose de hombros—. Sé que estás acostumbrado a dar órdenes, pero esta vez tendrás que hacer lo que yo diga.

—Vale.

Como si alguien de la familia acatara las órdenes de Grant. Cerró el navegador de Internet. La Beretta le pesaba tanto en la cadera como sus recientes problemas de control en la cabeza. Las armas y la inestabilidad no eran buenas compañeras, pero la policía no había encontrado a Donnie Ehrlich. No podía volver a Afganistán mientras el asesino de su hermano andaba suelto y seguía siendo una amenaza para su familia. Había que detener a Donnie. Carson se merecía dormir sin tener pesadillas.

Mac se metió la fotografía doblada en el bolsillo; luego subió corriendo a por su cartera. Grant se coló en la cocina, tentado por el aroma a café recién hecho. Ellie bebía a sorbitos de una taza mientras doblaba la colada de ropita de bebé.

—No hace falta que hagas eso —le dijo él.

—Necesito mantenerme ocupada.

Dobló el último calcetín diminuto y dejó el cesto a un lado. El verla llenó de luz el interior oscuro de Grant. Le dieron ganas de tomarla en brazos y acostarse con ella. Por triste que pareciera, en realidad, quería dormir con ella. Dormir. No sabía por qué tenía la sensación de que sus pesadillas serían más fáciles de sobrellevar con ella a su lado. No le cabía duda de que hacerle el amor a Ellie sería fantástico, pero la atracción que sentía por ella estaba por encima del sexo. Era una sensación completamente nueva para él.

—¿Café? —le preguntó ella.

—No, pero gracias.

Nana roncaba en el sofá. Hannah bajó las escaleras y fue directa a la cafetera. Dejó el escucha-bebés en la encimera.

—¿Dónde están los niños? —preguntó Grant.

—Se han dormido los dos. —Hannah le echó leche a su café y se bebió de golpe la mitad—. Me siento como si me hubiera pasado por encima un camión. —Ella había hecho el tercer turno de paseo de la bebé—. ¿No ha dormido nada Carson esta noche? Parece rendido.

—Se ha metido en mi cama hacia medianoche.

A Grant no le había importado. El niño lo había despertado en medio de una desagradable pesadilla.

—Entonces, ¿no has dormido en toda la noche? —le preguntó Ellie, mirándolo con cara de pena.

—No pasa nada —dijo él—. No es la primera noche que paso en vela.

—Pero no es bueno —replicó ella.

—Mac y yo vamos a la tienda —mintió Grant—. ¿Necesitáis algo?

Hannah lo miró con recelo.

—Leche y pan —contestó Ellie, rellenándose la taza—. Y café.

—Leche, pan y café. Anotado —dijo Grant, y se dirigió a la puerta. Hannah lo siguió.

—¿Adónde vais de verdad? —le susurró.

—A dar una vuelta en el automóvil.

—No me lo trago —espetó ella, cruzándose de brazos—. Vais a buscar a Donnie.

Grant no contestó.

—Tendría que ir yo contigo —protestó Hannah—. Tengo mejor puntería que Mac.

—También tienes mejor puntería que yo, por eso quiero que te quedes en casa y los protejas —dijo Grant, y señaló con la cabeza hacia la parte posterior de la casa, donde estaban todos reunidos—. Uno de nosotros tiene que estar con ellos en todo momento.

Ella torció el gesto.

—No me gusta.

—Lo sé. —Le dio un beso en la mejilla—. Y por eso te quiero.

Hannah frunció el ceño. Su familia no era muy dada a los sentimentalismos, ni a las muestras públicas, ni privadas, de afecto, pero a lo mejor ser tan despegado era un error. Ojalá le hubiera dicho a Lee al menos una vez que lo quería. Ya era demasiado tarde.

—Confío en que cuidarás bien de ellos —le dijo a su hermana, poniéndole una mano en el hombro. —Ella asintió, algo asustada—. Volvemos enseguida —añadió, y agarró la cazadora del ropero.

—Más os vale —replicó ella, con los ojos empañados de un afecto que era incapaz de verbalizar.

—Lo haremos.

Cuando todo aquello terminara, los Barrett iban a empezar a pasar tiempo juntos siempre que les fuera posible.

Mac bajó corriendo las escaleras al vestíbulo.

—Listo.

—Vamos allá.

Grant abrió la puerta. Exploró la calle y condujo a su hermano hasta donde tenía aparcado su sedán de alquiler. El barrio parecía tranquilo.

—¿Prefieres que vayamos en el mío? —le dijo Mac, señalando su SUV.

—No, no quiero que nadie lo identifique, ni a nosotros, si no es absolutamente necesario. —Se deslizó detrás del volante—. Además, he pagado el condenado seguro de alquiler.

—Perfecto —dijo Mac, y subió al asiento del copiloto.

—¿Adónde vamos?

—Probemos primero con las vías del tren, que es por donde suele andar Freddie últimamente.

Mac comprobó el cargador de su nueve milímetros y volvió a guardarse el arma en la pistolera que llevaba al hombro.

Ambos guardaron silencio mientras Grant cruzaba la ciudad. Se detuvo delante de una verja cerrada, señalizada como PROPIEDAD PRIVADA, NO PASAR, y otros letreros amenazadores a los que nadie hacía caso. Las vías abandonadas llevaban años albergando actividades ilegales: botellones de menores, sexo adolescente, trapicheos con drogas y otras cosas. Salieron del vehículo.

Mac se sacó un cortaalambres del bolsillo.

—Si no encuentro la entrada, abrimos una.

Grant echó un vistazo a la malla metálica de casi dos metros de altura rematada por tres filas de alambre trenzado.

—Asegúrate de que no está caliente.

Su hermano puso los ojos en blanco.

—Como si esta fuera la primera vez que me cuelo.

—No voy a responder a eso.

—Hace años que esta malla no está electrificada. —Mac siguió el perímetro del cercado. Detrás de un puñado de arbustos salvajes, encontró un agujero abierto en la malla a tijeretazos. Lanzó el corta-alambres a la malla. No hubo destello ni chisporroteo. La corriente estaba cortada—. ¿Ves?

Pasaron por el agujero; las malas hierbas que les llegaban a las rodillas le rozaron a Grant las perneras de los vaqueros. La tierra blanda sonó bajo el peso de sus botas, que se les llenaron de barro. Avanzaron entre las vías, por los túneles que formaban los vagones de mercancías desechados. Grant sintió una comezón en la piel, se sentía observado. Se agachó para mirar debajo de los vagones. La falta de visibilidad lo asustaba. Al frente, una fina columna de humo se elevaba al cielo encapotado. Pasaron de los vagones utilizables al reino de los abandonados. Los hierbajos de un metro de altura inundaban las oxidadas vías en desuso.

—Espera un momento. —Grant subió la escalerilla de la parte posterior de uno de los vagones. Desde el techo, exploró el final de las vías. No vio a nadie, pero no lograba deshacerse de la sensación de que los vigilaban. Bajó al suelo—. ¿Estás seguro de que podemos entrar así, sin más? Estaría más tranquilo si nos cubriera Hannah con un rifle de francotirador.

—No pasa nada. —Mac siguió andando—. Estos son los dominios de Freddie. Me debe una. Te aseguro que alguien nos ha estado vigilando desde que hemos cruzado la malla. Si Freddie quisiera matarnos, ya estaríamos muertos.

—Eso no me consuela.

La adrenalina le calentaba el cuerpo a Grant y un escalofrío nervioso le recorría la espalda. ¿Y si les tenían preparada una emboscada?

¿Y si ese tipo, Freddie, que Mac decía que le debía una, decidía saldar su deuda de un balazo? El sudor le empapaba la espalda. Se bajó la cremallera de la cazadora para dejar salir el calor y tener mejor acceso al arma.

Mac se detuvo y le dio una manotada en el brazo.

—Tenías que haberte dejado el arma en el automóvil.

—Ni hablar. —Grant siguió a su hermano por un grupo de vías—. No es la primera vez que me reúno con personas de dudosa reputación. No me pasará nada.

Los encuentros con los líderes de las tribus afganas habían sido arriesgados. Las adhesiones eran difíciles de predecir y podían cambiar tan rápidamente como el rumbo de una tormenta de arena. Pero el comandante no se sentía tan disciplinado como de costumbre.

—Nos van a superar mucho en número. Si sacas el arma, podríamos morir los dos.

Los vagones desechados estaban dispuestos a modo de vértebras. Ladró un perro y se oyó el ruido metálico de una cadena. Dos hombres se asomaron por la puerta oxidada de un vagón negro. Junto a la abertura, salía de un tonel una espiral de humo y llamas. Uno de los tipos llevaba botas de motero y cazadora de cuero. Su alojamiento era propio de indigentes, pero parecían en forma y bien alimentados.

—¿Los conoces? —preguntó Grant en voz baja.

Mac negó con la cabeza.

—No.

Los dos hombres bajaron de un salto, muy erguidos, con la espalda muy recta y una pose agresiva.

El tipo de la cazadora de cuero se quedó rezagado y dejó que su compañero tomara la delantera. Por debajo de un gorro de punto negro calado hasta las cejas, el líder los miró con recelo. Los dos gorilas se separaron, cubriendo a los hermanos por ambos flancos.

—¿Queréis algo? —preguntó el cabecilla, indicando con su tono que debían decir que se habían perdido para que ellos les contestaran que se largasen de allí antes de que les pasara algo.

—Puede —contestó Mac—. ¿Anda Freddie por aquí?

Grant dejó que hablara su hermano. Se apartó de Mac para bloquear el ataque de flanco y poder tener un vagón volcado a su espalda. Nadie se acercaba a ellos a hurtadillas.

El líder se inclinó hacia delante y ladeó la cabeza.

—¿Conoces a Freddie?

—Sí —contestó Mac con los ojos clavados en el otro—. Dile que Mac ha venido a verlo.

Eso despertó su interés. Grant exploró el entorno. El vello de la nuca se le puso como escarpias. Se sintió observado por más ojos. No deberían estar al descubierto mientras el enemigo estaba a cubierto. La mano le pedía desenfundar el arma, pero eso sería un error. No tenía ni idea de cuántos hombres armados los vigilaban. Maldición. No debería haber dejado que su hermano lo convenciera de ir allí. Estaban en medio de la nada. Dos tiros y una pala y nadie encontraría jamás los cadáveres.

El cabecilla dio media vuelta y entró de nuevo en el vagón de mercancías. A los dos minutos, volvió a salir. El hombre que iba detrás de él medía por lo menos dos metros y tenía un cuerpo tan musculoso que debía de pesar ciento cuarenta kilos, todo fibra. Una mezcla de pelo rubio y gris le caía por los hombros desde unas entradas considerables, a juego con un bigote poblado y una barba descuidada.

Avanzó sin titubear en dirección a Mac. Los ojos de su hermano se empañaron de angustia por primera vez. A Grant se le bloquearon los pulmones. Apretó el puño para recordarse que no debía desenfundar el arma.

—¡Mac! —El gigante lo envolvió en un abrazo de oso. Con una mano aún en el hombro de Mac, Freddie se volvió hacia Grant, y su mirada se ensombreció—. ¿Quién coño es este?

—Mi hermano —contestó Mac, y un súbito alivio suavizó sus facciones.

—Tu hermano, ¿no? Conozco a tu hermano y no es este —dijo Freddie, señalando con el dedo a Grant—. Parece un poli.

—Tú conociste a Lee. Este es mi otro hermano —le explicó Mac, meneando la cabeza—. Grant es militar. Ha estado en Irak y en Afganistán.

Freddie asintió con la cabeza y su recelo se transformó en otra cosa. ¿Respeto?

—Gracias por servir al país, tío.

Y aquello fue lo último que esperaba oír Grant.

—Ah, de nada.

—Vamos a algún sitio más íntimo.

Freddie le pasó un brazo por los hombros a Mac y lo condujo al vagón que estaba detrás del tonel-fogata. Subieron todos. El interior estaba equipado con muebles viejos tapizados. En una mesa improvisada había bolsitas con cierre de cremallera que contenían maría y polvo blanco. Dos tipos con rifles de asalto ganduleaban al otro lado de las mesas. Un tercero, casi tan grande como Freddie, contaba las bolsitas y las metía en una bolsa de deporte. Su pelo rubio lucía un corte a navaja que bien podía haber sido portada de la revista *Esquire*. En lugar de vestir cuero como el resto de los hombres de Freddie, aquel llevaba ropa informal de aire europeo: vaqueros oscuros y una camisa blanca abierta por el cuello. Pese a lo distinto de su atuendo, el tipo debía de ser pariente de Freddie. Su hijo, seguro, se dijo Grant.

Levantó la vista al verlos entrar. En su rostro se dibujó una amplia sonrisa.

—¡Mac!

—¡Rafe!, ¿cómo estás, tío?

Mac le dio a Rafe un típico abrazo masculino, con un solo brazo y palmadita en el hombro.

Grant miró hacia otro lado. No tenía ni idea de que su hermano hubiese tenido tratos con un traficante de aquella calaña. Freddie había dicho que conocía a Lee. Por lo visto, su otro hermano le había ocultado la verdad.

Mac se dejó caer en una silla, demasiado cómoda para la tranquilidad de Grant.

Freddie miró ceñudo a Grant y luego a aquel despliegue de drogas.

—¿Seguro que no es un poli?

—Segurísimo —contestó Mac.

—Papá, es Mac —protestó Rafe—. No te iba a traer a un poli aquí.

Grant se recostó en la pared, fingió indiferencia y mintió.

—Vuestros trapicheos no podrían interesarme menos.

—Bueno, ¿y a qué has venido? —preguntó Freddie, cruzando sus brazos inmensos sobre el pecho—. Quisiera pensar que has venido a vernos, pero me da la impresión de que necesitas algo.

—Y aciertas. —Mac se inclinó hacia delante y apoyó los antebrazos en sus muslos—. Buscamos a un tipo.

Freddie asintió.

—¿Qué ha hecho?

Mac se sacó el folio doblado del bolsillo y se lo pasó a Freddie.

—Ha matado a nuestro hermano Lee, al que conociste cuando nos sacó a Rafe y a mí de aquel… apuro hace unos años.

Freddie desdobló el papel y frunció el ceño. Se acarició la barba.

—¿Lo conoces? —le preguntó Mac.

—Me suena.

Los ojos grises de Freddie se mantuvieron inmutables. Le pasó el folio a Rafe, que examinó la fotografía sin revelar nada.

—¿Me la puedo quedar? —preguntó Freddie cuando Rafe le devolvió la foto.

—Sí —contestó Mac.

253

Freddie volvió a doblar el folio.

—Te digo algo mañana. ¿Dónde te alojas?

—En casa de Lee —dijo Mac, apoyando las palmas de las manos en los muslos—. Agradezco tu ayuda.

El otro le plantó una mano en el hombro en un afectuoso gesto paternal.

—Estoy en deuda contigo, tío, ya lo sabes.

—En realidad, lo estoy yo —lo corrigió Rafe—. Fue a mí a quien le salvó la vida.

El traficante miró a su hijo con los ojos empañados. Tragó saliva y se volvió hacia Mac.

—Mañana sabré algo. Pero hay otro asuntillo del que tenemos que hablar.

Grant se tensó.

—Tu hermano muerto me debe veinte de los grandes —le dijo Freddie—. No acostumbro a prestar dinero, pero le hice el favor por cómo ayudó a Rafe en aquella ocasión.

—Supongo que la deuda es negociable —dijo Grant.

Lo bueno de aquello era que, si Freddie le había prestado el dinero a Lee, entonces su hermano no lo había robado. Debía de haber estado muy desesperado para pedirle dinero a aquel traficante. ¿Por qué no lo había llamado a él o a Hannah? ¿Le habría dado vergüenza? ¿O lo incomodaba pedir dinero prestado a su familia? Fuera como fuese, le habían fallado.

—Esto es un negocio —dijo Freddie, encogiéndose de hombros—. Pero, como sois casi familia, prescindiré de los intereses si me pagáis antes de que termine la semana.

—¿Y si no podemos? —quiso saber Grant.

Freddie lo miró sombrío.

—La penalización por impago es severa.

—Tranquilo. Nos parece bien. Gracias por tu ayuda —le dijo Mac, dándole una palmada en el hombro.

Rafe los acompañó de vuelta por el túnel de vagones abandonados. Cuando llegaron a la malla metálica, le tendió la mano a Grant.

Grant se la estrechó. Sí, lo había dejado pasmado la cantidad de droga que había en aquel vagón. Freddie e hijo, S.A. seguramente traficase con armas también. Las drogas y las armas eran como los macarrones y el queso: siempre iban juntas. Y encima tenían que reunir veinte mil dólares en una semana. Pero Grant habría pactado hasta con Satanás si con eso conseguían encontrar a Donnie Ehrlich.

Capítulo 27

—Odio esperar —dijo Ellie, paseándose nerviosa por el diminuto despacho.

Grant cerró el portátil.

—Tienes que hacer algo, distraerte.

Pero prácticamente lo único que hacían era esperar. Esperar a que los Hamilton le devolvieran la llamada a Ellie. Esperar al día siguiente, cuando el amigo de Mac había prometido informarlos. Y esperar a que expirara su acuerdo de treinta y seis horas con Grant.

—Habría ido contigo esta mañana si hubiera sabido adónde ibas.

—Lo sé. Por eso no te lo he dicho. El amigo de Mac desconfía de los extraños. Podría haber sido peligroso.

Ellie lo interrumpió y lo miró.

—Por favor, no vuelvas a mentirme.

—No lo haré.

Pero la confianza de ella era tan fina y frágil como una cáscara de huevo. No costaría mucho romperla. Una traición de Grant le dolería. Era el primer hombre que le inspiraba confianza desde que el padre de Julia la abandonara.

—No puedo ni pasar la aspiradora. —Con las manos a la espalda, dio media vuelta y empezó a caminar en la dirección opuesta—. No podemos hacer ruido.

Faith dormitaba en su sillita de seguridad, en la sala contigua a la cocina. Como habían aprendido todos por las malas, si estaba muy cansada o sobreexcitada, se agravaban sus llantinas.

—Yo estoy acostumbrado a una hora de entrenamiento todas las mañanas. Este encierro me está volviendo loco también. El único ejercicio que he hecho últimamente ha sido pasear a la bebé. —Grant se levantó y se estiró—. ¿Qué ejercicio sueles hacer tú?

Ellie vio cómo se tensaban sus músculos debajo de la camiseta ceñida y a ella, que estaba hecha un manojo de nervios, se le ocurrió una forma del todo inoportuna de liberar ese exceso de energía.

—Reformas.

—¿Las obras, un ejercicio? —dijo Grant, riendo.

—Estaría bien que consiguiéramos algo, lo que sea. —Aquel caso le producía una sensación de inutilidad e impotencia—. Estoy acostumbrada a mantenerme ocupada. No manejo bien los tiempos muertos.

Grant sonrió.

—Dudo que haya muchas cosas que no manejes bien.

En esos momentos, solo había una cosa que quería manejar bien.

¿De dónde había salido ese pensamiento?

Tosió. Debía salir de aquel espacio reducido, donde el cuerpo enorme de él no estaba nunca a más de unos centímetros de distancia. Era evidente que su elogio no iba con segundas, pero la mente calenturienta y necesitada de ella se embalaba. Claro que el sexo nunca era sencillo y sabía que con Grant la intimidad sería aún más complicada. Él le provocaba demasiadas sensaciones.

—Debería ir a poner la mesa o algo.

Seguía pensando en eso de «manejarlo», pero abrió la puerta y se dirigió a la cocina. Ya había preparado la bandeja de macarrones con queso esa mañana y había jamón cocido en el frigorífico, listo para la cena. A lo mejor los dos niños y su abuela le sentaban como agua gélida a su libido.

—Espera. Aún queda un rato para la cena. —Se acercó a la ventana y se asomó por las rendijas de las persianas—. ¿De verdad quieres ir a trabajar a tu casa?

—Sí. Eso es lo que suelo hacer cuando no estoy en la oficina.

—Vamos. —La agarró de la mano y la sacó del despacho—. Hay un policía aparcado a la entrada. Le diremos que vamos a la casa de al lado un rato.

Se detuvieron a la puerta de la cocina. Hannah tecleaba en su portátil, sentada a la mesa.

—Ellie necesita ir a su casa un momento. Voy a acompañarla. ¿Puedes encargarte tú de esto? —le preguntó Grant en un susurro.

Hannah echó un vistazo a la salita. Nana estaba viendo la televisión en el sofá, con el pie, ceñido por la bota de neopreno, elevado sobre un cojín. También se veía a Faith dormitando en su sillita. Mac, Julia y Carson estaban arriba, jugando a un juego de mesa en el cuarto de Carson.

—No creo que haya problema —le susurró Hannah.

—Gracias —contestó Grant—. Dejo la alarma activa. Llama si necesitas algo.

Con la mano todavía firmemente sujeta por la de Grant, salieron por la puerta principal. Grant pulsó el mando para reactivar la alarma. Se detuvo un momento para informar al policía de la entrada y luego tiró de Ellie en dirección a su casa. Dentro, registró todas las habitaciones antes de instalarse en el salón.

—¿En qué estás trabajando?

Plantada en el centro de la habitación, Ellie estudió sus progresos.

—Estaba tapando agujeros de la pared y lijando el rodapié, pero eso ya casi está.

—¿Y ahora qué, pintar?

—No, seguramente esperaré a que la cocina esté lista y lo pintaré todo a la vez.

Por la arcada que conducía al comedor, vio el mazo apoyado en la pared.

—¿Qué quieres hacer ahora entonces?

Ellie pasó al comedor. Agarró el mazo por el mango. Entró en la cocina.

—He odiado esta habitación desde el día en que compramos la casa.

Examinando los floripondios amarillos, Grant hizo una mueca.

—Está un poco pasada de moda.

—¿Pasada de moda? —dijo ella con un bufido—. Ya era espantosa cuando la hicieron.

—¿Qué piensas hacer con ella?

Sin soltar el mazo, Ellie se acercó a un cajón y sacó una carpeta.

—Estos son los planos.

Grant miró por encima de su hombro, con el cuerpo pegado al de ella.

—Habría que tirar esta pared, pero el diseño es bonito —opinó él—. ¿Quién lo ha hecho?

—Yo.

—Me dejas impresionado.

El elogio la animó.

—Esta es la cuarta casa que hago.

De pronto, se sintió llena de energía. Sacó dos gafas de seguridad de la caja de herramientas y, apoyándose el mazo en el muslo, se calzó unas y le lanzó las otras a Grant.

Él se las puso también, sonriente.

Ellie se dirigió al tabique que separaba la cocina del comedor, levantó el mazo por encima de su hombro y lo sacudió como si fuera un bate de béisbol. El pesado bloque de acero se hundió en la placa de cartón-yeso, astillando uno de los montantes de madera.

Un montón de fragmentos de yeso salieron disparados. Se levantó un polvo gris. Ellie volvió a atizarle a la pared y experimentó una enorme satisfacción. El peligro que corría su familia le había generado tanta impotencia y las amenazas de aquel tipo tanta rabia, que encontraba estimulante el poder, por fin, desquitarse con algo. Al cabo de un rato, le pasó el mazo a Grant.

—¿Quieres darle un poco?

—Por supuesto. No será un muro de carga…

—No.

Los mazazos de él hicieron bastante más daño que los de ella. Claro que su cuerpo escondía mucha potencia. Llevaron a cabo la demolición por turnos. Ella disfrutó viendo cómo se tensaban sus músculos casi tanto como agradecía que la ayudara en algo que acostumbraba a hacer ella sola. Con Grant, una tarea difícil resultaba divertida. Una hora después, la pared yacía hecha escombros a sus pies.

—Qué maravilla —dijo ella, soltando el mazo y quitándose las gafas—. Yo habría tardado todo el día en hacerlo sola.

Aunque una única pared era solo una parte diminuta de la demolición de la cocina, el derrumbe tenía cierta carga simbólica. Los sucesos traumáticos de la última semana habían obligado a Ellie a priorizar su vida y a comprometerse a dar algunos pasos hacia delante.

—Encantado de ayudar. De hecho, me he divertido. —Grant se quitó las gafas y se las devolvió a ella. Tenía la cara cubierta de polvo, salvo donde las gafas lo habían protegido, y la pechera de la camiseta empapada de sudor—. Casi es de noche, así que habrá que esperar a mañana para sacar estos escombros de la casa.

Ellie se encogió de hombros.

—En realidad, aún no he contratado la tolva.

Grant rio.

—¿Nos hemos adelantado a tu calendario?

—Sí, nos hemos saltado el pistoletazo de salida, pero da igual. Tengo que aprender a dejarme llevar.

La cantidad de facetas de su vida a las que podía aplicar esa afirmación era infinita, pero la primera de la lista era Julia. Su hija estaba madurando. Y ella iba a dejar que lo hiciera, en cuanto todo aquello acabase.

Dentro de lo razonable.

No debía dar por supuesto que su niña iba a cometer los mismos errores que ella había cometido a su edad. Salvo por el engaño de su escapada nocturna, siempre había sido una hija ejemplar.

Se le ocurría otra cosa que debía encabezar su lista. Acercándose a Grant, le enroscó los brazos en el cuello. Él abrió mucho los ojos, sorprendido; luego, cuando entendió lo que se proponía, su mirada se volvió sombría.

—Y me ha sentado fenomenal dejarme llevar.

—Eso no te lo discuto.

Él se inclinó y la besó. Ladeó la boca, deslizó la lengua en la de ella y la paseó, provocador, por su interior.

La adrenalina le corrió por las venas con violencia cuando respondió al beso, que se hizo más apasionado. Grant lo interrumpió y deslizó la boca por el lateral del cuello de ella, saboreándolo desde la mandíbula hasta la clavícula. Ella echó la cabeza hacia atrás para facilitarle el acceso. Una oleada de deseo le calentó la sangre. Un gemido hondo le nació en los pies, le recorrió el cuerpo entero, haciendo resonar sus huesos, y escapó finalmente por sus labios.

—Estoy sucia —protestó ella.

—Yo también —jadeó él—. Me da igual.

—No deberíamos hacer esto. —Con un gemido como respuesta, él le deslizó las manos por debajo de la camiseta, arañándole las costillas con sus manos ásperas. Pero no fue suficiente—. No, no deberíamos, en absoluto.

Lo apartó y se quitó de un tirón la camiseta, sacándosela por la cabeza y lanzándola por encima del hombro. Después, el sujetador. El aire frío le azotó la piel caliente. Los pezones se le endurecieron como si él se los hubiera acariciado. Se había pasado la vida reprimiendo sus impulsos. Desnudarse para él resultaba liberador.

Lo deseaba, y lo iba a tener, aunque fuera solo un par de semanas, unos días o unas horas. Grant la hacía sentirse viva. Y la vida era demasiado incierta para no aprovechar un momento de felicidad cuando lo tenía delante.

Él se llevó una mano al pecho.

—Madre mía, Ellie. La resistencia de un hombre tiene sus límites.

—No quiero que te resistas. —Se acercó a él y le agarró el bajo de la camiseta. Se la quitó de golpe y la tiró a la otra punta de la habitación. Estaba impresionante con aquella camiseta ajustada, pero, sin ella, su físico era asombroso. Registró con sus ojos cada delicioso centímetro de aquel cuerpo, desde la planicie cincelada de su ancho pecho hasta sus marcados abdominales. Llevaba los vaqueros por la cadera. Ellie siguió la escasa línea de vello rubio que iba de su ombligo hacia abajo.

Grant observó cómo su camiseta aterrizaba en el suelo al lado de la de ella. Tragó saliva y su nuez se deslizó arriba y abajo. Retrocedió un paso, se centró de nuevo en ella y alzó los brazos como rendido.

—Sabes que no me voy a quedar aquí. Tengo que volver. Esto no es una buena idea.

—Lo sé.

Pero Ellie se agarró un pecho y lo miró juguetona, enarcando una ceja. Se acarició un pezón con el pulgar y gimió de placer, dejando a Grant boquiabierto. Nunca había sido una chica mala, ni siquiera en el instituto. Solamente había cometido un error. Pero de pronto se sentía tremendamente perversa.

Era una sensación maravillosa. Liberadora. Estimulante.

—Ellie —dijo Grant, y retrocedió un paso más.

Ella lo acechó. Se detuvo a escasos centímetros de él, lo agarró de la delantera de los pantalones y se lo arrimó. El contacto piel con piel bombeó más calor, más deseo por las venas de ella. Sus pechos se tocaron y el aire frío de los pectorales de él le irritó los pezones.

—Te deseo. Te necesito. Aquí mismo. Ahora mismo.

Metió la mano entre los dos y, acariciándole el vientre, la introdujo por la cinturilla de los vaqueros. Con la yema de un dedo, tocó la punta de su erección.

Él dio un brinco.

—Madre mía.

—Mmm. —Ella le lamió el pezón mientras le desabrochaba el botón de los vaqueros y le bajaba despacio la cremallera. Deslizó la mano dentro de los calzoncillos y le agarró el miembro—. Dios, sí que estás caliente.

—Estoy que ardo, joder.

Apuntándose a la fiesta, Grant le echó las manos a los vaqueros. En dos segundos, se los había bajado hasta las caderas. Una mano enorme se coló en su entrepierna, un dedo le acarició la zona húmeda.

El placer hizo que le flojearan las piernas. Se frotó contra su cuerpo. Liberándole el miembro erecto, le bajó aún más los vaqueros. Necesitaba que la penetrara.

—¿Llevas condón? Si no, yo tengo uno arriba.

Un paquetito que le había sobrado de la prometedora serie de citas que habían terminado en decepción antes de que tuviera ocasión de usarlos.

Grant le bajó los pantalones hasta las rodillas y le sacó una de las perneras con la bota puesta.

—En la cartera. En el bolsillo de atrás.

Era evidente que, si llevaba un condón encima, no estaba tan decidido a mantenerse alejado de la cama de Ellie. Salvo que los usara con frecuencia… No, no iba a entrar en eso. Su vida privada no era asunto suyo. Aquel iba a ser solo un rato placentero en medio de una semana de desgracias.

—Lo tengo.

Abrió el paquete con los dientes, sacó el preservativo y se lo enfundó.

Él exploró la estancia casi con desesperación. El suelo estaba cubierto de escombros. La mesa de trabajo improvisada no era lo bastante resistente. Llevándola hacia atrás, retrocedió unos pasos hasta la pared del otro lado. Una mano grande le acarició el trasero, luego se deslizó entre sus piernas. El placer la recorrió mientras él la tocaba. Movió las caderas al tiempo que él describía círculos con los dedos. Gimió. Grant la penetró con un dedo, luego con dos.

La presión, la distensión, no eran suficiente. Voraz, se pegó a su mano, abriendo las piernas para hacerle sitio.

—Necesito más —le dijo despacio.

Agarrándole los muslos por detrás, la levantó y la penetró de una embestida. Sus cuerpos encajaron perfectamente, combinados en un solo ser.

—Sí. —Eso era lo que necesitaba. A él. Se aferró a sus hombros—. Grant.

El calor de su piel se fundió con el calor de la piel de ella. Él le besaba el cuello, cerca de la oreja. Se retiró y volvió a penetrarla con fuerza. El cuerpo de ella respondió con un calambrazo de placer que se originó en su vientre y se propagó hasta sus extremidades.

—Ellie.

Ella lo agarró del cuello y buscó con su boca la de él. Sus lenguas imitaron los movimientos de su sexo. El ritmo se aceleró. Él le agarró los muslos con más fuerza, clavándole los dedos, aferrándose a ella. Ellie se derrumbó sobre la pared mientras él la embestía. Aumentó la tensión y ella arqueó la espalda para envolver hasta el último milímetro de su miembro. Casi desesperada por llegar al clímax, movió las caderas más deprisa.

—Tranquila.

Grant le plantó la mano en la pelvis. Con el pulgar, fue describiendo círculos, despacio, hasta que tocó un nervio que le produjo un latigazo de placer por todo el cuerpo. Por fin. Se tensó a su alrededor. El cuerpo de él respondió con un último embate y un gemido que sonó como si se lo arrancaran de la suela de las botas, que aún llevaba puestas, observó ella.

Una especie de vértigo le estalló en el pecho y brotó de sus labios en forma de carcajada.

Grant levantó la cabeza y la miró ceñuda.

—Esa no es la reacción que buscaba.

Sin parar de reír, ella lo besó y miró abajo. Grant llevaba los pantalones por las rodillas. A ella le colgaban los vaqueros y las braguitas de un solo tobillo. Los dos llevaban aún las botas puestas.

Grant suspiró.

—Sí. No es esta la primera impresión que me gusta causar.

—No te preocupes —dijo ella, agarrándole la barbilla y besándolo de nuevo—. Me has causado muy buena impresión.

—Aun así, si lo volvemos a hacer, prefiero disponer de más espacio para maniobrar. —Se interrumpió—. Aunque a lo mejor no es buena idea. Solo espero que ninguno de los dos termine arrepintiéndose de esto.

Ella le selló la boca con un dedo.

—Yo no me arrepiento de nada.

Pero, de pronto, empezó a entristecerse. Si se hubieran conocido en otras circunstancias, quién sabe lo que podría haber surgido entre ellos. En menos de una semana, Grant se había hecho poco a poco un hueco en su corazón. Era un hombre especial. Un hombre con el que no le importaría compartir su vida.

Madre mía, qué disparate. Se acababan de conocer. A lo mejor esa sensación se debía a la seguridad que Grant proporcionaba a su familia. Ellie no tenía precisamente mucha experiencia en relaciones satisfactorias.

Tampoco importaba mucho. A un militar de carrera nunca lo llenarían las alegrías domésticas. Ellie tendría que conformarse con un poco de ternura, un sexo espectacular y un recuerdo agridulce. No debía acostumbrarse demasiado a tenerlo cerca. Pronto se iría y ella volvería a estar sola.

Capítulo 28

Lindsay, enero

Entro cojeando en el vestuario. Me escuece la rodilla de un doble axel fallido. Me detengo en el hueco en forma de U donde está mi taquilla y medito. Se me eriza el vello de la nuca. Sé que alguien me está observando. Un escalofrío me recorre la espalda y me produce un calambre en el vientre, como si fuera la siguiente víctima del vampiro en una película de terror. Con una mano en el candado de combinación de mi taquilla, me vuelvo. Al otro lado del vestuario se encuentran Regan y Autumn, delante de la taquilla abierta de Regan. Me miran nerviosas. A lo mejor no chupan la sangre, pero a mí me están dejando sin ganas de vivir.

Demasiado melodrama, lo sé. Tengo que dejar de leer cómics.

Mamá lo ha hecho. La semana pasada se quejó al instituto y a Victor. Me dijo que el director había prometido hablar con Regan y con Autumn. Victor, en cambio, no les dirá ni una palabra. Intenta estar pendiente de mí, pero seamos realistas: son ellas las que mandan, no él. La carrera del entrenador ya se encuentra en una situación precaria. Dicen que este club es su última oportunidad. ¿Qué va a hacer un entrenador de patinaje si nadie quiere contratarlo para que entrene a patinadores?

Bueno…

Ellas. Están. Cabreadas. Desde entonces, cada día ha sido peor que el anterior.

Ayer me metí los dedos para vomitar y poder quedarme en casa, pero hoy mi madre ya no se ha tragado el numerito del vómito.

—No puedes dejarlas ganar —me dice.

No tiene ni idea. Tengo todas las de perder. Regan, Autumn y sus secuaces llevan seis semanas enteras acosándome. Yo soy su blanco. Hacerme sufrir es su objetivo en la vida.

Mi padre llamó a la compañía telefónica. Bloquearon el número. A los dos días, empezaron a llegarme mensajes de un número distinto. Los de la operadora de telefonía móvil dicen que los números pertenecen a teléfonos desechables, que no pueden rastrearse. Les dije a mis padres que estas chicas eran listas, pero no quisieron creerme. Además, el padre de Regan es informático.

Papá dice que lo siguiente que hará será ir a la policía. Quería quitarme el móvil, pero es mi único vínculo con Jose. Papá me ha hecho cerrar todas mis cuentas en las redes sociales porque la semana pasada empezaron a llegarme mensajes también por ahí. Me tienen aislada de todo.

Mañana, después de clase, mamá me va a llevar a ver a un psiquiatra. Como no soy ya lo bastante rara, ahora me van a llevar a un loquero. Ya fui a uno en California, pero solo fui a verlo para que me recetara las medicinas del TDAH. Esto es distinto. Esta vez piensan que estoy mal de la cabeza.

Pese a las buenas intenciones de mis padres, estoy completamente sola.

Giro los números para poner la combinación correcta en el candado. El peso, la intensidad de la atención de esas chicas casi me quema. ¿Qué estarán maquinando? Me empiezan a sudar las axilas y no es del entrenamiento.

Esas chicas me odian. Llevo en Scarlet Falls más de dos meses y aún sigo esperando a que se cansen de mofarse de mí. ¿No les roba demasiado tiempo el estar ideando formas de fastidiarme? El equipo junior de patinaje ha llegado a los campeonatos regionales este año y ellas han estado entrenando antes y después de clase todos los días. ¿No se cansan? Regan y Autumn tienen que asistir a las reuniones de la National Honor Society y del consejo escolar. Plancharse las mechas les tiene que llevar por lo menos media hora al día. Su pelo es perfecto.

Mi instinto me dice que no me vuelva hacia ellas, pero mamá no tardará en llegar. Lo último que quiero es que entre a buscarme. Si lo hace, tendrá tiempo de hablar con Victor. Mi vida ya es lo bastante humillante sin que todas las personas que me rodean comenten a todas horas mi vergüenza pública.

Abro la taquilla y doy un respingo. Dentro se balancea una Barbie colgada de un hilo atado al cuello. Tiene el pelo negro y le han pegado una franja rosa a un lado para que se parezca a la que llevo yo. Hasta lleva las uñas pintadas de negro. La nota pegada en el pecho dice: «Haznos un favor a todos y muérete».

Cierro la taquilla y saco mi ropa. Finjo que no he visto nada, pero noto que el regocijo de esas dos me quema la espalda. Me cambio rápidamente, algo que ya me da pudor en los días buenos. Estoy demasiado flaca. A mis diecisiete años, aún no tengo tetas. Además, desde que me mudé aquí, me ha empeorado el acné, como si mi propia piel se hubiera puesto de acuerdo con el enemigo para hacerme parecer aún más fea.

Cuando me he puesto ya la camiseta negra y los pantalones de combate, subo el pie al banco para atarme los cordones de las botas militares. Casi todas las demás chicas se han ido ya. Miro por encima del hombro. Regan y Autumn ya no están. ¿Les habrá fastidiado que no me haya puesto histérica? Espero que sí. Aunque no sé si ignorándolas conseguiré que se aburran y busquen otra víctima o se lo tomarán como un desafío y se esforzarán más.

Podría ocurrir cualquiera de las dos cosas. Seguramente todo dependerá de si encuentran algún otro blanco en potencia. Pero, de momento, todos sabemos que yo soy la favorita.

Meto de mala gana la muñeca en la bolsa de deporte. No quiero volver a encontrármela ahí mañana; además, es la primera prueba física real que tengo de su tortura. Cuando estoy saliendo del vestuario, una mano me empuja por la espalda y me lanza de bruces al suelo. Una punzada de dolor me recorre la rodilla magullada al chocar contra el suelo de hormigón. Mi bolsa de lona se desliza por el pasillo. Se me cae el bolso. El contenido se desparrama por el suelo. ¿Por qué siempre son los tampones lo que sale disparado más lejos?

Me incorporo con dificultad para volver a guardar mis cosas en el bolso. ¿Dónde ha ido a parar mi bolsa de deporte? La veo cerca de la puerta. La cremallera está abierta. Miro dentro. La muñeca ha desaparecido. Como si nunca hubiese existido. Mi prueba se ha esfumado.

Capítulo 29

Grant aminoró la velocidad del automóvil de alquiler y examinó las filas de edificios medio derruidos. Dos filas de diez viviendas adosadas enfrentadas en un trozo de asfalto de treinta metros. Los montones de nieve derretida congelada salpicaban la zona de aparcamiento y reparto. Pese a la reciente nevada, brotaba la mala hierba por las grietas del asfalto. La nieve se extendía en montones aleatorios por los campos colindantes. Los muros de ladrillo habían aguantado mejor que los tejados. En casi todas las viviendas había ventanas y puertas rotas.

—¿Es esta la dirección?

Grant bajó la ventanilla y aguzó el oído. En un mástil situado a la entrada de la urbanización, ondeaba, azotada por el viento, una bandera de Estados Unidos hecha jirones. La visión de aquel emblema de las barras y estrellas destrozado y descolorido lo irritó.

Mac comprobó la hoja de papel de rayas que llevaba en la mano.

—Eso dice aquí.

Un niño de diez años vestido de *boy scout* había llamado a la puerta de su casa a primera hora de esa mañana. Le había vendido a Mac unos dulces y le había pasado la notita con el cambio. La nota rezaba: «Última dirección conocida, el amigo del alma de Donnie, Earl».

—¿Cómo ha sabido Freddie dónde encontrar a Donnie? —preguntó Grant.

Mac se encogió de hombros, indiferente. Grant estaba ya bastante tenso por los dos. La nieve recién caída había volado por los campos abiertos y se había estampado en los edificios. Aun con las cálidas temperaturas recientes, todavía quedaban unos centímetros en los pasajes de hormigón. Centrándose en la nieve medio derretida, señaló hacia una vivienda en el centro de la fila. El tejado y las ventanas parecían intactos.

—Me parece que está okupando aquella.

El resto de la nieve parecía intacta. Grant no vio ningún otro indicio de okupación, pero dio una vuelta a la urbanización entera para asegurarse. Detrás de la vivienda que había seleccionado como objetivo había aparcado un sedán comercial.

Aparcó su automóvil y sacó la Beretta. Comprobó el cuchillo invertido que llevaba sujeto a la bota. Iba bien agarrado. Bajaron del vehículo.

Grant corrió hacia el edificio y se agazapó bajo la ventana. Mac se apostó al otro lado. Asomándose por encima del alféizar, el comandante exploró el interior. La vivienda era estrecha. La parte del fondo era una estancia abierta. Unas cuantas puertas en la parte anterior parecían indicar la existencia de despachos y aseos. Una estufa de queroseno refulgía a escasos centímetros de un colchón tirado en el suelo. En él dormía un hombre, cubierto de mantas. El lugar estaba equipado con unas sillas de jardín destrozadas, una mesa de juego y un hornillo de *camping*. En la mesa, había una fila de conservas en lata y una torre de vasos rojos de plástico. El piso de hormigón estaba sembrado de bolsas de plástico de la compra y de basura. En el suelo había amontonadas algunas prendas de ropa al lado de una mochila.

Mac se sacó una herramienta del bolsillo, se arrodilló al lado de la puerta trasera y manipuló la cerradura mientras Grant vigilaba al okupa. Un suave clic indicó que la cerradura había saltado. Mac sonrió y Grant se preguntó qué otras habilidades no había perdido su hermano en los años que habían pasado desde su desintoxicación.

Grant le indicó que se apartara de la puerta. Mac puso los ojos en blanco e hizo un gesto exagerado de «como quieras». La puerta se abrió de par en par sin hacer ruido. Un extra. El comandante cruzó la estancia y despojó bruscamente de las mantas al individuo dormido, un tipo flaco de veintitantos años. Luego le selló los labios con un dedo al tiempo que le apuntaba a la cara con la Beretta. El flaco lo miró con los ojos como platos.

Mientras Mac vigilaba al tipo, Grant registró el resto de las habitaciones.

—¿Estás solo? —le preguntó.

—Sí —contestó el flaco cabeceando afirmativamente.

—¿Eres Earl?

Earl asintió de nuevo. Se humedeció los labios secos con la lengua. Grant palpó la sudadera con capucha y los vaqueros de Earl y tiró a un lado una navaja automática y una nueve milímetros. Le encontró otro cuchillo pequeño metido en la bota. En la cazadora que había en el suelo al lado del colchón no había nada.

—Tres armas y sin carné de identidad —dijo Grant, señalando la pistola y las navajas—. O estás paranoide o andas metido en alguna mierda muy gorda, Earl.

—¿Qué quieren? —preguntó Earl, temblando.

La estufa de queroseno no era lo bastante grande para el tamaño de la estancia, aunque hacía habitable la sala.

Satisfecho de ver a Earl desarmado, Grant se irguió.

—Háblame de tu colega, Donnie.

—No he visto a Donnie últimamente —dijo Earl, mirando a otro lado.

«Mentiroso.»

—Ay, Earl, no me gusta que me mientan —le replicó Grant, mirando el colchón vacío.

—Vale —admitió Earl con voz temblona—. Donnie estuvo aquí un par de semanas cuando salió de la cárcel, pero después se largó. Hace semanas que no lo veo.

—¿Con quién anda ahora?

—No lo sé —mintió Earl encogiéndose de hombros brevemente.

Grant se acercó. Earl se apartó enseguida, con los ojos desorbitados. Una gota de sudor le cayó por la frente y el comandante percibió un ligero tufo a miedo. Bien. Aquel mierdecilla le estaba mintiendo mientras su colega Donnie acosaba a los suyos. Su amiguito había disparado a Lee y a Kate a sangre fría. Una imagen del rostro de Lee estallando en una nebulosa roja le cerró la garganta un segundo. El pecho se le inundó de una rabia que ahogó la voz de su conciencia. Todo su interior se volvió tan duro y frío como el hormigón que pisaba.

—No has estado en la guerra, ¿verdad, Earl? —le preguntó, estudiando el cuerpo encogido de aquel tipo. —Earl se estremeció; negó con la cabeza—. No, no tienes pinta de soldado. Tienes pinta de cobarde de mierda.

Grant se acuclilló. Sacó el Ka-Bar de la funda que llevaba sujeta a la cara interna de la pantorrilla izquierda. La hoja de dieciocho centímetros brilló bajo la luz que entraba por la ventana del fondo.

—¡Madre mía! —exclamó Earl, y retrocedió aún más.

—Los talibanes usan un cuchillo como este para decapitar a sus prisioneros, solo que la hoja del mío está perfecta y bien afilada. Ellos prefieren un cuchillo romo. Cuanto más dura, más grita la víctima. Con eso se podría hacer un estupendo episodio de una serie sobre el terrorismo actual. —Grant agarró del cuello al tipo, cada vez más encogido, lo levantó por la fuerza del colchón y lo tiró al hormigón—. Se necesita una superficie estable para poder hacer un buen trabajo.

Una lágrima brotó de los ojos del cobarde, que empezó a lloriquear.

—Ay, Dios. No. Por favor.

Se retorció. Grant le hincó una rodilla en el esternón y lo fijó al suelo como el insecto que era. Earl agitó los brazos y las piernas. El comandante apretó con fuerza la rodilla y le satisfizo ver que el tipo respiraba con dificultad.

Luego lo agarró del pelo, le volvió la cabeza y le pegó el cuchillo a un lado del cuello.

—Si empiezo por un lado, te desangrarás más deprisa. —Deslizó el cuchillo hacia la tráquea de Earl—. Si te secciono la tráquea, te ahogarás con tu propia sangre. Se tarda un poco más en morir así. Y siempre nos queda la nuca. En teoría, esa es la parte menos dolorosa. Secciona la médula espinal y te paraliza. Lo he visto hacer de distintas formas. Todas me parecen maneras bastante dolorosas de morir. ¿Quieres que lo haga deprisa o despacio? ¿Cómo quieres palmar?

Earl jadeó.

—Tu colega Donnie mató a nuestro hermano y a su esposa. —Grant dejó que la hoja rozara la piel de Earl, no lo bastante como para cortarle, solo lo justo para que notara el frío acero en el cuello. Le retiró la rodilla del pecho y lo dejó tomar aire unos segundos—. Me vas a decir dónde puedo encontrarlo porque, si te niegas, será lo último que hagas.

—No puedo. Me matará si hablo.

El aire le salía por la boca entrecortadamente, como si acabara de completar el circuito de obstáculos en un tiempo récord, aunque lo más seguro era que no pasase del primer muro.

—Si no me lo dices, te mato yo. Aquí mismo. Ahora mismo —lo amenazó Grant, volviendo a presionarle el pecho con la rodilla.

—Vale. Pare —espetó Earl—. Donnie está con una tía que ha conocido y que vive en el parque de caravanas de Happy Valley.

—¿Cómo se llama?

—Tammy. No sé el apellido, ni el número de la caravana. Yo solo he estado allí una vez, pero tiene cerdos por todas partes. Estatuas de cerdos a la entrada. Una bandera con un cerdo junto a la puerta. Putos cerdos por todas partes. No tiene pérdida.

—¿Me estás diciendo la verdad?

A Grant le temblaban las manos. La escoria como el tipo que tenía bajo el filo de su cuchillo estaba destrozando el país por cuya defensa él arriesgaba su vida. Matando a aquel cobarde le haría otro servicio a la nación.

—¡Grant! —Mac lo agarró por el hombro—. Contrólate. No puedes matarlo.

El comandante dejó que su hermano lo apartara. Earl reculó como un cangrejo hasta que sus manos toparon con el colchón. Encogido de miedo, se llevó las rodillas al pecho y se hizo un ovillo.

Grant se puso en pie. La adrenalina le inundaba el torrente sanguíneo. Enfundó el cuchillo con dedos temblorosos de rabia, no de miedo. Lo único que lo alarmaba de aquel encuentro era la facilidad y la seguridad con que le había pegado el cuchillo al gaznate.

—Como me entere de que me has mentido, no habrá un rincón de este planeta en el que te puedas esconder —lo amenazó Grant con el dedo—. Y tampoco vas a hablar con Donnie.

Earl negó con la cabeza.

—No. No voy a hablar con Donnie.

—Si me entero de que lo has avisado, iré a por ti y te castraré, te decapitaré y te arrojaré al Hudson. Por ese orden. —Recogió las armas de Earl y se las guardó en el bolsillo—. Te sugiero que desaparezcas. No te conviene ver a Donnie ahora.

—No, no me conviene.

Earl se levantó con dificultad y guardó comida y ropa en la mochila.

Dos minutos más tarde, Grant y Mac estaban en el sedán de alquiler.

Su hermano lo miraba con recelo.

—Ha habido un par de minutos en que he pensado que ibas a matarlo.

Grant giró hacia Scarlet Falls.

—Tranquilo. Ha sido todo teatro.

Mac nunca lo había visto en modo combate. Pero Grant sabía que no había sido teatro. Aún notaba la ira que le hervía bajo la piel, listo, dispuesto y capaz de arrebatarle a un hombre desarmado la vida de pura rabia. Earl no era el tipo que había matado a Lee y a Kate.

Grant había estado a punto de perder el control. Eso no podía volver a suceder, pero, por lo visto, cuanto más tiempo pasaba con su familia, sobre todo con Carson y Faith, más lo enfurecían las muertes de Lee y Kate. Y más cerca estaba de saltar. Había sido testigo de ese salto. Una vez que se cruzaba esa línea, no había forma de volver. El daño podría ser irreparable.

—¿Y ahora qué? —le preguntó Mac.

—Ahora vamos a echar un vistazo al parque de caravanas. —Pero, si paraban mucho, se le desmontaría todo el programa. Llegarían tarde a la casa. Consultó en el mapa y en el móvil la forma de llegar—. Está a apenas tres kilómetros de aquí.

—A lo mejor tendríamos que decirle a la policía dónde está Donnie —propuso Mac.

—Eso supondría dos problemas: nos veríamos obligados a contarles cómo hemos obtenido la información y ni siquiera sabemos si Earl está en lo cierto. Yo no creo que mintiera, pero no lo sabremos hasta que no registremos esa caravana.

—Yo tampoco creo que Earl nos haya mentido.

Su hermano lo estudió ceñudo.

Grant lo miró de reojo.

—¿Qué?

—Me preocupas.

—Estoy bien.

—No estás bien —le replicó Mac con amargura—. Y yo tampoco. Ni Hannah ni los niños. ¿Sabes por qué? —Grant dio por sentado que la pregunta era retórica y no abrió la boca—. Porque han asesinado a Lee y a Kate, por eso —dijo, cruzándose de brazos—. Hemos perdido a nuestro hermano. Dos niños se han quedado huérfanos. Nadie podría estar bien en esas circunstancias.

Grant suspiró.

—Lo que he querido decir es que estoy todo lo bien que se puede estar, dada la situación.

—Chorradas. Puede que no hayamos pasado mucho tiempo juntos últimamente, pero sé que te pasa algo.

El comandante condujo en silencio unos minutos. Mac irradiaba furia desde el asiento del copiloto.

—Justo antes de que me comunicaran lo de Lee, ocurrió algo allí. —Grant no apartó la vista de la carretera, pero notaba el peso de la mirada de Mac. Le contó brevemente lo ocurrido durante la emboscada—. Hice un cálculo mental. Teniendo en cuenta la diferencia horaria, debí de disparar a ese tipo en la cara a la misma hora exacta en que asesinaban a Lee y a Kate.

Se abstuvo de comentarle a Mac que cada vez que cerraba los ojos veía estallar el rostro de Lee. Toda esa bobada de los universos paralelos ya era bastante rara.

—Puedo entender que eso te tenga jodido —le dijo Mac, rascándose una barba de tres días—. Habla conmigo, Grant. Pero, si no puedes hablar conmigo, busca a alguien que pueda ayudarte. El ejército tiene psiquiatras, ¿no?

—Se me pasará. No he tenido tiempo de relajarme después de la emboscada. Es más fácil digerir estas cosas en el momento.

—¿Te ha pasado antes? —le preguntó su hermano, sorprendido.

Grant no supo cómo explicarle la huella que la matanza indiscriminada, la crueldad y el horror dejaban en un ser humano. Se conformó con «nadie sale de una zona de combate igual que entra».

Mac se recostó en el asiento, pensativo.

—Lo siento. Siempre he pensado que te encantaba lo que hacías.

—A nadie le puede encantar la guerra —repuso Grant, pensando en todos los hombres buenos a los que había mutilado y matado, en todos los ataúdes cubiertos por la bandera ante los que se había puesto firme, en las viudas llorosas y los niños pasmados.

—Entonces, ¿por qué lo haces?

—Es mi deber. La nación necesita soldados. Me han educado para servir. Para proteger a los ciudadanos estadounidenses y su modo de vida.

—A personas como Lee y Kate —añadió Mac.

—Paradójico, ¿verdad? Yo los estaba protegiendo a miles de kilómetros de distancia de donde los estaban asesinando.

—Espera, espera —dijo Mac levantando las manos—, que ni siquiera esas espaldas tuyas de Don Limpio pueden cargar con esa cruz. O al menos no más que Hannah o yo. Ninguno de nosotros estaba al tanto. Ninguno de nosotros sabía nada de lo que pasaba en realidad en la vida de Lee. Si alguien le ha fallado, hemos sido todos. No pienses ni por un segundo que Hannah y yo no nos sentimos culpables también.

—No pienso volver a fallarle.

Grant condujo el resto del camino en silencio. La revelación de Mac sobre la culpa compartida no tendría que haberlo sorprendido. Pues claro que sentían remordimientos y arrepentimiento. Ninguno de ellos sabía que la vida de Lee se había hecho pedazos. ¿Tan ensimismados con su propia vida estaban todos, tan ajenos eran a la vida de Lee para que su hermano pensara que no podía contarles sus problemas? La respuesta era un evidente y rotundo sí.

La ambición era la perdición de los Barrett.

El parque de caravanas ocupaba un prado en medio de la nada absoluta. Un bosque rodeaba un espacio del tamaño de dos campos de fútbol pegados uno a otro. Unos caminos de tierra formaban una cuadrícula de pequeñas parcelas. Grant giró en el desvío donde un letrero verde descolorido proclamaba en letras blancas que estaban entrando en el parque de caravanas de Happy Valley. Recorrió de arriba abajo múltiples hileras, haciendo chascar y salpicar el barro del camino con los neumáticos.

El sedán dio un bandazo al pasar por un surco profundo. Mac se asió con fuerza al asidero de encima de la ventanilla.

—Tendríamos que haber venido en mi cuatro por cuatro.

—No pensaba que fuésemos a salir de la carretera.

—Allá —dijo Mac, señalando por el parabrisas—. Veo un cerdo.

—Hijo de mala madre.

Grant pasó por delante de una caravana decorada de forma que parecía una granja en miniatura. Unas persianas negras flanqueaban las ventanillas. Una cerca de medio metro de altura rodeaba una parcela de césped descuidado adornada con siluetas de cerdos. La bandera porcina ondeaba desde su soporte junto a la puerta.

—No hay ningún automóvil a la entrada. —Mac se frotó la barbilla—. ¿Cómo nos acercamos sin que nos vean? No hay nada que nos cubra.

—No. —Grant vio una parcela vacía dos más adelante y aparcó allí el sedán—. Acercarnos sin que nos vean no va a ser posible. ¿Alguna idea?

—Sí. Hablar con los vecinos. De repente me interesa mucho esta parcela vacía. —Mac agarró la manilla de la puerta—. Procura no acojonar a nadie.

—Haré todo lo posible —contestó Grant, poniendo los ojos en blanco—. Salvo que encontremos a Donnie. Entonces ya no respondo de mí.

—Me parece justo. —Mac abrió la puerta y bajó del vehículo—. Ya hablo yo. —Examinó a su hermano de las botas a la cazadora—. Nadie creería que puedes estar interesado en un parque de caravanas.

Grant se miró la ropa.

—¿Qué le pasa a mi ropa?

—Nada. La llevas demasiado… planchada.

El atuendo de Mac rayaba en el desaliño. Sus botas de travesía estaban gastadas del uso y los agujeros de sus vaqueros no respondían a ninguna moda, sino a su falta de interés en comprar o a su desdén por la apariencia física.

Mac pasó por delante de una camioneta en dirección a la caravana que había entre la parcela vacía y la vivienda porcina. La casa estaba limpia, pero era rudimentaria. Llamó a la puerta.

Abrió un hombre delgado de mediana edad vestido con una camisa de franela, vaqueros y botas de trabajo de color canela. Su barba a lo Bee Gees se veía bien cuidada, pero lo hacía parecer recién salido de los setenta.

—¿Sí?

Mac bajó del escalón para dejarle más espacio.

—Estoy interesado en esa parcela —dijo, señalando con el pulgar por encima de su hombro—. ¿Puedo hacerte un par de preguntas?

—Claro. —El hombre se caló la gorra de los Mets sobre su abundante mata de pelo cano, cerró la puerta con llave y bajó los escalones para reunirse con ellos en el descansillo cuadrado de hormigón—. Me voy a trabajar. Solo tengo un par de minutos.

—Me llamo Mac —dijo, tendiéndole la mano.

El fan de los Mets se la estrechó.

—Bob.

—¿Qué tal es este sitio? —preguntó Mac, cruzándose de brazos con desenfado.

—Está bien —respondió Bob, y se encogió de hombros—. Casi todo el mundo va a lo suyo. Algunos llevan aquí toda la vida, pero hay bastante movimiento.

—¿Es tranquilo por las noches? Madrugo bastante.

—Te comprendo. Yo odio el primer turno —protestó Bob—. La tía de al lado y su novio están metidos en alguna mierda rara. Algunas noches están despiertos hasta las tantas de la noche. Un coñazo. A veces hasta me tengo que poner los putos auriculares. Olvídate de dejar las ventanas abiertas.

—¿Llevan mucho tiempo aquí?

—Ella sí, pero él llegó hace poco. Estoy deseando que se largue. Ella cambia de novio como de bragas. A mí me parece un vago redomado. Seguramente exconvicto. Uno de esos tipos que van de duros. Lleva uno de esos tatuajes de tinta azul justo aquí —dijo Bob, tocándose debajo del ojo.

—Ajá —dijo Mac, sin querer mostrar demasiado interés.

—En un sitio como este viven tres clases de personas —le explicó Bob, levantando una mano para enumerarlas con los dedos—: ancianos sin un centavo, personas trabajadoras que intentan vivir con lo justo y escoria. El novio es escoria, de los que gorronean a una mujer sola —añadió con absoluto desprecio.

—A lo mejor llamo a su puerta y lo compruebo yo mismo.

Bob echó un vistazo a la caravana decorada de cerdos.

—No está en casa. Debe de haber ido a trabajar. Es cajera en el Walmart de la autopista.

—Mmm. Yo necesito dormir mis horas —dijo Mac, rascando el hormigón con la punta del pie—. Puede que venga esta noche a comprobarlo yo mismo.

—Muy bien. —Bob asintió con la cabeza—. Bueno, tengo que irme al trabajo. No puedo permitirme un despido.

—Gracias por la info, tío.

—De nada.

Bob se subió a su camioneta y se marchó.

—Bueno, ¿qué te parece?

Grant exploró la zona. No había nadie fuera.

—¿Podrías obrar tu magia en la cerradura?

—Claro. Aunque es un poco osado, a plena luz del día.

—Hoy me siento osado.

—Vale.

Mac lo siguió hasta la caravana, levantó la mano y fingió que llamaba a la puerta. Grant se pegó a él y le tapó las manos con el cuerpo. A los dos segundos, ya había saltado la cerradura. El comandante apartó a su hermano de en medio y se puso al mando. Cruzó el umbral de la puerta con la Beretta en la mano. Olisqueó. Olía fuerte. A rancio.

A muerte.

Mac olisqueó también y le pasó unos guantes de látex.

—Mal asunto.

—¿Siempre los llevas encima?

Su hermano se encogió de hombros.

—He pensado que podríamos necesitarlos. Me gusta ir preparado.

—Me parece que vamos a necesitar trajes de contención.

La puerta de entrada daba al salón. Nada interesante a la vista. Grant recorrió la cocina vacía. Una puerta conducía al único dormitorio. El comandante señaló el surtido de juguetitos sadomaso esparcidos por la cama: esposas, látigos, un collar de púas, algo que parecía el juguete de goma de la perra pero con correas…

—¿Eso es una mordaza de bola?

—Le estás preguntando a la persona equivocada.

Cinco minutos después, Grant sacaba un sobre de color manila del fondo de un cajón. Lo abrió y lo volcó. En la otra mano, le cayó una fotografía de Lee y Kate. Salían de su casa. Lee agarraba a Kate por la cintura y le hablaba al oído. Ella inclinaba la cabeza hacia él. La dirección estaba escrita en la parte inferior.

—Mierda.

Grant le dio la vuelta a la imagen. Por el otro lado, se habían garabateado algunas anotaciones. La ubicación de las oficinas de los dos, las matrículas de sus vehículos, las direcciones de correo electrónico y su horario de todos los días. La información de acceso a sus calendarios *online* estaba escrita en el centro. Eso explicaba que supiera dónde encontrarlos. A Grant se le revolvió el estómago cuando vio la última anotación: 5.000$.

—Mira lo que he encontrado —le dijo Mac desde el otro lado de la estancia.

Grant sacó el móvil e hizo una foto de la fotografía y otra de las anotaciones del dorso.

Mac sostenía un portátil carísimo.

—¿Qué demonios hace un delincuente que se cepilla a una cajera con semejante máquina?

—Será robada. McNamara dijo que Donnie había cumplido condena por usurpación de identidad.

Mac devolvió el ordenador al armario y cruzó la habitación. Hizo un aspaviento al ver la fotografía.

—Alguien pagó a este tío para que los matara.

En lugar de la ira que Grant esperaba, lo inundó una absoluta frialdad. Tenía delante una prueba de que a Donnie Ehrlich lo habían contratado para que asesinara a Lee y a Kate. No quería llamar a la policía. Quería esperar pacientemente a aquel tipo, atacar por sorpresa y matarlo después de sacarle una confesión. Quería mancharse las manos con la sangre de Donnie y la de la persona que lo había contratado. Pero no lo haría. Haría lo correcto. Como soldado, había jurado proteger a su país y eso incluía todas las leyes que lo regían. Tomarse la justicia por su mano no era defender la democracia.

Pero, cuando volvió a dejar la fotografía en su escondite, le temblaban las manos… y la determinación.

—¿Y ahora qué?

—Solo nos queda un sitio por mirar.

Grant abrió la puerta del baño. Le dio una arcada al verlo y olerlo. El cadáver estaba tendido de lado en la bañera. Estaba desnuda, envuelta como una larva en una sábana de plástico, con los bordes bien sujetos con cinta americana. El cuerpo amortajado estaba cubierto de hielo y el suelo salpicado de bolsas de hielo vacías, de las que venden en las tiendas de bebidas alcohólicas. Las múltiples capas de plástico le deformaban el rostro, pero el comandante pudo adivinar una figura esbelta, de largo pelo negro y un solo ojo azul muy abierto. Otra oleada de rabia puso a prueba su debilitado autocontrol.

Mac se asomó por encima del hombro de su hermano.

—Deduzco que es la cajera.

—Tiene toda la pinta.

—Ahora es cuando llamamos a la policía.

Grant repasó con la mirada el montón de frascos de laca y loción corporal, esos artículos personales que la cajera jamás volvería a utilizar. Miró de nuevo el cadáver. Menudo desperdicio.

—Sí. Va siendo hora.

Salieron con sigilo de la caravana y volvieron al automóvil. Grant condujo hasta el final de la calle y sacó el móvil.

—¿Estás llamando al inspector?

—Sí.

Mac negó con la cabeza.

—Sería preferible hacer una llamada anónima.

—Buena idea. —Grant rodeó el parque hasta la parte delantera, donde había una pequeña oficina junto a un aparcamiento de gravilla. En un lateral del edificio, un teléfono público colgaba de la pared—. Veamos si funciona.

Grant aparcó detrás de la oficina. Tomó unas monedas sueltas del cenicero. El teléfono estaba operativo. McNamara no respondió a la llamada, así que pese a saber que el inspector podía reconocerle la voz, el comandante dejó un mensaje anónimo. Borró las huellas del aparato y regresó al vehículo.

—¿Te vas a quedar aquí sentado esperando?

—No. —A Grant le costó una barbaridad dar media vuelta y salir del parque de caravanas. La necesidad imperiosa de plantarle cara al asesino de su hermano le quemaba la piel como si fueran trozos de metralla, pero, en el fondo, temía perder el control, matar a Donnie antes de averiguar quién lo había contratado—. No quiero que Donnie sospeche.

—Si nos viera, saldría corriendo, seguro.

—Con un poco de suerte, la policía lo atrapará y les dirá quién le pagó. Sus cosas seguían en la caravana. Entiendo que piensa volver.

Pero, debajo de aquella fingida actitud civilizada, su corazón y su alma le pedían a gritos venganza y el instinto le decía que Donnie sucumbiría antes a él que a la policía. No había nada que motivara más que la hoja de un cuchillo colocada en el sitio apropiado.

—Confío en que hayamos hecho lo correcto —dijo Grant, asiendo con fuerza el volante.

—Lo hemos hecho —contestó Mac—. Yo ya he actuado al margen de la ley. Y no se lo recomiendo a nadie.

—No. Imagino que no.

—Sabes que Lee no querría que nos arriesgáramos —le dijo Mac, señalándolo con el dedo—. No podremos cuidar de los niños si estamos muertos o en la cárcel. Además, si te pones bruto y matas a ese tío, ¿cómo vamos a saber quién lo contrató?

Fue como si su hermano le leyera el pensamiento.

—Lo sé, pero no me gusta.

En un *stop*, Grant le envió un mensaje a Ellie para decirle que iban para casa. Podía conseguirlo, pero quedarse sentado esperando no iba a ser fácil. Solo podría contenerse un tiempo. Si la policía no encontraba a Donnie, Grant iría a buscarlo.

Capítulo 30

El baño del vestíbulo de la casa de los Barrett necesitaba una reforma en condiciones. Ellie intentaba reproducir en el pelo de su hija una intrincada trenza, pero, mentalmente, estaba rediseñando el espacio.

¿Se podría restaurar la bañera de hierro colado con patas en forma de pezuña? La respuesta dependía de lo profunda que fuese la oxidación del acabado, pero era un elemento precioso y elegante. El tosco lavabo empotrado debía desaparecer. Un par de pilas de peana quedarían mucho mejor en aquella casa.

Julia estaba sentada delante de ella en una silla de despacho que se habían llevado del cuarto de visitas. En un iPad colocado en la encimera del lavabo, una joven les mostraba el peinado que Julia quería para su rutina de patinaje del festival de invierno.

—Si no entreno esta noche, no podré participar en la exhibición. Eso es lo que me ha dicho el entrenador Victor.

—Lo sé —dijo Ellie, plegando un mechón de pelo sobre otro y tensándolo bien—. Haré todo lo posible para que puedas ir. El comandante Barrett me ha dicho que, si llega a tiempo a casa, nos llevaría él.

—Me cae bien, pese al lío en que nos metió a Taylor y a mí.

—El comandante no os metió en ningún lío. Os metisteis vosotros solitos. —Ellie se saltó un paso en el peinado y tuvo que retroceder. Deshizo dos secciones, rebobinó el vídeo y lo repitió. Mejor. El pelo despeinado estaba mal visto en la pista de hielo—. Lo que hicisteis era peligroso. ¿Qué esperabas que hiciera él?

—No sé —contestó Julia, encogiéndose de hombros.

—Estate quieta.

Ellie siguió trenzando y recogiendo pelo, pero el pánico le trepó poco a poco por el esófago al pensar en Julia escapándose de casa mientras Donnie Ehrlich iba detrás de ella.

—Estás enfadada.

—No estoy enfadada. —Ellie sujetó el final de la trenza con una goma elástica y la fijó en su sitio con un pasador—. Estoy asustada. Es mi deber protegerte y no puedo hacerlo si te escapas de casa en plena noche. ¿Y si ese hombre hubiera estado vigilándote y esperándote?

—Yo no sabía de su existencia —protestó Julia.

—No. No tenías ni idea de quién había ahí fuera, pero ahora sí. Cierra los ojos. —Ellie le echó en el pelo una buena cantidad de laca. Agarró un espejo y le enseñó a su hija el peinado por detrás. La trenza estaba enroscada y recogida en un moño—. ¿Qué te parece?

Julia sonrió.

—Muy bonita. Espero que aguante el entrenamiento.

—Por eso la estamos poniendo a prueba. —Ellie soltó el espejo y detuvo el vídeo—. Mira, sé que he sido muy severa contigo. Cuando todo esto termine, dedicaré tiempo a conocer a Taylor.

—¿Me vas a dejar salir con él?

—No prometo nada. A lo mejor empezamos por invitarlo a casa. Tendrá que conducir un vehículo seguro. Fijo que se me ocurren otras condiciones cuando tenga ocasión de meditar bien las cosas, pero sí. Pronto cumplirás dieciséis años. Creo que es hora.

—¿Cuántas condiciones?

—Procuraré ser razonable y encontrar un equilibro entre mi cordura y tu seguridad, pero tienes que prometerme que no volverás a intentar escaparte de casa.

—Trato hecho.

Julia se levantó y abrazó a su madre. Ellie cerró los ojos y disfrutó del abrazo. Cuantos más años cumplía su hija, más escasos eran los arrumacos.

—Bueno, ve a trotar por ahí, a ver lo que aguanta esta trenza.

—Le he prometido a Carson que jugaría una partida de la oca con él.

—Gracias por echar una mano con los niños —le dijo Ellie—. Sé que el comandante Barrett agradece tu colaboración.

—Carson me cae bien.

—Y tú le caes bien a él.

Julia salió al pasillo dando brincos. Ellie acababa de entender cómo podía estar tan contenta cuando el hombre que la había perseguido aún andaba suelto. Recogió el baño y volvió al cuarto que compartía con su hija. Por el pasillo se oían las voces de Carson y Julia, infantiles, inocentes, tiernas. ¿Quién podría querer hacer daño a ninguno de los dos? Le entró un mensaje en el móvil. Grant estaba de camino. Ignoró la satisfacción que le produjo saberlo. Aquella no era su casa, ni la de él. Él se marcharía en unas semanas y no sabía cuándo podría volver.

La abordaban constantemente imágenes de su breve pero intenso encuentro sexual. Se había sentido casi desesperada por tenerlo, por conectar con él como expresión física de unos sentimientos que aún no se atrevía a reconocer. Pero, estuviera dispuesta a admitirlo o no, el amor le rondaba el corazón.

Le vibró el móvil en la mano. Una llamada, no era un mensaje. El número que aparecía en pantalla era el de los Hamilton. Cerró la puerta del dormitorio para tener más intimidad y pulsó el botón verde para descolgar.

—¿Diga?

—¿Ellie Ross? —preguntó una voz de mujer.

—Sí.

—Soy Aubrey Hamilton.

—Señora Hamilton. Gracias por devolverme la llamada.

—Sinceramente, me indigna que su bufete haya tardado tantísimo en ponerse en contacto con nosotros —dijo la señora Hamilton, poniendo de manifiesto esa indignación en su tono de voz.

A Ellie le remordió la conciencia, pero, confiando en que la mujer no colgara, le dijo la verdad.

—Lo cierto es que mi llamada no se debe a ningún asunto del bufete.

—¿Cómo dice? No lo entiendo. Llevamos tiempo esperando a que el señor Peyton se ponga en contacto con nosotros. ¿No nos llama por eso?

—No. Lo siento. Pero necesito hablar con usted. ¿Podríamos vernos? Preferiría explicarme en persona.

—De acuerdo —contestó la señora Hamilton—. Creo que es mejor que hagamos esto en privado. ¿Quiere venir a verme o prefiere que vaya yo?

Ellie no quería que nadie fuese a la casa de los Barrett.

—¿Aún siguen los medios apostados a la puerta de su domicilio?

—No. El caso de nuestra hija ya no es noticia. La prensa dejó de acosarnos cuando la policía declaró que no había pruebas suficientes para presentar cargos —dijo la señora Hamilton con amargura—. Aquella entrevista revivió su interés momentáneamente, pero solo porque el acoso escolar es un tema candente.

Ellie miró el reloj.

—Vendrá un hombre alto conmigo. ¿Quedamos en una hora?

—Muy bien. —La señora Hamilton le dio la dirección—. Mi marido y yo estaremos en casa.

—Nos vemos, entonces.

Le mandó un mensaje de texto a Grant para informarlo del encuentro. Distraída, paseó de un lado a otro del vestíbulo hasta que la perra corrió a la puerta principal. Como no quería que los ladridos despertaran a la bebé, se la llevó de nuevo a Hannah. La niña dormía en su sillita de seguridad, en el rincón.

—Gracias —le dijo Hannah solo con los labios.

Ellie salió corriendo al automóvil cuando Mac entró en la casa. Solo con verle la cara a Grant ya supo que algo iba mal. Subió al vehículo y cerró la puerta.

—¿Qué ha pasado?

—Mac y yo hemos encontrado el sitio donde está viviendo Donnie —contestó él, apretando tanto el volante que los nudillos se le pusieron blancos.

—¿Cómo lo habéis encontrado si ni la policía sabe dónde está?

Grant respondió muy despacio, como si eligiese las palabras.

—Mac conoce a algunas personas que viven al margen de la ley.

—¿En serio?

Jamás se le habría pasado por la cabeza que el desaliñado biólogo pudiera tener un pasado oscuro.

—Por desgracia, tuvo una etapa rebelde en su juventud.

—Todos hemos tomado malas decisiones alguna vez. Lo importante es que lo superara.

Mientras decía esas palabras, Ellie se dio cuenta de lo mucho que se aplicaban también a ella. Nana tenía razón: ya iba siendo hora de que se perdonara por un solo error estúpido de adolescencia.

—Lo sé, pero no ha sido fácil tener constancia de lo bajo que llegó a caer Mac. Yo estaba fuera. No tenía ni idea. —Frunció el ceño—. Creo que eso me agobia más que lo que ha sucedido en realidad. Permití que Lee se encargara de todo lo que dejaba aquí, en casa. Nunca pensé en la inmensa responsabilidad que eso suponía.

—¿Alguna vez te dijo algo?

—No.

—Estabas en la guerra, Grant. Probablemente pensara que ya tenías bastante con lo tuyo.

—¿Sabías que tenían problemas económicos? —le preguntó él.

—Ninguno de los dos me comentó nada directamente, pero yo sabía por Kate que les estaba costando pagar la hipoteca y las letras del BMW. No podían permitirse reformar la casa como yo estoy haciendo con la mía. Claro que la mía es más pequeña, el precio era más bajo y yo pude dar una entrada considerable con lo que saqué de la venta de la anterior.

—No entiendo por qué compraron una casa que no se podían permitir. La vivienda anterior se les había quedado pequeña, sí, y con los dos niños habrían estado muy justos, pero ¿no es eso mejor que endeudarse?

Ellie le apretó la mano.

—Lee quería que lo hicieran socio. Llevaba siete años en el bufete y el señor Peyton padre, el padre de Roger, le había dicho que, si quería ser socio, tenía que comportarse como tal.

—Eso no tiene sentido.

—El viejo señor Peyton es superficial. No haría socio a nadie que no aparentase éxito —le explicó ella—. Lo que no tengo claro es por qué Lee aceptó el caso, teniendo en cuenta lo esencial que era para su carrera el que lo hicieran socio de la firma. Antes de que Peyton contratase a Frank, Lee no tenía ningún competidor. Pensaba que el ascenso era seguro. Pero, con Frank compitiendo por el mismo puesto, aceptar el caso Hamilton fue una decisión arriesgada.

—Así que Lee trabajó como un burro y Peyton lo fastidió contratando a un competidor.

—Por desgracia, eso fue exactamente lo que pasó. Probablemente pensó que le sacaría más partido a Lee si lo tenía en constante tensión.

—A lo mejor Lee pensó que aceptar el caso era lo más adecuado. Él siempre fue muy optimista. Siempre pensaba que las cosas saldrían bien. Por lo general, acertaba, pero supongo que esa vez no —dijo Grant, y guardó silencio unos minutos.

—Hay algo que no me estás contando —le dijo ella.

Él asintió con la cabeza.

—¿Seguro que quieres saberlo?

—Sí —contestó ella llena de aprensión, aunque no quería que la protegiera de ninguna verdad que pudiese afectar a la seguridad de su familia.

—Parece que Donnie ha matado a su novia. La tiene metida en hielo, en la bañera de la caravana de ella.

Ellie retrocedió espantada.

—No sé de qué me sorprendo. Ya mató a Lee y a Kate. —Aunque otro asesinato subrayaba el peligro que corría su familia—. ¿Has llamado a la policía?

—Sí. No te preocupes. He usado un teléfono público y no he dejado mi nombre.

Grant estaba agarrotado. Giró el vehículo con una sola mano. Con la otra en el muslo, apretaba y soltaba repetidamente. Aunque intentaba disimularlo, encontrar el cadáver de aquella mujer lo había perturbado.

—No estaba preocupada.

Ellie alargó el brazo y le agarró la mano. Él enroscó los dedos con fuerza alrededor de los suyos y se relajó un poquitín.

Ella le fue indicando por dónde debía girar. Los Hamilton vivían en una urbanización de casas grandes y enormes parcelas. Un prado y un bosque bordeaban la parte posterior de la propiedad.

—Lindsay se colgó en ese bosque de detrás de la casa, ¿no? —dijo Grant, y enfiló el largo sendero que conducía a la entrada de la vivienda.

—Sí. —Ellie se llevó una mano al estómago cada vez más revuelto. La idea de vivir tan cerca del lugar donde una niña se había quitado la vida le producía arcadas—. ¿Cómo pueden seguir viviendo aquí?

Grant aparcó delante de las escaleras del porche.

—A lo mejor les cuesta olvidar.

La señora Hamilton los hizo pasar. Delgada hasta parecer cadavérica, llevaba unos pantalones de seda arrugados y un suéter fino tan holgados que le hacían bolsas, como si hubiera perdido peso recientemente y no se hubiera molestado en comprarse ropa nueva. Su rostro y sus labios carecían de color. Una línea gris de dos o tres centímetros le marcaba la raya del pelo cortado a lo *garçon*. La casa parecía tan elegante y descuidada como ella. El polvo cubría los muebles caros y la suciedad arruinaba los suelos de roble rojo.

Ellie le presentó a Grant.

La señora Hamilton los condujo a un despacho situado al fondo de la casa.

En el sofá, se encontraba sentado un hombre, con la mirada perdida en el bosque que se divisaba a través de las puertas francesas del balcón. No esperó a que lo presentaran.

—Voy allí todos los días y me siento debajo de ese árbol. Seguramente les parecerá enfermizo.

—No, señor. Toda esta situación es absurda. Imagino que le cuesta digerirla —le dijo Grant, y se sentó en el sillón de orejones que había en diagonal con el señor Hamilton—. Soy el hermano de Lee, el comandante Grant Barrett.

—Su hermano era un buen hombre. —El señor Hamilton devolvió la mirada a las puertas francesas—. Quería ayudarnos.

Ellie notó que la pena había creado un vínculo entre los dos hombres y dejó que hablara Grant. Se sentó en una silla, enfrente de él. La señora Hamilton se instaló en el sofá, pero no pegada a su marido. Dejó vacío el asiento de en medio. La distancia que había entre ellos parecía mayor que la del cojín de un sofá.

El comandante se inclinó hacia delante y apoyó los antebrazos en los muslos. La cazadora se le tensó tanto que Ellie pudo adivinar el arma que cargaba en la cadera. La llevaba con tanta naturalidad que Ellie se había olvidado por completo de ella.

—¿Les dio alguna indicación de cómo pensaba hacerlo?

—No. Estábamos tan contentos de que accediera a llevar nuestro caso… A nadie más parecía importarle, pero a él sí —respondió el señor Hamilton, y se volvió de nuevo hacia el bosque, con los ojos empañados de pena—. ¿De verdad piensan que su asesinato puede estar relacionado con el caso de mi hija?

—No estamos seguros —dijo Grant con voz ronca—, pero entenderá por qué quiero averiguarlo.

—Lo entiendo. —El señor Hamilton se estremeció. Se quitó las gafas y las limpió con el bajo del suéter—. La primera vez que nos dijo que quería dejar el equipo de patinaje, deberíamos haberlo intuido. A ella le encantaba patinar. Esa habría sido la última cosa a la que habría renunciado por voluntad propia. Tendríamos que haberla sacado de ese instituto. Tendríamos que habérnosla llevado de vuelta a San Francisco. Aquí era tan infeliz que me partía el corazón —dijo con la voz rota.

—Yo no quería que se dejara apabullar por esas acosadoras. Temía que, si se rendía y huía, eso la marcara para toda la vida —explicó la señora Hamilton en voz baja.

—Eso ya no te preocupa, ¿verdad? —terció su marido con dureza—. A ella todo eso le daba igual. Lo único que quería era perder de vista a un puñado de arpías malcriadas y malintencionadas que disfrutaban haciéndola infeliz.

Su mujer apartó la mirada de él sin decir nada. La señora Hamilton subió las piernas al sofá y las dobló por debajo de su cuerpo.

—Todo el mundo, incluida la policía, estaba obsesionado con los problemas psicológicos de Lindsay. Nosotros no parábamos de decirles que nuestra hija no los había tenido hasta que nos habíamos mudado aquí, pero, al parecer, les daba igual.

—No lo entiendo. A mí me parece evidente —dijo Grant.

—En California, la trataba un psiquiatra y tomaba medicación para el TDAH, así que, aunque sus problemas psicológicos eran nuevos, tenía antecedentes psiquiátricos. Por eso su médico de aquí le recetó antidepresivos. No se lo dijimos a nadie. Nos pidió que no lo hiciéramos —añadió la señora Hamilton con un suspiro—. Parecía que se encontraba un poco mejor.

El señor Hamilton se revolvió en el asiento. Su gesto torcido parecía indicar que no estaba de acuerdo con su mujer.

—Yo no quería que las tomara. Una de las advertencias del frasco era que podían aumentar los pensamientos suicidas. ¿Cómo demonios pueden hacer un antidepresivo que incite al suicidio? El médico nos dio una lista de indicios para que estuviésemos al tanto. Por lo visto, se nos escaparon todos.

La señora Hamilton se mostró inquieta.

—Esa es la verdadera razón por la que nadie quiso aceptar el caso. Según ellos, ocultábamos información fundamental que podría haber variado el modo en que el instituto y la directiva de la pista de patinaje manejaron la situación —dijo la señora Hamilton, entrelazando los dedos y apretándolos hasta que las uñas se le pusieron blancas—. Y que la medicación, junto con nuestra errónea interpretación de los estados de ánimo de Lindsay, podían haber sido factores determinantes de su suicidio. Además, insinuaron que ya tenía una enfermedad mental no diagnosticada antes de que nos mudáramos aquí.

A Ellie aquellos argumentos le parecieron razonables, pero no lo dijo. A los Hamilton los asfixiaban los remordimientos y el sentimiento de culpa. No querían creer que eran responsables, en parte, de la muerte de su hija. Eso sí que lo podía entender.

—¿No les parece que eso es posible? —preguntó Grant con delicadeza.

La señora Hamilton se retorció las manos.

—Antes de que nos mudáramos, yo siempre la veía feliz.

—Era feliz —espetó su marido—. Tendríamos que haber vuelto a California, pero tú la hiciste sentir una inútil por querer rendirse a esas acosadoras.

La mujer dio un respingo, como si su marido le hubiese dado una bofetada.

Él se levantó.

—Perdonen.

Salió disparado por la puerta del balcón, cruzó el porche de atrás y bajó las escaleras de madera que conducían al prado; luego avanzó por este a grandes zancadas en dirección al bosque. Su rabia dejó el aire de la sala cargado de una especie de electricidad.

La señora Hamilton lo observó con desprecio. Después se volvió hacia Grant.

—Su hermano parecía particularmente interesado en obtener copias de las amenazas que Lindsay recibía en el móvil, pero no sé por qué. Esos mensajes venían de teléfonos desechables y la policía no pudo demostrar quién los había enviado. Los terminales jamás aparecieron. No me cabe duda de que los destruyeron. Lindsay recibió fotos y vídeos también, pero le borraron el contenido del móvil con un virus adjunto a uno de los mensajes. Ni siquiera los expertos de la policía fueron capaces de recuperarlo. Yo ni siquiera sabía que hubiese virus para móviles. —La señora Hamilton hizo una pausa y se mordisqueó las uñas—. Íbamos a reunirnos de nuevo con su hermano justo el lunes antes de que lo mataran.

Grant inclinó el torso hacia delante.

—¿Tienen copias de los mensajes? —Al ver que la señora Hamilton asentía, preguntó—: ¿Le importaría dejármelos para que los lea? Prometo devolvérselos.

—Supongo que ya da igual. El caso está cerrado. Le haré una copia. —Se levantó y salió de la estancia. Volvió a los pocos minutos con un fajo de papeles en la mano—. No sé por qué hace esto, pero se lo agradezco. Desde que murió su hermano, no hemos sido capaces de encontrar otro abogado dispuesto a llevar el caso. —Hizo una pausa—. Bueno, eso no es del todo cierto. Hemos recibido llamadas y visitas de decenas de abogados, pero ninguno de ellos del calibre de Lee. No hemos querido perjudicarnos contratando un letrado de dudosa reputación. Queremos que nos tomen en serio.

—No voy a enseñárselos a nadie y, si descubro algo, se lo haré saber. —Grant se puso en pie—. Gracias por atendernos.

La señora Hamilton los acompañó a la puerta y ellos volvieron al automóvil.

—¿Qué te parece? —le preguntó Ellie mientras se abrochaba el cinturón de seguridad.

—Se culpan el uno al otro y a sí mismos. Él quería volver a California, ella no quería rendirse, así que él se siente culpable por no luchar por su hija y ella se siente responsable de las decisiones que tomó.

—Es un entorno muy tóxico. Me pregunto cómo sería su matrimonio antes de la muerte de Lindsay.

—Quién sabe. —Grant hizo girar el automóvil—. El suicidio de una hija puede destrozar a cualquiera, claro que el hecho de que no consigan ponerse de acuerdo sobre los apuros de Lindsay parece indicar que ya tenían problemas antes de eso.

A Ellie le vibró el bolso. Sacó el móvil del bolsillo lateral. Se puso nerviosa.

—No conozco el número.

—¿Es el mismo desde el que te ha amenazado las otras veces?

—No —contestó ella a la vez que pulsaba la burbuja de mensaje.

—Seguramente está usando teléfonos desechables distintos cada vez. Eso es lo que haría yo.

Ellie leyó el mensaje en voz alta.

—No te he pedido que hablases con los Hamilton.

Grant exploró con la mirada los alrededores.

—No entiendo cómo alguien ha podido saber que estábamos aquí.

—Salvo que vigile la casa de los Hamilton desde el bosque —dijo Ellie, mirando a su espalda.

—¿Y cómo se le iba a ocurrir hacer eso?

Cuando llegó al final del sendero de entrada a la casa, Grant detuvo el vehículo y bajó.

—¿Qué? —preguntó ella, y lo siguió.

—¿Cómo ha sabido dónde estábamos? —Grant rodeó el automóvil—. ¿Llevas linterna en la guantera?

—Sí —contestó Ellie, y la sacó.

Se frotó los bíceps para entrar en calor mientras él rodeaba el vehículo, pasando la mano por debajo de los guardabarros y los parachoques. Luego se tiró al suelo e iluminó con la linterna los bajos del automóvil.

—Menudo hijo de…

Sacó una cajita negra de cinco centímetros que llevaban pegada con cinta americana a los bajos del monovolumen.

—¿Qué es eso?

—Parece un localizador por GPS.

—¡Madre mía! —Espantada, Ellie se tapó la boca con la mano—. ¿Con eso puede localizarme en todo momento?

—¿Sabrá que lo has quitado?

—No, mientras siga transmitiendo, supondrá que el monovolumen está en el mismo sitio que el dispositivo. —Grant se incorporó—. Sé que te he prometido que no se lo diríamos a McNamara, pero creo que deberíamos llamarlo.

—Ese tipo me amenazó con atacar a mi familia si llamaba a la policía —dijo Ellie con un nudo de miedo en la garganta.

—Pero no tenemos ni idea de dónde está ese archivo —repuso Grant, sosteniendo el dispositivo GPS.

A Ellie se le llenaron los ojos de lágrimas. ¿Qué debía hacer? Grant tenía razón. El plazo de treinta y seis horas que se habían dado ya había expirado, pero él le estaba preguntando, no obligándola a cambiar de opinión. No podía darle al encapuchado lo que le pedía, pero incumplir sus instrucciones e implicar a la policía le parecía arriesgado.

—Mira, no puedo seguir esperando sentada con todo lo que está pasando. ¿Qué te parece si volvemos a casa de Lee, leemos todos esos mensajes e ideamos un plan?

Volvió a sonarle el móvil.

—Me ha mandado otro mensaje: «Consigue ese archivo para mañana o despídete de tu familia».

Capítulo 31

Grant levantó la vista de la hoja de mensajes de texto que tenía encima del escritorio.

—Son repugnantes.

—Lo son. —Sentada enfrente de él, Ellie tenía su propio montón de folios sujetos a un portafolios de clip—. ¿Qué clase de adolescente le dice a otra que se suicide?

—No sé, pero da igual lo asquerosos que fueran los mensajes si no se puede demostrar quién los envió.

Ellie se masajeó la nuca.

—No sé qué hacer. Mañana me volverá a escribir. Y no tenemos el archivo.

—Nos quedan dos opciones: llamar a la policía o inventarnos el archivo. Él no tiene forma de saber que no es el de verdad.

—Eso no se me había ocurrido —dijo Ellie, recostándose en el asiento, con el esqueleto más erguido por la fortaleza que le daba la pequeña esperanza con que él la había obsequiado.

—Aún lo estoy rumiando, pero creo que puedo hacer algo incluso mejor. —Le rondaban la cabeza un par de ideas. La de emprender la ofensiva en esa campaña lo llenó de energía. El deseo de ocuparse personalmente del asesino de su hermano era la verdadera razón por la que no había insistido en que Ellie llamara a la policía—. ¿Has encontrado alguna pista en esos mensajes?

—No. —Ellie dejó el portafolios encima de la mesa, se levantó y se estiró—. Tengo que ir un momento a mi casa a por ropa y Julia necesita su equipación de patinaje para el entrenamiento de esta noche.

Grant se excitó solo de pensar en la última vez que habían estado en su casa. No debía repetirse. Ellie no merecía que le hicieran daño, pero el consuelo que encontraba en ella era difícil de resistir.

—Te acompaño. —Grant se levantó y agarró el escucha-bebés que estaba encima de la mesa—. Voy a decírselo a Hannah.

—Yo voy a preguntarles a Nana y Julia si necesitan que les traiga alguna otra cosa —dijo Ellie, y salió del despacho y subió a la planta superior, donde su hija estaba terminando los deberes antes del entrenamiento. Carson, agotado después de otra noche medio en vela y un rato de juego en el jardín con Grant y la perra, se había quedado como un tronco.

Hannah estaba en la cocina, trabajando con su portátil. Grant asomó la cabeza por la puerta. Tenía la mesa repleta de papeles, extendidos delante de ella. La bebé dormía en el rincón.

—Igual los lactantes son vampiros y no les gusta la luz del día —dijo.

—Eso explicaría muchas cosas —contestó Hannah, suspirando.

—¿Trabajas o estás con lo de la casa? —preguntó él.

—Sí —dijo ella, levantando la cabeza.

—¿Dónde está Mac?

—Arriba. Me ha dicho que iba a dormir un rato y luego haría él el primer turno de paseo-vigilancia-nocturna de la bebé.

—Bien. ¿Quieres que me arriesgue a llevarla a la cunita? —preguntó él, señalando con la cabeza a Faith. Las llantinas se habían ido espaciando en las dos últimas noches. Ojalá estuviera superando ya esa etapa.

—No, ni hablar. —Hannah hizo una mueca—. ¿Es que nunca lo has oído? No se despierta a un bebé cuando duerme.

—Voy un momento con Ellie a la casa de al lado. Necesita unas cosas. —Dejó el escucha-bebés en una esquina de la mesa. Como la niña no dormía nunca en su cuna por las noches, Grant había instalado la base del dispositivo en el cuarto de Carson. La casa era demasiado grande y no oía al niño desde abajo—. ¿Estás tú pendiente de Carson?

—Claro —asintió su hermana.

—Mándame un mensaje si alguno de los dos se despierta.

—De acuerdo —dijo, y volvió a agachar la cabeza hacia sus papeles.

Adelantándose a Ellie, Grant exploró el exterior de la casa por las ventanas de la fachada principal y de la posterior antes de desactivar la alarma y abrir la puerta. Una vez fuera, cerró con llave y activó de nuevo el sistema con el mando a distancia del llavero.

Ya en casa de Ellie, él entró primero, Beretta en mano. Tras un registro rápido de la vivienda, comprobaron que estaban solos. Terminó la inspección en el pasillo de la planta superior.

—Todo despejado —dijo, guardándose el arma en la funda.

Ellie entró en el dormitorio. Grant la siguió y se recostó en la pared mientras ella dejaba una bolsa grande con asas encima de un arcón situado a los pies de la cama. Salió unos minutos y volvió cargada de ropa.

A él le sonó el móvil. Miró la pantalla con la esperanza de que no fuera Hannah. Necesitaba con urgencia una hora de desconexión. Deslizó el dedo por la pantalla y apareció un mensaje de Mac: «El forense ha concluido la autopsia».

Le costó digerir la noticia.

—¿Va todo bien? —le preguntó ella, mirándolo a los ojos.

Él guardó el teléfono.

—Sí.

—Vale. Ya casi he terminado.

Lo miró ceñuda. No creía lo que le había dicho, pero él no tenía ganas de explicarse. Se le notaba el agotamiento. Miró la cama de reojo. Las noches en vela, las pesadillas y los niños llorosos le estaban pasando factura.

—¿Te importa que me eche una siestecita?

Ellie levantó la vista de la bolsa, con un suéter doblado en las manos.

—En absoluto. ¿Quieres que salga de la habitación?

Grant se tendió en la cama.

—En realidad, ¿te importaría tumbarte conmigo?

—En absoluto —dijo ella por segunda vez, y se tumbó junto a él.

Él se puso de lado, le echó un brazo por encima y enterró la nariz en su pelo. Olía a flores.

—Despiértame en media hora.

Con años de práctica en el ejército, era capaz de quedarse dormido en segundos.

—¿Grant? —El susurro de ella lo despertó—. Ya ha pasado una hora, pero puedes dormir más si quieres.

Él abrió los ojos.

—¿No ibas a despertarme en media hora?

—Estabas como un tronco —le dijo ella, con la cara a solo unos centímetros de la suya.

Tenía la mano apoyada en el hombro de él. De pronto se sintió feliz. Aquel instante, en el dormitorio en silencio, parecía casi dolorosamente corriente. Había sido el sueño más reparador que había tenido desde que había vuelto a su casa. Podría acostumbrarse a verla al despertar.

Alargó la mano y le acarició un mechón de pelo que le caía por el hombro. Se lo enredó en el dedo. Desde que le habían comunicado la muerte de Lee, cada instante había estado repleto de preocupación, de dolor y de miedo. No quería que ese momento de paz terminase. Solo por unos minutos, podía fingir que despertar acompañado de una mujer hermosa era algo habitual para él. ¿Cómo sería tener momentos así a todas horas, instantes de intimidad tan tremendamente corrientes?

—¿Quieres dormir más? Te pasas en vela casi toda la noche.

¿Dormir? Eso no era precisamente lo que más le apetecía hacer en ese momento. Le soltó el pelo y, enroscándole la mano en la nuca, tiró de ella para apoyarle la cabeza en su pecho. La sospecha y el deseo oscurecieron la mirada de Ellie. Ambas emociones hicieron que a Grant se le disparara la sangre hacia abajo. Levantó la cabeza y posó sus labios en los de ella. El suave gemido que escapó de su boca lo hizo alzar las caderas de la cama. Ella separó los labios. Él le introdujo la lengua en la cavidad caliente y quiso más. Ellie podía curarlo. Pero era egoísta por su parte pedirle ayuda. Lo que ocurriera entre ellos no podía durar.

Aun así, la arrastró a su pecho y, envolviéndola con sus brazos, la besó más intensamente. Le acarició la lengua con la suya. Ella le respondió y abrió la boca en busca de más. Él se sumergió aún más y el deseo y la pasión crecieron hasta emborronar el dolor que él había llevado a sus espaldas durante más de una semana. Ellie era lo único que quería. Quería meterse en ella hasta que todo lo demás dejara de existir y lo quería lo bastante como para ignorar las limitaciones de su relación. Solo de momento. Una tarde. No pedía más.

Le metió una mano por debajo del suéter para acariciar la piel suave de su cintura. Su suave gemido lo instó a ascender hasta atraparle un pecho por encima del algodón del sujetador. Ella lo agarró de la camiseta y el roce de sus uñas lo excitó más. Grant levantó las caderas de la cama y buscó con su cuerpo el de ella. Ellie se incorporó, se sacó el suéter por la cabeza y lo tiró al suelo.

—¿Estás segura?

En lugar de responderle, se desabrochó el cierre frontal del sujetador y liberó sus pechos, pequeños y redondos, en perfecta proporción con su cuerpo delgado. Grant envolvió uno con la palma de la mano. Con el pulgar, acarició el pezón. Ella arqueó la espalda y el placer transformó su rostro íntegro en un verdadero sueño erótico.

Como necesitaba un contacto más directo, se incorporó y se quitó de golpe la camisa, luego se despojó de los vaqueros y, alargando la mano al bolsillo, extrajo la cartera y de ella un condón.

Ellie se levantó y se desnudó. Cuando volvió a subir a la cama, él la hizo rodar hasta tenerla debajo. Piel con piel, calor sobre calor. Eso era lo que le pedía el cuerpo. Ella deslizó la mano por sus abdominales para acariciarle el miembro erecto, que, impaciente por empezar, le latía en la mano.

Grant la agarró de la muñeca.

—Un poquito más despacio.

—Dijo uno que no estaba acostumbrado a tener niños en casa. —Ellie alargó el brazo y lo agarró de las pelotas. Él levantó las caderas hacia ella—. Nuestro tiempo es limitado. Te aseguro que te van a reclamar cuando estemos en lo mejor.

La verdad de su afirmación le resonó en el corazón.

—La cosa va bastante bien, pero déjame que lo disfrute, solo unos minutos.

Grant quería, necesitaba saborearla para poder recordar esos momentos en sus horas de soledad, de vuelta en Afganistán.

Se deslizó por el cuerpo de ella. El agradable sabor salado de su piel le vació la cabeza de todo menos de ella. Descendió más allá del vientre y lamió y saboreó. La distinta intensidad de sus gemidos fue guiándolo hasta el punto clave. Ellie se arqueó, le agarró la cabeza con las manos. Un gemido primitivo y desinhibido hizo que a Grant le pulsara la erección. Ella le apretó el cuero cabelludo con los dedos. Grant quería que aquel momento durase lo máximo posible, pero Ellie tenía razón. Su tiempo era limitado. Con una desazón que casi parecía arrepentimiento, abrió el condón y se lo enfundó. Trepó por la cama. Introdujo una mano entre las piernas de ella para tantear.

—Grant. —Ellie le enroscó las piernas en la cintura—. Ya, por favor —le susurró sin aliento, con urgencia—. Estoy más que lista.

Él se introdujo en su interior con la intención de ser suave, pero lo inundó el placer y la embistió con fuerza, sin procesar la información de su cerebro. Ella reculó.

—Perdona.

—¿Por qué paras? —le preguntó ella, arqueándose, con los talones clavados en el trasero de él, haciéndolo entrar aún más.

—Pensaba que te había hecho daño —contestó él jadeando, y los músculos le temblaron al intentar mantener la postura.

—Es evidente que no —repuso ella, moviendo las caderas debajo de él—. Deja de pensar ya. Es una orden.

—Sí, señora.

Grant se retiró y volvió a embestir. Ellie se tensó alrededor de su miembro con voracidad.

Puso los ojos como platos. Las pupilas se le dilataron.

Gimió su nombre.

—Grant. Más.

Apoyando las manos, elevó el torso y meció las caderas hacia delante. Ella dobló el cuerpo hacia atrás. Le clavó las uñas en los hombros. El cuerpo de él, su deseo, se puso al mando, y aumentó la velocidad y la urgencia de sus movimientos. Ellie lo siguió, empujando las caderas para recibirlo, y sus cuerpos encontraron, encajados, un ritmo natural.

Las extremidades de Ellie se tensaron. Sus ojos se entornaron y un sonido gutural emanó de sus labios. Se cerró a su alrededor y él se dejó ir. El placer le recorrió la espalda entera mientras la embestía una última vez. Ella se enroscó a su cuerpo y surcó la ola pulsátil de su placer conjunto.

A Grant no lo aguantaron los brazos y se derrumbó encima de ella. Ellie desenroscó las piernas de su cintura. Él le plantó un beso en la comisura de los labios.

—Gracias.

—Creo que debería darte las gracias yo —dijo ella. Las palabras sonaron ligeras, pero su mirada revelaba preocupación—. La próxima vez que me digas que necesitas espacio para maniobrar, te complaceré con muchísimo gusto.

El saber que muy probablemente no habría una próxima vez hizo el momento algo agridulce, pero Grant se negaba a dejar escapar aquella pequeña felicidad. Ella le había hecho un obsequio: una liberación purificadora del dolor que le había estado estrangulando el corazón durante días. El cuerpo caliente de Ellie era mejor que cualquier terapia, pero la tarde se les escapaba. Como bien había dicho ella, su tiempo era limitado.

—Recuerdo la primera vez que te vi —le dijo.

—En la barbacoa —adivinó ella.

—Sí. Llevabas un vestido amarillo de verano. Tenías las piernas morenas. No podía quitarte los ojos de encima. De no haber sido porque me embarcaba en breve…

Ellie lo agarró de la mandíbula. Tenía los ojos empañados. Le agachó la cabeza y lo besó con ternura en los labios. A Grant se le infló tanto el corazón que casi no le cabía en el pecho. Era demasiado, demasiado rápido, y el momento era de lo más inoportuno, pero ninguna otra cosa iba a hacerlo tan feliz como tener a Ellie en su vida.

—Enseguida vuelvo.

Se levantó y fue al baño. Se desharía del condón rápidamente y volvería a la cama. Pero, cuando entró de nuevo en el dormitorio, dispuesto a tirarse sobre el colchón y disfrutar de su cuerpo desnudo, ella estaba sentada, con el móvil de él en la mano.

—Tienes un mensaje —dijo, tendiéndole el teléfono.

Al recordar el mensaje anterior, la pena y la angustia volvieron a inundarlo, casi como si el sexo que habían tenido no hubiese ocurrido nunca.

El mensaje era de su hermana. La bebé y Carson estaban despiertos y a Hannah la necesitaban en una videoconferencia.

Lo asaltó la desilusión. No había tiempo para las confidencias poscoito. Aquellos minutos, escasos, con Ellie lo habían reconstituido. Le habían demostrado lo que podía haber y precisamente por eso no podía volver a pasar. Cuando llegase el momento, no querría dejarla y no quería acostumbrarse a algo a lo que tendría que renunciar.

—¿Tienes todo lo que necesitas? —le preguntó Grant, recogiendo sus calcetines—. El mensaje es de Hannah. Tenemos que volver.

—De acuerdo. ¿Qué es eso? —dijo de pronto, señalándole la pantorrilla.

—Metralla —contestó Grant, y se pasó la mano por la abultada mancha gris que tenía debajo de una quemadura en la parte inferior de la pierna, donde llevaba alojados pequeños fragmentos de metal desde su primera misión en Irak.

—¿Te la han dejado ahí?

—El médico me dijo que me harían más daño intentando sacarla que dejándola donde está. Lleva años ahí. —Se encogió de hombros—. Sé que tiene mal aspecto, pero no me duele.

Ella lo agarró del hombro y lo volvió de espaldas. Grant notó que paseaba el dedo suavemente por la cicatriz que tenía en la espalda.

—¿Y esto?

—Una bala. También en Irak.

Él se volvió hacia ella y le agarró las manos.

—Ahora entiendes por qué no quería que te ataras a mí.

En lugar de contestar, ella se acercó más a él y le dio un beso tierno en la boca.

—Será mejor que nos vayamos —dijo y, apartándose de él, se vistió.

Grant, con una herida nueva en el corazón, hizo lo mismo. Se calzó las botas y agarró la bolsa de la ropa. Ellie cerró con llave cuando salieron. Él exploró la calle en busca de algún indicio de vigilancia. ¿Estaría el encapuchado, como lo llamaba Ellie, vigilándolos en ese momento? No solo había contado con el GPS. La fotografía que le había enviado a Ellie demostraba que también la había estado vigilando de cerca. Pero esa noche Grant no tenía la sensación de que lo estuviesen espiando. Había algunos vehículos aparcados en la calle. Ninguno parecía ocupado, pero tomó nota mental de que debía comprobarlo luego. Se había hartado de esperar a que la policía hiciese las cosas por el cauce legal. Se le acababa el permiso. Necesitaba que aquel asunto se resolviese y su familia y la de Ellie estuvieran a salvo cuando él regresara al ejército.

Había estado ideando un plan. Al día siguiente lo pondría en marcha. Salieron al porche. Un Mercedes plateado estaba aparcado justo delante.

—¿Quién es? —preguntó Ellie.

—La matrícula es de Boston. Serán los padres de Kate. —Grant cruzó aprisa el césped—. Confío en que llamarlos no haya sido un gran error.

311

Capítulo 32

Ellie siguió a Grant al interior de la casa. En el vestíbulo, había una pareja mayor. Hannah les estaba pidiendo los abrigos y colgándolos en el ropero.

—Los padres de Kate, Bill y Stella Sheridan. —Hannah presentó a Grant y a Ellie—. Vamos a la cocina. Acabo de hacer café.

Bill era alto, con una buena mata de pelo blanco, ojos azules y algo encorvado. Su mujer, delgada, tenía el pelo gris y lo llevaba cortado de forma que le caía justo a la altura de la barbilla, en punta y anguloso, como su rostro. Iban ambos bien vestidos, con pantalones y suéteres.

Stella miró ceñuda el papel pintado medio despegado del pasillo. En la cocina, Hannah dispuso las tazas y el café en la mesa. La bebé se movió e hizo un ruidito. Los Sheridan cruzaron la estancia y se detuvieron delante de la sillita de Faith.

—Su nieta, Faith —dijo Grant, acuclillándose y soltándole el arnés. Luego la tomó en brazos y se volvió para enseñársela a los Sheridan.

Stella alargó tímidamente una mano y le acarició el muslo regordete.

—Los bebés deben dormir la siesta en su cunita.

—Tiene cólicos —dijo Grant.

Ella negó con la cabeza.

—Los bebés necesitan una rutina, comandante. Llévela a la cuna y déjela allí. Llorará un rato, pero no tardará en aprender a ser independiente. Si la mima, nunca aprenderá que el mundo no gira a su alrededor. Tengo entendido que hay otro niño mayor, ¿es así?

—Sí, Carson tiene seis años. Está durmiendo la siesta —dijo Hannah, midiendo la leche para el biberón.

—Imagino que esta semana habrá sido horrible para él.

Stella dejó de acariciarle la pierna a Faith. ¿Estaba nerviosa la madre de Kate? Nunca había visto a sus nietos. ¿Cuántos remordimientos se escondían tras los ojos grises de la señora Sheridan?

—Lo está pasando mal —dijo Grant con el ceño fruncido.

Hannah le pasó el biberón y él se sentó a la mesa con Faith apoyada en el codo. Los Sheridan se sentaron enfrente de él. Ellie pensó en salir de allí y dejarlos en familia, pero la pena que detectaba en los ojos de Grant se lo impedía. Se sentó en la silla de al lado y pegó la pierna a la suya. Él le dirigió una mirada agradecida.

Bill ignoró el café que Hannah le había puesto delante.

—¿Para cuándo está previsto el entierro?

Grant se apoyó a la niña en el hombro para que echara los eructitos.

—Aún no lo hemos organizado. El juez ha autorizado el entierro hace solo unas horas.

Al recordar lo fuerte que Grant se había abrazado a ella mientras dormía en su cama, a Ellie se le encogió el corazón. No se lo había dicho. ¿Confiaba en ella? El día anterior le había mentido sobre adónde iba con Mac. ¿Le ocultaba algo más?

—¿Y qué pasa con los niños? ¿Habéis previsto algo a ese respecto?

Grant se aclaró la garganta.

—Aún no hemos tomado ninguna decisión.

—¿Qué opciones hay? —preguntó Stella, cruzando los dedos y apoyando los antebrazos en la mesa—. ¿Alguno de vosotros está casado? —dijo, mirando a Hannah y a Grant alternativamente.

—No —reconoció Grant—. ¿Por qué llevaba tanto tiempo sin hablar con Kate?

—Lo decidió ella. Nos rechazó —dijo, ruborizándose—. Todos cometimos errores. Ahora ya no podemos enmendarlos. Algo que lamentaré hasta el día de mi muerte. —Apoyó las palmas de las manos en la mesa—. Comandante, me parece que la mejor opción para esos niños es que los criemos nosotros. Tenemos ingresos suficientes para garantizarles los mejores cuidados y los mejores colegios privados. Conocemos a un psicólogo infantil excelente y ya hemos estado buscando una niñera cualificada. No les faltará de nada.

Salvo afecto, pensó Ellie, pero no dijo nada. Aquello no era asunto suyo. Los Sheridan no parecían malas personas, solo un poco estirados. Pero Carson necesitaba desesperadamente el contacto físico y no se los imaginaba achuchándolo después de una pesadilla.

—Creo que deberían conocer a Carson antes de que hagamos ningún plan a largo plazo —espetó Grant.

Stella asintió con la cabeza. No tuvo que esperar mucho. Carson apareció de pronto, adormilado y despeinado, en el umbral de la puerta de la cocina. Grant le pasó la bebé a Hannah y Carson trepó a su regazo.

—Carson, tus abuelos —le dijo.

—Hola, Carson. Encantada de conocerte —se presentó Stella, alargando la mano para acariciarle el bracito—. Te pareces a tu mamá cuando era pequeña.

El niño se tapó la boca con la mano y le habló al oído a su tío.

—No la conozco.

—No pasa nada —le dijo Grant, dándole una palmadita en la espalda.

Bill se aclaró la garganta. Tenía los ojos empañados.

—Puedes llamarnos abuela y abuelo si quieres.

El pequeño volvió la cara hacia el pecho de Grant y se colgó de su cuello.

Stella se sacó un pañuelo del bolsillo para enjugarse los ojos.

—¿Qué tal si volvemos mañana, cuando haya tenido un poco de tiempo para hacerse a la idea?

—Me parece bien —dijo Grant, y se levantó, con Carson aún en brazos.

Ellie se llevó una mano al pecho. ¿Cómo debía de sentirse una madre al saber que su hija, con la que hacía más de diez años que no hablaba, había muerto asesinada y ya nunca podría hacer las paces con ella?

—No olvidéis nuestra propuesta —dijo Stella.

—Como ya he dicho, aún no hemos tomado ninguna decisión —repitió Grant, y le dio una palmadita en la espalda al niño.

Acompañaron a los Sheridan a la puerta. Hannah les sacó los abrigos.

—Los niños necesitan estabilidad —advirtió Bill mientras ayudaba a su mujer a ponerse el abrigo—. Por favor, tenedlo en cuenta.

Stella se detuvo en el umbral de la puerta.

—Nos alojamos en una pensión —añadió, y le dio la tarjeta a Grant—. He anotado mi móvil en el reverso. Avisadnos, por favor, cuando sepáis la fecha del entierro.

Cuando salieron, Grant cerró la puerta. Mac bajó las escaleras.

—¿Quién tiene hambre?

—¡Yo!

Carson levantó la cabeza del hombro de su tío. Grant lo dejó en el suelo y el niño siguió a Mac a la cocina.

Hannah apoyó la cabeza en la mejilla de Faith.

—No son precisamente unos abuelos cariñosos.

—Tampoco nuestra familia es perfecta. Llevábamos años sin vernos.

—No sé. —Hannah meneó la cabeza—. No parece que a Carson le haya entusiasmado mucho ella y no me ha pedido que le dejara a la niña.

—Estaba conmocionada. Supongo que siempre pensó que habría tiempo para reconciliarse con Kate. Y ahora no lo hay —dijo Grant, suspirando—. Casi mejor que no se hayan puesto muy pesados. No tengo claro que el niño esté preparado. No piensa en el futuro, apenas puede con el presente. —¿Hablaba Grant de su sobrino o de sí mismo?—. Les irá tomando cariño.

Hannah se detuvo y lo miró fijamente.

—¿No estarás pensando en dejar que esa gente críe a los niños? O, mejor dicho, que los eduquen sus criados.

Ellie estaba de acuerdo con Hannah, pero aquella decisión correspondía a los Barrett, no a ella, aunque Carson le partiera el corazón. El pequeño estaba muy unido a Grant. Ella lo entendía. No quería ni pensar en que el comandante se marchara.

—No sé —le dijo él—, ¿tú estás dispuesta a dejar tu empleo? Yo estaré en Afganistán por lo menos otro mes y tampoco me extrañaría que me prolongaran el destino. Suele ocurrir. Puede que esté fuera hasta el otoño. Mac se marcha a Sudamérica. ¿Qué otra cosa podemos hacer?

Ellie enjuagó el biberón y lo metió en el lavavajillas. Grant se apoyó en la encimera, a su lado. No se había afeitado. La rubia barba incipiente de su barbilla le recordó el sexo que habían tenido. Jamás había experimentado nada tan intenso, ni tan tierno. Se acaloró. Se subió un poco más el cuello del suéter para asegurarse de que no se veía la abrasión que la barba de él le había producido.

Se volvió para inclinarse sobre él, pero se detuvo en seco. Iba a darle un beso de consuelo. Esa clase de intimidad doméstica jamás existiría entre ellos, pero la sorprendió lo mucho que le apetecía. Grant era tan distinto a los otros hombres con los que había salido.

Fuerte, fiable, sincero. Si se dejaba llevar, podía imaginar perfectamente fines de semana de gozosa y aburrida cotidianeidad. A Grant sensualmente desaliñado, besándola con la perversa promesa en los ojos de que haría mucho más en cuanto se presentara la ocasión. La familia completamente ajena a todo.

Bueno, Nana, no. A ella no se le escapaba casi nada.

Le vibró el móvil una vez. Un mensaje. Un segundo zumbido en el bolsillo delantero hizo que le reverberara el hueso de la cadera. Sintió que la sangre le abandonaba la cabeza al sacar el teléfono.

Temiendo mirar la pantalla sin estar a solas, salió de la cocina con una precipitada disculpa.

Por el rabillo del ojo, vio que Grant la seguía al despacho.

—¿El mismo número de ayer? —le preguntó él, cerrando la puerta.

—No, otro distinto.

—¿Qué te dice? —quiso saber.

Ellie leyó el mensaje.

—«¿Tienes el archivo?»

—Dile que sí.

—¿Cómo?

—Estoy harto de aguantar a ese tío —espetó Grant, y sus ojos azules se volvieron gélidos—. Hoy le vamos a preparar un archivo.

Ella supo enseguida que era inevitable. Grant tenía razón. Aquello tenía que acabar. Con mano firme, tecleó «Sí» y pulsó el botón de envío.

Se miraron durante casi cinco minutos.

—Creo que tu respuesta lo ha sorprendido —dijo Grant—. Y eso es buena señal.

Entró la respuesta y Ellie la leyó: «A las ocho en punto esta noche. En el mismo aparcamiento de la otra vez. Ven sola o morirán todos».

Al girar hacia el aparcamiento de la tienda de segunda mano de St. Vincent, Grant se recolocó la peluca y se deslizó en el asiento del conductor del monovolumen de Ellie. Pasó por delante de un chalé de ladrillo, situado a su izquierda, y entró en un rectángulo de asfalto de unos diez por veinte metros. Una lámpara sujeta a la parte posterior del edificio generaba un charco de luz en la acera. Más allá del alcance de esa luz, esperaba la oscuridad. La tienda estaba a unas manzanas de la zona comercial y la vivienda más próxima se encontraba a un kilómetro por la carretera.

Bastante intimidad.

Con todos los sentidos en alerta máxima, Grant condujo hasta el fondo del aparcamiento y estacionó el vehículo en la zona más oscura. Exploró los alrededores, pero no vio indicios de que hubiera nadie. Con un clic del interruptor, apagó los faros. Habían desactivado en casa la luz del interior del habitáculo. El móvil de Ellie estaba encima de la consola, junto con el dispositivo de rastreo por GPS. El encapuchado sabía que el monovolumen estaba allí.

«¿Dónde te escondes, Donnie?»

Si Grant hubiera organizado un operativo así, habría llegado pronto y asegurado la zona. El encapuchado no había llegado aún, con lo que probablemente fuese un aficionado. La adrenalina le corría caliente y rápido por las venas. Esa noche se enfrentaría al asesino de su hermano y averiguaría quién lo había contratado para que matara a Lee. Después, su familia y él podrían empezar a recuperarse. Bajó la ventanilla para escuchar los sonidos de la noche. Oyó el ruido de un motor que se acercaba. Los neumáticos crujieron sobre la sal y la arena que quedaba en el asfalto después de que se derritiese el hielo.

Un sedán estacionó en el aparcamiento detrás del monovolumen. De momento, bien. Bajó el conductor. En los espejos de su vehículo, Grant vio a la figura vestida de negro y encapuchada explorar someramente la zona antes de acercarse a ellos. Los faros del sedán hicieron brillar el metal de un arma. Sin mediar palabra, Grant sacó el archivo falso por la ventanilla abierta. Lo sostuvo en vertical para evitar que el tipo le viera la cara.

El encapuchado se adelantó hasta la puerta del conductor. Le arrebató el archivo, dejándose llevar por el entusiasmo. Grant asió la manilla de la puerta. Tiró de ella y empujó. La puerta se estampó contra el hombre y lo tiró al suelo. El arma y el archivo salieron disparados. Se deslizaron por el asfalto y los folios en blanco se esparcieron por el aire. Grant bajó rápidamente del vehículo. Llevado por la rabia, aterrizó encima del encapuchado.

Por el rabillo del ojo, vio que Mac salía corriendo del solar contiguo. Grant lo había dejado allí mucho antes de la hora del encuentro para que le sirviera de refuerzo.

A horcajadas sobre el pecho de su rival, Grant le bajó de un tirón la capucha y le arrancó de golpe el pañuelo. Levantó la mano, pero se quedó de piedra.

No era Donnie, sino Corey Swann quien lo miraba desde abajo.

—*Tú* mataste a mi hermano —dijo Grant, apretando el puño. Echó de menos su cuchillo—. Tendría que cortarte el cuello aquí mismo.

—¿Que maté a tu hermano? —repitió Corey a duras penas, con Grant sentado en su esternón—. ¿De qué hablas? ¡Yo no he matado a nadie!

Maldita sea. Corey debía de haber contratado a Donnie para que matase a Lee, pero no se fiaba de que el asesino a sueldo fuese capaz de recuperar el archivo.

—Contrataste a alguien para que lo matara. Es lo mismo.

Corey tosió.

Grant sacó el Ka-Bar de su padre de la funda de la pantorrilla y se lo pegó al cuello a Corey.

—Sé lo del GPS. Sé que has amenazado con matar a la familia de Ellie. He visto los mensajes que le has estado enviando con un móvil desechable, lo mismo que hacía tu hija para torturar a Lindsay Hamilton.

Corey respiraba con dificultad. A regañadientes, Grant desplazó un poco el peso para que pudiera tomar aire.

—Sí —jadeó el hombre—. Amenacé con matarlos, pero no he hecho daño a nadie. Solo quería el archivo.

—¿Por qué? —preguntó Grant, apenas consciente de que Mac se acercaba a su lado—. ¿Qué contiene ese archivo?

—¡No lo sé! —gritó Corey—. Pero tu hermano descubrió algo que inculpaba a mi hija. Debía averiguar qué era y destruirlo.

—¿Ni siquiera sabes qué es?

Grant se quedó pasmado. Aquel hombre había hecho daño a otras personas para evitar que a su hija la acusaran del delito que había cometido.

—No, pero sea lo que sea, nadie puede averiguarlo —le dijo con los ojos llorosos, brillantes a la luz de los faros, y el rostro fruncido de miedo—. Lo único que he hecho ha sido amenazar a Ellie Ross. Solo eso. Temía que Lee Barrett hubiese encontrado pruebas suficientes para convencer a la policía de que presentase cargos contra mi hija. No podía arriesgarme. Incluso una demanda civil le destrozaría el futuro. No permitiré que un solo error arruine su vida.

—¿Un solo error? Incitó a una compañera al suicidio.

—Ella no ha matado a nadie. Esa chica tenía problemas mentales. Nadie podía prever que fuera a colgarse porque le tomasen un poco el pelo.

—¿Que le tomasen un poco el pelo? He leído los mensajes que le enviaba a Lindsay —dijo Grant—. Tu hija fue brutal e intencionadamente cruel. Se mofaba de la pobre chica sin piedad.

—Regan no tenía ni idea de que se estuviese medicando. Seguro que no lo habría hecho de haberlo sabido.

Pero no lo dijo con convicción. Se estaba excusando, y lo sabía.

—A ti te da igual, ¿no?

—Debo proteger a mi pequeña.

—¿Y qué tal si le enseñas a ser una persona decente? ¿Qué tal si la obligas a afrontar las consecuencias de sus actos? ¿Es que te da igual la clase de persona que has traído al mundo y has criado?

Corey lo miró descorazonado. Era evidente que lo daba por perdido.

Mac le dio una palmadita en el hombro a su hermano.

—No lo puedes matar.

—Puedo hacerle daño —repuso Grant, con la hoja del cuchillo pegada a la carótida de Corey, aunque podía desplazarla a una zona menos peligrosa.

—Grant, llamemos a la policía —propuso su hermano—. Hay que encontrar a Donnie.

«Donnie.» Mierda. Donnie podía estar en cualquier parte.

El comandante agarró a Corey del pelo y le pegó el cuchillo a la garganta.

—Te puedo cortar la puta cabeza desde aquí, así que, dime, ¿dónde está, Corey? ¿Dónde está Donnie?

El rostro de Corey se crispó de resentimiento.

—No sé de qué me estás hablando.

—¡No lo puedes matar! —exclamó Mac al tiempo que sacaba el móvil y marcaba el número.

Pero Grant estaba deseando hacerlo. Al oír que su hermano llamaba a la policía, una nebulosa roja le nubló la visión. La rabia enturbiaba su pensamiento. Aquel tipo había amenazado con matar a la familia de Ellie y encima le ocultaba información. En cuanto llegara la policía, Corey cerraría la boca y llamaría a su abogado.

—¡Grant! —le gritó Mac, tirándole del hombro—. ¡No lo puedes matar!

Eso consiguió sacar al comandante de su ofuscación. Se irguió y retiró el cuchillo de la garganta de Corey, que dejó caer la cabeza al suelo, estremecido por sollozos de autocompasión. Grant se puso en pie y guardó el cuchillo.

—¿Y ahora qué? —preguntó Mac—. La policía llegará en cualquier momento.

—Lo atamos a algún sitio y nos dividimos. ¿Qué prefieres, la casa o la pista de patinaje? —Grant miró a su espalda. El sedán de Corey aún estaba en marcha—. Yo me llevo su automóvil. Con un poco de suerte, los polis conseguirán que hable.

Crujió la arena en el asfalto. Grant se volvió de golpe hacia el sonido y vio que Corey se abalanzaba sobre sus piernas. El comandante perdió el equilibrio y cayó de espaldas, con todo su peso, sobre los hombros del otro. Corey se dio de bruces contra el suelo y se quedó tieso.

—Adiós al interrogatorio —dijo Mac—. ¿Y ahora cómo vamos a saber dónde está Donnie?

Grant le dio un puntapié a Corey. Ni se inmutó.

—¿Cómo iba a saber yo que este imbécil intentaría derribarme? Si ni siquiera le he rozado. El muy idiota se ha caído y se ha dejado fuera de combate él solito.

—Da igual cómo haya ocurrido —repuso Mac, levantando las manos como en señal de impotencia—. Un hombre inconsciente no puede contarnos nada.

—Mierda. —Grant se pasó ambas manos por el pelo—. ¿Y ahora qué hacemos? Tengo unas bridas en el monovolumen —dijo, señalando el vehículo.

—Toma.

Mac le pasó las bridas de plástico por encima del hombro.

El comandante le ató a Corey las muñecas a la espalda, lo arrastró por los pies hasta el edificio y, con otra brida, lo sujetó a la tubería del gas que descendía desde el contador para adentrarse bajo tierra.

—Llamaré a McNamara desde el automóvil, se lo explicaré todo y le pediré que envíe agentes a casa y a la pista de patinaje.

Su hermano ya iba corriendo hacia el monovolumen.

—¿Adónde quieres que vaya yo?

—No sé —le contestó Grant, corriendo hacia el sedán—. Donnie iba detrás de Carson y Julia. Tengo que asegurarme de que están a salvo. Ellie está en la pista con Julia.

—Pero ¿a por cuál de los dos crees que irá?

La pista de patinaje era un lugar muy concurrido. Cuando había ido a llevar a Ellie y a Julia, decenas de padres abarrotaban las gradas y el vestíbulo. La casa era un blanco más fácil, y Carson, que había visto a Donnie mejor que nadie, era mejor testigo. Seguramente Donnie iría a por el niño. Además, la pista de hielo estaba en la otra punta de la ciudad. Puede que Mac ni siquiera llegara allí antes que la policía.

—Yo voy a la casa, ve tú a la pista de hielo —dijo Grant, y arrancó el vehículo.

Luego llamó al inspector. Aunque cabreadísimo, McNamara prometió enviar unidades de inmediato, tanto a la pista de hielo como a la casa. El comandante pisó a fondo el acelerador. Él llegaría antes. Llamaría a Hannah y a Ellie para alertarlas. Su instinto le decía que la emboscada a Corey había sido un desastre. Mientras tecleaba números en el teléfono, sin parar de darle vueltas al caso, se saltó un ceda el paso. Había pasado por alto un dato importante. Solo le quedaba esperar que su desliz no les costase la vida a sus seres queridos.

Capítulo 33

Donnie aparcó la furgoneta a escasa distancia de la casa de los Barrett. Estaba harto de esa gente, cansado de que lo marearan. Y eso se aplicaba también a su cliente. Había matado a dos personas para ese pringado. Lo había disfrutado, sí, pero, aun con todo, merecía una compensación por su esfuerzo y por el riesgo que había corrido. Ese cobarde de mierda no tenía agallas para solucionar sus propios marrones. Pues lo iba a pagar. Él era un asesino, nadie le iba a tocar las narices.

Recordó de pronto la noche en que había asesinado a su novia. Su muerte había sido accidental, pero ¡menudo subidón! Aún le daban escalofríos de pensar en la última sesión de su sumisa. Esa noche iba a ser difícil de superar. Iba a tener que buscarse otro sitio donde vivir de gorra. Aun metida en el hielo, se había podrido lo bastante para que los vecinos la olieran. Era demasiado arriesgado volver a su caravana. Pero primero debía librarse de aquel trabajito de una vez.

Abrió la parte posterior de la furgoneta y sacó una mochila. Añadió mentalmente un diez por ciento adicional a su factura. El agravante y el esfuerzo no eran gratuitos. Se colgó la mochila, sacó los bidones de gasolina y enfiló la calle. Como no podía encontrar esa puñetera prueba, la destruiría. Debía de estar en alguna parte de la casa. Si la reducía por entero a cenizas, la prueba sería historia, y el pequeño capullo que lo había identificado desaparecería también. No pensaba volver a la cárcel en su vida.

Ya estaba bien. Se acabó toda esa mierda. En cuestión de diez minutos, se lo quitaría todo de en medio.

Después iría a buscar a su cliente, le exigiría el pago y el puto fin de semana siguiente estaría en una puta playa en la puta Florida.

La enorme casa se recortaba sobre el cielo negro y despejado. El edificio era más feo que un pecado, de todas formas. Les iba a hacer un favor a todos quemándolo entero. Cruzó la extensión de césped del jardín delantero, que la copiosa nieve derretida había embarrado. En la esquina del porche, agarró el primer bidón y empezó a verter su contenido. El fuerte olor a gasolina impregnó el aire de la noche. Roció con el segundo bidón las tablillas del lateral de la casa. Arrodillado en el suelo empapado, abrió la mochila y sacó unos manojos de candelas romanas, cohetes y una caja redonda a la que llamaban «pastel», una combinación de artículos pirotécnicos que podían encenderse todos a la vez. Lo que fuera. No necesitaba una explosión cuidadosamente controlada, solo un bonito y violento incendio. Ya no iba a andarse con sutilezas. Aquel polvorín debía arder. Se libraría de las pruebas y de los testigos con una gran lengua de fuego.

La emoción le corría por las venas mientras amontonaba los fuegos artificiales en el porche, retrocedía y encendía la mecha más próxima.

Sentada en la alfombra de la salita, con las piernas cruzadas, Hannah terminó de hablar por teléfono con su hermano. Se le puso la carne de gallina al pensar que el asesino de Lee y de Kate iba a por los niños. A su lado, Faith se retorcía en una mantita. Se la había estado subiendo a la tripa para enseñarle a rodar y, con un poco de suerte, cansarla un poco. La niña se puso boca arriba y chilló de alegría. Nana hacía punto en el sofá, con el pie, inmovilizado por la bota de neopreno, subido a la otomana. Arrodillado junto a la mesa de centro, al lado de la anciana, Carson coloreaba un dibujo. La perra dormitaba, apoyada en el muslo del niño.

Aquella escena tranquila y silenciosa despertó el miedo que Hannah albergaba en su vientre. Todas las personas de aquella habitación dependían de que ella las mantuviera a salvo. La enormidad de semejante responsabilidad superaba cualquier contrato que hubiera negociado.

Tomó a la pequeña balbuceante y se la subió a la cadera. Aunque se acurrucaba en el cuerpo de Hannah en busca de apoyo, Faith sostenía bien la cabeza y el peso del tronco. Entró en el lavadero y comprobó el panel de la alarma. La luz verde parpadeaba, por lo que supo que el sistema estaba activo y funcionando sin problemas. Llevó a Faith al salón. De pie en un rincón, se asomó por la ventana, pero no vio movimiento fuera. Fueron de una habitación a otra. No vio ningún indicio de problemas o de la presencia de extraños por ninguna de las ventanas, pero sentía escalofríos en la espalda y calambres en el vientre. Algo estaba pasando. Presentía que se acercaba el peligro.

¿O le había disparado la paranoia la llamada de Grant?

La perra pasó corriendo por delante de ella. Un gruñido grave emanó de su garganta. Hannah la siguió hasta la ventana.

Detectó movimiento en una esquina de la casa. Una sombra se extendía por la hierba. Había alguien fuera. Se acercó al cristal. Al borde del porche, un resplandor brilló intensamente y después se atenuó, iluminando por un instante la figura de un hombre. AnnaBelle, al lado de Hannah, ladró.

¡Mierda!

«Fuego.»

Hannah abrazó con fuerza a la bebé. Mientras llamaba a Emergencias desde el móvil, percibió el pánico en la bebé y corrió a toda prisa por el pasillo. La casa estaba blindada como un fuerte, todo estaba pensado para que sus habitantes estuvieran seguros. Sacarlos de allí a todos rápidamente no estaba contemplado en el plan. Menos mal que estaban todos en la misma habitación. La perra iba corriendo de ventana en ventana.

—Quiero que salgáis todos inmediatamente por la puerta de atrás. —Por la ventana de la cocina vio el edificio, independiente, del garaje. Agarró las llaves de un cuenco que había en la encimera al pasar por delante—. Todos al garaje y al monovolumen. —Nana la miró a los ojos. Se alarmó—. Deprisa, Carson.

Con la mano que le quedaba libre, agarró las muletas, que estaban en un rincón, y se las pasó a Nana.

Se oyó un silbido y después un estallido procedentes de la fachada principal de la casa. Carson gritó y se tapó los oídos con ambas manos. Faith gimoteó.

—No me esperes. Saca a los niños de aquí. —Nana agarró las muletas y le dio un empujón a Hannah—. ¡Vete!

Hannah se tragó la indecisión. Con un esguince en el tobillo, la anciana apenas avanzaba a trompicones con las muletas. Los niños eran lo primero. Detestando cada paso, corrió hacia la puerta de servicio.

—¡AnnaBelle! —lloró Carson cuando Hannah lo sacó a la fuerza por la puerta. —El fuego estallaba a sus espaldas y Hannah aún oía a la perra ladrar en el salón. Silbó. Dejó la puerta abierta y corrió hacia el garaje. Carson se volvió hacia la casa y llamó a Nana y a la perra a gritos, lastimeros y aterrados. Hannah lo arrastró hacia el garaje—. ¡No! —chilló él—. ¡No podemos abandonarlas!

—Voy a volver enseguida.

Lo soltó para abrir la puerta del garaje, luego lo empujó dentro y lo ayudó a subir al monovolumen. Con la bebé aún en brazos, subió al asiento del conductor y sacó el vehículo del garaje marcha atrás. Una vez fuera, cruzó el jardín y aparcó detrás de la casa de

Ellie, adonde confiaba que el fuego no llegara. Luego subió a la parte de atrás y colocó a Faith en su sillita de seguridad.

—¿Puedes ponerle tú el cinturón, Carson? —El niño asintió, con la cara empapada de lágrimas—. ¿Sabes echar el seguro de las puertas? —Volvió a asentir. Hannah dejó las llaves en el asiento delantero—. Pues échalo en cuanto yo me baje y no abras a menos que sea seguro.

—Vale.

—Vuelvo enseguida.

Bajó de un salto y oyó el chasquido del bloqueo de las puertas.

Rezando para que el vehículo estuviese lo bastante lejos de la casa, subió corriendo los escalones de la puerta de servicio. Las llamas salían disparadas de la fachada principal del edificio y el humo manaba de la puerta abierta. Se tapó la nariz con el cuello de la sudadera y entró deprisa. En la parte delantera de la casa, se oían estallidos, silbidos y explosiones. Y el crepitar del fuego.

—¡Nana!

Hannah tosió al adentrarse en la nube negra de humo. Por el rabillo del ojo, detectó movimiento. Fuera, un hombre cruzaba corriendo el jardín de la parte de atrás. Se dirigía al monovolumen, a los niños.

Capítulo 34

Grant giró hacia el estadio a dos ruedas. Los neumáticos chirriaron cuando el vehículo torció la esquina a toda velocidad.

Llamó a Ellie y le contó lo que había ocurrido. Julia y ella estaban bien. En una pista de patinaje abarrotada de gente, estarían a salvo, y Mac llegaría en un momento. Colgó y llamó a Hannah; el teléfono sonó cuatro veces y saltó el buzón de voz.

Maldita sea. Dio un porrazo al volante.

Viró calle abajo. El suave lamento de las sirenas anunciaba que los vehículos de emergencias estaban de camino, pero, al ver las lenguas de fuego que brotaban de la fachada principal de la casa de Lee, el corazón se le puso de un golpe en la boca. ¡No!

Detuvo el automóvil en seco en medio de la calle. Dejó la puerta abierta y el motor en marcha. Pero el porche estaba completamente envuelto en llamas. Rodeó corriendo el edificio hacia el jardín de la parte posterior. Barrió el escenario con la vista y vio a su hermana entrando en la casa repleta de humo y a un hombre corriendo hacia el jardín trasero de la casa de Ellie, donde estaba aparcado el monovolumen. Al otro lado de la ventanilla lateral del vehículo vio el rostro de Carson pegado al cristal.

Titubeó un segundo. Con el corazón roto, viró hacia los niños. Su cuerpo entró en modo de combate cuando se abalanzó sobre el tipo que corría. Lo tiró a la hierba y aterrizó encima de él. El hombre se volvió boca arriba y se le cayó la capucha.

Donnie Ehrlich.

La rabia alimentó el primer puñetazo de Grant. Su puño se estampó en el rostro de Donnie con un crujido de huesos. Brotó la sangre. Grant le dio otro. Y otro, haciendo pagar a aquel hijo de mala madre por lo que le había hecho a su familia.

Luego una fuerte explosión a su espalda lo sacó de su arrebato.

¡Hannah!

Ellie estudió la multitud que la rodeaba. Hacía diez minutos había veinte padres en las gradas, pero la mayoría de los niños ya habían ensayado sus rutinas y se habían ido. Aun así, no estaba precisamente sola. A la entrada de la pista, se agolpaban los demás niños y los entrenadores, viendo las actuaciones de sus compañeros de equipo y aguardando su turno. Se oyó el nombre de Julia por los altavoces. Era la siguiente.

La comezón que sentía en la piel no tenía nada que ver con el ensayo de su hija. No podía dejar de pensar en la llamada de Grant. Le costaba creer que Corey Swann fuese quien la estaba extorsionando. Volvió a explorar la multitud. Grant le había dicho que Donnie Ehrlich todavía andaba suelto, pero no veía a nadie en el estadio que no pintase nada allí.

El club de patinaje había organizado la velada exactamente del mismo modo en que se desarrollaría en el festival de la semana siguiente. El equipo de Julia, de menor categoría, debía esperar hasta el final del espectáculo. El principio del festival era siempre el momento de mayor concurrencia. Los equipos de mayor nivel actuaban primero para poder disfrutar tranquilos del resto de la velada. Cuando llegara el turno de los patinadores más jóvenes, las gradas estarían casi vacías. Pero eso era lo normal.

Los patinadores de mayor nivel eran los más serios. Entrenaban durante horas todos los días, antes y después de las clases. Su dedicación merecía ser recompensada. Aun así, su actitud de prima donna irritaba a Ellie y, después del episodio de acoso que había sufrido Lindsay Hamilton, ya no volvería a mirar a esas chicas del mismo modo. Había leído esos horribles mensajes y, aunque la policía no pudiera demostrar que los habían enviado Regan y Autumn, todo el mundo lo sabía.

—¿Crees que la coreografía de Autumn es lo bastante original? —preguntó una voz de hombre.

Ellie se volvió hacia la voz. En un lateral de la pista, Joshua Winslow hablaba con el entrenador Victor. El entrenador cruzó los brazos sobre el pecho.

—Tranquilo, Autumn irá a los campeonatos nacionales. Tenemos todo el verano para perfeccionar su rutina.

—A lo mejor habría que contratar un coreógrafo nuevo —dijo Josh, ceñudo—. Sus movimientos me han parecido algo rancios.

—Su rutina está muy bien —alegó Victor.

—A ella no le gusta y es su carrera. Si quiere un coreógrafo nuevo, contrataremos a otro —espetó Josh, agitando la mano furioso.

Lleno de indignación, se apartó de Victor. El entrenador se frotó la cara frustrado. Ellie miró en otra dirección. Las pataletas de los padres no eran ninguna novedad.

Cuando pensaba en Corey, la rabia y la estupefacción le cerraban la garganta. Había amenazado con matar a su familia solo por hacerse con las pruebas que Lee pudiera haber encontrado. ¿Habría sido él también quien había organizado el asesinato de Lee y de Kate, todo para proteger a su hija de las consecuencias de sus actos?

Sonaron por megafonía las primeras notas de la música de Julia y Ellie se concentró en su hija y la saludó con la mano cuando la vio patinar hasta el centro de la pista para colocarse en posición. Realizó sus movimientos con la elegancia propia de su pericia y su nivel.

Ellie contuvo la respiración al ver que Julia se disponía a ejecutar un *axel* sencillo, el movimiento más difícil de su rutina. No había entrenado mucho esa semana y la muerte de Kate había empañado lógicamente su entusiasmo por el deporte. Saltó y giró y aterrizó con una levísima oscilación.

Ellie exhaló.

Julia terminó la rutina con una rotación y la mayor sonrisa que su madre le había visto desde la muerte de Kate y Lee. A lo mejor todo terminaría arreglándose. A Corey lo habían detenido. Seguramente la policía no tardaría en encontrar a Donnie. Ellie se dirigió a la salida de la pista y esperó a que Julia abandonara el hielo.

—¡Lo has hecho muy bien! —le dijo, pasándole un brazo por los hombros.

Julia se detuvo un instante y registró con la vista el banquillo de al lado de la salida.

—¿Tienes tú los protectores de mis cuchillas?

—No.

—Se los ha tenido que llevar alguien —dijo la niña, ceñuda.

—Mañana compramos otros.

—Preciosa rutina, Julia —le dijo Victor, que pasaba por delante—. Voy a estar muy pendiente de ti.

—Hasta me ha salido bien el aterrizaje del *axel*. —Julia sonrió a su madre; luego se puso seria—. Es una lástima que la señora Barrett no esté aquí. ¿Crees que puede verme?

—No lo sé —contestó Ellie—. Quizá —añadió con un suspiro.

—Me gustaría pensar que aún cuida de mí —dijo Julia mientras avanzaba con gran estruendo por el hormigón.

—Claro.

Ellie la siguió a los vestuarios. Normalmente la esperaba fuera, pero esa noche no. No pensaba dejar a su hija sola ni un segundo hasta que atraparan a Donnie. Cruzaron la puerta hacia un pasillo de hormigón que conducía a los vestuarios.

Josh Winslow las siguió por el pasillo. Agarró a Ellie por el brazo. A ella se le aceleró el pulso. Julia entró en el vestuario.

Ellie se zafó bruscamente de él.

—No tengo tiempo para esto.

—Tu hija lo ha hecho bien esta noche, pero recuerda que no tiene madera de patinadora profesional. —Josh se acercó tanto a ella que le pudo oler el aliento a alcohol—. Lo sabes, ¿verdad?

—¿De qué coño vas? —le dijo ella, empujándolo por el pecho—. Apártate.

Él la miró con desprecio.

—Te lo digo para que no pienses que esa remilgada de tu hija puede hacerle sombra a la mía.

Madre mía. ¿Estaría Josh implicado también? Corey y él eran íntimos. La asaltó el miedo al detectar la animosidad que brillaba en los ojos de aquel tipo.

—Son niñas. Y estamos hablando de patinaje sobre hielo. Dale a las cosas la importancia que tienen.

—Ahora que Kate ya no está, Julia dejará de recibir un trato preferente.

—¿De qué me estás hablando? —preguntó Ellie, intentando soltarse, pero él la agarró del bíceps aún más fuerte—. A Julia le gusta patinar, pero para ella es un pasatiempo divertido. Ya está. Está varios niveles por debajo de Autumn. ¿Qué problema tienes?

—Mientras quede claro que nunca le va a hacer sombra a mi hija…

—Estás mal de la cabeza. Suéltame —dijo Ellie, y le apretó la garganta con los dedos.

A él le dio una arcada y retrocedió tambaleándose.

Ellie dio un paso atrás y echó un vistazo al pasillo vacío. La puerta insonorizada que separaba el pasillo de la pista de patinaje estaba cerrada.

Tenía a Josh agarrado por el cuello. El hombre se acercó, acorralándola así contra la pared.

—¡Serás zorra!

Grant miró a Donnie desde arriba. Tenía la cara destrozada y ensangrentada, los ojos cerrados, la respiración entrecortada y alterada por las secreciones. ¿Cuántos puñetazos le había dado ya? Seguramente el muy canalla no pudiera levantarse en un buen rato, y eso estaba bien, porque no tenía tiempo de inmovilizarlo.

Se incorporó y se levantó de encima de él. Corrió hacia la casa, siguiendo los ladridos en medio del denso humo negro. Se tiró al suelo y reptó hasta que pasó la peor zona. Tenía a Hannah delante, de rodillas, intentando arrastrar a Nana hasta la puerta de servicio. AnnaBelle ladraba a su lado: no estaba dispuesta a marcharse sin sus humanos.

—Vete. Ya me encargo yo —dijo Grant, señalando hacia la salida por si su hermana no lo oía en medio del fragor de las llamas.

Hannah se abalanzó sobre la perra, la agarró del collar y avanzó tambaleándose hacia la salida. Grant tomó en brazos a Nana y las siguió.

Avanzaron dando bandazos hacia el jardín. Sonaban sirenas en la calle. Las luces rojas parpadeaban en círculos.

McNamara se acercó a ellos corriendo entre las dos casas.

Grant tumbó a Nana en la hierba. Ella abrió los ojos irritados y tosió. Aliviado al verla consciente, el comandante se levantó del suelo. Un sanitario se arrodilló junto a la anciana, con una máscara de oxígeno ya preparada en la mano. Grant retrocedió y estuvo a punto de tropezar con el cuerpo inmóvil de Donnie. El asesino tenía la cara destrozada.

Hannah, con la cara tiznada, ayudaba a Carson a bajar del monovolumen. Sollozando, el niño corrió hacia su tío, que lo tomó en brazos, apartándole la cara del hombre vapuleado que yacía en la hierba. Madre mía, ¿lo habría visto el niño pegar a Donnie?

Con los brazos en jarras, McNamara fue paseando la mirada por el grupo maltrecho, se detuvo un instante en Hannah y definitivamente en Grant, como si acabara de identificar al culpable. Hannah había sacado del vehículo a la niña y la estrechaba entre sus brazos. Colorada como un tomate, Faith hipaba sobre su hombro.

—¿Ese es Donnie? —preguntó el inspector.

—Sí.

Grant miró a los ojos al frustrado policía y, señalando con la cabeza al niño que llevaba en brazos, ya tranquilo pero aún tembloroso, dejó claro que no iba a responder a ninguna pregunta mientras Carson pudiera oírlo.

McNamara pareció entenderlo. Llamó con una seña a un agente uniformado y a un sanitario para que atendieran al hombre allí postrado; luego se volvió de nuevo hacia el comandante.

—¿Ellie y su hija siguen en la pista de patinaje?

—Supongo que sí. —Grant se cambió al niño de lado y se palpó el bolsillo de atrás. Maldita sea, ¿dónde estaba su móvil? Debía de habérsele caído—. Mac tiene que estar con ellas ya. ¿Ha enviado un coche patrulla?

—Sí. El agente tendría que estar ya allí.

—Voy a llamar a Ellie para asegurarme de que está bien. —Grant tosió con fuerza y, aun con la garganta irritada, le gritó a su hermana—. Hannah, ¿llevas el móvil?

Ella se palpó los bolsillos y negó con la cabeza.

—Se me ha debido de caer en la casa —dijo, con la respiración entrecortada.

Su tos llamó la atención de otro sanitario, que la obligó a sentarse en el maletero del vehículo y le puso una mascarilla en la cara. Cuando intentó quitarle a la bebé, ella le dio un manotazo y la abrazó aún más fuerte.

Carson se apartó del pecho de Grant. Se limpió los mocos con el antebrazo.

—Yo tengo un teléfono, tío Grant —dijo, ofreciéndole un móvil.

Grant lo aceptó.

—¿De dónde has sacado esto, Carson?

—Ha salido de debajo del asiento del monovolumen —respondió el niño, encogiendo sus hombros huesudos.

—¿Es este el teléfono de tu mamá? —le preguntó McNamara.

Carson negó con la cabeza.

—Mi mamá tiene el de la i.

Aquello no era un iPhone. Era un teléfono desechable, con cámara y grabación de vídeo. Grant se lo pasó al inspector. El policía lo tomó con el bajo de la cazadora y lo encendió.

Mientras revisaba el contenido del teléfono que Carson había encontrado, McNamara le pasó un móvil a Grant.

—Llame a Ellie con este.

El policía se apartó.

Grant llamó a Ellie. Su móvil sonó. Y sonó. Y sonó. Lo asaltó el pánico.

—No contesta —dijo, y llamó a su hermano.

Mac respondió a la primera.

—Llevo un rato intentando localizarte. He llegado hace unos minutos. Hay un policía aquí conmigo. Aún no hemos encontrado a Ellie.

McNamara lo agarró del antebrazo.

—Eh, Carson, ¿podrías ir a asegurarte de que tu tía Hannah está bien?

—Sigue buscando —le dijo Grant a su hermano—. Te vuelvo a llamar en un minuto.

A regañadientes, dejó al niño en el suelo. Ni siquiera el peso de aquel cuerpecito en sus brazos era suficiente para convencerlo de que habían salido todos del incendio más o menos ilesos. Tanto Hannah como Nana estaba consciente y hablando con los sanitarios. A Donnie lo habían esposado y lo estaban subiendo a una camilla. Habían evitado el desastre. Pero su instinto le producía una especie de comezón en el pecho. Hasta que no viera a Ellie y a Julia sanas y salvas, no se relajaría.

McNamara puso el teléfono desechable entre los dos y le dio al botón de reproducción. Al ver el vídeo, a Grant se le helaron las entrañas.

Capítulo 35

Lindsay, febrero

Todos los días son lo mismo: un completo desastre. Las pastillas que estoy tomando ahora me atontan un poco, pero no lo suficiente. También me cansan. Duermo mejor, pero hace semanas que no termino los deberes. De hecho, podría pasarme el día durmiendo sin ganas de volver a despertar jamás.

Me... da... exactamente... igual.

Las paredes de la sala de espera son finas. Oigo al psiquiatra y a mi madre hablar de cambiarme de instituto, de llevarme a algún colegio privado que no esté muy lejos o incluso de ponerme profesores particulares para que no tenga que ir a clase.

El doctor intenta convencerla.

—Debe pensar en lo que es mejor para Lindsay.

Pero mi madre lleva esa actitud de «no rendirse jamás» grabada a fuego en el alma. Así terminó la universidad en tres años, consiguió becas para sus estudios de posgrado y aprendió español por su cuenta.

Con lo lista que es, no tiene ni puta idea.

—¿Y eso no sería enseñarla a rendirse? —pregunta—. ¿No estaría validando la conducta de esas otras niñas si la saco del instituto? A todos nos han provocado o acosado en algún momento de nuestra vida. ¿Qué lección le estaría dando a Lindsay si nos rendimos? Si la dejo que salga del equipo de patinaje, las otras ganan y ella pierde. Necesita aprender a defenderse sola.

Me niego a seguir escuchando la conversación. Soy una gran decepción para mi madre. Se lo noto en la voz. Querría que yo fuera más fuerte, más como ella.

Pues no lo soy.

Siento que me han mandado al campo de batalla desarmada. No tengo elección. Ningún amigo que me apoye. Ni armas con las que contratacar. En serio, ¿qué puedo hacer? Son más listos que yo. Todos. No valgo la pena.

Me dan ganas de tirar la toalla. De darme por vencida. Cualquier cosa antes que volver al instituto de Scarlet Falls. Esta mañana le he dicho a mamá que no pienso pisar otra vez la pista de patinaje. No me puede obligar. Ese estadio se ha convertido en mi bahía de Guantánamo particular. Me sorprende que Regan y Autumn no hayan intentado torturarme sumergiéndome la cabeza en un váter de los vestuarios.

Tampoco quiero volver al instituto. Cuando hablo con el loquero, noto que soy franca, que me abro, como si me desnudara. Pero luego todo vuelve a ser igual. Mamá me vuelve a llevar a clase después de la sesión. Por la cara que ponen los profesores cuando entro, sé que piensan que soy una ñoña. Regan y Autumn los tienen camelados a todos. Son alumnas destacadas con un expediente disciplinario tan impecable como todo lo demás. No hay pruebas de que sean responsables de ningún acoso. De hecho, salvo por los mensajes de origen desconocido, no hay forma de demostrar que nada de esto haya ocurrido siquiera. Es mi palabra contra la suya.

Papá está cabreado. Ha ido ya al instituto seis veces y ha discutido con el director del estadio de patinaje. Cada vez vuelve a casa más frustrado. Lo que pasa es que no es muy dado a los enfrentamientos. Así que, cuando mamá y él se pelean por la situación, que es todo el tiempo, ella siempre gana. Anoche, en cambio, lo oí decir: «Te doy hasta las *vacaciones de primavera. Si las cosas no mejoran, la saco de ahí». «Los Hamilton no nos rendimos», fue la respuesta de ella.*

Paso el día sin incidentes. Eso no ocurre a menudo, pero no tengo miedo. Mi taquilla está atascada. Cuando consigo que el conserje me ayude a abrirla, ya se me ha escapado el autobús. Tengo dos opciones: esperar una hora al búho o irme a casa andando por el bosque. Tardo quince minutos como mucho y lo que menos me apetece es quedarme en el instituto una hora más. Este sitio es una cárcel. Quiero irme a casa, pero no voy a llamar a papá ni a mamá. Además, mamá es la que trabaja más cerca y aun así tardaría media hora solo en llegar aquí. Se ha tomado la mañana libre para acompañarme al psiquiatra.

Mis horas favoritas son las que pasan desde que salgo de clase hasta que mis padres llegan a casa, momento en que empieza el interrogatorio sobre mi día.

—*¿Qué ha pasado hoy?*

—*¿Lo has anotado?*

Se supone que tengo que llevar un diario de todo el acoso, pero solo apunto en el cuaderno la mitad de las cosas. Escribirlo es como revivirlo. Con una vez me vale.

No quiero perderme mis horas de estar sola hoy. Cierro la taquilla y me echo la mochila al hombro. El aire invernal me abofetea la cara en cuanto salgo por la puerta. Lo bueno es que me he librado de un desagradable trayecto en autobús con un montón de gente mirándome fijamente. Temblando, cruzo el aparcamiento. Los del equipo de atletismo pasan corriendo por delante de mí, pertrechados con mallas y gorros de punto, para no pasar frío. Luego me quedo sola.

Me gusta estar sola.

En cuanto cruzo la calle y me adentro en el bosque, los árboles me protegen del viento. No está tan mal. A lo mejor debería dejar de ir a casa en autobús. Mamá sale de casa muy temprano y papá ha estado llevándome en automóvil a escondidas. Así que, si vuelvo andando, me libraría por completo de la tortura de ese trayecto en autobús.

Animada, aprieto el paso. Hay prevista una tormenta de nieve para la semana que viene, pero hoy el suelo está limpio, helado como una piedra bajo mis pies. Un pájaro sale disparado de la maleza y me sobresalta. Tomo una fuerte bocanada de aire perfumado de pino y veo a un conejo que cruza el sendero a toda velocidad. Qué agradable. Me relajo por primera vez desde que empecé las clases aquí. Siempre me he considerado una chica de ciudad, pero a lo mejor podría aprender a ser una amante de la naturaleza. Sin embargo, mi tranquilidad dura poco.

Me esperan en el claro. Regan, Autumn y otros cuatro alumnos. Dos son chicos que solo piensan en el sexo. Harán lo que ellas les pidan a cambio de una mamada. Regan tiene fama de hacerlas bien. No entiendo cómo los profesores y la dirección del instituto pueden estar tan en Babia. Pondría los ojos en blanco de no estar aterrada.

Comprendo enseguida que el que yo haya perdido el autobús no ha sido un accidente. Me he metido derecha en la boca del lobo.

Ya casi estoy en casa. Veo al frente el punto luminoso donde el sendero se abre al prado de detrás de mi casa. Si corriera, llegaría a mi porche en cinco minutos.

Se me acelera el corazón, tanto como mis pies querrían huir. Pero mis botas de combate están clavadas al suelo. Me flojean las piernas. El sudor me corre por la espalda y me empapa la cinturilla del pantalón.

—Anda, mira quién está aquí… —espeta Regan en tono burlón.

Me obligo a moverme y retrocedo para intentar escapar de ellos. Por encima de sus cabezas, diviso la libertad. Mi huida está ahí. Los ojos de Regan me dicen que tiene pensado algo especial. Esto no es como en el instituto o en la pista de patinaje. No hay cámaras de seguridad en el bosque. No hay ningún adulto que pueda oírme si grito. Lo que me puedan hacer aquí no tienen límites.

Mientras se me van ocurriendo posibilidades, doy media vuelta y echo a correr. Doy quizá tres pasos antes de que uno de los chicos me agarre del brazo y vuelva a arrastrarme al pequeño claro.

Me cae líquido por la cara. ¿Lágrimas o sudor? No soy capaz de distinguirlo, ni siquiera cuando su sabor salado me llega a la boca. Tiemblo tanto que me castañetean los dientes.

Me rodean.

—¿Estás asustada? —dice Regan, acercándose.

—Debería estarlo —tercia Autumn, sonriente.

Dejo de mirarla de pronto y miro alrededor.

Tienen una soga y un tronco largo plantado en el suelo. La soga cuelga de la rama de un árbol, encima de mi cabeza. Me quedo en blanco al ver que el extremo forma un nudo corredizo. Me siento entumecida.

Los chicos me cogen por los brazos. Me resisto, pero son mucho más fuertes que yo. Lo único que consigo defendiéndome es hacerme daño en los hombros. Pero apenas me siento el tirón de los brazos en la articulación. La adrenalina me pone el pulso a mil. Mareada, trato de recuperar el resuello.

—Sonríe para el vídeo —dice Autumn, poniéndose delante de mí. Sostiene un móvil con ambas manos y está grabando el evento para la posteridad.

—Ya te dije que nos encantaría ayudarte a suicidarte. El mundo será un lugar mejor sin alguien tan feo como tú en él —apostilla Regan, y me echa el nudo al cuello.

Alguien me ata las manos a la espalda; luego me suben por las axilas al tronco. Las suelas de cuero de mis botas apenas se adhieren a esa superficie tan inestable. Me aprietan la soga hasta no dejar holgura.

—¡Derecha, estúpida! —me grita Regan, y me da un azote en el trasero.

—Estiro las piernas y me enderezo. Entonces le doy una patada y mi súbita reacción hace que los chicos me suelten. Pero no acierto. Pierdo completamente el equilibrio. El tronco se tambalea. Lo veo todo como con un halo rojo. Se me estrecha la garganta hasta que tengo la sensación de estar respirando por una pajita de batido.

—*Agarradla.*

Le doy otra patada a alguien.

—*Ay.*

No puedo dejar de dar patadas; es como si las piernas no fueran parte de mi cuerpo. El pánico me da vueltas en la cabeza. Me arden los pulmones. La soga no está lo bastante apretada como para dejarme sin aire, pero apenas puedo respirar. Se me escapa el pis. El líquido caliente me inunda las piernas y me empapa los vaqueros.

—*¡Se ha hecho pis!* —*grita Autumn riendo*—. *¡Madre mía, esto es aún mejor de lo que esperábamos!*

La veo por el rabillo del ojo. La veo, casi desde fuera de mi cuerpo espasmódico y convulsivo, rodearme para grabar el incidente desde todos los ángulos.

Mi cuerpo echa a volar del todo. No tengo ningún control de él. Me retuerzo, pataleo e intento evitar por todos los medios que los chicos me agarren las piernas. El tronco se tambalea aún más.

—*¡Estate quieta, estúpida!* —*me grita Regan, agarrándome de las piernas*—. *¡O te vas a morir de verdad!*

Le doy un rodillazo en la barbilla. Oigo cómo le chocan los dientes. Cae de espaldas con un sonoro gruñido.

—*¡Cortad la soga!* —*grita uno de los chicos.*

—*¡Habéis dicho que era solo una broma!* —*tercia otro*—. *Que no le íbamos a hacer daño de verdad.*

—*Y no se lo vamos a hacer. Vale, vale. Bajadla* —*dice Autumn, riendo, aunque subiendo la voz con aprensión*—. *Ya he grabado suficiente.*

Regan se acerca a mí con un cuchillo en la mano.

Pero resbalo. El tronco vuelca, se oye un chasquido y me sumo en la oscuridad.

Capítulo 36

A Grant se le revolvió el estómago al ver colgando los pies de Lindsay Hamilton. La cámara enfocó de pronto el suelo.

—¡Madre mía, está muerta! —se oyó gritar a alguien.

—¿Qué hacemos, Regan? —preguntó una voz—. Hay que salir de aquí. Necesitamos una coartada.

—¡Cállate! Nadie va a sospechar otra cosa que un suicidio de verdad. —Hizo una pausa, como sopesando sus opciones—. Llamaremos a Victor. Él vendrá a recogernos y nos encubrirá.

Esa voz sonaba serena. Salvo por un leve temblor, la única emoción que desvelaba era irritación.

—No nos encubrirá.

—Claro que lo hará, salvo que quiera ir a la cárcel.

La pantalla del móvil se puso en negro.

—El entrenador está en la pista de patinaje con Ellie y Julia. Tengo que ir a por ellas —dijo Grant, mirando a Nana, Hannah y Carson.

Nana, con la cara cubierta por la máscara de oxígeno y los ojos como platos por el miedo, le hizo una seña para que se fuera. Hannah se colocó a la bebé en un lado y abrazó a Carson por el otro.

—Supongo que, para obligarlo a quedarse aquí, tendría que arrestarlo —observó el inspector con un suspiro.

—Sí. Algo así.

Grant se volvió hacia la calle, donde había dejado el sedán de Corey en marcha. Los vehículos de emergencias le habían bloqueado el paso.

—Entonces será mejor que venga conmigo.

McNamara echó a correr hacia su automóvil. Grant lo siguió hasta un vehículo policial de incógnito. Las luces estroboscópicas se reflejaron en algo que había en un árbol del jardín delantero de la casa de Ellie. El comandante se acercó corriendo. En una rama baja, había montada una pequeña cámara de vigilancia.

—¿Qué es? —le gritó McNamara.

Grant volvió corriendo al vehículo policial y subió de un salto al asiento del copiloto.

—Una cámara de vídeo inalámbrica. Creo que ya sé cómo tenía vigilada Corey la casa de Ellie.

El policía arrancó y se alejó del escenario.

Grant volvió a llamar a Mac y le contó lo de Victor. McNamara aprovechó para llamar por radio a la central y pedir refuerzos a la oficina del *sheriff* del condado.

Se dirigieron a la pista de patinaje, Grant rezando para que su hermano hubiera encontrado a Ellie y a Julia a tiempo.

El policía accionó las luces del vehículo, pero no la sirena.

—No sabemos lo que ocurrió. Victor no tiene motivo para hacer daño a Ellie o a Julia.

Pero Grant sí sabía lo que había ocurrido. Esas chicas habían asesinado accidentalmente a Lindsay Hamilton y su entrenador había encubierto el crimen.

Ellie intentó escapar de entre la pared y Josh, pero él le impidió el paso con una rodilla. Julia saldría en cualquier momento y no quería que su hija se acercara a Josh.

Lo empujó por el pecho, pero él la miró con desdén, disfrutando visiblemente de su superioridad física. Ellie miró hacia abajo.

Su rodilla y la entrepierna de él estaban perfectamente alineadas. Se tensó y echó la pierna hacia atrás para tomar impulso. Tenía una sola oportunidad de darle un buen golpe e incapacitarlo. Si fallaba, solo conseguiría cabrearlo más.

Se abrió la puerta que conducía a la pista.

—¡Alto ahí, Josh! —resonó la voz de Victor por el pasillo de hormigón.

Gracias a Dios. Ellie casi se desmayó de alivio. El entrenador se acercó airado. Furibundo, Josh se apartó.

Victor se interpuso entre Ellie y Josh.

—Vete a casa, Josh. No se le puede hablar así a una dama.

Josh los miró ceñudo, pero se apartó.

—No olvides lo que te he dicho —dijo y, enfilando el pasillo, desapareció por la pesada puerta metálica que conducía a la pista, que se cerró con un fuerte estrépito.

Julia salió del vestuario vestida con vaqueros y una sudadera. Se recolocó en el hombro la bandolera larga de la bolsa de deporte. De la mano llevaba colgados los patines. Se los dio a su madre.

—Se me ha roto un cordón.

Ellie agarró los patines y se volvió hacia Victor.

—Gracias.

—De nada.

Pero sus ojos grises le parecieron faltos de expresión; seguramente se había enfadado con Josh.

La puerta de la pista volvió a abrirse. Mac irrumpió en el pasillo.

—¡Ellie!

Un agente de policía cruzó la puerta detrás de él.

Victor puso cara de sorpresa. Se llevó la mano al bolsillo y sacó un arma. Encañonó a Ellie.

—Ven conmigo.

Ellie no tuvo tiempo de pensar por qué Victor la apuntaba con una pistola, ni por qué demonios la llevaba encima, allí, en la pista de patinaje. Debía apartar a su hija de la amenaza.

—¡Julia, corre! —le gritó, y se abalanzó sobre el entrenador, asegurándose de interponerse entre el arma y su hija.

Pero Victor era un atleta. Su cuerpo era puro músculo. Ni se inmutó cuando Ellie arrojó todo su peso contra él. Se enroscó su coleta en la mano y tiró de ella hacia atrás, usando su cuerpo de parapeto, pero Ellie se sintió aliviada al ver que su hija huía. Sollozando, la adolescente corrió hacia Mac.

—Suelte el arma —le ordenó el policía a Victor, apuntándole con la suya.

Mac empujó a Julia a su espalda. Miró a los ojos a Ellie y le sostuvo la mirada. La rabia afilaba sus rasgos.

Victor pegó la pistola a la sien de Ellie. La boca del arma se le clavaba en la piel.

—La mataré si me siguen.

La arrastró por el pasillo y cruzó con ella la salida de emergencia que conducía al aparcamiento de empleados, detrás del edificio. La puerta se cerró con un fuerte clic.

—¡Deprisa! —le gritó, tirándole del pelo y haciéndola tambalearse.

Ella avanzó a trompicones, procurando no caerse.

—¿Por qué haces esto?

—No pienso ir a la cárcel por esas niñatas. —Victor se dirigió al SUV negro aparcado a seis metros de distancia—. Cometí un error. Uno. Me dejé seducir por esa zorrita de Regan y he estado pagándolo desde entonces. La muy estúpida quería quedarse con el teléfono y el vídeo, para poder verlo una y otra vez, pero se lo quité. Si quería que la encubriese, iba a tener que hacerlo a mi manera.

—No lo entiendo.

Victor la ignoró y prosiguió su diatriba frenética y frustrada.

—En realidad, es todo culpa de Kate. Me oyó discutir con Regan y me robó el teléfono. Me dijo que se lo iba a entregar a la policía. Le recordé nuestro desliz. Le dije que le contaría a su marido que se había acostado conmigo si le daba el móvil a la policía. Discutimos durante semanas. Estaba indecisa, pero yo sabía que terminaría haciendo lo correcto, como había terminado poniendo fin a lo nuestro para salvar su matrimonio.

¿Qué teléfono? Ellie se quedó helada. Victor se había acostado con Regan y había tenido una aventura con Kate. ¡Un momento! Eso quería decir que…

—Fuiste tú quien hizo que mataran a Kate y a Lee. ¿Por qué?

Victor estaba absorto en sus propios pensamientos. La empujó hacia el automóvil.

—Sube.

Inundaron el aparcamiento las luces de los vehículos policiales, que bloquearon ambas salidas. Los agentes ladearon sus automóviles y bajaron, sacaron las armas y apuntaron a Victor y a Ellie. El entrenador pegó la espalda a su SUV y arrimó a Ellie a su pecho.

—No se acerquen más o la mato.

—Mac dice que Julia está a salvo, pero Victor tiene a Ellie. La ha sacado por la puerta de atrás —dijo Grant finalizando así la llamada.

El policía rodeó el perímetro del estadio. Tres coches patrulla entraron en el aparcamiento detrás de ellos.

—¡Allí! —exclamó Grant, señalando al fondo del aparcamiento. Victor arrastraba a Ellie agarrándola por el pelo. El pecho se le llenó de rabia y de miedo.

McNamara llamó por radio a la central y pidió un francotirador y un negociador de rehenes del condado. Aparcó en diagonal y, con el arma en la mano, abrió la puerta del vehículo.

—El francotirador no llegará a tiempo. —Grant se unió al policía detrás del motor. Se agazaparon y observaron a Victor y a Ellie por encima del capó—. Él no está para charlas.

Si pudiera llegar hasta Ellie sin que el entrenador le disparara a ella, lo mataría él mismo con sus propias manos. Deseaba hacerlo con tanta intensidad que debería haberse alarmado.

El agente de patrulla que tenían al lado sacó un fusil AR-15 del maletero. Se agachó detrás del motor y apuntó a Victor por encima del capó del automóvil.

—¿Tiene buena puntería? —preguntó Grant.

McNamara lo miró de soslayo.

—Sí. Si conseguimos que se separe un poco de ella y advertimos que va a apretar el gatillo, el agente Tate lo derribará.

—Déjela marchar, Victor —le gritó el policía—. No tiene escapatoria.

—Vamos a subir al automóvil y nos vamos a marchar.

Tiró de Ellie hacia la puerta del conductor, con el arma pegada a la frente. Ellie miró a Grant con los ojos ribeteados de blanco, por el miedo. Los diez metros de asfalto que los separaban podrían haber sido un kilómetro. El impulso asesino se apoderó de él. Quería agarrar a Victor por el cuello.

—No conseguirá salir del aparcamiento —le gritó el inspector.

A Grant le latía con fuerza el corazón en el pecho mientras miraba, incapaz de ayudar. El tipo del rifle cambió de posición. Ellie tenía la cabeza demasiado pegada a la de Victor. Imaginó el rostro de Ellie estallando en una nebulosa roja. El rostro destrozado del rebelde. Lee. La mente se le llenó de imágenes, una repugnante sucesión de sangre y muerte. ¿A cuántas personas había visto morir? ¿A cuántos hombres había visto mutilar? Volar en pedazos. Desangrarse en la arena.

Victor avanzó de lado, palpando con la mano el lateral del vehículo en busca de la manilla de la puerta. Miró hacia otro lado. Apartó el arma unos centímetros de la sien de Ellie. Ella actuó rápido: lanzó por encima de su hombro los patines que llevaba en la mano y le dio al entrenador en la cara. El arma se disparó y el disparo resonó en el aire húmedo. Brotó la sangre. Ellie cayó al suelo. A Grant se le paró el corazón. Ya se había puesto de pie y rodeaba el vehículo del inspector cuando el agente Tate disparó. El cuerpo de Victor se sacudió y se desplomó de lado.

Grant y los policías corrieron por el asfalto. ¡Ellie! La sangre le empapaba el suéter azul claro. El comandante se hincó de rodillas a su lado y le tomó la cabeza con las manos, buscando las heridas. Tenía que detener la hemorragia. No podía haber muerto. No podía ser.

—Grant —dijo ella, retorciéndose entre sus manos—. Estoy bien. —Él le hurgó con los dedos entre el pelo. Ella levantó la mano y le agarró la suya, deteniendo su exploración desesperada de su cuero cabelludo—. Estoy bien. Es la sangre de Victor, no la mía.

Incapaz de comprender sus palabras, Grant se volvió. El entrenador estaba tendido boca arriba. La bala del policía lo había alcanzado en el hombro. Lo tenían esposado. Un agente le presionaba la herida mientras otro trataba de detener la hemorragia de una enorme hendidura en la cabeza. El golpe que Ellie le había asestado con los patines le había hecho una brecha en la frente. Entre la sangre, relucía el color crema de su cráneo. En cuanto lo contuvieron, un sanitario se ocupó de él.

El tirón que Ellie le dio en el brazo lo obligó a apartar la mirada de Victor.

—Vámonos lejos de él, por favor.

—Por supuesto —contestó Grant, y la tomó en brazos.

—Puedo andar —dijo ella.

—Lo sé —repuso él—, pero en estos momentos me apetece llevarte en brazos.

Ojalá no tuviera que soltarla nunca.

Ella apoyó la cabeza en su pecho.

—Por mí, estupendo.

La llevó hasta el césped, a cinco o seis metros de distancia, y la depositó allí. Otro sanitario se arrodilló a su lado.

—Estoy bien —protestó ella.

Grant la agarró de la mano. Necesitaba un contacto físico constante para asegurarse de que de verdad estaba bien.

—Permítame que lo compruebe. —El sanitario le limpió la cara con una gasa humedecida en agua—. No puedo hacer más. No veo ninguna herida. ¿Seguro que no le duele nada?

—Segurísima. Gracias.

El sanitario se marchó.

Llegó McNamara. Se plantó delante de los dos con los brazos en jarras.

—¿No está herida?

—No —contestó Ellie—. Pero no entiendo lo que ha pasado.

Grant le apretó la mano a Ellie. Quizá no hubiera sufrido daños físicos, pero los acontecimientos de la última semana le dejarían una huella psicológica.

—Lindsay Hamilton no se suicidó. Regan y Autumn la mataron accidentalmente haciéndole una broma que se les fue muchísimo de las manos. No sé muy bien por qué, Victor las encubrió.

—¡Ay, no! —Ellie se llevó una mano a la base del cuello—. Victor me ha dicho que Regan lo sedujo.

—Entonces lo amenazó con contarlo si no la encubría. —Grant miró al inspector—. ¿Cuál es la edad de consentimiento sexual en el estado de Nueva York?

El policía suspiró.

—Dieciséis. Él es mayor de veintiuno, así que se consideraría una agresión sexual contra menores. Podría haber pasado cuatro años en la cárcel.

Se abrió la puerta trasera del edificio. Salió Mac. Julia se asomó por detrás de él. Mac estudió la situación antes de dejarla salir corriendo. Sollozando, se abalanzó sobre Ellie y la abrazó. Ni siquiera mientras Ellie consolaba a su hija, Grant le soltó la mano. Después de todos los horrores a los que el comandante se había enfrentado durante la última semana, por fin tenía suerte.

Capítulo 37

Grant entró con sigilo en el dormitorio del Residence Inn. Carson y Hannah compartían una cama de matrimonio. Su hermana estaba de lado, roncando, con un brazo por encima del niño. Tiró de las mantas y le tapó los hombros a su sobrino. Luego se acercó a la diminuta cuna y, alargando el brazo, le acarició la espaldita a Faith, que, pasadas ya sus horas de rabieta, dormía profundamente. El movimiento regular de su cuerpo bajo su mano lo emocionó. Podía haberlos perdido a los tres en el incendio.

Inspiró hondo, salió de allí y cerró la puerta. Pasó por delante de la segunda habitación, donde dormían Julia y Nana y entró en la pequeña cocina. Ver a Ellie haciendo café despertó más emociones en su interior: gratitud, afecto y… deseo. Siempre deseo, por lo visto.

Se acercó por detrás y se abrazó a su cuerpo.

—Tendría que haber pedido una habitación más. Así podrías dormir tú también.

—Ya ha amanecido y yo estoy demasiado nerviosa para quedarme quieta. —Se echó hacia atrás y descansó la cabeza en su pecho—. Si te quieres tumbar un rato, el sofá se abre.

Aún tenía el pelo mojado de la ducha, pero Grant todavía lo veía salpicado de la sangre de Victor. Jamás se quitaría esa imagen de la cabeza.

—Estoy bien —dijo él, apoyando la barbilla en la cabeza de ella—. McNamara no tardará en venir. Me ha enviado un mensaje hace unos minutos.

Como la calle seguía bloqueada por los vehículos de emergencias, cuando habían terminado de prestar declaración en comisaría, los policías los habían dejado a todos en el motel. Un agente uniformado le había llevado a Grant su móvil del sedán de alquiler y algo de ropa de su casa a Ellie. En el súper de enfrente del hotel se habían hecho con lo básico para pasar la noche.

Llamaron suavemente a la puerta. A regañadientes, soltó a Ellie e hizo pasar al inspector McNamara.

—Gracias —dijo el policía, aceptando una taza de café y sentándose a una pequeña mesa de roble. Ellie y Grant se sentaron con él.

—¿Tengo que despertar a mi abogada? —preguntó Grant.

—No, por favor —contestó McNamara con un suspiro—. Solo he venido a informarles, no a arrestarlo.

La noche anterior Hannah había cortado por lo sano un cargo de obstrucción a la justicia.

El policía se bebió de golpe media taza.

—Esto fue lo que pasó. A Regan y a Autumn les fastidiaba que Victor prestase atención a la chica nueva. Decidieron torturarla. Pero les salió el tiro por la culata: a Victor le dio pena y empezó a estar más pendiente de Lindsay. Las otras dos se enfadaron más y se volvieron más crueles. Planearon el numerito del bosque a sabiendas de que Lindsay estaba a punto de dejar el club de patinaje. Decidieron presionarla aún más. Como vio —prosiguió McNamara refiriéndose a Grant—, salió todo lo mal que podía salir y Lindsay murió. —Grant, que estaba reproduciendo mentalmente el vídeo, le agarró la mano a Ellie. Ella se la asió con fuerza—. Las dos adolescentes acudieron a Victor. Regan tenía mucha influencia en él. Si en algún momento se cuestionaba que Lindsay se hubiera suicidado, él sería la coartada de las otras. Él se quedó con el móvil desechable de Regan. Ella quería quedarse el vídeo, pero Victor sabía que no era buena idea. También sabía que no iba a bastar con borrarlo. Podría recuperarse de todos modos, así que puso el móvil como condición para echarles una mano, con la intención de destruirlo en cuanto terminara su jornada en la pista de patinaje esa noche, pero el móvil desapareció. La única persona que había en la pista esa noche, aparte de él, era Kate.

»Victor y Kate habían tenido una aventura hacía año y medio, de modo que su relación laboral ya era tensa, pero ella empezó a tratarlo de forma muy extraña. Discutían. Kate oyó accidentalmente su conversación con las niñas. Le robó el teléfono del bolsillo de la chaqueta, que estaba en su despacho. Victor la amenazó con contarle a Lee lo suyo si no se lo devolvía, pero, en el fondo, sabía que ella haría lo correcto, así que contrató a Donnie para que la matara y recuperase el móvil.

Grant se quedó pasmado.

—Entonces, ¿el blanco era Kate, no Lee?

—¡Qué disparate! —exclamó Ellie, volviendo la mano boca arriba y apretándole los dedos a Grant.

—¿Y cómo encuentra un entrenador de patinaje artístico un asesino a sueldo?

—Donnie jugaba al *hockey* gracias al programa de becas para chicos problemáticos —contestó McNamara—. Y Victor fue el primer cliente de Donnie. Por lo que sabemos, Donnie no mató a nadie antes de ir a la cárcel. Casi todos sus delitos anteriores eran informáticos. De hecho, supo cómo dar con Lee y Kate porque hackeó el calendario *online* de Kate. Sin embargo, cuando lo asaltaron en prisión, la Hermandad Aria lo ayudó a matar a su atacante, miembro de una banda rival, y a Donnie empezó a gustarle la violencia. Su novia murió asfixiada durante una práctica erótica. Los dos eran aficionados al sado. Esa noche Donnie estaba con ella y se le fue la mano.

Grant entrelazó sus dedos con los de Ellie.

—Los bomberos han encontrado en la casa otras cosas que andábamos buscando —prosiguió el inspector. Sacó un sobre de su maletín—. El testamento de su hermano. No hay nada en él relativo al caso.

—¿Dónde estaba? —preguntó Grant, tomando el sobre.

—Su hermano usaba el viejo montaplatos como escondite. Había cerrado la abertura con tablillas de madera, pero el hueco es de ladrillo y el contenido ha sobrevivido al fuego —les explicó el policía—. El archivo de los Hamilton estaba ahí también.

—Bueno, ¿y qué sabía Lee? Aunque supongo que ya da igual si él no era el objetivo.

—Algo que todos hemos pasado por alto —sentenció McNamara, tamborileando con los dedos en el canto de la mesa—. Lindsay había recibido imágenes intimidatorias en el teléfono, pero un virus había borrado el contenido del móvil. La joven tenía un amigo en California con el que se escribía mucho, Jose. Lee lo llamó y se enteró de que ella le había reenviado una de las fotos antes de que le borraran el móvil. Era una fotografía especialmente desagradable de una muñeca que imitaba a Lindsay, colgada de una cuerda. Ahí es donde Regan y Autumn metieron la pata: la imagen iba geolocalizada.

—¿Geolocalizada?

—El lugar en el que se tomó la fotografía queda registrado en la imagen. Esa en concreto se hizo en la casa de Regan —dijo el policía—. Entonces Lee sí que encontró algo que vinculaba a esas dos chicas con el acoso que sufrió Lindsay.

—¿Y Corey Swann? —preguntó Ellie.

El inspector asintió con la cabeza.

—No ha dicho ni una palabra, pero estaba en posesión del móvil desechable que utilizó para enviarle a Ellie los mensajes de amenaza. La cámara montada delante de su casa era inalámbrica y sensible al movimiento. Usaba su wifi, Ellie, para enviarse a su casa las grabaciones. A ver, «Julia1» no es una contraseña muy segura. Con esa cámara, podía ver las imágenes en directo o repasar los vídeos cuando le apeteciera. La posesión del teléfono desechable es suficiente para acusarlo de extorsión. Estoy convencido de que vamos a encontrar toda clase de pruebas durante la investigación. —Se levantó—. Llámenme si tienen alguna otra duda. Los dejo para que digieran todo esto y descansen un poco.

Ellie echó el pestillo cuando salió McNamara. Grant, que seguía sentado a la mesa, le daba golpecitos al sobre.

—¿Lo vas a abrir? —le preguntó ella.

—No. Voy a esperar a Mac y a Hannah. —Se puso de pie y se estiró—. Ese sofá tiene buena pinta. ¿Qué tal si nos tumbamos y cerramos los ojos hasta que se despierten los demás?

La arrastró al sofá y la sentó a su lado. Le pasó el brazo por los hombros y, recostándose, cerró los ojos. La información que les había proporcionado el inspector era difícil de digerir. ¿Kate había tenido una aventura? Había sido el objetivo de un asesino a sueldo por ocultar información a la policía. Había escondido el teléfono durante semanas, por miedo a perder a su marido cuando se enterara de su infidelidad.

Ellie le puso la mano en el centro del pecho, justo encima del corazón.

—¿Te encuentras bien?

—Solo necesito un poco de tiempo para procesarlo todo.

Se oyó llorar a Faith en el dormitorio.

—Ya voy yo —dijo Ellie, y se levantó.

Él la detuvo, agarrándola del brazo.

—No, voy yo.

Posiblemente lo que menos falta le hacía era tiempo para pensar.

Capítulo 38

—Perdone…

Grant se detuvo en el puesto de enfermeras de camino a la habitación de su padre. Solo había pasado un día desde el incendio. Ellie, Julia y Nana habían vuelto a su casa. Hannah y los niños seguían en el motel. La casa de Lee no se podía recuperar.

Una enfermera con pijama rosa levantó la cabeza y lo miró por encima de las gafas de leer. Se apartó de los ojos unos mechones de pelo de rubio canoso de un soplido.

—Dígame, señor.

—Soy hijo del coronel Barrett. —Grant titubeó—. Estuve aquí la semana pasada y la visita no fue muy bien. Se puso muy nervioso cuando le dije que era su hijo. No me reconoce.

Ella torció la boca y esbozó una sonrisa triste.

—Sucede a menudo. Si le sirve de consuelo, tampoco reconocía a su hermano la mayoría de las veces.

—¿En serio?

Grant se quedó de piedra.

—Sí, su hermano aceptaba lo que el coronel quisiera llamarlo.

—No lo entiendo.

—Si el coronel pensaba que su hermano era el soldado de primera clase Andersen, su hermano respondía a eso. —Se quitó las gafas—. El señor Barrett solo quería que el coronel tuviese un día tranquilo. Descubrió que leerle funcionaba mejor que intentar mantener una conversación con él. El coronel se inquieta cuando no le salen las palabras. Sabe que se le olvidan cosas y eso lo frustra. La demencia dificulta el control de las emociones —le dijo con empatía—. Pruebe a llamarlo coronel en lugar de papá y preséntese con su nombre de pila. Sé que duele que no lo recuerde, pero no es culpa suya. Papá significa que son parientes y él se angustiará enseguida intentando establecer la conexión. Algunos días lo sorprenderá que lo conozca, pero no será a menudo. —Hizo una pausa—. Eso no tiene arreglo. —Grant aceptó, por fin, la verdad—. Su salud se ha deteriorado considerablemente en el último año. Lo siento —añadió, tocándole el brazo—. ¿Quiere que le pida al médico que lo llame?

—Sí, por favor. —Grant le dio los números de sus móviles—. De todas formas, hay que cambiar los teléfonos de contacto —dijo, y le dio también los móviles de Mac y de Hannah.

Ella introdujo la información en el sistema informático.

Por el pasillo, camino de la habitación, Grant fue procesando los consejos que le había dado la enfermera. Su padre estaba despierto, mirando fijamente la pantalla muda del televisor que colgaba de la pared de enfrente. Sus ojos llorosos parpadearon al verlo.

—¿Quién eres?

—Hola, coronel. Soy Grant —contestó él; luego inspiró hondo y esperó.

—¿Qué haces aquí?

Grant vio el libro en la bandeja.

—He venido a leerte.

Su padre asintió, aún receloso, pero, al parecer, satisfecho con la respuesta.

Grant se acercó y se sentó en la silla que había junto a la cama. Agarró el libro y empezó a leer en voz alta. Su padre se recostó y cerró los ojos. Sereno. Lee estaba en lo cierto. Daba igual que su padre no recordara sus nombres. A lo mejor muchas otras cosas daban igual también.

Dos capítulos más tarde, después de que el coronel se sumiera en un sueño profundo, Grant supo perfectamente lo que tenía que hacer. No, no solo lo que tenía que hacer, sino lo que quería hacer.

Volvió al motel con absoluta resolución.

El Mercedes plateado estaba aparcado delante de la vivienda. Dentro, los padres de Kate estaban sentados a la mesa del comedor, con Hannah. Carson estaba sentado en su regazo. Faith se revolvía en una sillita de bebé, en el suelo.

—¡Tío Grant!

Carson cruzó corriendo la estancia.

Grant lo levantó del suelo. El niño temblaba.

—¿Qué pasa, colega?

—Dicen que nos vamos con ellos —lloriqueó el niño.

El comandante estudió los rostros de los que estaban sentados a la mesa.

Stella Sheridan se levantó y se estiró las arrugas de los pantalones grises.

—Hemos pensado que, como los niños ahora mismo no tienen hogar, podíamos llevárnoslos. Así nos ahorraríamos todos un tiempo valioso. Cuanto antes se instalen en su nuevo entorno, mejor.

—No lo creo.

Grant estrechó a Carson en sus brazos. El pequeño apretó los puños, escondidos en la sudadera.

Stella cruzó los brazos.

—Cuanto más unidos estén a ti, más les costará separarse cuando te marches.

—Eso sería cierto si fuera a marcharme.

Grant se recolocó a Carson en la cadera. El niño olía a hierba y a sudor, como si Hannah lo hubiera sacado al jardín para que corriera un poco.

Hannah levantó de pronto la cabeza.

—¿Qué estás diciendo?

—He solicitado la licencia absoluta por situación familiar extrema. —Grant sintió el mayor alivio que había experimentado desde que le comunicaran la noticia de la muerte de Lee—. Acabo de hablar con mi comandante.

Stella torció el gesto y las arrugas de la comisura de sus labios se acentuaron.

—Aun así, eres soltero. ¿Qué sabrás tú de criar a dos niños?

—Lo iré aprendiendo —contestó Grant.

—Ya veremos lo que dice nuestro abogado al respecto —espetó Stella, levantando la barbilla, con la mirada brillante y fría.

La niña se agitó y Hannah la tomó en brazos.

—En realidad, he revisado el testamento esta mañana. Lee y Kate nombraron a Grant tutor de sus hijos, así que no tienen ningún apoyo jurídico.

Stella se volvió y agarró su abrigo de la silla. Mirando fijamente al suelo, se limpió una lágrima de la cara con el pulpejo de la mano.

—¿Nos dejaréis verlos aun con todo?

—Por supuesto —contestó Grant—. Pueden venir de visita cuando quieran.

Bill se levantó con un suspiro de desilusión y le sostuvo el abrigo a su esposa.

—Si cambiáis de opinión, ya sabéis dónde nos alojamos.

Le dieron ambos un abrazo rápido a Carson. Stella besó a Faith en la cabecita antes de irse.

—No vas a dejar que nos lleven con ellos, ¿verdad? —dijo Carson, apoyando la cabeza en el hombro de Grant.

—Ni hablar, colega —respondió el comandante, frotándole la espalda—. Os vais a quedar conmigo. ¿Te parece bien?

Carson asintió con la cabeza y se colgó del cuello de su tío.

—¿De verdad te vas a quedar? —quiso saber Hannah.

—Sí. No sé si ha sido la muerte de Lee o el exceso de misiones de guerra lo que me ha cambiado, pero no me apetece volver al ejército.

—¿Y qué vas a hacer?

—¿Después de pagarle a Freddie sus veinte mil?

—Ya he pedido el dinero a mi banco. Supongo que lo querrá en efectivo.

—Supones bien —dijo Grant, sonriendo a su hermana—. Podemos pagar a medias.

—No. Ya me encargo yo —dijo Hannah, negando con la cabeza—. ¿Tienes algún plan para después?

—No sé, tengo muchas opciones.

Y, en cuanto recibió la confirmación por escrito del teniente coronel Tucker de que su retiro se estaba tramitando, quiso hablar con Ellie de algunas de esas opciones. Aún no se había recuperado de lo ocurrido, pero por primera vez desde que había sabido de la muerte de su hermano, no se sentía desesperanzado.

Las palabras del teniente coronel Tucker aún le resonaban en la cabeza: «Grant, le has dado a este país trece años de tu vida. Tu servicio toca a su fin. Vete. Vive la vida. Disfruta un poco de lo que has estado protegiendo todos estos años. Has servido con honor a la nación, pero ahora te necesitan en otra parte».

DOS DÍAS DESPUÉS

Ellie se ajustó las gafas protectoras y levantó el armarito de la cocina que acababa de arrancar de la pared. Lo llevó a la puerta principal, medio en brazos medio a rastras, pasó por delante del parterre y de los diminutos brotes de narcisos que asomaban del suelo, por el césped que reverdecía, hasta la acera. El aire aún era algo frío, pero la primavera llegaba por fin. Todavía habría algunos días fríos y desapacibles, pero empezaba a brotar nueva vida.

—¿Te ayudo con eso? —le preguntó Grant, que aparcaba a la entrada.

A Ellie le dio un vuelco el corazón al verlo bajar del monovolumen. No podía creer lo mucho que lo había echado de menos en los últimos dos días. Lo iba a pasar fatal cuando Grant tuviese que irse definitivamente.

—¿Cómo están los niños?

—En casa de Mac estamos algo apretados —contestó Grant, acercándose. Agarró el armarito y lo tiró a la tolva como si nada—. Pero Hannah vuelve al trabajo después del entierro, el miércoles, y Mac se marcha a Sudamérica en un par de semanas. Nosotros tres estaremos muy bien allí durante un tiempo; además, a AnnaBelle le encanta el bosque. Me ha traído ya palos de sobra para levantar una casa.

—¿El entierro será algo íntimo?

—Solo la familia y algunos amigos muy cercanos. ¿Vendrás? —le preguntó con intensa tristeza.

Le dolía verlo así. No había tenido tiempo de llorar su pérdida.

—Por supuesto —contestó ella—. ¿Qué pasará con la casa? —le preguntó, señalando con la cabeza el esqueleto carbonizado de la casa de Lee y Kate.

—No se puede salvar nada.

No se había afeitado y sus dedos ansiaban acariciar su barba áspera y sensual. Se contuvo. Los momentos que habían compartido habían sido robados. Ya no habría más.

—Qué lástima.

—Sí, pero de ese modo los niños podrán empezar de cero. En cuanto terminen de limpiar la parcela, la pondré a la venta. Aquí hay demasiados recuerdos oscuros para Carson.

También iba a echar de menos a los pequeños. Se tragó la pena que le anudaba la garganta para poder hacerle la siguiente pregunta:

—¿Cuándo te marchas?

—No me marcho —contestó él y, deteniéndose delante de ella, le plantó un beso en la boca.

La estupefacción le impidió devolvérselo.

—¿Cómo?

—Que no voy a volver. He dejado el ejército.

—No lo entiendo. Pensaba que era tu vida.

Grant le acarició la mejilla. Un trocito diminuto de yeso cayó al suelo.

—El otro día Mac me dijo algo que me hizo pensar. He estado viviendo el sueño de mi padre, no el mío. No quiero marcharme. Quiero ver crecer a Carson y a Faith. Quiero estar siempre a su disposición como Lee estuvo siempre a disposición de toda la familia. Quiero cuidar de mi padre lo mejor posible. —Le agarró la mano—. Quiero conocerte mejor. No sé bien qué es lo que hay entre nosotros, pero no quiero perdérmelo. Ya he renunciado a muchas cosas en el pasado. Eso se acabó.

Ellie no podía creer lo que estaba oyendo. Se quedaba. El corazón se le alborotó solo de pensarlo.

—¿Tienes que abandonar tu carrera? ¿No podrías pedir que te destinaran a Nueva York? ¿O entrar en la reserva?

—Podría, pero no quiero. Si me quedo en el ejército, aunque sea como reservista, siempre existe la posibilidad de que me llamen a filas. —Le agarró ambas manos—. Explosivos caseros. Terroristas suicidas. Francotiradores. El riesgo es permanente, aunque ahora participe en menos combates que cuando era teniente o capitán. Carson y Faith ya se han quedado sin padres. No puedo controlar el futuro, pero sí hacer todo lo posible por seguir vivo para ellos. Merecen un poco de estabilidad.

—¿Y qué vas a hacer?

—No lo sé. Aún no he decidido nada. Tengo unos ahorros. Llevo años metiendo en el banco casi toda mi paga. Además, está el seguro de vida. Lo pasé muy bien demoliendo tu cocina. Me gustaría ayudarte con tus reformas. Ahora mismo me llama mucho la idea de destripar habitaciones y construir algo nuevo.

Ellie se puso contentísima. Los ojos se le llenaron de lágrimas.

—Estaba convencida de que venías a despedirte.

Grant le limpió una lágrima de la mejilla con el pulgar.

—Entonces, ¿te parece bien que me quede?

Por fin digirió sus palabras. No se iba a Afganistán, ni a Texas, ni a ninguna parte. Se colgó emocionada de su cuello.

—Lo tomaré como un sí —dijo él, y la besó—. Dime que aún queda alguna pared que tirar ahí dentro.

—Tranquilo —rio ella—. A mí me cuesta mucho hacerlo sola. Será mucho más fácil con un poco de músculo.

—Eso soy yo. El músculo —dijo Grant, tensando sus impresionantes bíceps—. Los próximos dos días van a ser complicados. No sé cómo se tomará Carson el entierro. Dice que quiere ir, pero a saber cómo reaccionará. Los padres de Kate están enfadados conmigo por no dejarles quedarse a los niños y reducir la ceremonia al mínimo posible.

—¿Cómo puedo ayudar?

—¿Poniéndome a trabajar? —La hizo girar y la condujo de nuevo hacia la puerta principal—. No me vendría mal un poco de terapia de mazo.

Al recordar la vez que habían trabajado juntos en la cocina, Ellie se ruborizó. Le pasó un brazo por la cintura y se apoyó en él, saboreando el contacto auténtico y real de su cuerpo pegado al de ella.

—Puedes desmontarme la cocina cuando quieras.

Capítulo 39

Cuatro meses más tarde

—¿Qué te parece? —dijo Grant, pasándole un brazo por los hombros a Ellie—. Tú eres la experta.

Pegados el uno al otro, contemplaron la antigua granja bajo el resplandor del sol poniente. El calor de julio fue disminuyendo a medida que el sol se ocultaba tras los árboles. Tenía un diseño tradicional, con dos plantas y un porche que la rodeaba por completo y pedía a gritos un columpio.

A su espalda estaba el agente inmobiliario, que se había apartado para que pudieran hablarlo —una vez más— y esperaba pacientemente junto a su automóvil.

—Tiene una buena estructura —dijo Ellie, repasando el informe de la inspección de urbanismo—. Sólida. No hay pinturas al plomo, ni termitas, ni radón.

—Con cinco dormitorios y una *suite* para la suegra tendremos espacio de sobra.

Grant le dio un codazo a Ellie. Era la sexta vez que iban a ver esa casa.

—Además, la cocina es enorme.

Ellie ya veía a los niños haciendo los deberes en ella mientras Nana cocinaba.

Carson y AnnaBelle pasaron corriendo por su lado, con las zapatillas y las pezuñas forradas de barro.

—¿Qué te parece, Carson? —le gritó Grant.

El niño se detuvo en seco delante de una zona donde crecían los dientes de león y le tiró un palo a la perra.

—¡Hay un riachuelo ahí abajo! Hemos estado a punto de atrapar una rana.

El riachuelo no tenía más de quince centímetros de profundidad. Si aguzaba el oído, Grant podía oír el leve retumbo del agua en las rocas.

—Carson es un sí. —Ellie rio—. ¿Eres consciente de que habrá que destripar la casa entera? ¿Y de que jamás vamos a conseguir evitar que se manchen de barro?

—Lo sé.

Con mucha ayuda de Julia y de Nana, después de que se le curara el tobillo, Grant había hecho casi toda la reforma de la vieja casa de Ellie y había disfrutado de cada segundo de esfuerzo. El trabajo manual se había convertido en su terapia e igual que el gateo de Faith había terminado con sus llantinas nocturnas, a Grant el ejercicio físico diario le había mejorado el sueño. Aunque sospechaba que dormir con Ellie le iría aún mejor. Otra de las razones por las que quería comprar esa casa. Además, Mac volvería pronto de Sudamérica y los niños y él ya estaban bastante apretados en la cabaña.

—¿Nana? ¿Julia? ¿Queréis votar? —les gritó Ellie.

Julia llevaba a Faith en la cadera. La bebé se retorcía. Como ya gateaba, no quería que la llevaran en brazos. Grant le tendió los suyos y Julia se la pasó. Fingió que se le caía y la niña chilló emocionada.

—Me encanta —dijo Nana, con los brazos cruzados, estudiando el jardín—. Podíais montar un cenador justo allí. Quedaría precioso para una boda.

—Nana… —le dijo Ellie, suspirando.

Su abuela se hizo la inocente.

—Era solo un comentario…

Grant se puso a Ellie debajo del brazo, como si fuera un balón de fútbol americano, y besó a Ellie en la boca.

—Me gusta la idea.

Habían hablado de casarse. No querían precipitar las cosas, pero la compra de la casa era un paso en la dirección correcta. Ya pasaban todo el tiempo posible juntos. De momento, Grant se conformaba con compartir la cama con ella todas las noches.

—¿Te he contado lo que ha pasado hoy en el trabajo? —le preguntó Ellie—. Roger ha despedido a Frank.

—¿En serio?

A Grant no le sorprendió. Frank era un tipo despreciable.

—Se había endeudado como consecuencia de su campaña por el ascenso y había decidido que su única forma de arreglarlo eran unos cheques falsos —le explicó, meneando la cabeza—. Si hubiera aguantado uno o dos meses más, habría conseguido que lo hicieran socio.

—Algunas personas nunca tienen bastante. —Pero él sí. Faith protestó y empezó a dar puñetazos al aire—. Vale. Hay que tomar una decisión. La jefa se está impacientando. —Era evidente que quería meterse en la boca todos y cada uno de aquellos dientes de león—. ¿Qué va a ser?

—Por favor —rogó Julia, juntando las manos en señal de súplica.

—Venga —la animó Nana.

—Es un proyecto importante —advirtió Ellie. Los miró a todos—. De acuerdo. La compramos.

Grant le devolvió a Faith a Julia, abrazó a Ellie y le plantó un beso en la boca.

—Te quiero.

—Yo también te quiero, Ellie —le dijo Carson, y se abrazó a sus muslos.

Ellie le revolvió el pelo a Carson y le devolvió el beso a Grant.

—Yo os quiero a los dos.

Grant se echó hacia atrás y le gritó al de la inmobiliaria.

—Nos la quedamos. ¿Cuándo firmamos?

El capítulo más reciente de su biografía había empezado de la peor manera posible, pero Grant había encontrado por fin la vida que quería. No iba a desperdiciar ni un segundo.

AGRADECIMIENTOS

La publicación de una novela es un trabajo en equipo. Como de costumbre, quiero dar las gracias a mi agente literaria, Jill Marsal, por su indispensable ayuda con este libro y su orientación en casi todos los aspectos de mi carrera; también a mi editora de mesa, Shannon Godwin, y a todo el equipo de Montlake Publishing, en especial a la editora JoVon Sotak.

Quisiera, además, dedicar una mención especial a mis compañeras de carreras matinales, Kendra Elliot, KM Fawcett, Rayna Vause y Chris Redding. Los ciberazotes diarios me han ayudado a superar con energía las partes más complejas de esta obra. Gracias, sobre todo, a Rayna por su ayuda técnica, a KA Michell por sus ideas para el argumento y a Kendra, cuyo comentario sobre lo afilado de las cuchillas de los patines me dio la idea para la gran escena final.

Por último, quiero agradecer a Michael Parnell su ayuda con la terminología militar.